W0002587

BASTEI
LÜBBE

REBECCA GABLÉ

DAS LETZTE ALLEGRETTO

KRIMI

BASTEI LÜBBE TASCHENBUCH
Band 14 984

1. Auflage: Juli 2003
2. Auflage: August 2004

Vollständige Taschenbuchausgabe

Bastei Lübbe Taschenbücher ist ein Imprint
der Verlagsgruppe Lübbe

Lektorat: Karin Schmidt
Umschlaggestaltung: HildenDesign, München
Satz: hanseatenSatz-bremen, Bremen
Druck und Verarbeitung: AIT Nørhaven A/S, Viborg
Printed in Denmark
ISBN 3-404-14984-X

Europa schläft. Die Menschen in Deutschland glauben, die Mafia sei ein Gespenst. Dabei könnten sie sie sehen, wenn sie vor ihre Haustür treten. Sie müßten nur die Augen öffnen. Bald wird Europa Alpträume haben.

Giovanni Falcone, Richter (ermordet am 23.5.1992)

Die multinationalen Verbrechersyndikate verfügen über die größten beweglichen Geldvorräte der Welt. Der EG-Binnenmarkt wird die größte Konzentration von Reichtum, die es je gab, entstehen lassen. Dieses immense Chancen bietende Terrain wird naturgemäß kriminelles Kapital anziehen. Europa wird für Gangster der ideale Platz sein.

Charles Saphos, Experte für organisierte Kriminalität,
Interpol USA

1

Sie würden ihn nicht kriegen. Nie und nimmer. So, wie er sich fühlte, hätte er Carl Lewis über hundert Meter auf einem Bein hüpfend geschlagen. Das Blut rauschte beinah gemächlich durch seine Adern, er konnte fast spüren, wie es durch die geweiteten Gefäße pulsierte.

Er lief, aber er rannte noch nicht. Sein Schritt war leicht und gleichmäßig, ›flink‹ war das Wort, das ihm in den Sinn kam, flink wie ein Hase. Er überquerte die Straßenbahnschienen, während die Jäger noch über den dunklen, verwaisten Parkplatz des Einkaufszentrums stolperten. Vielleicht hatte er sie mit seinem hasengleichen Zickzackkurs verwirrt. Möglicherweise hatte er sie schon abgehängt. Er lachte lautlos, nicht viel mehr als ein Lächeln und ein kurzer Wechsel in seinem Atemrhythmus. Dann pumpte er wieder Luft in seine Lungen, in langen, gleichmäßigen Zügen.

Er hörte ihr Getrampel, als sie hinter ihm zur Parkplatzausfahrt kamen. Ihre Schritte erschienen ihm unglaublich laut und polternd. Er lief ein Stück die Schienen entlang und überquerte dann die Straße.

»Warte doch mal, Taco!« brüllte einer der Jäger. Er klang kurzatmig, frustriert, ein bißchen ängstlich vielleicht. »Wir wollen doch nur reden!«

Oh, klar doch, klar doch. Wenn du reden willst, warum rufst du mich nicht an, Sackgesicht? Was kann so wichtig sein, daß es unbedingt hier und jetzt sein muß, um halb drei an einem eiskalten, nebligen Montag morgen? Nein, ich kann nicht so richtig dran glauben, daß du mit mir reden willst, dachte Taco. Aber er sparte seinen Atem. Sein Vorsprung war nicht groß genug, um auch nur einen Meter zu verschenken, indem er zurücksah.

Er kam an die Bahnunterführung. Ein Zug donnerte über seinen Kopf hinweg und übertönte das Elefantengetrampel seiner Verfolger. Wohin jetzt? Weiter die Straße entlang? Nichts rührte sich hier um diese Zeit. Die Fenster der geistlosen Nachkriegshäuser waren alle dunkel, kein Mensch auf der Straße, und nur in der Ferne ab und zu ein Auto. Er faßte einen schnellen Entschluß, wandte sich nach rechts und lief in die funzelig beleuchtete Halle des kleinen S-Bahnhofs. Der Kiosk und der Blumenladen waren natürlich geschlossen. Ein Penner saß neben der Aufzugtür an der Wand, seine blaue Wollmütze tief ins Gesicht gezogen. Er schlief, und er wachte auch nicht auf, als Taco pfeilschnell an ihm vorbei die Treppe hinaufschoß. Eine breite, graue Bahnsteigtreppe. Dreißig Stufen. Vierzig höchstens. Er nahm je zwei auf einmal, und als er auf dem Bahnsteig ankam, spürte er den ersten, verräterischen Stich in der Seite. Er weigerte sich, ihn zur Kenntnis zu nehmen. Eine schummrige, flackernde Leuchtstoffröhre beleuchtete den Fahrkartenautomaten. Sie war die einzige Lichtquelle.

Er hörte Schritte auf der Treppe, sprang auf die Gleise und lief tief geduckt Richtung Güterbahnhof. Der Schotter knirschte unter seinen Schuhen, und er versuchte, nur auf die Schwellen zu treten. Er sprang von Schwelle zu Schwelle, immer noch leichtfüßig. Kein Hase mehr, überlegte er, eine Antilope. Die Stiche in seiner Seite verschlimmerten sich, und er hatte angefangen, durch den Mund zu atmen. Die kalte Nachtluft tat ihm in der Kehle weh.

Hinter ihm knirschte Schotter. Sie waren ihm immer noch auf den Fersen. Dichter als vorher, hätte man meinen können, aber das hielt er für ausgeschlossen. Unmöglich, daß irgendwer ihn einholen konnte. Trotz der Seitenstiche war er nicht langsamer geworden. Im Gegenteil, wenn's sein mußte, konnte er sogar noch einen Schritt zulegen.

Er legte einen Schritt zu.

Sieben oder acht Lastwagen standen nebeneinander, unförmige, große Schatten, nicht nachtblau, sondern tiefschwarz. Er lief daran entlang und kam zu zwei langen Reihen von Containern, zwischen denen eine schmale Gasse lag. Er taumelte jetzt leicht, fühlte sich ein bißchen schwindelig und streifte im Laufen mit der rechten Hand über die gewellten Containerwände. An welchen Ort der Welt würden sie wohl reisen, diese Container? Hongkong? Neuseeland? Curaçao vielleicht? Oder kamen sie von einem dieser Orte und waren schon am Ziel? Waren sie beladen oder leer? Vielleicht wäre es nicht dumm, sich in einem Container zu verstecken, bis die verdammten Seitenstiche aufhörten.

Die Schritte hinter ihm schwollen an. Sie hallten in der schmalen Gasse.

Seine Knie funktionierten nicht mehr richtig. Eben noch waren ihm seine Beine wie gefühllose, unermüdliche Kolben erschienen, jetzt hatte er ein waberndes Gefühl in den Knien, und sie wollten einknicken. Er senkte den Kopf und drückte das Kinn auf die Brust. Endlich kam er an das Ende der Gasse. Er umfaßte die Kante des letzten Containers, um sich in einer möglichst engen Kurve nach rechts zu katapultieren, und schlug der Länge nach hin.

»Mist ...«

»Taco! Wo bist du?«

Hier, Sackgesicht. Keine zwanzig Meter vor dir liege ich mit der Nase im Dreck. Er widerstand einem mächtigen Drang, die Augen zu schließen, rappelte sich wieder auf und lief gekrümmt über eine kleine Freifläche. Ein hoher Maschendrahtzaun trennte das Gelände des Verladebahnhofs vom Rest der Welt. Das Metall schimmerte schwach in der Dunkelheit, und ein halb singendes, halb rasselndes Geräusch erklang, als Taco daran hochsprang. Er klammerte sich mit gespreizten Fingern an den Waben des Maschendrahtes fest und versuchte, mit den Schuhspitzen Halt zu finden. Es klappte nicht. Seine Turnschuhe waren vorne zu rund. Er strampelte, versuchte einen Klimmzug, als eine Hand ihn am Hosenbund packte. Die Hand zerrte ihn abwärts, der Draht schnitt in seine Finger, und sie gaben nach. Er fiel, und sie fingen ihn auf. Sie waren zu dritt. Zwei drehten ihm die Arme auf den Rücken, so daß er sich nicht rühren konnte. Taco stand leicht gekrümmt, um seine verdrehten Schultern zu entlasten und weil er sich völlig verausgabt hatte. Er rang nach Luft, keuchte, und betrachtete die Schuhe seines Gegenübers.

»Wenn ich mich nicht irre, waren wir verabredet«, stellte Ali Sakowsky – das Sackgesicht – fest. Er keuchte auch.

Taco hob den Kopf und versuchte, entwaffnend zu lächeln. »Tut mir leid. Ich hab's vergessen.«

»Macht ja nichts. Jetzt haben wir uns ja gefunden. Also?«

»Ali ... Nächste Woche. Ehrenwort.«

»Ich glaub', ich hör' nicht richtig.«

»Ich wollt' es dir wirklich heute geben, aber es hat einfach nicht geklappt. Hör mal ... ich kann verstehen, daß du wütend bist, aber wenn du mir jetzt in den Magen boxt, mußt du damit rechnen, daß ich dir auf deine Guccischuhe kotze.«

»Sag mal, weißt du eigentlich, wieviel Geld du mir schuldest?«

Taco überschlug die Summen im Kopf und rundete auf. »Fünftausend?«

»Zwölf.«

»Oh, Scheiße. Ist das wahr?«

»So wahr ich hier stehe.«

»Ich hab' ... irgendwie den Überblick verloren.«

Ali packte ihn bei den Haaren. »Das scheint mir auch so. Ich war wirklich geduldig mit dir, Taco, aber ich kann das nicht einreißen lassen. Ich muß an meinen Ruf denken. Also, was hast du mir anzubieten?«

»Tausend hab' ich dabei. Das ist alles.«

Alis Pranke landete links und rechts in seinem Gesicht, und etwas wie eine schrille Glocke ertönte in seinem Kopf.

»Ich glaube, du willst mich verscheißern.«

Taco atmete tief durch und versuchte, die Zähne zusammenzubeißen. Er hatte Angst. Einer von Alis Freunden zog das Portemonnaie aus seiner Hosentasche und reichte es Ali. Er klappte es auf, zog ein paar zerknitterte Scheine heraus und zählte. »Zwölf, vierzehn, sechzehnhundert. Also gut. Das ist ein Anfang. Der Rest nächsten Sonntag, Taco.«

»Einverstanden.«

»Es kann doch nicht so schwierig sein, bei deinem steinreichen Daddy ein paar Scheine lockerzumachen.«

Doch. Es war schwierig. Es war sozusagen unmöglich. »Nein, nein, ich regle das schon.«

Ali legte ihm eine seiner massigen Hände auf die Schulter. »Nächsten Sonntag ist die allerletzte Frist. Deadline. Hast du verstanden?«

»Ja, sicher.«

»Gut. Siehst du, mit ein bißchen gutem Willen läßt sich doch alles klären. Laßt ihn los«, wies er seine Getreuen an.

Taco richtete sich erleichtert auf und verkniff es sich, mit der Linken die rechte Schulter zu massieren.

»Also, Taco. Bis Sonntag. Solltest du mich wieder versetzen, werde ich schwer enttäuscht sein. Und Leuten, die mich enttäuschen, breche ich eine Hand.« Er lächelte warmherzig. »Klar?«

Taco schluckte und unterdrückte mit Mühe ein Schaudern. »Ich ... vergess' es bestimmt nicht.«

»Nein, das glaub' ich auch nicht.« Ali donnerte ihm seine Hammerfaust mitten in den Magen und brachte seine Guccischuhe rechtzeitig in Sicherheit.

Magnus stand am Fenster, band seine Krawatte und sah auf den Rhein hinunter. Dicker Nebel stieg vom Wasser auf und hüllte die langen Lastkähne ein, die langsam vorbeiglitten. Sie wirkten schemenhaft, wie Geisterschiffe. Dichter Morgenverkehr herrschte auf der Straße, die Abgase vermischten sich mit dem Nebel zu einem dicken, grauen Brei. Kein erfreulicher Anblick. Aber in ein, zwei Stunden würde der Nebel sich lichten, und die Sonne würde hervorkommen, um den Fluß, die pastellfarbenen Fassaden der alten Häuser und das bunte Laub der Bäume entlang der Straße anzustrahlen. Goldener Oktober, keine Jahreszeit stand Oberkassel besser.

Er zog sein Jackett an und ging in seine geräumige Küche hinüber, ein heller, hoher Raum mit einem großen Tisch in der Mitte und altmodisch anmutenden Küchenutensilien. Er hatte keine Zeit zum Frühstücken. Er trank einen Becher Kaffee im Stehen und warf einen Blick in die Zeitung. ›Bundesbank senkt dritten Leitzins‹, stand unten rechts auf Seite eins. Magnus lächelte zufrieden. Schönen Dank auch, die Herren. Machen Sie nur weiter so ...

Er sah auf die Uhr. Es wurde Zeit. Japaner waren überpünktlich, und es wäre ausgesprochen unhöflich, sie warten zu lassen. Durch einen kurzen Flur gelangte er in den vorderen Teil der Wohnung auf der Westseite, wo sein Büro lag. Der Raum war einmal der Salon der Beletage gewesen, mit Stuckdecke und einem Erkerfenster mit verzierten Rundbögen und allem, was man sich nur denken konnte. Jeder, der den Raum betrat, war gebührend beeindruckt. Als Büro war er daher hervorragend geeignet, aber als Wohnzimmer für einen allein wäre er zu groß gewesen. Seit seiner Kindheit hatte Magnus eine Aversion gegen große Räume, er fühlte sich immer verloren darin. Sein Wohnzimmer war das kleine Kaminzimmer neben der Küche, ein anheimelnder Raum mit ein paar Bücherregalen und wenigen Möbeln. Klein genug, um sich nicht einsam zu fühlen. Er war daran gewöhnt, allein zu leben. Es machte ihm nichts mehr aus, aber es entsprach nicht seiner Natur.

Die Schlüssel und alle Unterlagen, die er brauchen würde, lagen griffbereit auf seinem Schreibtisch. Er steckte sie in seine Aktenmappe, warf sich den Mantel über den Arm und ging.

Unten auf der Straße sah er noch einmal auf die Uhr, rang einen Augenblick mit sich und ging dann kurz beim Bäcker vorbei. Er aß sein Croissant auf dem Weg zum Parkplatz, klopfte ein paar Krümel von seinem Jackett und machte sich auf den Weg.

Er kam zwei Minuten zu früh, aber die Japaner waren schon da. Zwei ältere Herren mit grauen Schläfen und passenden Anzügen, ein junger Kerl, der respektvoll einen Schritt hinter den anderen stand.

Magnus machte eine kleine Verbeugung. »Guten Morgen. Mein Name ist Magnus Wohlfahrt.«

Die Japaner erwiderten den Gruß stumm, und nach einem Augenblick murmelte einer der älteren etwas über die Schulter. Der jüngere machte einen halben Schritt vorwärts. »Dies sind Herr Haschimoto und Herr Ojinaki.« Magnus konnte nicht ausmachen, welcher welcher war, aber das war ja auch egal. Er machte zwei kleine Diener in dieselbe Richtung. »Haschimoto-san, Ojinaki-san.«

Die Herren nickten mit versteinerter Miene. »Mein Name ist Susami, wir hatten telefoniert«, fuhr der Junge fort. Er schien ziemlich nervös. Magnus nickte freundlich, aber es war keine Verbeugung. Er wußte nicht viel über Japaner, aber ein paar Faustregeln der Höflichkeit hatte er gelernt, es machte das Leben leichter und vor allem erfolgreicher. Regel Nummer eins war: Dem Ältesten gebührt immer die größte Hochachtung, dem Jüngsten die sparsamste.

Er kramte den Schlüssel aus der Aktentasche. »Wollen wir hineingehen? Es ist gleich hier.«

Es war ein Bürogebäude aus den sechziger Jahren auf der Trinkausstraße, nicht gerade ansprechend, die Fassade graubraun, eine altmodische Glastür und kleine Fensterchen wie ein Legohaus und weit und breit keine Parkplätze. Die beiden graumelierten Herren sahen mißmutig daran hoch.

Magnus tat, als bemerkte er ihre Skepsis nicht. »Wenn Sie erlauben, gehe ich vor.« Er hatte keine Ahnung, ob sie ihn verstehen konnten, aber sie folgten ihm willig hinein. Das Büro lag in der zweiten Etage. Zweihundertdreißig Quadratmeter, sieben Büros unterschiedlicher Größe, Teeküche, zwei Toiletten. Es sah schäbig und verwohnt aus, wie verlassene Räume es immer tun. Die Japaner nahmen sich viel Zeit, alles genauestens zu begutachten. Schwarze Augen folgten den schmuddeligen Laufspuren auf dem Teppichboden und betrachteten vergilbte Wände mit rechteckigen Flecken, wo Bilder gehangen hatten. Sie redeten in kurzen, abgehackten Sätzen. Sie klangen uneins und unzufrieden, fast wütend. Aber irgendwie klangen sie immer so, das mußte nicht unbedingt etwas heißen.

Der Junge wurde herbeigewinkt und war sogleich zur Stelle. Sie gaben ihm ein paar barsche Anweisungen. Er wandte sich an Magnus.

»Wie hoch sollte die Miete gleich wieder sein?«

Sie wußten genau, wie hoch. Sie hatten drei Tage lang Zeit gehabt, das Exposé zu studieren und sich an die Höhe der Mietforderung zu gewöhnen. Aber Magnus spielte bereitwillig mit. Er öffnete seine Aktentasche, zog die Unterlagen heraus, blätterte einen Moment und sah dann stirnrunzelnd auf. »Zehntausenddreihundertfünfzig.«

Der Junge blinzelte bestürzt. »Kalt?«

Magnus rang um ein ernstes Gesicht. »Kalt, Susami-san. Aber die Nebenkosten machen den Braten nicht fett.«

»Wie bitte?«

»Sie erhöhen die monatlichen Kosten nur unerheblich.«

»Wie unerheblich?«

»Nun, Ihre Stromkosten kann ich nicht vorhersagen, aber Heizung und Wasser und so weiter belaufen sich schätzungsweise auf fünfhundert Mark.«

Haschimoto/Ojinaki stellte eine Frage, die Susami folgsam übersetzte. »Wer trägt die Renovierungskosten?«

»Der neue Mieter. Aber mehr als ein neuer Boden und ein paar Eimer Farbe sind nicht notwendig. Telefon- und Datenleitungen liegen in allen Räumen. Wenn nötig, können Sie auch im Waschraum ein Modem anschließen.« Er meinte das nicht als Scherz. Es gab genug Leute, Japaner und andere, die daran glaubten, daß Zeit immer Geld sei, ganz gleich, wo man sie verbringt.

Haschimoto/Ojinaki sah ihm direkt in die Augen. »Es ist sehr teuer«, verkündete er nahezu akzentfrei.

Magnus nickte und senkte den Blick. Das war Regel Nummer zwei. Nie zu lang in die Augen sehen, es wirkt anmaßend.

»Das ist es. Aber dafür ist es nur zehn Schritte von der Königsallee entfernt. Viele Menschen glauben, das Prestige der Lage rechtfertige die Preise. Und die Büroflächen hier lassen sich leider nicht vermehren.« Er überlegte, ob er sein zweites Angebot auf der Hüttenstraße ins Gespräch bringen sollte. Die Räumlichkeiten waren viel ansprechender, in besserem Zustand und deutlich preiswerter. Aber wer konnte ahnen, ob Haschimoto/Ojinaki seinen Vorschlag nicht als beleidigend, als drohenden Gesichtsverlust verstehen würde. In dem Fall könnte er sich das Geschäft des Monats aus dem Kopf schlagen.

Er machte eine einladende Geste. »Die Entscheidung liegt ganz bei Ihnen. Sehen Sie sich in Ruhe um. Der nächste Besichtigungstermin ist erst morgen früh. Sie haben also Zeit bis heute abend, sich zu entscheiden.«

Haschimoto/Ojinaki blinzelte beinah unmerklich. »Warum sagen Sie das?«

Magnus verstand nicht sofort, was er meinte. »Bitte?«

»Finden Sie es klug, mir das zu sagen? Warum sagen Sie nicht, Sie hätten heute noch fünf weitere Besichtigungen? Warum sagen Sie nicht ... wie heißt das? Man rennt Ihnen das Tor ein?«

»Tür.«

»Das Tür.«

»Die.«

»Ah.«

»Weil ich einigermaßen sicher bin, daß Sie es nehmen werden, Herr ... tut mir leid, ich bin nicht sicher, wer wer ist.«

»Haschimoto.« Ein kleiner Faltenkranz bildete sich um seine Augen. »Es wäre eine gute Gelegenheit gewesen, zu behaupten, Sie seien ein ehrenhafter Geschäftsmann.«

Magnus grinste. »Wer weiß. Vielleicht bin ich das.«

»Sie meinen also, ich werde es nehmen?«

»Es ist mein Eindruck. Ich mag mich irren.«

Haschimoto wandte sich mit einem kleinen Nicken ab und machte einen gemächlichen zweiten Rundgang. Ojinaki schloß sich ihm an, Susami bildete die Nachhut und zog den Kopf ein.

Magnus stand mit seiner Aktenmappe unter dem Arm in der mickrigen Diele und bemühte sich, ganz entspannt zu wirken, so, als habe er alle Zeit der Welt. Ein erster Sonnenstrahl brach durch die Hochnebeldecke. Er ließ die Flecken auf dem gelbsuchtfarbenen Teppichboden noch etwas deutlicher hervortreten, aber er machte die leeren Büroräume merklich heller.

Endlich kam das Trio zu ihm zurück. Haschimoto nickte ihm ernst zu. »Es ist in keinem guten Zustand und viel zu teuer. Aber leider waren vergleichbare Angebote noch wesentlich schlechter. Ich schätze, Sie haben recht. Ich würde es gern nehmen.«

»Schön.«

»Aber Ihre Provision ist zu hoch.«

Magnus unterdrückte ein Seufzen. »Mag sein. Aber sie ist bedauerlicherweise kein Verhandlungsgegenstand. Ich gehöre einem Maklerverband an, der die Provisionen festschreibt.«

Haschimoto zeigte ein sekundenschnelles Haifischlächeln. »Ist das so? Wie ausgesprochen vorteilhaft für Sie.«

»Es hat Vor- und Nachteile.«

Es herrschte ein kurzes Schweigen. Haschimoto und Ojinaki wechselten einen Blick.

»Die Hälfte jetzt, die zweite Hälfte in drei Monaten«, sagte

Haschimoto. Es klang nicht wie ein Vorschlag, sondern wie eine Anordnung.

Magnus erkannte einen Granitblock, wenn er ihn vor sich hatte. »Einverstanden.«

Eine Unzahl kleinerer und größerer Verbeugungen wurden ausgetauscht. Haschimoto und Ojinaki unterschrieben einen Vorvertrag. Susami wurde losgeschickt, den Wagen zu holen. Und Magnus versuchte, nicht wie ein Trottel vor sich hin zu grinsen.

Sie trennten sich auf der Straße.

»Ich schicke Ihnen die Verträge«, versprach Magnus.

Haschimoto schüttelte den Kopf. »Rufen Sie an, wenn sie fertig sind, ich lasse sie abholen.«

»Wie Sie wollen.«

»Ich danke für Ihre Mühe.«

Magnus verneigte sich.

»Möglicherweise werde ich Sie weiterempfehlen.«

»Ich wäre sehr geehrt, Haschimoto-san.«

Mit einem rätselhaften kleinen Lächeln stieg der ältere Mann in den Fond seiner Nobelkarosse. Magnus wartete, bis sie in die Kö abbog und verschwand, dann ging er zu seinem Wagen zurück. Er pfiff leise vor sich hin. Die Sonne schien, er hatte gerade ein Geschäft abgeschlossen, das es ihm rein theoretisch erlaubt hätte, sich für den nächsten Monat auf die faule Haut zu legen. Er fühlte sich unbeschwert und jung und gesund, im Einklang mit der Welt. Zufrieden war vermutlich das richtige Wort. Er versuchte, es auszukosten, solange es währte. Er wußte, es konnte nicht lange so bleiben, er gehörte nicht zu den Menschen, die lange zufrieden sein können. Ihm war klar, es war flüchtig und vergänglich.

Er war schon mit den Schmerzen in der Brust aufgewacht. Es war ein grauenhaftes Gefühl, eine Art Enge, als könne er spüren, wie die schon verengten Gefäße sich noch weiter zusammenzogen.

Heute schien es besonders schlimm. Aber er hatte dieses Gefühl zu oft, um deswegen noch in Panik zu geraten. Er hatte sich beinah daran gewöhnt. Zumindest damit arrangiert. Er glaubte eigentlich nicht, daß heute der Tag war, an dem er sterben würde.

Carla sah ihn über den Frühstückstisch hinweg besorgt an. »Meinst du nicht, es wäre besser, du bliebest heute zu Hause?«

Er sah schuldbewußt auf sein unberührtes Frühstück hinab. Der Anblick des inzwischen kalten Vollkorntoasts mit dem breifarbenen Schonkostaufstrich zog ihm die Kehle zu.

»Ich würde gerne«, antwortete er wahrheitsgemäß. »Aber es geht nicht.« Er rang sich ein unbeschwertes Lächeln ab.

»Aber ...«

»Mach dir keine Sorgen, Liebes. Es ist nicht so ernst, wie es aussieht.«

Sie drückte ihre Zigarette aus, stand auf und kam zu ihm hinüber. Ihre kühlen Hände legten sich über seine Stirn, als wolle sie die tiefen Falten glätten. Er schloß die Augen. Es war ein himmlisches Gefühl.

»Ich wünschte, du würdest mehr auf Professor Berger hören. Du nimmst alles auf die leichte Schulter.«

Er nahm eine ihrer Hände in seine und führte sie an die Lippen. »Nein, das tue ich nicht. Ich weiß, ich bin ein Invalide.« Seine Stimme klang ironisch.

Sie machte sich von ihm los. »Du hast gesagt, wir würden wegfahren, sobald du zu Hause bist.«

»Das werden wir auch. In drei, vier Wochen, ich verspreche es dir.«

Sie stellte sich vor ihn. »Ich will es nicht für mich, weißt du. Ich mache mir Sorgen. Du bist viel zu früh aus der Rehaklinik gekommen und hast sofort wieder angefangen zu arbeiten. Du tust, als wäre nichts gewesen.«

Er trank einen Schluck lauwarmen Kamillentee. Widerlich. Er setzte die Tasse mit einer verstohlenen Grimasse ab und sah sie wieder an. »Das ist nicht wahr. Das könnte ich weder dir noch mir einreden. Es war der zweite Infarkt, viel schlimmer als der erste, es war keine Lappalie. Und ich bin sicher, dir ist nicht entgangen, daß ich weder rauche noch trinke. Ich habe fast zwanzig Pfund abgenommen. Ich versuche, auf mich aufzupassen. Aber ich muß arbeiten, Carla.«

»Weil du sonst glauben müßtest, du seist ein alter Mann?«

Er schüttelte den Kopf und sah kurz auf die Hände in seinem Schoß. »Es gibt Schwierigkeiten.«

Sie war nicht überrascht. »Ein Grund mehr, daß du dich aus der Firma zurückziehst. Du hast doch weiß Gott genug Geld, Arthur. Und mir würde es nichts ausmachen, wenn wir zurückstecken müßten. Ich will dich. Nicht dein Geld.«

Ihre Worte trösteten ihn. Vor allem ihre Stimme tat es. Doch die Dinge waren bei weitem nicht so einfach, wie sie sich das in ihrer fortschreitenden Weltfremdheit vorstellte.

»Es ist kein finanzielles Problem. Trotzdem kann ich mich derzeit nicht zur Ruhe setzen, selbst wenn ich wollte. Aber ich verspreche dir, daß ich mich nicht übernehmen werde.« Er schob den Stuhl zurück und stand auf.

Sie rückte seine Krawatte zurecht und küßte ihn auf die Wange. »Vor allem darfst du dich nicht aufregen. Komm bald wieder. Und iß etwas.«

Er nickte. »Was ist mit Taco? Schläft er noch?«

»Er ist nicht nach Hause gekommen«, verkündete Rosa mit unverhohlener Mißbilligung. Sie kam mit einem leeren Tablett herein, um den Frühstückstisch abzuräumen, und hatte seine letzten Worte gehört. Carla war überzeugt, nein, sie wußte, daß Rosa den halben Tag damit zubrachte, an angelehnten Türen zu lauschen. Ihr entging nichts. Aber Rosa gehörte schon so lange zur Familie, daß es im Grunde niemanden störte, wenn sie über alle dunklen Geheimnisse Bescheid wußte. Sie war von geradezu fanatischer Loyalität.

»Nicht nach Hause gekommen?« wiederholte Arthur stirnrunzelnd.

Rosa schüttelte nachdrücklich den Kopf. »Nein. Wahrscheinlich ist er bei *ihr*. Sie wissen schon, diese Negerin ...«

Arthur und Carla wechselten einen amüsierten Blick. Rosa war Portugiesin und sah aus wie eine alte Indianersquaw, aber sie hatte unerschütterliche Vorurteile gegen alles Fremde – Protestanten eingeschlossen –, und sie war leidenschaftlich rassistisch.

»Sie haben Ihr Frühstück nicht gegessen«, bemerkte sie anklagend.

Er schüttelte kommentarlos den Kopf, küßte Carla und nahm die Gelegenheit beim Schopfe, sich ohne weitere Diskussionen aus dem Staub zu machen.

Carla trat niedergeschlagen an die Terrassentür und sah in den Garten hinaus. Der Nebel lichtete sich zögerlich, aber den hinteren Zaun konnte sie nicht ausmachen. Die Bäume an der Grundstücksgrenze ragten wie geisterhafte Schatten auf.

»Wenn er so weitermacht, bringt er sich um«, erklärte Rosa unverblümt.

»Ja«, stimmte Carla leise zu.

»Wenn ich Sie wäre, würde ich dafür sorgen, daß er Sie vorher heiratet.«

Carla fuhr wütend herum. »Scher dich raus!«

Mit einem zufriedenen Gackern trug Rosa ihr Tablett davon.

Die Autofahrten kamen ihm immer vor wie eine paradiesische Ruhepause von allen Anfechtungen. Ächzend ließ er sich in das weiche Polster der Rückbank sinken und schloß für einen Moment die Augen.

»Büro?« fragte Fernando sparsam.

Arthur nickte. Er öffnete die Augen und traf Fernandos weisen, unendlich geduldigen Jägerblick im Rückspiegel. Ohne ein Wort fuhr er los. Fernando war das komplette Gegenteil von Rosa. Er machte den Mund nur auf, wenn es sich überhaupt nicht vermeiden ließ.

Sie fuhren über die wenig belebte Landstraße, durch kleine Dörfer und vorbei an Stoppelfeldern. Von Nordwesten kamen sie in die Stadt. Der Verkehr verdichtete sich schnell, ungezählte Scheinwerferpaare warfen helle Kegel und beleuchteten für einen Augenblick die mikroskopisch kleinen Wasserpartikel in der Luft. Sie schimmerten wie Vorhänge aus winzigen Glasperlen.

Fernando fuhr über die Oberkasseler Brücke in die Innenstadt, schlängelte sich zwischen bimmelnden Straßenbahnen und langen Autokolonnen zur Graf-Adolf-Straße, und schließlich glitt der große Wagen durch die höhlenartige Zufahrt der kleinen Tiefgarage und hielt.

»Zwölf?« fragte Fernando.

»Sagen wir, halb eins.«

Fernando nickte, öffnete das Handschuhfach und reichte ihm ein kleines weißes Röhrchen nach hinten. »Pillen. Zwei jetzt, zwei am Mittag.«

Arthur schloß seine Hand um das Röhrchen. Eine Hand, auf der blaue Venen hervortraten wie Flüsse auf einer Landkarte, und sie war übersät mit braunen Flecken. Die Hand eines alten Mannes. Er haßte seine Hände. Er hätte es bereitwillig erduldet, alt zu sein, aber die dicken Venen auf seinen Händen beschworen immer bedrohliche Wörter herauf, Wörter wie Cholesterin und Bluthochdruck. Sie erinnerten ihn daran, wie vergänglich er war.

»Danke, Fernando.«

Fernando stieg aus und öffnete ihm die Tür. Er nahm ungebeten seinen Oberarm und half ihm heraus. Das hätte ihn geärgert, vielleicht sogar aggressiv gemacht, wäre es irgendein anderer gewesen. Bei Fernando war es egal. Jemand, mit dem man gemeinsam alt geworden war, stellte keine Gefahr dar. Er würde nie dazu neigen, einen zu unterschätzen. Einen mit einem Schulterzucken abzutun.

Sie trennten sich wortlos, wie sie es seit dreißig Jahren taten, und Arthur nahm den Aufzug zu seinem Büro.

Natalie sah über den Rand ihrer eleganten Brille kurz von ihrem Bildschirm auf. »Guten Morgen.«

Er kämpfte mit den Knöpfen an seinem Mantel. »Morgen. Anrufe? Katastrophen? Wie war der Dollar in Tokyo?«

»1,5489. Meyer will uns um ein viertel Prozent drücken. Die Entscheidung der Bundesbank stärkt ihm den Rücken. Ich hab' ihm gesagt, er soll sein Glück anderswo versuchen. Mason ... Sie wissen schon, dieser Gernegroß aus Los Angeles, winselt um einen Termin, scheinbar hat er endlich gemerkt, daß ihm bei Bellock die Felle schwimmen gehen. Ambrosini erbittet Rückruf. Er wollte keine Nachricht hinterlassen. Und Haschimoto hat unser Angebot abgelehnt. Er ruft noch mal an, aber er hat schon mal gesagt, ergebensten Dank, aber jemand anders hat ein besseres Objekt für ihn gefunden.« All das sagte sie, ohne ihre Zettelsammlung zu Rate zu ziehen.

Arthur seufzte leise. »Und wir wissen, wer sich Haschimoto an Land gezogen hat, oder?«

»Wir haben so eine Ahnung.«

Er befreite sich mit einem Schulterzucken aus seinem Mantel und wandte sich an die Assistentin seiner Assistentin. »Birgit, seien Sie so gut, bringen Sie mir die Bellock-Akte.«

»Sofort.«

»Und ein Glas Wasser.«

Er betrat sein Büro und setzte sich in den ausladenden Sessel hinter dem polierten Mahagonischreibtisch. Das alte Leder knarrte vornehm. Er lehnte einen Moment den Kopf zurück und versuchte, sich zu entspannen. Im Grunde wußte er, daß er all dem noch nicht wieder gewachsen war. Meyers Projektfinanzierung, die Sanierung von Bellock und dieser kleine Dilettant Mason ... Von all den anderen Dingen ganz zu schweigen ... Aber er mußte ja irgendwie wieder anfangen. Langsam. Behutsam. Er war kein Workaholic, aber dies war nicht der Moment, um sich zur Ruhe zu setzen. Wirklich nicht. Gerade jetzt gab es zu viele lose Fäden. Er mußte es nur mit Ruhe tun. Und das konnte er auch. Er würde seine Pillen nehmen. Er würde auf Carla hören und mit ihr in die Berge fahren. Nächsten Monat. Danach würde er wirklich erholt und wieder voll einsatzfähig sein. Er war zuversichtlich. Das war er wirklich. Verdammt, er war erst vierundsechzig Jahre alt.

Birgit brachte ihm die Akten, und auf den Ordnern balancierte sie ein kleines Tablett mit einem Glas Wasser, seinem Tee, ein paar Vollkornkeksen und einer zierlichen Vase mit einer einzelnen zartrosa Rose. Sie machte sich immer Mühe mit seinem Tablett, es war jeden Tag liebevoll hergerichtet.

Heute mußte er sich einen Ruck geben, um zu zeigen, daß er ihre Aufmerksamkeit zu schätzen wußte. »Ach, das sieht aber wieder hübsch aus. Vielen Dank.«

Sie errötete beinah vor Freude. »Gern geschehen.«

Ihr ergebener, schüchterner Hundeblick amüsierte und rührte ihn zugleich. Er fragte sich manchmal, wie es nur kam, daß sie dieses kleine alltägliche Ritual offenbar brauchte wie die Luft zum Atmen.

Sie schlüpfte hinaus, und er vergaß sie auf der Stelle, schlug den obersten Aktendeckel auf, und mehr Fernandos eindringlicher, stummer Blick als Carlas ängstliche Fürsorge bewog ihn, wirklich zwei von diesen Pillen zu nehmen. Er spülte sie mit einer Grimasse hinunter. Sie waren groß, und wenn man sie nur eine Sekunde auf der Zunge behielt, hatte man stundenlang einen bitteren Geschmack im Mund. Er verdrängte den Gedanken an die Pillen und begann, sich wieder in den eigentlich vertrauten Vorgang einzulesen.

Etwa eine halbe Stunde später klopfte Natalie energisch an seine Tür und trat unaufgefordert ein. »Hier ist die Post. Und Ambrosini hat noch mal angerufen, aber ...«

Sie sah von ihrer Mappe auf und brach ab. Er war in seinem Schreibtischsessel zusammengesunken, eine Hand zerrte kraftlos an seinem Kragen. Seine Augen waren eigentümlich starr und verdreht und sein Kopf so rot, als wolle er gleich in tausend Stücke zerspringen. Natalie machte auf dem Absatz kehrt, trat an ihren Schreibtisch und nahm den Telefonhörer ab.

Kurz vor Mittag kam Magnus nach Hause. Er war ausgehungert. Alle Termine hatten länger gedauert als geplant, er hatte seit dem mickrigen Croissant heute früh nichts gegessen. Er drückte mit der flachen Hand gegen die Haustür, die tagsüber immer unverschlossen blieb, weil in der zweiten Etage eine Arztpraxis war. Dann angelte er die Post aus dem Briefkasten und lief die Stufen zum Hochparterre hinauf. Als er den Schlüssel ins Schloß steckte, nahm er aus dem Augenwinkel eine Bewegung wahr. Er wandte sich um.

»Taco ... mein Gott, wie siehst du denn aus?«

»Kann ich mit reinkommen?«

»Natürlich.«

Er schloß auf, lud ihn mit einer Geste ein, ihm zu folgen, und führte ihn durch sein Büro und den kleinen Flur auf die stille Rückseite der Wohnung in die Küche.

»Setz dich. Hast du Hunger?«

»Nein.«

»Aber ich. Ich hoffe, es stört dich nicht, wenn ich koche, während du mir von deinen jüngsten Mißgeschicken erzählst.«

Er zog seinen Mantel aus und hängte ihn über die Stuhllehne. Taco starrte einen Augenblick darauf. Ein Kaschmirmantel. Sehr elegant.

Magnus folgte seinem Blick und verzog einen Mundwinkel. »Es kann dir nicht neu sein, daß ich eitel bin. Längst nicht meine abscheulichste Schwäche.«

Taco sah über den Mantel hinweg ins Leere. »Ich hab' mir so oft gewünscht, ich könnte so sein wie du.«

»Ich könnte nicht unbedingt sagen, daß das so erstrebenswert ist«, erwiderte Magnus trocken. Tacos Anfälle von Selbstzerfleischung waren ihm nur zu vertraut. Sie waren immer heftig, erbarmungslos manchmal, aber sie führten nie zu etwas. Besser, man nahm sie nicht allzu ernst.

Er warf einen Blick in den Kühlschrank, holte Sahne, eine kleine Zwiebel, einen Rest Parmaschinken und ein Paket frischer Pasta heraus. Während er Wasser aufsetzte, fragte er: »Willst du's mir erzählen?«

Taco fuhr ruhelos mit den Zeigefingern über die Tischkante. »Ich brauche Geld.«

»Wieviel?«

Er antwortete nicht. Statt dessen griff er in seine Hosentasche, holte ein kleines Silberdöschen hervor und stellte es vor sich auf den Tisch. Seine Finger schienen leicht zu zittern, als er den Dekkel aufklappte. Behutsam nahm er eine Prise des feinen weißen Pulvers heraus, streute sie in die kleine Mulde des Handrückens zwischen Daumen und Zeigefinger, führte sie an die Nase und sog sie auf. Dann reichte er Magnus die Dose. »Hier.«

»Nein, im Augenblick nicht, danke.«

»Bist du solide geworden, Magnus?« Seine Stimme klang verächtlich und ängstlich zugleich. Niemand rennt gern allein ins Verderben.

»Keineswegs. Frag mich heut abend noch mal.« Er lehnte neben dem Gasherd an einem der Küchenschränke und hatte die Hände auf die weiße Arbeitsplatte aufgestützt. An der Wand über seiner linken Schulter hing ein Bild. Eine braune, amerikanische Papiertüte. Sie war zerknittert. Neben der Tüte stand eine Kartoffel mit Ärmchen und Beinchen. Die Tüte war unten aufgeschlitzt, und die Kartoffel streckte hilfreich die Hände aus, um einer zweiten, halb drinnen, halb draußen, zur Flucht zu verhelfen. *Escape* stand unter dem Bild.

Sie sahen sich an. Taco blinzelte häufig, so, als würden seine Augen brennen. Sein Gesicht war geschwollen, auf dem linken Jochbein prangte ein Bluterguß. Er war hohlwangig und unrasiert. Seine Haut, normalerweise schon ungewöhnlich hell, schien fast durchsichtig, gebleicht und trocken wie Papier. Seine dunklen Augen waren unnatürlich geweitet, und seine langen dunklen Locken hingen ihm ins Gesicht und machten es noch schmaler. Sie waren sich ähnlich. Magnus hatte die gleichen schwarzen Augen und dunklen Haare, das gleiche ausgeprägte Kinn, aber er war weder bleich noch mager. Er fühlte sich fast beschämend gesund, wenn er ihn ansah. Taco war erst fünfundzwanzig, sieben Jahre jünger als er. Aber an Tagen wie heute sah er alt aus. Verlebt und verbraucht.

»Ich lass' dir ein Bad ein, was hältst du davon?«

»Vielleicht gleich.«

»Iß was. Schlaf ein paar Stunden.«

»Herrgott noch mal, Magnus ... Ich würde dich nicht darum bitten, aber ich stecke wirklich in der Klemme.«

»Ja, ich weiß. Wieviel?«

»Elftausend.«

Magnus sagte nichts. Er war sprachlos. Elftausend Mark waren viel Geld.

»Verdammt ... was hast du getrieben?«

Taco stützte die Stirn auf die Faust. »Willst du das wirklich wissen?«

»Keine Ahnung.«

»Hast du so viel? Wirst du's mir leihen?«

Leihen war kaum der richtige Ausdruck. Er hatte Taco schon viel Geld *geliehen*. Man sah nie einen Pfennig davon wieder.

»Sicher.« Er wandte sich ab, schälte die Zwiebel und schnitt sie in Würfel. Dann stellte er einen kleinen Topf auf und goß etwas Olivenöl hinein. Das Wasser kochte. Er gab die Pasta hinein und stellte die Flamme kleiner. Sie mußte nur ein paar Minuten ziehen. Dann dünstete er die Zwiebel in dem heißen Öl, gab den Schinken dazu, löschte mit der Sahne. Von der Fensterbank pflückte er ein paar kleine Basilikumblätter.

Taco stand auf und trat neben ihn. »Hm. Riecht gut.«

»Genug für zwei.«

»Überredet.«

Taco deckte den Tisch, während Magnus die Pasta abschüttete, und für ein paar Minuten herrschte eine wortlose, unkomplizierte Eintracht. Magnus füllte zwei Gläser mit einem leichten, eiskalten Frascati. Sie aßen, ohne zu reden.

Schließlich schob Magnus seinen Teller beiseite und zündete sich eine Zigarette an. »Elftausend Mark für Kokain, Taco? Ist das Zeug so teuer geworden? Oder ist die Sache völlig aus dem Ruder?«

Taco führte die letzte Gabel zum Mund, kaute langsam und schluckte. Die grelle Herbstsonne stahl sich langsam zum Küchenfenster herein. Staubteilchen tanzten in der Luft. Es war sehr still.

»Ungefähr die Hälfte sind Spielschulden. Aber vermutlich kann man sagen, die Sache gerät aus dem Ruder.« Er hielt den Blick gesenkt. Er schämte sich. Aber wie eh und je verspürte er das Bedürfnis, Magnus ins Vertrauen zu ziehen. Um ihn zu schockieren, ihm ein schlechtes Gewissen zu machen oder vielleicht auch, weil er die Hoffnung nicht ganz aufgeben wollte, daß er irgendwann einmal auf Magnus' Stimme der Vernunft hören würde. »Es ist nicht so, daß ich ohne das Zeug nicht leben kann.«

»Aber du hast keine große Lust, ohne das Zeug zu leben?«

»Hm. Irgendwas in der Richtung.«

»Aber warum nicht? Das kann ich wirklich nicht verstehen. Du hast eine echte Begabung, groß genug, um erfolgreich zu sein. Du kannst nicht ernsthaft behaupten, daß du dein Leben lang darunter leiden müßtest, der Sohn eines reichen Mannes zu sein, du hast die besten Chancen, selbst was auf die Beine zu stellen. Aus eigener Kraft. Du hast ...«

»Tu mir einen Gefallen, erzähl mir nicht, wie glücklich ich bin, ja.«

»Geh in eine Klinik, Taco.«

Taco verdrehte die Augen. »Ach, hör doch auf ...«

Das Telefon klingelte. Magnus war dankbar für die Unterbrechung und griff nach dem schnurlosen Gerät, ehe der Anrufbeantworter sich einschaltete.

»Wohlfahrt.«

»Magnus.«

Er spürte einen schwachen Stich im Magen. »Carla ...«

»Ich bin im Krankenhaus. Er hatte wieder einen Infarkt. Sie sagen ...« Ihre Stimme klang ruhig, aber sie sprach sehr leise, und sie brachte den Satz nicht zu Ende.

Er konnte sich vorstellen, was sie gesagt hatten. Das gleiche wie beim letzten Mal. Sie gingen auf Nummer Sicher mit dem, was sie sagten, und wenn sie ihn dann doch noch mal auf die Beine brachten, stolzierten sie mit stolzgeschwellter Brust einher.

»Ich komme sofort.«

»Danke.«

Er schaltete das Telefon aus und stand auf.

Taco sah ihn mit seinen riesigen Augen ängstlich an. »Schlimm?«

»Scheint so. Kommst du mit?«

»Natürlich.«

Sie beeilten sich. Magnus steckte seinen Schlüssel ein und folgte Taco, der schon ungeduldig an der Wohnungstür wartete. Die Situation hatte beinah etwas Vertrautes. Sie hatten eine gewisse Routine entwickelt. Sie äußerten keine Mutmaßungen und keine Platitüden. Er würde sich erholen oder er würde sich nicht erholen, es machte keinen Unterschied, was sie sagten oder taten. Sie beeilten sich auch nicht, weil sie glaubten, es würde irgend etwas ändern, wenn sie da waren und im Flur der Intensivstation nervös auf und ab gingen. Sie beeilten sich, damit Carla keine Sekunde länger als nötig allein dort war.

Im Warteraum der Intensivstation saß eine junge Frau kerzengerade auf einem Stuhl. Ihr Gesicht war sehr bleich, ihre Lippen blutleer. Ihre Hände lagen in ihrem Schoß zu Fäusten geballt und kneteten ein durchweichtes weißes Stofftaschentuch. Sie starrte ihnen entgegen, als sie eintraten. Es war nicht Carla.

Magnus nickte ihr mitfühlend zu. Sie reagierte nicht.

»Wo ist sie?« fragte Taco verwirrt, beinah ungeduldig, als sei er verstimmt, daß irgendwer von dem vertrauten Ritual abwich.

»Vielleicht haben sie sie schon zu ihm gelassen. Komm, laß uns nachsehen.«

Sie gingen zurück auf den Korridor. Die Milchglastür, die zu den Zimmern der Intensivstation führte, wurde schwungvoll geöffnet, und eine sehr junge Ärztin kam mit entschlossenen Schritten auf sie zu.

»Herr Wohlfahrt?«

»Ja?« sagten sie beide.

Sie sah von einem zum anderen und entschied sich schließlich, Magnus in die Augen zu sehen. »Es tut mir sehr leid. Ihr Vater ist tot.«

Taco machte auf dem Absatz kehrt, ging zwei Schritte, legte eine Hand über die Augen und weinte.

»Wo ist Carla?« fragte Magnus.

Natalie verließ das Büro gegen halb sieben. Es war dunkel, und ein feiner Sprühregen überzog ihren Mantel mit einer dünnen Schicht glänzender Wasserperlchen. Sie fror. Vermutlich war es nicht einmal so kalt, sie fror vor Müdigkeit. Sie schlug den Kragen hoch, ging die belebte Graf-Adolf-Straße entlang Richtung Horten und fragte sich, was jetzt werden sollte. Alle schienen zu glauben, sie müsse es wissen. Dabei hatte sie nicht die geringste Ahnung. Vermutlich war sie ratloser als alle anderen.

Der Tag war ihr endlos vorgekommen. Ein Gefühl, wie man es manchmal in Alpträumen hat. Man versucht zu rennen, aber alles bewegt sich langsam wie in Zeitlupe. Der Anruf aus der Uniklinik war irgendwann am frühen Nachmittag gekommen, und als habe jemand einen Stein in ein stilles Gewässer geworfen, verbreitete sich die Nachricht wellengleich im Flüsterton. Gegen Abend riefen schon die ersten Geschäftsfreunde an. Ist das wirklich wahr? Wohlfahrt ist tot? Wie geht es jetzt weiter? Das Geschäft hängt in der Luft, mit wem soll ich verhandeln? Wer übernimmt jetzt die Projektplanung? Sie hatte vertröstet und beschwichtigt, hatte aus dem Stegreif ein paar Entscheidungen getroffen, für die sie eigentlich keine Kompetenzen hatte, und Wohlfahrts Anwalt angerufen. Sie nahm an, es gab ein Testament. Sie nahm an, Wohlfahrt hatte für diesen Tag irgendwelche Vorsorgen getroffen. Es war ja nicht völlig unerwartet eingetreten, dieses Ereignis. Arthur Wohlfahrt war seit vielen Jahren ein schwerkranker Mann gewesen.

Sie bog in die Berliner Allee ein und erwog, sich einen Hamburger zu holen. Aber sie hatte eigentlich keinen Hunger. Ich müßte dringend mal essen, dachte sie schuldbewußt. Aber ein Hamburger war einfach zu reizlos.

Ihre Wohnung lag über einem türkischen Obst- und Gemüsegeschäft in einem halbwegs sanierten Altbau. Der Laden war noch hell erleuchtet, und der Inhaber war dabei, ein paar welke Salatblätter vor der Tür zusammenzukehren.

»Guten Abend, Frau Blum.«

»Guten Abend, Herr Özdemir.«

Er stützte sich auf seinen Besenstiel und nickte ihr lächelnd zu. »Wie wär's mit ein paar Auberginen? Eben gekommen. Wunderschön, wie gemalt.«

»Nein, vielen Dank. Ich glaube, heute bin ich zu erledigt, um noch zu kochen.«

Er zog seine glatte Jungenstirn in Falten und drohte dem Fast-Food-Laden auf der anderen Straßenseite mit der Faust. »Sie leben zu ungesund, wissen Sie.«

Sie verbiß sich ein Lachen. Sie mochte ihn gern. Er meinte es wirklich gut, es ging ihm gar nicht darum, ihr seine Auberginen zu verkaufen. Seine Mutter hatte ihm beigebracht, daß man sich um seine Nachbarn kümmert wie um seine Familie, hatte er ihr einmal erklärt, und das tue er auch, und selbst wenn er in dieser ganzen unmenschlichen Stadt der einzige sein sollte. Seine Frau stellte ihr manchmal eine Tupperdose mit einem ihrer sagenhaften Gemüseeintöpfe vor die Tür. Sie aß sie immer mit Heißhunger, brachte die Dose zurück, bedankte sich und durfte nie einen Pfennig bezahlen. Herr und Frau Özdemir kümmerten sich beharrlich um ihr leibliches Wohl, weil das die einzige Form von Fürsorge war, die sie zuließ. Sie fänden es bedenklich, daß eine junge Frau ganz allein lebt, hatte er ihr durch die Blume zu verstehen gegeben.

Er zog langsam die Schultern hoch, als wolle er sagen, ihr sei nicht zu helfen. »Ach übrigens, hatten Sie einen Klempner bestellt?«

Ihr Kopf fuhr hoch. »Einen Klempner? Nein. Wieso?«

»Heute nachmittag war einer hier. Er hat gesagt, der Vermieter schickt ihn, er sollte Ihren Heißwasserboiler reparieren. Und ob ich einen Schlüssel hätte.«

Die Härchen auf ihren Armen stellten sich auf. »Ach so, ja, stimmt. Der Boiler funktioniert nicht richtig. Aber das ist nichts Neues. Ich hatte den Vermieter schon vor Monaten angerufen. Ich werd' mit dem Klempner einen Termin ausmachen.«

Er sah sie einen Moment scharf an, dann nickte er und begann wieder zu kehren. »Wie Sie wollen.«

»Danke. Schönen Abend.«

»Ihnen auch.«

Mr. Spock saß mitten auf dem Eßtisch und imitierte eine ägyptische Statue. Spitzohren aufgestellt, Augen geradeaus, Schwanz eng an den Körper gelegt, Schwanzspitze ordentlich auf den

Vorderpfoten. Seine grünen Augen starrten ihr entgegen, ohne zu blinzeln.

»Runter vom Tisch, du Ungeheuer.«

Er tat, als verstünde er sie nicht. Sie machte einen drohenden Schritt auf ihn zu, und er erhob sich ganz langsam, um ihr zu zeigen, wer hier der Boß war, und sprang leichtfüßig auf die Heizung.

»Wenn du so weitermachst, kannst du die Nacht auf dem Balkon verbringen«, drohte sie.

Mr. Spock änderte die Strategie, kam zu ihr herüber und strich ihr schnurrend um die Beine. Er umkreiste sie, schmiegte sich die ganze Zeit an sie und brachte sie fast zu Fall. Sie mußte lachen. Langsam bewegten sie sich auf die Küche zu, und sie hockte sich einen Augenblick zu ihm herunter und fuhr ihm mit der flachen Hand über den Rücken. Er machte einen Buckel, streckte die Vorderpfoten aus und schnurrte.

Ihre Kaffeetasse vom Morgen stand noch auf der Spüle. Es schien hundert Jahre her zu sein, seit sie daraus getrunken hatte. Sie ging an den Kühlschrank, holte das Katzenfutter heraus und füllte seinen Napf. Auf der Stelle verlor er jedes Interesse an ihr und begann zu fressen.

Natalie ging ins Schlafzimmer und schleuderte die mörderischen Pumps von den Füßen. Sie zog das elegante dunkelblaue Kostüm aus, sprang kurz unter die Dusche und kam nach weniger als zehn Minuten in verwaschenen Levis und einer verschrammten Lederjacke wieder ins Wohnzimmer. Sie steckte nur ihr Portemonnaie und den Schlüssel ein.

»Ich muß noch mal weg«, teilte sie ihrem Kater mit. »Laß keine fremden Männer rein.«

Sie nahm die Straßenbahn zum Jan-Wellem-Platz und ging zu Fuß Richtung Altstadt. An der Heinrich-Heine-Allee lief sie die Stufen hinunter, die zur Einkaufspassage und zur U-Bahn führten. Die kleinen Läden waren alle längst geschlossen, aber die Passage war noch hell erleuchtet, und es herrschte reger Betrieb.

Männer und Frauen mit Aktenkoffern waren auf dem Weg zu Geschäftsessen oder einem verspäteten Feierabend. Jugendliche mit Inline-Skates überholten sie mit atemberaubender Geschwindigkeit, Menschen jeden Alters aus aller Herren Länder strebten eilig unbekannten Zielen zu.

Natalie sah den Mann aus dem Augenwinkel und steuerte langsam in seine Richtung. Sie kamen gleichzeitig an der Rolltreppe an, und sie stieg auf die Stufe gleich hinter ihm.

»Wohlfahrt ist tot«, sagte sie ohne Vorrede.

Der Mann wandte sich nicht um. »Ein Infarkt?« fragte er die Wand.

»Das soll die Welt zumindest glauben. Ich habe die Bänder dabei.«

»Gut.«

»Was soll ich tun?«

»Ich nehme doch an, er hat Erben. Die Geschäfte werden irgendwie weitergehen, oder?«

»Ich schätze, ja.«

»Also bleibst du da.«

»Jemand hat versucht, in meine Wohnung zu kommen.«

»Erfolglos, hoffe ich.«

»Ja. Was hältst du davon?«

Sie waren oben angekommen. Beim Verlassen der Rolltreppe drängte sie sich an ihm vorbei, als habe sie es eiliger als er, und steckte zwei Minikassetten in seine weite Manteltasche.

»Geh nicht nach Hause. Zieh ins Hotel.«

2

Rosa öffnete ihm die Tür. »Man sollte meinen, du hättest einen Schlüssel zum Haus deines Vaters«, brummte sie.

Selbst wenn Magnus darauf eine Antwort eingefallen wäre, hätte er sie nicht anbringen können. Zwei gewaltige Rottweiler drängten sich an Rosa vorbei zur Tür und fielen bellend über ihn her. Magnus stolperte rückwärts gegen den Türpfosten.

»Anatol! Aljoscha! Aus! Schluß damit, ihr Flegel!« Rosa machte Anstalten, sie am Schlafittchen zu packen.

»Laß sie nur«, wehrte Magnus ab. »Ich bin immer dankbar, wenn sich hier irgendwer über mein Erscheinen freut.«

Er hockte sich zu ihnen hinunter und kraulte mit der einen Hand einen Nacken, mit der anderen zupfte er sanft ein braunschwarzes Schlappohr. Die Hunde waren nicht scharf. Sie waren verspielt und herzensgut und so kraftstrotzend, daß ihre freudige Begrüßung schon völlig ausreichte, einen potentiellen Einbrecher das Fürchten zu lehren. Dies hier war das einzige Haus in dieser Nobelgegend, das noch nie ausgeräumt worden war.

Magnus richtete sich wieder auf und fuhr beiden noch einmal kurz über die Stirn. »Ab mit euch.«

Sie trollten sich schnaufend, immer noch aufgeregt vor Wiedersehensfreude.

»Wie steht es?« fragte er Rosa. Ihre Augen waren klein und gerötet, und sie hielt ein riesiges Taschentuch in der Hand.

Magnus beneidete sie. Er hatte keine Träne um seinen Vater weinen können, und das bestürzte und beschämte ihn.

»Ach, ach!« Sie rang die Hände wie ein Klageweib.

»Was macht Carla?«

»Sie schläft. Ich habe ihr eine Schlaftablette gegeben, irgendwann letzte Nacht. Sie lief heulend durchs Haus ... nicht mit anzusehen. Dein Bruder hat seine Negerin geholt und ...«

»Bitte, Rosa, ja.« Er ging an ihr vorbei, durchquerte die pompöse Eingangshalle und das kleine Wohnzimmer und betrat den Wintergarten.

Rosa folgte so dicht hinter ihm, daß sie ihm fast in die Hacken trat. »Warum darf ich nicht Negerin sagen? Ist sie das nicht?«

»Es ist ein widerliches Wort.«

»Nicht in meiner Sprache.«

»Doch, bestimmt. Du hast es nur noch nicht mitgekriegt.« Er fuhr sich mit der Hand über Kinn und Hals. Er hatte sich zweimal geschnitten beim Rasieren. Wenigstens etwas, wenn er schon nicht heulen konnte. »Sei lieber froh, daß er jemanden hat, der ihn tröstet. Er kann jeden Halt brauchen.«

»Hm.« Sie brummte gallig. »Das kannst du laut sagen. Sie gibt ihm Trost, kein Zweifel. Man hört sie durch zwei Türen hindurch, weißt du ...«

»Ja, wenn man die Ohren genug spitzt, bestimmt.«

Sie ging darüber hinweg, ohne mit der Wimper zu zucken, und verlegte sich wieder aufs Händeringen. »Mein armer Fernando. Es bricht ihm das Herz.«

Er atmete tief durch. Sie ging ihm auf die Nerven. »Was muß ich tun, um einen Kaffee zu kriegen?«

»Sag bitte.«

Er biß sich auf die Unterlippe. »Bitte, liebste Rosa, kriege ich einen Kaffee?«

Sie wies auf eine der angrenzenden Türen. »Da drin steht Frühstück für ein ganzes Regiment.«

Er ließ sie stehen und betrat den Raum, der das ›kleine Eßzimmer‹ hieß. Eine Fensterfront, drei taubenblaue Wände, hier und da ein gutes Stilleben. Einer der weniger bedrückenden Räume des Hauses. Beinah neutral. Nicht wie die düstere Bibliothek, die einen verschlang wie Treibsand, wenn man nur einen Fuß hineinsetzte, oder das große Wohnzimmer, in dem man zwangsläufig vereinsamte, wenn nicht wenigstens fünfzig Menschen darin waren.

Rosa hatte kaum übertrieben. Auf der Anrichte entlang der Wand stand ein Frühstücksbuffet wie in einem Hotel. Der Anblick verschlug ihm den wenigen Appetit, den er mit hergebracht hatte. Er füllte eine Tasse aus einer der silbernen Warmhaltekannen und trat damit ans Fenster. Das Wetter war umgeschlagen. Bleigrauer Himmel und Dauerregen, ein scharfer Wind riß an den gelben und rotbraunen Herbstblättern der alten Bäume im Garten. Er trank seinen Kaffee in kleinen Schlucken und dachte an den vergangenen Tag. Krankenhausgerüche, ein kleines Zimmer mit einer Unzahl von Maschinen, Schläuchen, Drähten und Monitoren. Sie waren alle ausgeschaltet. Das Gesicht seines Vaters war grau und erschöpft. Und er hatte immer geglaubt, tote Menschen wirkten friedvoll. Sein Vater sah eher so aus, als hätten Furien ihn hinübergejagt in die andere Welt. Und Taco stand neben ihm und schniefte fortwährend, und von Carla keine Spur. Professor Berger kam schließlich und geleitete sie höflich, aber bestimmt hinaus und berieselte sie mit schwer verständlichen medizinischen Details, dem Tonfall nach eine Apologie. Wir haben ihn in die Reha geschickt, wir dachten, er sei stabil und die neuen Medikamente hätten gut angeschlagen, wirklich sehr bedauerlich, aber Irrtümer gehören zum Berufsrisiko. Und selbstverständlich kann er gerne hierbleiben, bis Sie die entsprechenden ... äh ... Arrangements getroffen haben ...

Die Stille machte ihn rastlos. Der Platz am Kopf des ovalen Eßtisches war nicht gedeckt, aber drei Zeitungen lagen dort aufgefächert. So hatten sie immer dort gelegen, für jeden griffbereit, der zum Frühstück kam. Aber niemand hatte sie je angerührt, bevor sein Vater sie gelesen hatte. Niemand frühstückte so früh wie er. Die Zeitungen lagen für ihn da. Magnus beschloß, Rosa zu sagen, sie in Zukunft auf die Anrichte zu legen oder in Gottes Namen wegzuwerfen. Nur Carla sollte sie nicht so hier liegen sehen.

Er stellte seine Tasse beiseite, ging zurück in die Halle und stieg die Treppe hinauf. Vor der Tür zu ihrem Schlafzimmer verlor er den Mut. Sie schläft, hatte Rosa gesagt. Laß sie schlafen. Laß sie zufrieden. Aber das ging nicht. Wie von einer äußeren Kraft getrieben hob er die Hand, klopfte kurz und trat ein.

Die Vorhänge waren zugezogen, das trübe Herbstlicht ausgesperrt. Er konnte nichts erkennen. Ein schwacher Geruch nach Holz und Textilien hing in der Luft, überlagert von etwas anderem, einer Mischung aus ihrem Parfüm, ihrer Lotion, ihrem Make-up und ihren ureigensten Körpersäften. Er sog es tief ein. Langsam gewöhnten seine Augen sich an das Dunkel. Er sah erst Umrisse, dann Formen, genug, um zu erkennen, daß der Raum komplett umgestaltet worden war, seit er ihn zuletzt gesehen hatte. Links an der Wand stand das Bett. Er machte einen Schritt darauf zu und sah das Weiße ihrer Augen.

»Rosa sagte, du schläfst.«

»Offenbar hat Rosa sich geirrt.«

Er trat näher, fast bis an die Bettkante.

Sie richtete sich auf, bis sie kerzengerade im Bett saß. Sie bewegte sich langsam, schlaftrunken. Sie hob die Hand und rieb sich mit den Knöcheln die Augen, wie ein müdes kleines Mädchen. »Ich will nicht wach sein. Rosa soll mir noch eine Tablette bringen, ja?«

Er brachte es nicht fertig, ihr zu widersprechen. »Ich sag's ihr.«

Sie zog die Knie an und legte einen Arm darum. »Trotz allem habe ich insgeheim immer gehofft, daß ich vor ihm sterben würde.« Sie sprach sehr leise. »Im Moment weiß ich nicht ... was ich denn ohne ihn hier soll. Ich ... ich habe ihn so geliebt, Magnus.«

»Ja, ich weiß.«

Er fand, das hatte er gut hinbekommen, seine Stimme war sanft, sonst gar nichts, aber sie schien den Unterton gehört zu haben, der ihm entgangen war.

»Geh wieder, bitte. Ich bin sicher, du meinst es gut, aber du kannst mir nicht helfen.«

Er blieb, wo er war.

Sie hob den Kopf. »Hast du nicht gehört?«

»Doch.«

»Also? Was tust du überhaupt hier?«

Er hatte eine Entschuldigung parat. »Robert Engels hat mich hergebeten. Er sagte, hier, weil er mit uns allen sprechen will.«

»Dann schlage ich vor, du wartest unten auf ihn.«

»Natürlich. Entschuldige. Du hast vermutlich recht, ich bin taktlos. Ich bin ganz sicher nicht gekommen, um dich zu kränken oder dir irgendwie zu nahe zu treten. Ich ... Herrgott noch mal, was kann ich sagen? Es tut mir leid. Es tut mir leid, daß er tot ist. Daß du ihn verloren hast. Ich denke an dich. Ich nehme Anteil an deinem Kummer. Das ist alles. Sonst nichts.«

Sie zog die Decke über ihre linke Schulter, kauerte sich zusammen und wandte den Blick ab. »Ich weiß. Warum du hier bist. Und wie es gemeint ist. Aber es hilft alles nichts.«

Er betrachtete ihr feingeschwungenes Profil, ihre schmalen Schultern, die feinen dunklen Haare, die lose bis auf den Rücken fielen. Und ihm ging auf, daß er gelogen hatte. Er war nicht gekommen, um irgend etwas zu geben, sondern um etwas zu bekommen. Trost, Absolution, was auch immer. Wie erbärmlich. Manchmal fand er sich schwer zu ertragen.

Das Läuten der Türglocke drang gedämpft herauf.

»Das wird Engels sein«, murmelte er, plötzlich erleichtert, daß er einen triftigen Grund für den Rückzug hatte.

Sie nickte langsam. »Ich komme gleich runter.«

Robert Engels war ein Studienfreund seines Vaters gewesen und über dessen Tod sichtlich erschüttert.

»Magnus ... wie furchtbar.«

»Ja. Komm rein. Kaffee? Cognac? Frühstück?«

»Tee. Kaffee gehört der Vergangenheit an. Bauchspeicheldrüse.«

Magnus führte ihn in den Wintergarten, bat Rosa, Tee und Kaffee zu bringen, und als sie allein waren, setzte er sich ihm gegenüber in einen Sessel.

»Wie nimmt Carla es auf?« fragte der Anwalt stirnrunzelnd.

»Sehr verstört, aber gefaßt. Oder so scheint es jedenfalls.«

Engels nickte düster. »Was für eine Tragödie. Und dabei war er so zuversichtlich. Er hatte Pläne. Sie wollten reisen. Er wollte endlich aufhören, so furchtbar viel zu arbeiten. Endlich ein bißchen genießen.«

Plötzlich überfiel es ihn aus dem Hinterhalt. Jetzt hätte er heulen können. Auf einmal. Um all die Reisen, die sein Vater nicht mehr machen konnte, all die Freuden, die er sich versagt hatte, die Zeit, die er und Carla jetzt nicht mehr haben würden.

Engels sah ihn an und schüttelte den Kopf, ungeduldig mit sich selbst. »Entschuldige. Ich rede dummes Zeug. Laß uns zum Geschäft kommen, was meinst du?«

»Einverstanden.«

Engels schlug die Beine übereinander und trank einen Schluck aus seiner Tasse. Sein Aktenkoffer stand ungeöffnet neben ihm. »Ich habe eine Abschrift des Testamentes bei mir. Bis zur offiziellen Eröffnung dauert es noch ein paar Tage, weil gewisse Formalitäten erfüllt werden müssen. Aber inoffiziell kann ich dir heute schon sagen, wie es aussieht. Im Grunde ist es ganz einfach. Das Privatvermögen verteilt sich wie folgt: ein Batzen für Rosa und Fernando. Fünf Millionen für die Stiftung zur Erforschung von Herz- und Gefäßkrankheiten. Das Haus in Mykonos und ein satter Treuhandfonds für Taco. Dieses Haus und der beachtliche Rest für Carla.« Er machte eine

Kunstpause und fügte dann hinzu: »Die Hunde für dich. Und die Firma.«

Magnus hob abwehrend die Hände. »Um Himmels willen. Das ist ein Dschungel, den nur er beherrschen konnte. Ich würde mich verlaufen und irgendwelchen Raubtieren anheimfallen. Ich verzichte.«

»In dem Fall bekommen Taco und du den Pflichtteil, und der Rest geht an die Stiftung.«

»Wie bitte?«

Engels hob seinen Aktenkoffer auf den Schoß, ließ die Schlösser aufschnappen und öffnete den Deckel. Er nahm ein paar zusammengeheftete Blätter heraus und reichte sie ihm. »Hier, lies selbst. Für den Fall, daß du das Erbe ausschlägst, ändert sich das gesamte Testament. Und Carla geht leer aus.«

»Dein Bruder fährt schon wieder«, verkündete Lea. Sie stand am Fenster und hatte den Vorhang ein wenig beiseite gezogen. Magnus' dunkelgrüner Jaguar rollte die asphaltierte Auffahrt hinab zum schmiedeeisernen Tor. Links und rechts der Auffahrt erstreckten sich weite Rasenflächen, nicht kleiner als Fußballfelder. Der Vorgarten. Sie war erschüttert über so viel Reichtum. Sie war zum ersten Mal in diesem Haus.

Taco nutzte die Gunst des Augenblicks, da sie ihm den Rükken zuwandte, und genehmigte sich ein Näschen voll. Ein scharfer Schmerz zuckte bis in die Nebenhöhlen hinauf, aber er war sofort wieder vorbei. Er legte den Kopf in den Nacken und schloß die Augen. Dann sah er sie wieder an. Sie trug weiße Jeans und ein weites schwarzes Oberteil, von dem sich ihre hüftlangen Rastazöpfe kaum abhoben. Sie war beinah einsachtzig groß und hatte eine sagenhafte Figur, aber sie bewegte sich nicht mit majestätischer Würde, die ihr durchaus zugestanden hätte, sondern mit der selbstvergessenen Natürlichkeit einer Frau, der so ziemlich alles andere wichtiger ist als ihr Aussehen.

»Wie wär's, wenn du dich wieder ausziehst?«

Sie wandte sich zu ihm um. »Wie wär's, wenn du dich langsam mal anziehst? Der Anwalt wird auf dich warten, denkst du nicht?«

»Und wenn schon. Komm doch her.«

Sie fand es wie immer schwierig, seinen großen Kinderaugen standzuhalten. Sie kam langsam zum Bett zurück. Er streckte eine Hand aus und zog sie auf die Kante hinunter. »Hab' ich dich ...«

»Deine Nase blutet.«

Er wischte sich schuldbewußt mit dem Handrücken darüber. »Das hört gleich wieder auf.«

Sie nahm seine Hand von ihrem Gelenk und legte sie auf die Bettdecke. »Irgendwann wirst du krank von diesem Gift.«

»Bevor das passiert, hör' ich auf damit.«

Sie nickte, als könne sie ihm glauben. Sie fand es wichtig, ihm in diesem Punkt etwas vorzumachen, damit er nicht den Glauben an sich selbst verlor. Er hatte so wenig Selbstvertrauen. Er zweifelte an sich selbst, an seinem Talent, er glaubte sogar, seine Aufnahme an der Robert-Schumann-Hochschule habe sein Vater ihm hinter seinem Rücken mit einer großzügigen Spende erkauft. Sie sorgte sich um ihn. Und manchmal hatte sie Angst. Nicht davor, daß er sie dazu verleiten könnte, den gleichen, unheilvollen Weg einzuschlagen. Er gab sich alle Mühe, sie so wenig wie möglich mit seinem Drogenkonsum zu konfrontieren. Aber sie fürchtete sich davor, daß er sich verändern würde. Sie hatte Angst, daß seine Persönlichkeit sich verzerrte, bis nichts mehr davon übrig war. Keine Persönlichkeit, keine Gabe, keine Liebe. Früher oder später würde es passieren, sie war sicher.

»Zieh dich an, Taco. Geh nach unten. Carla braucht dich doch bestimmt, meinst du nicht?«

»Du hast wahrscheinlich recht. Aber irgendwie graut mir davor, runterzugehen. Alles ist so furchtbar. Ich kann nicht glauben, daß er tot ist. Ich *will* nicht, daß er tot ist. Und ich will nicht allein mit ihr sein. Das sieht Magnus doch wirklich ähnlich, daß er sich gleich wieder verdrückt.«

»Er wohnt nicht hier?«

»Ach, um Gottes willen. Schon seit Ewigkeiten nicht mehr. Er ist mit achtzehn ausgezogen. Er konnte es nicht erwarten, sich und der Welt zu beweisen, daß er es auch alleine schafft.«

»Hat er sich nicht verstanden mit deinem Vater?«

»Doch. Ich glaube, sie haben sich ganz gut verstanden. Magnus ist genau wie mein Vater. Seriös, zielstrebig, so sensibel wie eine Betonwand und absolut integer. *Ich* bin der Freak in der Familie.«

Sie lächelte. »Wahrscheinlich kommst du auf deine Mutter.«

Er seufzte. »Das wäre besser wahr.«

Hanna Wohlfahrt, besser bekannt unter ihrem Mädchennamen Hanna Finkenstein, war eine gefeierte Konzertpianistin gewesen. Taco wurde es nie müde, sich ihre Aufnahmen anzuhören und dann an seiner eigenen Mittelmäßigkeit zu verzweifeln.

Er schlug die Decke zurück und schwang die Beine aus dem Bett, plötzlich erfüllt von einer Energie, die nicht seine eigene war. »Komm mit, ja?«

Sie hob abwehrend die Hände. »Das ist eine Familienangelegenheit. Außerdem muß ich los. Es wird schon knapp, ich muß mich im Auto warmsingen.« Und das haßte sie, vor allem in naßkaltem Wetter wie diesem. »Kommst du heute nachmittag zu Helmann, oder soll ich ihm erklären, warum du nicht kannst?«

»Nein und nein. Du brauchst ihm nichts zu erklären. Er hat mich letzte Woche rausgeschmissen. Er meint, ich verfüge nicht über den gebotenen tiefen Ernst für seine Kompositionslehre. ›Wärrden Sie erwachsen und koomen Sie nächstes Sämästerrr wiederr, Härr Wohlfahrrt. Oderr gähen Sie den bequämen Wäg und wärrden Klavierlährärr.‹« Mit flegelhaftem Vergnügen karikierte er den polnischen Akzent des Professors.

Lea war erschrocken. Helmann war nicht der erste, der die

Geduld mit ihm verloren hatte. Wenn Taco so weitermachte, würden sie ihn vielleicht irgendwann vom Konservatorium ausschließen. Niemand außer ihm selbst zweifelte an seinem Talent, aber es gab zu viele andere, vielleicht weniger Begabte, die die Chance einer solchen Ausbildung besser zu schätzen wissen würden und vielleicht deshalb eher verdient hatten.

Sie rieb sich die Stirn. »Na ja. Irgendwie bist du zu beneiden. Ich wünschte, ich müßte auch nicht hin. Aber eins sag' ich dir, wenn du heute abend nicht zur Probe kommst, fällt die Premiere ins Wasser, und eine Menge Leute werden sich umsonst abgerackert haben. Komm hin, ja? Tu's für dich selbst. Es wird dich auf andere Gedanken bringen. Und anschließend gehen wir zu mir ...« Sie unterbrach sich und fragte sich zum ersten Mal, was er wohl dachte, wenn er in ihrer spartanischen Studentenbude war.

»Gehen wir zu dir, ja? Und dann?«

Sie hob lächelnd die Schultern. »Ab in die Federn.«

Er zog sie an sich und drückte das Gesicht an ihren Bauch. »Ich komme. Verlaß dich drauf.«

Er war schon ein gutes Stück hinter der Kreuzung, als ihm aufging, daß er bei Rot über die Ampel gefahren war. Er fuhr rechts ran und drehte die Musik leiser – Tschaikowski, Klavierkonzert Nr. 1 in b-Moll, Opus 23 (Londoner Philharmoniker, Leonard Bernstein, Solistin Hanna Finkenstein). Er legte den Kopf zurück und schloß die Augen. Jetzt nimm dich ein bißchen zusammen, Magnus, alter Junge, tu uns den Gefallen. Das ist doch kein Grund, die Fassung zu verlieren. Nimm seine verfluchte Firma, wickel die laufenden Sachen ab und mach sie dicht. Niemand kann dich daran hindern. Gib die Millionen an *Brot für die Welt* und mach weiter, als wär' nichts gewesen. Oder behalte sie und leb in Saus und Braus. Es liegt ganz bei dir.

Das klang vernünftig. Das Testament hatte diesbezüglich keine Haken und Ösen. Nichts verpflichtete ihn, die Firma weiterzuführen. Er mußte sie nur annehmen. Und das würde er tun, das stand außer Frage. Das war das mindeste, das er für Carla tun konnte. Und das einzige.

Jemand klopfte ans Seitenfenster.

Magnus schreckte zusammen und öffnete die Augen. Ein junger Motorradpolizist beugte sich zu ihm herunter.

Phantastisch. Zu allem Überfluß auch noch ein Sermon über rote Ampeln und ein dickes Bußgeld. Was für ein Tag. Er drückte auf einen Knopf, und das Fenster glitt surrend abwärts.

»Stimmt was nicht?« fragte der Polizist. Er hatte offenbar doch nicht an der Kreuzung auf Verkehrssünder gelauert.

»Nein, alles in Ordnung. Mir war nur einen Moment schwindelig. Niedriger Blutdruck, wissen Sie.«

»Ah ja? Sie sehen kreidebleich aus.«

»Ich glaub's.«

Der Polizist streckte den Arm aus und wies auf ein kleines Waldstück. »Da vorn ist ein Parkplatz. Laufen Sie ein Stück. Tut Ihnen bestimmt gut.«

Magnus nickte. »Keine schlechte Idee. Danke.«

Der junge Beamte tippte kurz an seinen Helm. »Gute Weiterfahrt.«

Es war bestimmt ein guter Rat, aber er befolgte ihn nicht. Er wollte nach Hause. Er wollte in seinen sicheren Hafen, in der vertrauten Umgebung versuchen, sein Gleichgewicht wiederzufinden, noch mal in Ruhe das Testament durchlesen und die Dinge ins rechte Licht rücken. Das war jetzt das Wichtigste. Denn objektiv betrachtet, gab es keinen Grund für das Gefühl, in eine tückische Falle geraten zu sein. Und es war nicht Bosheit, die seinen Vater bewogen hatte, ihm die Firma zu vermachen. Das durfte er nicht vergessen. Es war im Gegenteil eher ein Vertrauensbeweis. Sein Vater hatte einfach so gehandelt, wie er es immer tat: vernünftig, nach bestem Wissen und Gewissen.

Er fuhr langsamer und vorsichtiger, als es seine Gewohnheit war, und kam unbeschadet zurück nach Düsseldorf. Ein flammneuer BMW hatte seinen Parkplatz usurpiert, eine Sache, über die er sich immer wieder aufs neue aufregen konnte, aber er fand einen freien nur wenige Meter weiter. Vielleicht wollte das Schicksal ihm vor Augen führen, daß es immer Alternativen gab, wenn man nur danach suchte. Er beschloß, Gnade vor Recht ergehen und den BMW nicht abschleppen zu lassen.

Sieben Nachrichten waren auf dem Anrufbeantworter. Zwei Kondolenzbezeugungen, zwei Einladungen zum Abendessen, von einem dankbaren Geschäftsfreund, dem er letzte Woche eine dicke Baufinanzierung vermittelt hatte, und von einem Konkurrenten – vermutlich würde er sich um beide drücken –, drei neue Aufträge. Er seufzte. Es war ironisch, daß gerade jetzt sein eigenes Geschäft so traumhaft lief. Er kochte sich einen Kaffee, erledigte ein paar dringende Anrufe, druckte zwei, drei Mahnungen aus, stellte ein überfälliges Exposé zusammen und hatte große Mühe, sich auf all das zu konzentrieren. Schließlich gab er es auf, holte das Testament aus der Schublade und begann zu lesen.

Es klingelte. Magnus sah auf die Uhr. Halb zwölf. Vermutlich die Post. Er ging zur Tür und öffnete und fand auf der Schwelle keineswegs den Postboten, sondern zwei Männer, einer um die vierzig, der andere in seinem Alter, und er sah auf einen Schlag, was sie waren. Ein Tag voller Polizisten, dachte er verwundert.

»Herr Wohlfahrt?« fragte der ältere.

»Ja.«

»Hauptkommissar Wagner, Kripo Düsseldorf. Mein Kollege, Kommissar Jakobs.«

Magnus öffnete einladend die Tür. »Kommen Sie rein.«

Es kam hin und wieder vor, daß er Besuch von der Polizei bekam. Meistens riefen sie vorher an und machten einen Termin aus. Immobiliengeschäfte kamen manchmal unter höchst dubiosen oder auch kriminellen Umständen zustande. Für Häuser und Grundstücke wurde gelogen, betrogen und gemordet. Er hatte das schnell gelernt, ließ die Finger von Geschäften, die ihm allzu fragwürdig erschienen, und half bereitwillig bei den Ermittlungen, wenn er dann doch mal in trübe Gewässer geraten war.

Er wies auf die beiden Stühle vor seinem Schreibtisch. »Bitte. Möchten Sie Kaffee?«

»Nein, danke.«

Magnus setzte sich ihnen gegenüber. »Was kann ich für Sie tun? Hab' ich mal wieder ein erschwindeltes Haus verkauft?«

Wagner nahm in dem angebotenen Sessel Platz. Er trug eine dunkle Flanellhose, die sich wohl nur noch vage daran erinnern konnte, was eine Bügelfalte war, ein beigefarbenes Hemd mit offenem Kragen und ein kariertes Jackett mit Flicken an den Ellbogen. Die Farben führten eine Art kalten Krieg miteinander. Er hatte dunkle, graumelierte Haare und ein gerötetes, großporiges Gesicht, das eher auf viel frische Luft denn ein Bürodasein hinzudeuten schien. Unterhalb des linken Ohrs standen ein paar graue Stoppeln, als vergesse er die Stelle beim Rasieren schon mal öfter. Eine ziemlich unorganisierte Erscheinung, aber die blauen Augen hinter der halben Brille waren hellwach und intelligent und betrachteten ihn mit verhaltenem Argwohn.

»Wir sind von der Mordkommission, Herr Wohlfahrt.« Er hob das Kinn ein paar Millimeter. »Wir kommen wegen Ihrem Vater.«

Genitiv, dachte Magnus. Wegen steht mit dem Genitiv. Das war für einen Augenblick alles, was er dachte. Aber als Schutzschild taugte der Gedanke nicht mehr als ein Blatt Papier gegen eine Panzerfaust.

»Mein Vater ist an einem Herzinfarkt gestorben.«

»Das ist richtig. Aber in einer gestern entnommenen Blutprobe wurden Rückstände einer hohen Dosis einer adrinergenen Substanz gefunden. Ein ... Augenblick.« Er zog einen zerknitterten Zettel aus der Jackentasche und las vor: »Beta-Sympathomimetikum. Ausreichend, um den Infarkt zu verursachen.«

»Beta ... Ein Medikament gegen *niedrigen* Blutdruck?« fragte Magnus verständnislos.

Wagner und Jakobs wechselten einen Blick. »Sie wissen, was das ist?« erkundigte Jakobs sich höflich.

Magnus ignorierte seinen steinernen Verhörblick. »Mein Vater ist ermordet worden?«

»Oder hat sich umgebracht, ja.«

Er spürte, wie das eigentümliche Kribbeln seine Beine hinaufkroch, dann fing es in den Armen an, und ein Schleier legte sich vor seine Augen. Er ließ sich behutsam in den Sessel zurücksinken. Nimm dich zusammen, wenn du anfängst zu schwitzen, werden sie denken, du warst es. Er wandte den Kopf ab und atmete ein paarmal langsam tief durch.

»Herr Wohlfahrt? Ist Ihnen nicht gut?« Wagners Stimme drang wellenförmig an sein Ohr.

»Doch. Es geht schon.« Es ging wirklich wieder. Er legte seine eiskalten, feuchten Hände auf die Knie. »Ich habe gelegentlich Probleme mit niedrigem Blutdruck – Hypotonie. Heute, zum Beispiel.« Er versuchte, sich zu konzentrieren. »Darum weiß ich, was ein Beta-Sympathomimetikum ist.«

»Ungewöhnlich für einen Mann in Ihrem Alter, oder nicht? Ich dachte, nur Teenager haben niedrigen Blutdruck. Mädchen.«

»Ja. Es ist die Folge einer seltenen Form von Anämie. Eine Erbkrankheit.«

»An der Ihr Vater aber nicht litt.«

»Nein, mein Großvater mütterlicherseits. Meine Mutter nicht. Bei Frauen ist die Krankheit selten, aber sie können das falsch gepolte Chromosom an die nächste Generation weitergeben.«

»Und Ihr Bruder?«

»Hat es auch.«

»Und haben Sie dieses Medikament, Beta-Sie-wissen-schon, jetzt hier?«

»O ja. Mein Nachttisch ist voll davon. Ich habe immer welches bei mir. Der Wirkstoff, der bei mir am besten anschlägt, heißt Etilefrin.«

Wagner zog seinen Zettel zu Rate und nickte. »Bingo.«

»Aber ich habe meinem Vater ganz sicher nichts davon gegeben.«

»Haben Sie ihn gestern gesehen?«

»Ja. Aber da war er schon tot.«

»Und wo waren Sie gestern morgen so gegen neun, halb zehn?«

»Mit drei Japanern in einem leeren Büro auf der Trinkausstraße.«

Wagner brummte. »Und Ihr Bruder? Nimmt er das gleiche Medikament? Hat er es ihm vielleicht gegeben?«

»Hören Sie, das ist lächerlich.«

»Ich meine, versehentlich. Ihr Bruder lebt im Haus Ihres Vaters, oder nicht? Könnten sie nicht ... ihre Pillen verwechselt haben?«

»Nein. Verstehen Sie, mein Vater litt seit vielen Jahren an Bluthochdruck. Jeder in der Familie wußte, daß es eine Katastrophe geben konnte, wenn die Medikamente verwechselt würden ...« Ihm ging auf, daß das ebenso belastend wie entlastend klingen konnte. Er schüttelte den Kopf. »Es ist ausgeschlossen.«

Für einen Augenblick war es still, dann räusperte Wagner sich entschlossen. »Herr Wohlfahrt, ich ... wir sind seit gestern nachmittag mit diesem Fall befaßt, und in der kurzen Zeit haben sich schon Unmengen an Fragen aufgehäuft.«

»Gestern nachmittag?«

»Ja. Herr Professor Berger rief uns an, als er die Ergebnisse der Bluttests bekam.«

»Es wäre ein netter Zug gewesen, wenn er uns auch angerufen hätte ...«

Wagner schüttelte ernst den Kopf. »Das wäre gegen die Vorschriften gewesen. Weil Verdacht auf ein Gewaltverbrechen besteht, verstehen Sie?«

»Und die Familie zum Kreis der Verdächtigen gehört?«

Wagner sagte weder ja noch nein. »Glauben Sie, Sie können uns ein paar Fragen beantworten?«

Magnus rieb sich die Augen. »Natürlich.«

Wagner lehnte sich in seinem Sessel zurück und knöpfte das Jackett auf. Ein Knopf am Hemd fehlte. »Halten Sie es für denkbar, daß Ihr Vater sich umgebracht hat?«

»Nein.«

»Werden Sie mir verraten, warum?«

»Ich wüßte keinen Grund. Er war, soweit ich das beurteilen kann, ziemlich zufrieden mit seinem Leben. Er wollte sich bald zur Ruhe setzen und mit seiner Freundin zusammen reisen. Und außerdem, hätte er sich umbringen wollen, hätte er sicher einen anderen Weg gewählt. Er hatte so große Angst vor Herzinfarkten, es war ein solches Trauma für ihn, daß er wohl jede andere Methode vorgezogen hätte.«

»Und daß er versehentlich von den Medikamenten Ihres Bruders eingenommen hat, schließen Sie ebenfalls aus.« Es war eine Feststellung.

»Richtig.«

Sie sahen sich an. Magnus nickte langsam. »Wie es aussieht, ist mein Vater ermordet worden.«

»Ja.«

»Aber ganz sicher von niemandem aus der Familie.«

»Sie hatten kein sehr gutes Verhältnis zu Ihrem Vater, oder?«

»Das würde ich nicht sagen. Distanziert. Aber nicht schlecht.« Und vor ein paar Monaten, vor dem zweiten Infarkt, hatten sie sich zufällig mittags in einem erlesenen, kleinen italienischen Restaurant in der Altstadt getroffen. Sie waren beide ohne Begleiter, also aßen sie zusammen. Und für die folgende Woche verabredeten sie sich wieder dort. Es wurde schnell ein fester Termin. Zu ihrer beider Überraschung hatten sie festgestellt, daß sie die Gesellschaft des anderen genossen. Sie hatten angefangen, Versäumtes nachzuholen. Doch es war ihnen nur so wenig Zeit geblieben.

»Aber Sie haben Ihrem Vater Konkurrenz gemacht, oder nicht?«

Magnus mußte lachen. »*Konkurrenz?* Ich war für meinen Vater ungefähr soviel Konkurrenz wie eine Flasche Salatöl für einen Scheich. Ich bin Immobilienmakler. Ich bringe Angebot und Nachfrage zusammen und kassiere eine Provision dafür. Immobilien waren für meinen Vater nur eins von vielen Standbeinen. Und er vermittelte nicht, er kaufte und verkaufte. Ganze Straßen. Wie Monopoly, verstehen Sie?«

»Tja, Sie nagen ja wohl auch nicht gerade am Hungertuch.« Wagner machte eine vielsagende Geste, die die ganze Wohnung einschließen sollte. »Patrizierhaus, noble Adresse, dicker Wagen ...«

Magnus hob leicht die Schultern. »Meine Geschäfte laufen nicht schlecht. Aber ich mußte eine Hypothek aufnehmen, um diese Wohnung zu kaufen, wie jeder normale Mensch auch. Ich bin allein und muß für niemanden sorgen, darum kann ich es mir erlauben, fortwährend die Reparaturen für einen alten Jaguar zu bezahlen.«

»Sie wollen sagen, Sie können nicht klagen, aber Ihr Vater war richtig reich?«

»So ungefähr.«

»Wissen Sie, wie sein Testament aussieht?«

Magnus gab ihm eine kurze Zusammenfassung der letzten Verfügung seines Vaters.

Jakobs pfiff leise durch die Zähne. »Leute sind schon für sehr viel weniger Geld von ihrer Familie umgebracht worden.«

»Aber wozu hätte ich sein Geld haben wollen? Wie Sie sagten, ich kann ganz zufrieden sein. Warum sollte ich etwas so Abscheuliches tun, obwohl ich in keinerlei Notlage bin? Ich meine, er war mein Vater.«

»Warum haben Sie sich von ihm distanziert, wie Sie es nennen?«

»Um nicht mein ganzes Leben in seinem Schatten zu verbringen.«

Wagner lehnte sich leicht vor und legte die Fingerspitzen aneinander. »Und was ist nun mit Ihrem Bruder?« Er sah wieder auf seinen Zettel. »Taco? Was ist das denn für ein Name? Liebt er mexikanische Küche? Wie heißt er wirklich?«

»Konstantin. Nein, es hat nichts mit mexikanischem Essen zu tun. Als unsere Mutter starb, war Taco fünfzehn Monate alt. Er erlitt einen Schock, als sie plötzlich nicht mehr da war. Die Folge war eine Sprachstörung. Er hat nicht gesprochen, bis er sechs wurde. Nur ein paar Wörter. Und er nannte sich selbst Taco. Wenn Sie lange genug drüber nachdenken, hat es viel Ähnlichkeit mit Konstantin. Und um auf Ihre Frage zurückzukommen, Taco hat meinen Vater ganz sicher nicht umgebracht. Er hat ihn sehr geliebt. Auf eine unkomplizierte, unkritische Art, wie ein kleiner Junge. Und er hat keine Beziehung zum Geld. Es bedeutet ihm nichts. Er ist Musiker.«

»Hat aber Schulden in der Altstadt, wie man hört. Drogen und illegales Glücksspiel, wenn ich richtig informiert bin?«

Magnus war erschrocken. »Mann, Sie sind gründlich, was?«

Wagner lächelte zufrieden. »Sie würden staunen.« Er wurde wieder ernst. »Versuchen Sie, objektiv zu sein. Wird die Erbschaft ihn nicht von ein paar bedrückenden Sorgen befreien?«

»Ach.« Magnus seufzte tief, holte eine Cognacflasche und Gläser aus seinem Schreibtisch und schenkte ein. »Hier. Kommen Sie mir nicht mit Alkohol im Dienst. Trinken Sie. Ich fühl' mich lausig.«

Sie widersprachen nicht. Es war ein alter Cognac, samtweich. Wagner schloß genießerisch die Augen. »Hm. Gut. Kann man hier rauchen?«

»Bitte.« Magnus steckte sich selbst eine an.

»Also? Ihr Bruder?« hakte Jakobs nach. Er schien angespannt und wachsam, weniger leutselig als Wagner und rührte seinen Cognac nicht an. Wagner zündete sich einen kurzen, sehr übelriechenden Zigarillo an.

Magnus schüttelte langsam den Kopf. »Er hat Probleme. Aber sie haben letztlich nichts mit Geld zu tun. Wenn er Geld braucht, kommt er zu mir. Er hätte auch unseren Vater darum bitten können. Er hätte es ihm gegeben. Ohne Vorhaltungen. Mein Vater war ein sehr großzügiger Mann. Taco hat sich nur geschämt. Aber deswegen hätte er ihn nicht umgebracht.«

Wagner wiegte den Kopf hin und her, als stimme er nur bedingt zu. »Er müßte ja nicht einmal den bewußten Entschluß gefaßt haben. Möglicherweise hat er seine Tabletten nur versehentlich am falschen Ort liegenlassen.«

»Sie meinen, sein Unterbewußtsein hat ihm einen bösen Streich gespielt oder so was?«

»Sie müssen zugeben, daß die Situation mit den gegensätzlichen Tabletten es seinem Unterbewußtsein verdammt leicht gemacht hätte.«

»Ich finde die Idee trotzdem absurd.«

Wagner hob kurz die Schultern. »Haben Sie keine Gewissensbisse, daß Sie ihm seine Drogenexzesse finanzieren?«

Magnus' Gesicht wurde verschlossen. »Von Exzessen weiß ich nichts.«

»Jeder Drogenkonsum ist in sich schon ein Exzeß.«

»Das ist Ihre Ansicht.«

»Und die des Gesetzes. Kriege ich eine Antwort?«

Magnus drückte seine halbgerauchte Zigarette aus. Sie brach mitten durch. »Das ist eine sehr persönliche Frage. Ich sehe nicht, was mein Gewissen mit dieser Angelegenheit zu tun hat.«

»Ich versuche, mir ein Bild von Ihnen und Ihrer Beziehung zu Ihrer Familie zu machen.«

»Ah ja? In dem Fall sollte ich vielleicht lieber meinen Anwalt anrufen.« Wagners Mundwinkel zuckten amüsiert, aus irgendeinem Grunde schien er nicht zu glauben, daß er das ernst meinte. Seufzend gab Magnus nach. »Also bitte. Ja, ich habe ein schlechtes Gewissen. Aber wenn ich ihm nicht hin und wieder aushelfen würde, würde er sich das Geld auf andere Weise beschaffen. Das Familiensilber stehlen, was weiß ich. Er würde nur noch tiefer abrutschen. Und er hat jetzt schon nicht viel für sich übrig.«

»Vielleicht sollten Sie ihn trotzdem abrutschen lassen. Wenn es ihm dreckig genug geht, kommt er vielleicht zu Verstand. Denken Sie, Sie tun ihm einen Gefallen, wenn Sie es ihm immer so leicht machen?«

»Keine Ahnung. Ich weiß nicht, ob ich ihm letztlich einen Gefallen damit tue. Aber wenn zwei Brüder ohne Mutter und praktisch auch ohne Vater aufwachsen, bleibt es wohl nicht aus, daß sie bestimmte Rollenmuster entwickeln. Und jetzt wäre ich wirklich dankbar, wenn wir das Thema wechseln könnten.«

»Tja.« Wagner konsultierte seine Liste. »Wen haben wir noch? Carla Berghausen. Seine Lebensgefährtin?«

»Ja.«

»Schon lange?«

»Beinah seit zwanzig Jahren. Und sie hat ihm das Leben gerettet, als er seinen ersten Herzinfarkt hatte. Sie hat ihn gefunden. Danach hat sie einen Erste-Hilfe-Kurs gemacht. Wenn Sie gewollt hätte, daß er stirbt, hätte sie ihn nur liegenlassen müssen.«

»Na schön. Das Personal können wir wohl vorerst vernachlässigen. Wie war das denn im Geschäftsleben? Hatte Ihr Vater Feinde?«

»Ich denke, jeder erfolgreiche Geschäftsmann macht sich dann und wann irgendwo unbeliebt. Aber darüber kann ich Ihnen nichts sagen.« Er schwieg und dachte einen Moment nach. »Vermutlich habe ich seine Feinde geerbt. Wenn ich sie treffe, lasse ich es Sie wissen.«

Wagner trank sein Glas bis auf den letzten Tropfen leer und erhob sich. »Tun Sie das. Und seien Sie schön vorsichtig.«

Magnus brachte sie zur Tür. »Sie haben noch nicht mit Carla gesprochen?«

»Nein. Mit Ihrem Bruder auch nicht. Wir fahren jetzt hin. Und tun Sie uns allen einen Gefallen, rufen Sie sie nicht an, um sie vorzuwarnen, ja? Ich würde es rauskriegen, und keiner von Ihnen stünde besser da. Ganz gleich, was sie gesagt und was ich gesehen habe, Sie drei stehen immer noch ganz oben auf meiner Liste. Klar?«

Magnus steckte die Hände in die Hosentaschen und nickte. »Na schön. Aber seien Sie ein bißchen behutsam mit ihr. Sie ist ... sehr verstört.«

Wagner zog die Brauen hoch und sah ihn neugierig an. Dann nickte er und folgte Jakobs hinaus auf den Flur. »Danke für den Cognac.«

3

Das Bürohaus an der Graf-Adolf-Straße machte nichts her. Magnus betrachtete es von außen mit geübtem Kennerblick. Ungefähr dreißig Jahre alt, blaßgelbe Klinker, ein Treppenhaus mit Glasbausteinen. Scheußlich. Bescheidenheit war seine einzige Tugend. Na ja, und die kleine Tiefgarage hatte einiges für sich. Trotzdem. Der moderne Glaspalast drei Häuser weiter hatte seinem Vater auch gehört. Was hatte ihn bewogen, mit seiner Firma in dieser trostlosen Bruchbude zu bleiben?

Er drückte mutlos gegen die altmodische Glastür. Sie war unverschlossen. Ein leicht modriger Geruch hing in der Luft. Also auch noch feuchte Wände. Wirklich ganz entzückend. Der Fahrstuhl sah so aus, als wolle er bei der nächsten, spätestens bei der übernächsten Fahrt abstürzen. Er nahm lieber die Treppe. Gut für den Kreislauf ...

In der ersten Etage war eine Milchglastür mit einem schlichten Messingschild daneben. *A. Wohlfahrt.* Er klingelte, und fast sofort ertönte ein Summer. Er drückte die Tür auf und trat in eine andere Welt. Gediegener Teppichboden, abgehängte Dekken mit angenehm warmen Punktstrahlern, viel freier Raum, ein paar wirklich gute Landschaftsaquarelle, ein großer, ordentlicher Holzschreibtisch mit einem Telefon, einem Computer und einer Blondine.

»Guten Morgen. Mein Name ist Magnus Wohlfahrt.«

Sie staunte ihn mit großen Augen an. »Guten Morgen. Wir ... ich ...« Sie schüttelte den Kopf, erhob sich und streckte die Hand aus. »Ich bin Dawn Adams.« Er bemerkte ihren Akzent erst, als sie ihren Namen aussprach. »Ich mach' den Empfang und die Auslandskorrespondenz.«

Er schüttelte die dargebotene Hand kurz. »Freut mich, Mrs. Adams.«

»Oh, sagen Sie Dawn. Das tun hier alle.«

»Dann bin ich die Ausnahme.«

Sie zog die Brauen hoch und hob die Schultern. »Wie Sie wollen. Da lang geht's zu Herrn Wohlfahrts Büro. Na ja, jetzt wohl Ihres. Auf dem Weg dorthin kommen Sie bei Natalie vorbei. Das ist die Frau, die hier über alles Bescheid weiß.«

»So was wie seine rechte Hand?«

»Und die linke. Und manchmal auch sein Kopf.«

Er nickte. »Wen gibt es sonst noch?«

»Birgit ist Natalies Sekretärin. Peter ist die Börsenabteilung, der sitzt hinter der Tür dort drüben. Er ist ein Zahlengenie. Dann haben wir zwei Juristen, Susanne und Bernhard, die sind die Vertrags- und Rechtsabteilung. Zweite Etage. Da oben ist auch die Immobilienabteilung. Petra und Sven machen Hausverwaltung, Abrechnung und so weiter. Werner die Abwicklung von Käufen und Verkäufen.«

»Das sind alle?«

Sie nickte. »Alle.«

Neun. Sein Vater hatte neun Leute gebraucht, um sein Imperium zusammenzuhalten. Er mußte an Saurons neun finstere, machtvolle Diener denken.

»Und wer macht die eigentlichen Immobiliengeschäfte? Wer wählt die Objekte aus und bringt die Geschäfte zum Abschluß?«

»Herr Wohlfahrt. Nicht nur die Immobiliengeschäfte. Alle anderen auch.«

Er nickte nachdenklich. »Hm. Vielen Dank. Gibt es einen Konferenzraum oder so was?«

Sie wies auf eine Tür hinter ihrer rechten Schulter. »Da. Platz für zehn oder zwölf.«

»Würden Sie mir einen Gefallen tun? Rufen Sie alle zu einer Besprechung zusammen. In einer Stunde.«

»Okay. Kaffee? Brötchen?«

Er zögerte. »Ist das normal?«

Sie nickte lächelnd. »Und wenn wir richtig gut waren, Champagner.« Sie hörte plötzlich auf zu lächeln. »Aber den würde heute wohl niemand wollen. Alle sind ...« Sie suchte für einen Augenblick nach dem Wort. »Traurig.«

»Ja. Natürlich.« Er reichte ihr einen Schein. »Besorgen Sie, was Sie für richtig halten, ja?«

»Gern.«

Er wandte sich ab. Mit mehr Entschlossenheit, als er verspürte, schritt er auf die Tür zu, die sie ihm zuerst gezeigt hatte. Im letzten Moment nahm er Abstand davon anzuklopfen. Es war wiederum ein großzügiger Raum. Der gleiche Teppichboden, die gleiche Deckenkonstruktion, aber mehr Computer, mehr Papier und Aktenschränke. Kein Zweifel, hier wurde gearbeitet, nicht repräsentiert.

»Guten Morgen.«

Zwei Frauen sahen auf. Die eine war Anfang Zwanzig. Sie hatte einen dunklen Pagenkopf und einen treuen Hundeblick. Fleißig, loyal, willig, aber nicht übermäßig intelligent, wäre sein Tip gewesen. Die andere war eher Ende Zwanzig, hatte die dunkelblonden Haare zu einem lockeren, aber organisierten Knoten aufgesteckt, trug ein sehr dezentes Make-up und ein eng geschnittenes, schlichtes Kostüm aus schwarzem Flanell über einer perlgrauen Bluse. Sie hatte eine natürliche Aura von Kompetenz, und ihre graublauen Augen sahen ihm kühl und abschätzend entgegen.

Er trat langsam vor ihren Schreibtisch. »Tragen Sie's mit Fassung. Ich habe mich auch nicht darum gerissen.« Er streckte die Hand aus. »Magnus Wohlfahrt.«

Sie nahm seine Hand für einen Sekundenbruchteil. Ihre war schmal und kühl, und ihre Nägel waren unlackiert und kurz. »Natalie Blum.«

Die jüngere Frau stellte sich schüchtern als Birgit Kuhlmann vor. Er begrüßte sie und wandte sich dann wieder an die andere. »Ich habe für zehn Uhr eine Krisensitzung einberufen. Vielleicht könnten Sie mich vorher über die aktuelle Lage in Kenntnis setzen?«

»Natürlich. Wir haben derzeit ...«

»Lassen Sie uns nach nebenan gehen.«

»Bitte.«

Er lächelte Birgit versöhnlich zu und ging vor ins Büro seines Vaters. Ein etwas anderes Bild. Der Teppichboden und das edle Holz der Möbel waren dunkler. Eine Zigarren-und-Cognac-Atmosphäre. Ein niedriger Tisch mit bequemen Ledersesseln am linken Ende. Ein mächtiger Schreibtisch am anderen. Magnus ging zögernd darauf zu. Der Schreibtisch war aufgeräumt. Kein Staubkorn verunzierte die braune Lederauflage. In einem silbernen Rahmen steckten zwei Bilder. Eins von Carla im Skianzug, es war höchstens zwei Jahre alt. Sie lachte und schien eine Art robuster Vitalität zu versprühen, die er völlig untypisch fand. Das andere Bild war fast fünfundzwanzig Jahre alt. Er hatte es noch nie gesehen. Seine Mutter hielt Taco im linken Arm und hatte die rechte Hand auf die magere Schulter des siebenjährigen Magnus gestützt. Er konnte sich nicht erinnern, bei welcher Gelegenheit es aufgenommen worden war. Vielleicht war es Tacos Taufe. Wenn man genau hinsah, konnte man erkennen, daß seine Mutter sich mit aller Kraft auf seine Schulter stützte. Sie krallte sich daran fest, ihre Knöchel waren weiß.

Er verschränkte die Arme und lehnte sich gegen den Schreibtisch. »Also?«

»Ich bin nicht sicher, was Sie hören wollen.«

»Erzählen Sie mir, was hier gerade so köchelt.«

»Nicht viel. Wir fahren noch nicht wieder unter Volldampf. Als Arthur ... Ihr Vater im Sommer krank wurde, haben wir die laufenden Sachen abgewickelt, so gut wir konnten. Seit er zurück ist, haben nur ein paar neue Projekte begonnen.«

»Zum Beispiel?«

»Ein norwegischer Baustoffkonzern hat vor ein paar Jahren eine Tochtergesellschaft in Deutschland gegründet. Sie war über die ersten fünf Jahre so erfolgreich, daß sie hier an die Börse ging. Aber jetzt hat die Bauflaute sie in Schwierigkeiten gebracht. Der Geschäftsführer der deutschen Niederlassung hat Ihren Vater gebeten, ihm bei der Suche nach neuen Geldgebern ein paar Türen zu öffnen.«

»Und über wieviel Geld reden wir?«

»Dreißig Millionen.«

»Allmächtiger. Und? Wie weit ist die Sache gediehen?«

»Beinah perfekt. Eine belgische und die Tochter einer chilenischen Bank haben sich bereitgefunden, ein paar fällige Kredite abzulösen und neue zur Verfügung zu stellen. Bellock ist an sich solvent, nur die Branchenkrise macht ihnen Schwierigkeiten. Sie brauchten im Grunde nur die richtigen Kontakte und einen Fürsprecher. Dann betreuen wir ein großes Bauvorhaben in Thüringen. Ein Gewerbegebiet für mittelständische Betriebe, ein Einkaufszentrum, Hotels, Kinos und so weiter.«

»Machen wir auch irgend etwas hier in der Stadt?«

»Ja. Südhoff.«

»Südhoff? Die alte Konservenfabrik?«

»Genau. Die Bausubstanz ist alt, aber gut. Es soll umgewandelt werden in einen Komplex mit Wohn- und Geschäftsflächen. Es ist ein gutes Projekt, wissen Sie.« Zum ersten Mal kam Leben in ihr Gesicht. »Die Wohneinheiten sollen speziell auf Alleinerziehende und ältere Leute zugeschnitten werden. Mit besonderen Vorrichtungen für Car-Sharing. Die Anbindung an den öffentlichen Personennahverkehr ist gegeben. Es wird etwas völlig Neues. Es ist eine zukunftsweisende Idee.«

Er nickte überzeugt. »Wer sind die Investoren? Wir?«

»Ja. Und ein paar Geschäftsleute aus Italien und Japan.« Sie machte eine kurze Pause. »Haschimoto, zum Beispiel.«

Er richtete sich auf. »Haschimoto? Aber er ist gerade erst hergekommen. Ich dachte, er macht in Unterhaltungselektronik.«

»Haschimoto macht in allem.«

»Und wieder bin ich ein bißchen klüger geworden. Hab' ich ihn meinem Vater vor der Nase weggeschnappt, was seine Büroräume anging?«

»Ja.«

Er hob leicht die Schultern. »Dann muß mein Angebot besser gewesen sein als seins.«

Sie lächelte nicht. »Möglich.«

Er gab sie auf als hoffnungslosen Fall. »Wissen Sie, jetzt ist es egal.«

Sie nickte nachdenklich. »Da haben Sie vermutlich recht. Kann ich Sie was fragen?«

»Bitte.«

»Sind Sie all dem gewachsen? Verstehen Sie etwas von Geschäften dieser Art?«

»Nein. Immobilien sind das einzige, von dem ich etwas verstehe.«

»Es wäre also ratsam, wenn ich den anderen nahelege, sich schon mal nach neuen Jobs umzusehen?«

»Bitte. Tun Sie, was Sie für richtig halten. Sie können auch diesen Brieföffner hier nehmen und ihn mir mitten ins Herz stoßen.«

Ihre akkurat gezupften Augenbrauen fuhren einmal kurz in die Höhe. »Ich wollte Sie nicht beleidigen. Ich habe nur gerne klare Verhältnisse.«

Er wurde nicht schlau aus ihr. Sie war nicht wirklich feindselig. Es war eher so, als ginge sie von vornherein in die Defensive. »Ja, das kann ich verstehen. Und ich werde Sie und die anderen über meine Pläne in Kenntnis setzen, sobald ich welche gemacht habe. Im Augenblick habe ich noch das Gefühl, in einer Lawine zu schwimmen. Erklären Sie mir, wo ich die letzte Bilanz, die laufenden Vorgänge und die unerledigte Post finde, und in einer Stunde kann ich Ihnen vielleicht schon mehr sagen.«

Die Akten waren dicker, als er angenommen hatte, und die Post war selbst nach Abzug der Reklame noch ein beachtlicher Berg. Er blätterte sie mutlos durch. Anfragen, Angebote für Partnerschaften in Bauprojekten in allen Teilen Europas, Warentermingeschäfte und eine Verkaufsabrechnung über sage und schreibe fünfhundert Tonnen Kakaobohnen. Er raufte sich die Haare. Offenbar gab es nichts, aber auch gar nichts, worin sein Vater keine Geschäfte gemacht hatte. Er schob die Post beiseite und warf einen Blick auf die Bilanz. Von Bilanzen verstand er nur unwesentlich mehr als von Warentermingeschäften, aber er lernte doch immerhin drei Dinge: Rund achtzig Prozent der Umsätze stammten aus Immobiliengeschäften und Bauvorhaben. Das war immerhin ein Trost. Sein Vater hatte denselben Steuerberater wie er. Das war in gewisser Weise ironisch. Und den Vermögenswerten aus Immobilien, Grundstücken, Aktien, festverzinslichen Werten, Rechten, Kakaobohnen und anderem Unfug von beeindruckenden vierzig Millionen standen noch viel beeindruckendere fünfzig Millionen an Verbindlichkeiten gegenüber. Das hieß mit anderen Worten, er hatte einen Schuldenberg von zehn Millionen geerbt.

Sein Mund wurde trocken. Er klappte die Bilanz zu und schob sie mit einem Ruck von sich weg. Dann schloß er die Augen, lehnte den Kopf zurück und dachte, es kann nicht so schlimm sein, wie es aussieht. Zehn Millionen ...

Na ja. Heutzutage nannte man so was *Peanuts*.

»Mein Name ist Peter Schmalenberg. Börse. Tja, ähm ... wir sind alle ein bißchen verlegen und wissen nicht so richtig, wie wir mit der Situation umgehen sollen. Aber ich will Ihnen wenigstens sagen, im Namen von uns allen, daß es uns sehr leid tut, daß Ihr Vater gestorben ist.«

Magnus schüttelte ihm die Hand. »Danke.«

Sie waren alle zwischen dreißig und vierzig, sie gingen vertraut miteinander um, ein eingespieltes, zumindest an der Oberfläche harmonisches Team. Obwohl er fürs erste dabei blieb, sie alle zu siezen, wenigstens bis er sie ein bißchen besser einschätzen konnte, lernte er nie all ihre Nachnamen. In seinen Gedanken wurden sie zu Peter (Zahlengenie, Börse), Susanne (promovierte Juristin, Vertragsrecht), Bernhard (Gesellschaftsrecht, schlechte Zähne, geschmacklose Krawatte, noch geschmacklosere Scherze), Petra und Sven (die Jüngsten, ewig turtelndes Liebespaar, Immobilienverwaltung), Werner (Asthmatiker, Stirnglatze, ein wandelndes Lexikon in Bauvorschriften), Dawn (kompetent, amerikanisch, freundlich und unverbindlich), Natalie (eine Sphinx) und Birgit (scheu, nervös, jünger als der Rest). Dawn hatte erlesene Brötchen organisiert, nicht einfach nur belegt, sondern mit Salatblättern, Tomatenscheiben und einer sagenhaften Remoulade verfeinert, und Magnus ging mit gutem Beispiel voran und begann zu essen. Bald ließ die allgemeine Verlegenheit nach. Alle griffen zu und berichteten von ihrem individuellen Stand der Dinge, nicht selten mit vollem Mund. Magnus merkte bald, daß diese als Mahlzeit getarnte Teambesprechung allen vertraut war, anscheinend fand so was wenigstens einmal pro Woche statt, und er lernte eine Menge Dinge, indem er ihnen einfach zuhörte.

Sie waren allesamt Spitzenleute und sich ihres Wertes bewußt. Sie arbeiteten selbständig, hatten weitgehende Kompetenzen und trugen die Last ihrer Verantwortung mit routinierter Selbstverständlichkeit. Während der regelmäßigen Besprechungen tauschten sie sich aus, niemand schien dazu zu neigen, seinen Bereich eifersüchtig zu hüten, sie diskutierten auftretende Probleme, und in der Vergangenheit hatte sein Vater hier die neuen Projekte skizziert und die Aufgaben verteilt, bei deren Durchführung er seinen Leuten völlig freie Hand gelassen hatte. Sie schienen alle zufrieden mit ihrem Job, alle sehr engagiert, und er dachte erleichtert, daß keiner von ihnen lange auf der Straße stehen würde, wenn er den Karren in den Dreck fuhr. Oder vielmehr, verbesserte er sich, nicht rechtzeitig wieder aus dem Dreck herauszog. Denn er steckte ja schon bis zu den Achsen drin.

Kurz vor Mittag löste sich die Versammlung auf.

»Ich will nicht versuchen, Ihnen weiszumachen, ich könnte meinen Vater ersetzen«, sagte er zum Schluß. »Das kann ich nicht. Jetzt muß ich mich erst einmal orientieren, und ich bin für jede Hilfe dankbar. Im übrigen schlage ich vor, daß Sie alle einfach genauso weitermachen wie bisher.«

Das hörten sie gern. Sie murmelten ihr Einverständnis und entschwanden in ihre Büros.

Das tat er auch und kämpfte gegen das Gefühl an, er sei ein kleiner Junge, der sich ins Schlafzimmer geschlichen hat und heimlich die Anzüge seines Vaters anprobiert. Du bist nicht hier, weil du so sein willst wie er, betete er sich vor. Du bist nicht freiwillig hier, darum kann dir auch keiner einen Vorwurf machen, wenn es schiefgeht.

Das Telefon klingelte.

Er hob im Affekt ab. »Ja?«

»Herr Ambrosini«, meldete Birgit.

»Wer ist das?«

»Ähm ...« Die Frage schien sie zu überfordern. Sie ist wirklich die große Ausnahme hier, dachte er flüchtig. Nicht besonders gescheit und erst recht nicht selbständig. Er fragte sich, ob Natalie Blum sie genommen hatte, damit sie sicher sein konnte, sich keine Konkurrenz heranzuzüchten.

Er versuchte, ihr auf die Sprünge zu helfen. »Ist er an einem der laufenden Projekte beteiligt?«

»Ich glaub' ... an mehreren.«

»Hm. Sie meinen, er ist wichtig, ja?«

»Sehr«, bestätigte sie mit Inbrunst.

»Na schön. Welchen Knopf muß ich drücken?«

»Keinen. Er ist dran, wenn ich auflege.«

»Okay. Danke.« Er wartete, bis es leise klickte. »Wohlfahrt.«

Ein leises, angenehmes Lachen. »Sie klingen genau wie er.«

»Na ja, wenn man drüber nachdenkt, ist das nicht so verwunderlich. Herr Ambrosini?«

»Richtig. Hören Sie, es tut mir leid. Er wird mir sehr fehlen.« Eine wohlklingende Stimme, tief, aber ziemlich jung, ernst, ehrlich bekümmert, ein kaum wahrnehmbarer Akzent.

»Ja. Danke.«

»Ich nehme an, Sie wissen noch nicht so recht, wo sie mich hinstecken sollen, was?«

»Um ehrlich zu sein, nein. Ich habe noch nicht mal die Post von heute gelesen, geschweige denn, mich mit den laufenden Sachen vertraut gemacht.«

»Ich habe mit Ihrem Vater zusammen ein paar Bauvorhaben durchgeführt. Eins der aktuellen Projekte ist die alte Südhoff-Fabrik.«

»Ja, davon hab' ich gehört.«

»Es steckt noch in den Anfängen, aber er hatte sich viel davon versprochen. Es lag ihm besonders am Herzen.«

»Die Idee klingt gut«, stimmte Magnus zu. Das war alles, was er bislang dazu sagen konnte. Und wollte.

Ambrosini bemerkte seine Reserviertheit. »Wann ist die Beerdigung?« fragte er nach einem kurzen Schweigen.

»Vermutlich nächsten Montag.«

»Kann ich Sie für Dienstag abend zum Essen einladen? Dann können wir über ein paar Dinge reden. Bis dahin haben Sie sich vermutlich mit den Einzelheiten vertraut gemacht.«

»Gern. Wann und wo?«

Er gab ihm eine Adresse am Zoo. »Gegen acht?«

»Einverstanden.«

Nachdem sie sich verabschiedet hatten, nahm Magnus sich entschlossen die Südhoff-Akte vor. Es war ein Projekt mit einem

Investitionsvolumen von fünfundvierzig Millionen. Das alte Fabrikgelände in Hafennähe war größer, als er es in Erinnerung hatte. Es war ein ehrgeiziges Vorhaben, aber der Bedarf für den Wohnraum bestand durchaus, und der Kaufpreis kam ihm sehr günstig vor. Es würde keine öde Schlafstätte werden. Eine Ladenstraße war geplant, große Grünflächen, Restaurants, Cafés, Spielplätze für die Sprößlinge der Alleinerziehenden. Die Bauanträge waren gestellt, die ersten Genehmigungen lagen vor, Ausschreibungen liefen. Ambrosinis Beteiligung lag bei rund siebzig Prozent.

Er ging noch einmal den Poststapel vom Morgen durch, denn er glaubte sich zu erinnern, daß zwei Angebote dabeigewesen waren, die sich auf das Projekt bezogen. Und so war es auch. Er wollte sie zur Akte legen und entdeckte ganz unten im Poststapel einen verschlossenen cremefarbenen Umschlag. Neugierig hob er ihn auf. Er war an Herrn Arthur Wohlfahrt adressiert, mit dem Vermerk ›persönlich/vertraulich‹, was vermutlich der Grund war, warum er ungeöffnet geblieben war. Nach kurzem Zögern riß er ihn auf. Auf einem DIN A5-Bogen aus dem gleichen cremefarbenen Papier stand in einer großen, energischen Handschrift:

Du bist der größte Heuchler, den ich in meinem Leben getroffen habe. Ich kann Dir nicht sagen, wie enttäuscht ich bin. Du widerst mich an. Es wird sich wohl nicht vermeiden lassen, daß wir gelegentlich bei gesellschaftlichen Anlässen zusammentreffen, aber sprich nie wieder mit mir. Für mich bist Du gestorben. Johannes Herffs

Magnus starrte betroffen auf die Unterschrift. Johannes Herffs war sein Steuerberater. Mitte Fünfzig, kompetent, erfahren und schlau, aber das fleischgewordene Klischee des mausgrauen, biederen Steuerfritzen. Was in aller Welt konnte sein Vater getan haben, um einen so nüchternen Mann zu einer solchen Reaktion zu verleiten?

Er stützte das Kinn auf die Faust und starrte aus dem Fenster.

Was zum Henker war hier passiert? Er war immer überzeugt gewesen, sein Vater habe zu den wenigen Auserwählten gehört, denen es gelingt, erfolgreich zu sein und dabei anständig zu bleiben. Er hatte diese Überzeugung nie einer kritischen Betrachtung unterzogen, aber dazu hatte es auch nie einen Anlaß gegeben. Sie beruhte schließlich auf langjähriger, persönlicher und leidvoller Erfahrung. Es hatte Zeiten gegeben, da hatte er sich sehnlich gewünscht, sein Vater wäre nicht so verflucht anständig. Es hätte vieles leichter gemacht. Aber daran war einfach nicht zu rütteln gewesen, er hatte es weiß Gott versucht. Jetzt taten sich mit einem Mal Risse in der makellosen Fassade auf. Die Fassade war der Mann mit der Villa auf dem Land, dem Haus auf Mykonos und dem märchenhaften Privatvermögen. Durch den Riß sah man die Firma, die er irgendwie in gefährliche Gewässer manövriert hatte. Die Fassade war der Mann, der Schirmherrschaften für gemeinnützige Organisationen übernahm freigebig spendete, zu den erlauchtesten gesellschaftlichen Kreisen zählte, ein fürsorglicher Ehemann und Vater gewesen war, ein leuchtendes Beispiel. Und was verbarg sich dahinter? Heuchler, hatte Herffs geschrieben ...

Es klopfte, und Natalie kam unaufgefordert herein. »Wenn nichts mehr anliegt, geh' ich jetzt.«

Er machte eine einladende Geste. »Schönen Abend.«

»Gleichfalls.«

»Frau Blum ...«

Sie drehte sich an der Tür noch mal um. »Ja?«

»Gibt es hier eine Computeranlage?«

Sie schüttelte den Kopf. »Jeder hat einen, abgesehen von Ihrem Vater, aber wir sind nicht vernetzt.«

»Grundgütiger, wie in der Steinzeit ... Könnten Sie mir einen besorgen? Und ein Modem?«

»Natürlich.«

»Beleidige ich Sie, wenn ich Sie um so etwas bitte? Sollte ich Birgit damit beauftragen?«

»Keineswegs.«

»Warum sehen Sie mich dann so an, als hätte ich Ihnen ein unsittliches Angebot gemacht?«

Für einen Moment weiteten sich ihre Augen, dann verschränkte sie die Arme vor der Brust. »Sie können mich mit allem beauftragen, was Ihnen Spaß macht, ich hab' kein Problem damit, daß irgendwas unter meiner Würde sein könnte. Für Ihren Vater habe ich manchmal Verhandlungen mit Banken oder Projektpartnern geführt, wenn ich genau wußte, was er wollte, aber ich hab' auch seine Diktate geschrieben, wenn's mal eng wurde. Ich mache hier meinen Job, verstehen Sie, so gut ich kann. Und wenn Ihnen nicht gefällt, was für ein Gesicht ich dabei mache, müssen Sie mich entweder feuern oder woanders hingucken.«

Er nickte knapp und ließ sie nicht aus den Augen. »Ich werd's mir überlegen.«

Sie wandte sich abrupt ab und schloß die Tür mit etwas mehr Schwung als nötig.

Magnus sah ihr nach und fragte sich, ob sie seinen Vater umgebracht hatte. Es war immerhin möglich. Jedenfalls war er sicher, daß der Täter in seinem beruflichen Umfeld zu suchen war, nicht im privaten. Und alles, was er heute gesehen und erlebt hatte, bestärkte diesen Verdacht.

Die äußeren Büroräume waren still und verlassen, als er ging. Offenbar war er der letzte. Mit dem Schlüsselbund seines Vaters schloß er die Etagentür ab und ging zur Tiefgarage hinunter. Draußen war es inzwischen fast dunkel, und es regnete wieder. Auf der kurzen Heimfahrt ließ er noch einmal alles Revue passieren, was an diesem Tag passiert war. Und das beschäftigte ihn so sehr, daß er den blauen Audi überhaupt nicht zur Kenntnis nahm, der ihn bis nach Hause verfolgte.

»Bist du ins Hotel gezogen?« fragte der Mann.

»Nein.«

»Es war kein Vorschlag, Natalie.«

»Herrgott, wie stellst du dir das vor? Was, wenn mich jemand sieht? Und was soll aus meinem Kater werden?«

Sie studierten beide den Fahrplanaushang am Ende von Bahnsteig 12 des Hauptbahnhofes. S-Bahnen rauschten heran, spuckten Menschen aus, und andere stiegen zu, aber der eigentliche Berufsverkehr war vorbei. Auf dem Bahnsteig war es ruhig. Niemand war in ihrer Nähe. Sie sprachen leise und sahen sich nicht an.

»Du bist zu unvorsichtig.«

»Ich pass' schon auf. Ich habe drei Sicherheitsschlösser an der Wohnungstür, da kommt niemand rein. Und selbst wenn. In der Wohnung gibt es nichts zu finden.«

»Nur dich.«

»Nach mir sucht niemand.«

Unvermittelt wechselte er das Thema. »Wie ist der Junior?«

»Arrogant, eingebildet, ein hübscher Knabe.«

»Das interessiert mich nicht«, fuhr er sie barsch an.

Sie seufzte leise. »Er ist sehr intelligent, würde ich sagen. Wenn er dich ansieht, hast du das Gefühl, er sieht auch, was hinter dem steckt, was du zu ihm sagst. Er fühlt sich mit der Firma überfordert; als er die Bilanz gesehen hat, hat er sich fast ins Hemd gemacht, er hat Angst zu versagen. Aber es heißt, er sei ein guter Geschäftsmann. Er wird's schon lernen.«

»Und wird er so gefügig sein wie sein alter Herr?«

Sie überlegte einen Augenblick. »Ich bin nicht sicher.«

»Hm. Wenn nicht, wird er gefügig gemacht. Du bleibst jedenfalls vorläufig, wo du bist.«

»Er will einen Computer mit Netzanschluß.«

»Kopier alles, was du kriegen kannst. Laß mich seine E-Mail-Adresse wissen, damit wir ihn anzapfen können.«

»Gut.«

»Das ist alles.«

Eine S-Bahn fuhr ein. Sie wandte sich ab, ließ die Bänder in seine Manteltasche gleiten, sah auf ihre Uhr, dann auf die Anzeigetafel und stieg in die Bahn.

4

Seit drei Minuten klingelte es an der Tür. Immer im Abstand von etwa zehn Sekunden. Offenbar hatte er einen sehr geduldigen, sehr hartnäckigen Besucher. Er gab einfach nicht auf.

Magnus wälzte sich grummelnd auf die Seite und sah auf die Uhr. Halb fünf. Widerwillig schwang er die Beine aus dem Bett und stand langsam auf. Er stand immer langsam auf. Wenn er es überstürzte, kippte er für gewöhnlich auf der Stelle wieder um. Er zog seinen Bademantel über und ging zur Tür. Es gab keine Gegensprechanlage. Er drückte auf den Knopf für die Haustür, öffnete dann die Etagentür und trat hinaus. Wenn man sich nach rechts geneigt übers Geländer lehnte, konnte man sehen, wer die Treppe hinaufkam.

»Fernando?«

Der alte Mann schnaufte, als er bei ihm ankam. »Komm nach Hause, Magnus.«

»Was ist passiert?«

Fernando deutete ein Kopfschütteln an.

Magnus nahm seinen Arm, zog ihn in sein Büro und schloß die Tür. »Was ist los? Kannst du nicht bitte ein einziges Mal die Zähne auseinanderbringen und reden? Mach eine Ausnahme, he?«

Fernando blinzelte und ballte die Faust um die Wagenschlüssel. »Sie hat sich die Pulsadern aufgeschnitten. In der Badewanne. Sie lebt. Rosa hat die Tür aufgebrochen und sie verbunden und den Doktor gerufen.«

»O mein Gott ...«

»Der Junge hat fast den Verstand verloren, als er sie gesehen hat. Ich werd' nicht mit ihm fertig. Komm nach Hause, Magnus.«

Komm nach Hause, Magnus. Im Grunde ist ja alles deine Schuld, also komm nach Hause und sühne. Er lehnte sich gegen die Wand und schloß die Augen. Meeresrauschen war in seinen Ohren.

»Magnus?«

»Sekunde.«

»Tablette?«

»Nein. Geht gleich vorbei.« Er öffnete die Augen langsam, Millimeter für Millimeter und fixierte einen Punkt an der Wand über Fernandos rechter Schulter, bis der Schleier verschwand und die Welt aufhörte zu schwanken.

»Warte, ich zieh' mir was an.« Er tastete sich an der Wand entlang ins Schlafzimmer, zerrte ein Paar Jeans und irgendein Hemd aus dem Schrank und nahm sicherheitshalber doch eine von den Tabletten. Gestern war er nicht imstande gewesen, die Packung auch nur anzusehen. Jetzt, da die Tabletten den Unterschied zwischen einem Wrack und einem funktionsfähigen Organismus ausmachten, überwand er seine Aversion ohne Mühe.

Als er ins Büro zurückkam, stand Fernando noch immer am selben Fleck, als habe er sich nicht gerührt.

Magnus hatte vorgehabt, seinen Wagen zu nehmen, aber als er den alten Mann ansah, entschied er sich anders.

»Komm, laß uns gehen. Gib mir die Schlüssel.«

Fernando erhob keine Einwände. Als er auf dem Beifahrersitz saß, verknotete er nervös die Finger ineinander, aber nicht, so schien es, weil es so ungewohnt war, zwei freie Hände zu haben, sondern weil die Sache ihm wirklich zusetzte.

»Habt ihr einen Notarzt gerufen?«

»Nein. Doktor Burkhard.«

»War er schon da, als du fuhrst?«

»Ja.«

»Was hat er gesagt?«

»Sie müßte nicht unbedingt ins Krankenhaus. Weil Rosa so schnell war.«

»War Carla bei Bewußtsein?«

»Ja. Sie wollte auf keinen Fall ins Krankenhaus.«

Magnus fuhr mit hundertdreißig über die stille Landstraße. Sie schwiegen eine Weile.

»Polizei war da«, berichtete Fernando schließlich.

»Ich weiß.«

»Sie sagt, ich hab' ihn umgebracht.«

»Wer? Die Polizei?«

»Nein. *Sie.* Weil ich ihm seine Tabletten gegeben habe. Sahen aus wie immer. Weißes Röhrchen, orangefarbener Streifen, gleiche Aufschrift. Ich weiß doch, wie sie aussehen. Geb' sie ihm seit zwölf Jahren alle zehn Tage, immer wenn sein altes Röhrchen leer ist. Ich weiß immer genau, wann zehn Tage um sind. Weil er ja selbst nie dran denkt. Aber sie sagt, sie sorgt dafür, daß ich ins Gefängnis komme. Sie sagt, sie will uns nicht länger im Haus haben.«

Dieser ungewöhnliche Redeschwall verriet Magnus, daß Fernando wirklich tief getroffen sein mußte. Er sah zu ihm hinüber. Eine einzelne Träne lief über das alte, runzelige Gesicht.

Er streckte die Hand aus und drückte kurz seinen Arm. »Das darfst du dir nicht zu Herzen nehmen. Sie weiß nicht, was sie redet.«

Fernando schüttelte langsam den Kopf. »Sahen aus wie immer.«

»Natürlich. Wer immer sie vertauscht hat, hat das Röhrchen geleert und die falschen Tabletten reingetan. Wo ... wo hattest du die Tabletten her?«

»Handschuhfach. Ich hol' sie aus der Apotheke, tu' sie ins Handschuhfach.«

»Wie lange waren sie da drin?«

»Zehn Tage. Ich hol' immer noch am selben Tag neue, wenn wir ein Röhrchen anbrechen.«

Magnus antwortete nicht gleich. Er war verblüfft, wie sorgsam Fernando über die Gesundheit seines Vater gewacht, wie systematisch er alles organisiert hatte. Dabei war der Alte überhaupt kein systematischer Mensch. Ein Blick in die Garage oder den Geräteschuppen reichte, um das zu wissen.

Er seufzte. »Irgendwer hat zehn Tage Zeit gehabt, um den Austausch vorzunehmen. Nachts zu Hause, tagsüber in der Garage am Büro, die Möglichkeiten waren zahllos. Dich trifft keine Schuld.«

»Wagen ist immer abgeschlossen. Immer.«

»Wer einen so teuflischen Mordplan ausdenken kann, für den ist ein Wagenschloß ganz sicher kein Problem.«

Fernando atmete zittrig ein und aus. »Sie will uns nicht mehr im Haus haben.«

»Sie wird sich beruhigen. Du weißt doch, wie sie ist. Sie wird wieder zu Verstand kommen.«

Mehr sagten sie nicht. Zehn Minuten später bog Magnus durch das schmiedeeiserne Tor, das sich wie von Geisterhand öffnete, nachdem er auf den Knopf des kleinen Senders neben der Lenksäule gedrückt hatte.

Jede Lampe im Haus schien eingeschaltet zu sein. Alle Fenster waren hell erleuchtet, als sei ein großes Fest im Gange. Aber kein einziger Wagen stand in der halbmondförmigen Auffahrt, und als sie eintraten, herrschte Totenstille.

Magnus gab Fernando seinen Schlüssel zurück. »Hier. Versuch, ein paar Stunden zu schlafen. Geh nur.«

Fernando nickte und schlurfte Richtung Küche davon.

Magnus stand unentschlossen in der Halle. Er war gerast, um herzukommen, getrieben von Fernandos stummer Verzweiflung und den grauenhaften Szenen, die sich in seiner

Phantasie abspielten. Jetzt, da er hier war, hatte er jeglichen Antrieb verloren. Was nun, fragte er sich ratlos. Wem willst du deine heilspendenden Hände zuerst auflegen, weiser Magnus?

Dr. Burkhard erschien auf der Treppe. Er hielt Rosa am Arm gepackt und führte sie fast rüde die Stufen hinunter. »Kommen Sie. Lassen wir sie ein Weilchen in Frieden. Sie wird es nicht wieder tun. Nicht heute nacht. Ah, Magnus.«

Sie schüttelten sich die Hände.

Rosa sah ihn vorwurfsvoll an und drückte ihr viel bemühtes Taschentuch an die Augen. »Wo bleibt ihr nur so lange? Nie bist du da, wenn du gebraucht wirst.« Sie ließ sie stehen, ohne auf eine Rechtfertigung zu warten. Vermutlich wußte sie, daß keine kommen würde.

»Wie geht es ihr?« fragte Magnus.

Burkhard schüttelte seinen zerzausten weißen Lockenkopf. »Mir wäre wohler, sie würde sich in Behandlung begeben. Das hätte sie schon vor fünf Jahren tun sollen. Jetzt ist der Bogen überspannt. Das hier hat viel weniger mit dem Tod deines Vaters zu tun, als sie uns und sich einreden will.«

Magnus fiel aus allen Wolken. »Aber wieso ...?«

»Wieso? Das weißt du nicht? Nun, ich kann es dir nicht sagen. Ich stehe unter Schweigepflicht. Frag sie. Geh zu ihr. Bleib bei ihr, bis sie eingeschlafen ist.«

Magnus schüttelte den Kopf. »Sie wird mich nicht sehen wollen.«

Burkhard lächelte schwach. »Du irrst dich.« Für einen Augenblick schien es, als wolle er noch etwas hinzufügen, aber er besann sich.

»Schön, meinetwegen. Aber erst besorg' ich Ihnen was zu trinken.«

»Nicht nötig. Ich weiß, wo alles steht. Ich werde im Wintergarten ein stilles Glas auf sein Andenken trinken, und dann gehe ich nach Hause.«

»Wie Sie wollen. Danke, daß Sie gekommen sind. Was für eine Plage die Nachbarschaft für Sie sein muß.«

Der Doktor lachte leise. »Das ist sie. Weiß Gott. Aber seit wir dich großgekriegt haben, werde ich nicht mehr so häufig aus dem Bett geklingelt. Was für ein kränkliches, blutarmes Kerlchen du warst. Und heute ... sieh dich an.« Er schüttelte den Kopf, offenbar verwundert über den Wandel, den die Zeit mit sich brachte. Er nahm seine große Tasche vom Boden auf. »Geh zu ihr, sei so gut. Ich würde beruhigter nach Hause gehen.«

Er war zu Tode erschrocken, als er sie sah. Sie lag mit geschlossenen Augen reglos auf dem Rücken, die Arme mit den verbundenen Handgelenken über der Decke neben sich. Ihre feinen dunklen Haare lagen in wirren, verklebten Strähnen auf dem Kissen, ihre Haut war grau, fast teigig. Carla war achtunddreißig oder neununddreißig, ganz sicher wußte er es nicht. Aber ihr filigranes Gesicht mit den großen, dunklen Augen, der extrem schmalen Nase und dem kleinen Mund war immer faltenlos und frisch gewesen, ihr schmaler Körper mädchenhaft. Immer, wenn er sie sah, hatte er verstohlen nach ersten Anzeichen des Alterns Ausschau gehalten, immer vergeblich. Jetzt waren sie legionenweise aufmarschiert. Und das machte ihn ärgerlich. Fast wütend.

»Carla.« Er kam näher, setzte sich auf die Bettkante und berührte vorsichtig ihre Hand.

Sie öffnete die Augen. Sie waren rotgerändert und glanzlos, ihr Blick wirkte stumpf und vage von dem Beruhigungsmittel, das Burkhard ihr gegeben hatte.

Er beugte sich vor und küßte sie auf die Stirn.

»Rosa ist ein Ungeheuer«, sagte sie. »Ich habe sie immer gehaßt, wußtest du das?«

»Ja.«

»Ich wollte keine melodramatischen Szenen. Ich wollte mich

davonschleichen. Aber ich habe nichts zu sagen in meinem eigenen Haus.«

»Geh nicht weg, Carla. Bitte. Ich weiß, was er dir bedeutet hat, aber ...«

»Ja? Weiter. Ich bin dankbar für jeden guten Grund, den du mir nennen kannst.«

»Du wirst es überwinden.«

»Woher willst du das wissen?« Er vermutete, es hätte verächtlich geklungen, wenn ihre Stimme genug Kraft gehabt hätte.

»Weil es so nun einmal ist. Man trauert, erst so, daß man es nicht aushält, dann irgendwann ein bißchen weniger, dann gewöhnt man sich daran, und dann fängt man an zu vergessen. Es ist ein natürlicher Prozeß.«

»Du meinst, so war es für dich, als deine Mutter gestorben ist.«

»Ja.«

»Denkst du, es ist vergleichbar?«

»Ich bin nicht sicher. Aber ich glaube, eigentlich doch. Verlust ist Verlust.«

Sie kaute an ihrer Unterlippe und schien tief in Gedanken versunken. Es war so lange still, daß er sich fragte, ob sie überhaupt noch wußte, daß er da war.

»Verlust«, sagte sie schließlich langsam. »Das ist es, worauf letztlich alles hinausläuft, nicht wahr?«

»Nein.«

»Doch. Es ist so. Du willst es nur nicht glauben.«

»Du hast recht, das will ich nicht glauben. Nur weil der Verlust am Ende steht, muß er nicht die eigentliche Bedeutung sein.«

Sie hob eins ihrer dick verbundenen Handgelenke. »Zuerst, als er krank wurde, war ich verzweifelt. Ich fühlte mich überfordert, betrogen. Und schuldig. Aber dann ... war ich froh. Die letzten Jahre waren unsere besten. In gewisser Weise. Und ich bin dankbar, daß wir diese Jahre hatten. Du irrst dich, wenn du glaubst, ich könnte nicht ertragen, daß er tot ist. Ich hatte genug Zeit, mich darauf vorzubereiten. Er fehlt mir. Er war ein guter Grund für mich, mich zusammenzunehmen und zu funktionieren.« Ihre Stimme wurde leise und schleppend, und ihre Augenlider senkten sich wie in Zeitlupe. »Magnus?«

»Ja?«

»Wußtest du, daß er sich sterilisieren ließ, nachdem deine Mutter gestorben war?«

»Nein.«

Sie nickte kraftlos. »Er hat mir das nie verheimlicht. Als wir uns kennenlernten, war es längst passiert. Er war ... ein pragmatischer Mann. Er hatte zwei Söhne, das war genug, fortan wollte er sich unbeschwert ... Du hast vermutlich keine Ahnung, was für einen Ruf dein Vater hatte, als ich ihn kennenlernte. Er war immer diskret, immer rücksichtsvoll, aber er ließ nichts anbrennen. Er war ein reicher, gutaussehender Mann Mitte Vierzig, das war nur normal. Ich habe geschafft, was alle für unmöglich hielten. Er verliebte sich in mich und brachte mich in dieses Haus. Ich wurde beneidet und beglückwünscht. Aber ...«

»Du wolltest ein Kind?«

Sie legte einen Arm über die Augen. »Du weißt ja nicht, wie das ist, Magnus. Das kannst du dir einfach nicht vorstellen.«

Als sie fest schlief, schlich er geräuschlos hinaus. Auf dem Weg nach unten schaltete er ein paar Lampen aus. Das erste graue Tageslicht kroch zwischen den Ritzen der Vorhänge im kleinen Eßzimmer hindurch. Magnus schob sie beiseite und warf einen Blick in den Garten. Es war wieder nebelig.

Er fand Taco im Musikzimmer hinter der Bibliothek. Nur mit einer Jeans bekleidet, saß er vor dem monumentalen Flügel ihrer Mutter, einem schwarzglänzenden Meisterstück aus dem Hause Bösendorfer. Der Deckel der Klaviatur war aufgeklappt, aber Taco spielte nicht. Seine nackten Füße standen links und rechts der Pedale, er hatte die Hände unter die Oberschenkel geschoben und wiegte seinen Oberkörper leicht vor und zurück. Magnus sah zum ersten Mal, wie mager er war, seine Rippen waren deutlich erkennbar, sein Bauch so eingefallen, daß zwischen der Haut und dem Bund seiner Jeans eine Lücke klaffte. Magnus betrachtete ihn einen Augenblick und dachte, Gott, was für eine grauenhafte Familie. Was für ein neurotischer, dekadenter Haufen.

Die Luft im Raum war eiskalt und feucht, die Gartentür stand sperrangelweit offen. Magnus schloß sie und schaltete die Heizung ein. »Willst du dir den Tod holen?«

»Keine Ahnung.«

»Hm. Wenn schon nicht an dich, dann denk wenigstens an den Bösendorfer. Er verträgt keine Temperaturschwankungen. Von Feuchtigkeit ganz zu schweigen.«

Taco antwortete nicht.

Magnus ging zu ihm und legte ihm die Hände auf die Schultern. Die Haut fühlte sich glatt und sehr kalt an. Er rieb ihm die Oberarme. »Du mußt dir was überziehen.«

»Warum machst du mir immerzu Vorschriften?« fragte er in einem quengeligen Ton.

»Wenn ich es nicht tue, wirfst du mir vor, ich kümmere mich nicht um dich. Vielleicht solltest du dich mal entscheiden, was du denn nun eigentlich von mir willst.«

Taco zog die Schultern hoch, und Magnus ließ ihn los.

»Spiel was.«

»Nein.«

»Komm schon.«

»Was denn? Irgendwas, das der Situation angemessen wäre? Rachmaninow? Oder wie wär's hiermit?« Er zog die Hände unter seinen Oberschenkeln hervor und spielte die ersten Läufe der Revolutionsetüde, drosch auf die Tasten ein, als wolle er sie zertrümmern. Aber er hörte sofort wieder auf. Die Stille war plötzlich nicht mehr drückend, sondern wohltuend wie Balsam. Taco verschränkte die Hände im Nacken und senkte den Kopf. »Ich hab' völlig die Nerven verloren, Magnus. Ich hab' mich mal wieder so richtig nützlich gemacht. Aber das darf sie einfach nicht tun. Nicht sie auch noch.«

»Was heißt das, nicht sie auch noch? Wer sonst hat sich die Pulsadern aufgeschnitten?«

»Der Weg spielt keine Rolle, oder? Im Grunde hat er sich doch auch selbst umgebracht. Auch wenn es letzten Endes jemand anders war, der ihm deine oder meine Pillen untergejubelt hat, aber er hat doch alles darangesetzt, sich kaputtzumachen. Alle verpissen sich. Du in gewisser Weise auch. Nicht ganz so drastisch, aber das macht keinen großen Unterschied.«

Magnus atmete tief durch und zündete sich eine Zigarette an. »Ich bin hier, oder?«

»O ja. Immer zu Geburtstagen, Weihnachten und Katastrophen.«

»Also alles in allem ziemlich häufig.«

»Ach.« Taco schüttelte ärgerlich den Kopf. »Du weißt genau, was ich meine. Was mach' ich denn jetzt nur? Woher weiß ich, daß sie's nicht morgen wieder versucht? Ich kann doch nicht die Verantwortung für sie übernehmen.«

Stimmt, dachte Magnus, du kannst ja nicht mal die Verantwortung für dich selbst übernehmen. Aber das war natürlich unfair. Taco war ein kleiner, stummer Junge gewesen, als Carla zu ihnen zog, und sie hatte sich ihm mit großer Geduld und Hingabe gewidmet. Sie war die einzige Mutter, die er je gekannt hatte. Vermutlich konnte man wirklich nicht verlangen, daß er plötzlich eine Art Rollentausch mit ihr einging.

»Niemand erwartet, daß du die Verantwortung für sie übernimmst. Die trägt sie immer noch selbst, und die läßt sie sich auch nicht wegnehmen. Komm, Taco, spiel was für mich. Es hat keinen Sinn, hier zu sitzen und düstere Gedanken auszubrüten. Spiel Schubert, ja? Das Es-Dur Impromptu.«

Taco schnaubte. »Sonst noch Wünsche? Meine Finger sind Eiszapfen, und das hab' ich seit Ewigkeiten nicht mehr ...«

»Du brauchst mir nichts vorzulügen. Du hast es vor zwei Wochen auf einer Matinee im Partika-Saal gespielt.«

Taco machte mit dem Hocker eine Neunzig-Grad-Drehung und sah zu ihm hoch. »Du warst da?« fragte er ungläubig.

Magnus nickte. »Ich komme immer, wenn ich kann, weißt du.«

Taco war verlegen und erfreut zugleich. »Ich war nicht gerade in Höchstform vorletzten Sonntag.«

»Nein. Aber der Schubert war wirklich gut. Spiel's, ja? Bitte.«

Taco willigte ein, ließ einmal kurz die Schultern kreisen und legte die Hände auf die Tasten. Er konzentrierte sich einen Moment und begann dann zu spielen. Sein Anschlag war entschlossen, aber federleicht, er spielte ohne Pathos, die langen, rasant schnellen Läufe schienen unter seinen Fingern ohne jede Mühe aus den Tasten zu fließen, und seine Virtuosität und der sprudelnde Übermut des Stückes erfüllten Magnus für einen kurzen Moment mit purer Lebensfreude.

Als Taco geendet hatte, legte er die Hände in den Schoß und atmete tief durch. »Ging doch«, murmelte er, als beende er eine fruchtlose Debatte mit sich selbst.

Magnus zog seinen Pullover über den Kopf und hängte ihn dem Bruder um die mageren Schultern. »Danke.«

Taco nickte zerstreut und legte den Kopf zur Seite, um die warme Wolle an seiner Wange zu spüren. »Hm. Schön.«

»Wenn du mir ein paar Sportklamotten und Laufschuhe borgst, kannst du ihn behalten.«

Taco wandte sich zu ihm um. »Willst du nach Hause joggen?«

»Zumindest die ersten paar Kilometer. Ich hab' nicht genug geschlafen, also muß ich laufen, sonst bin ich den ganzen Tag nichts wert.«

»Und das wäre unverzeihlich, was? *Carpe diem.* Stimmt's nicht, Magnus?«

»Vielleicht, ich weiß nicht. Was ist nun mit den Sportsachen?«

Taco machte eine einladende Geste. »Du weißt, wo du sie findest.«

»Danke.«

»Magnus ...«

»Hm?«

»Komm wieder, ja? Heute abend. Bitte.«

Magnus spürte förmlich, wie sich das Netz immer enger und enger um ihn zusammenzog. »Schön, meinetwegen.«

Dawn begrüßte ihn, als gehöre er schon zum Inventar, Natalie nickte ihm mit einem höflichen »Guten Morgen« zu, ohne wirklich von ihrer Arbeit aufzusehen, Birgit heulte verstohlen in ihre Kaffeetasse.

Magnus blieb kurz an ihrem Schreibtisch stehen. »Kann ich irgendwie helfen? Wollen Sie vielleicht lieber wieder nach Hause gehen?«

Sie schüttelte energisch ihren braunen Pagenkopf und schneuzte sich verlegen. »Nein, danke.«

»Sie hat eben die Beutel mit dem widerwärtigen Kräutertee weggeworfen, den Ihr Vater immer getrunken hat«, sagte Natalie in seinem Rücken. »Das hat diese Flutwelle ausgelöst. Wahrscheinlich kriegt sie ihre Tage«, fügte sie brutal hinzu.

Magnus wandte sich langsam zu ihr um und warf ihr den eisigsten Blick zu, den er im Repertoire hatte. Er bekam langsam ernsthafte Zweifel, ob er und sie eine lange gemeinsame Zukunft vor sich hatten. »Rufen Sie freundlicherweise Herffs an, und machen Sie einen Termin. Wenn's geht, für heute. Und wenn ich Ihre Meinung über die Gemütsverfassung Ihrer Kollegen hören will, werde ich ganz bestimmt danach fragen.«

Sie verdrehte die Augen und verzog verächtlich den Mund. »Sehr wohl.«

»Wo kriege ich einen Kaffee?«

»Ich bring' Ihnen einen«, bot sie seufzend an.

»Nein, danke.« So leicht war er nicht versöhnt.

»Kooperativer Führungsstil? Jeder holt sich seinen Kaffee selbst?« erkundigte sie sich sarkastisch.

»Ich führe hier überhaupt niemanden. Ich wüßte ja nicht mal, wohin. Und solange ich hier nur blödes Imponiergehabe statt ein bißchen Unterstützung kriege, wird das auch so bleiben. Und das ist genau das, was Sie wollen, stimmt's?«

Sie blinzelte verblüfft. Mit einer so direkten Attacke hatte sie nicht gerechnet. Dann schüttelte Sie langsam den Kopf. »Nein, das ist nicht wahr. Da vorn ist die Teeküche.« Sie wies auf eine schmale Tür hinter Birgits Schreibtisch.

Er zog den Mantel aus und holte sich einen großen Becher Kaffee.

Auf dem Rückweg machte er noch einmal kurz bei Birgit halt. Sie hatte den Kopf tief über ihre Arbeit gebeugt, sie wirkte, als wolle sie sich hinter ihrem Bildschirm verkriechen.

»Ich weiß nicht, was es hier an persönlichen Gegenständen von ihm gibt. Aber wenn irgend etwas dabei ist, was Sie gern als Andenken hätten, sagen Sie's mir.«

Ihr Kopf fuhr hoch. Sie sah ihn an, und in ihren Augen stand so große Verstörtheit, ein so bitterer Schmerz, daß er innerlich schauderte. Lieber Himmel, was hat sie in ihm gesehen?

Ihr Mund war leicht geöffnet, und wieder liefen Tränen über ihr reizloses Gesicht. »Der Rechenschieber?« fragte sie mit banger Hoffnung.

»Rechenschieber?« wiederholte er verständnislos.

Sie nickte. »Er liegt in seinem Schreibtisch. Wie ein Messinglineal. Er konnte alles damit ausrechnen. Alles. Er hat mir manchmal gezeigt, wie er funktioniert. Er wußte, daß ich davon fasziniert war. Es ist ... rein mechanisch. So genial ausgedacht ...«

Er lächelte sie an. »Sie können ihn gern haben. Und wenn Sie Lust haben, zeigen Sie mir, wie er funktioniert.«

Ihr Gesicht hellte sich auf. »Natürlich. Und danke.«

Natalie gab nicht zu erkennen, was sie von diesen Sentimentalitäten hielt. »Sie haben Besuch«, sagte sie, als er an ihr vorbeikam. »Ein Herr Wagner.«

Er nickte knapp und würdigte sie keines Blickes.

Wagner hatte es sich in einem der bequemen Sessel gemütlich gemacht und rauchte einen seiner stinkenden Zigarillos. Als Magnus eintrat, stand er auf und schüttelte ihm die Hand.

»Möchten Sie vielleicht auch einen Kaffee?« bot Magnus an.

»Nein, danke, die Damen haben schon gefragt. Ich bin unter anderem vorbeigekommen, um ihnen ein paar vielleicht erfreuliche Mitteilungen zu machen.«

»Ah ja?« Magnus setzte sich ihm gegenüber. »Dann her damit. Im Moment gibt es selten erfreuliche Neuigkeiten.«

»Hm, das sieht man Ihnen an. Schlecht geschlafen?«

»Glauben Sie, mein Gewissen raubt mir den Schlaf?«

Wagner lächelte ihn treuherzig an. »Ich habe die Laborergebnisse und den Obduktionsbericht bekommen. Die Pathologen sagen, daß er das Beta-Dingsbums hier im Büro zu sich genommen haben muß. Etwa eine halbe bis eine Stunde, bevor der Infarkt eintrat. Da war er schon hier. Nun hätte natürlich jedes Familienmitglied von den Tabletten im Handschuhfach wissen und den Austausch vornehmen können. Aber das Röhrchen ist verschwunden. Und der Chauffeur schwört Stein und Bein, daß Ihr Vater das Tablettenröhrchen immer in der Jackettasche hatte. Immer. Aber im Krankenhaus wurde es bei seinen Sachen nicht gefunden. Das bedeutet, daß irgend jemand hier in der Firma seine Finger im Spiel haben muß. Keiner von der Familie war an dem Vormittag hier. Alle haben Alibis. Aber hier ist das allentscheidende Tablettenröhrchen verschwunden.«

Magnus dachte darüber nach. »Kein sehr kluger Zug. Wären die Tabletten noch in seiner Tasche gewesen, hätte alles auf die Familie hingedeutet. Und Fernando.«

»Ja. Meine Güte, der arme Kerl nimmt die Sache sehr persönlich.«

Magnus lächelte schwach. »Na ja, er hat einen Hang zum Theatralischen. Und sie waren sehr alte Freunde, mein Vater und er.«

»Hm. Jedenfalls hat unser Unbekannter mit seinem unklugen Zug, wie Sie sagen, das Bild verändert. Es gibt drei Möglichkeiten.« Er machte eine Pause, um sein Zigarillo mit ein paar paffenden Zügen zu neuem Leben zu erwecken.

»Entweder das schuldige Familienmitglied hat hier im Büro einen bezahlten Komplizen, der die Tabletten beiseite geschafft hat«, fuhr Magnus für ihn fort, »oder der Mörder ist einer der Mitarbeiter.«

»Hm.«

»Und die dritte Möglichkeit?«

»Die dritte Möglichkeit ist, daß er das Tablettenröhrchen ausnahmsweise nicht in die Tasche gesteckt, sondern irgendwo hier in seinem Büro liegengelassen hat, im Schreibtisch vielleicht.«

»Ich habe es nicht gefunden, aber Sie können gern selber nachsehen.« Magnus machte eine einladende Geste.

Wagner hob leicht die Schultern und wedelte verneinend sein Zigarillo. »Das kann ich mir sparen. Wenn es so gewesen wäre, wären Sie der Hauptverdächtige aus dem Familienkreis, weil Sie als einziger seither in diesem Büro waren. Also hätten Sie es längst verschwinden lassen.«

Magnus schüttelte ernüchtert den Kopf. Wagners gute Neuigkeiten, fand er, taugten nicht viel. »Ich sehe, Ihr Job ist ziemlich kompliziert.«

»Ja, da sagen Sie was. Ich nehme an, die Leute hier wissen noch nichts von dem Mord?«

»Ich habe nichts gesagt.«

»Hm. Ich werde jetzt rausgehen, die Katze aus dem Sack lassen und mir ein paar Eindrücke holen, wenn Sie einverstanden sind.«

Magnus breitete die Arme aus. »Bitte. Nur ...«

»Nur was?«

Magnus rieb sich das Kinn und dachte einen Moment nach. »Wäre es wohl möglich, die Katze nur andeutungsweise aus dem Sack zu lassen? Könnten Sie ... den Leuten sagen, daß Sie routinemäßig ermitteln, um gewisse Ungereimtheiten zu klären und die Möglichkeit eines Gewaltverbrechens auszuräumen?«

Wagner war irritiert. »Warum?«

»Tja, wissen Sie ...« Magnus seufzte. »Um die Wahrheit zu sagen, es steht nicht rosig um die Firma. Und ich weiß noch nicht mal, wo ich anfangen muß, um das Chaos zu ordnen. Ich brauche die Leute hier mit ihrer vollen Motivation, und was ich ganz sicher nicht gebrauchen kann, sind Aufruhr, Argwohn und fruchtlose Verdächtigungen.«

Wagner zupfte ungeduldig am seinem Ohrläppchen. »Darauf kann ich wirklich keine Rücksicht nehmen.«

»Aber wo wäre der Unterschied? Sie können ungehindert Ihre Fragen stellen.«

Er rang einen Moment mit sich und brummte schließlich gallig. »Na schön. Fürs erste.«

»Danke.«

»Und? Haben Sie einen Tip für mich? Irgendwer, der Ihnen verdächtig erscheint?«

Magnus zögerte.

»Nur raus damit«, ermunterte Wagner ihn.

Er schüttelte den Kopf. »Nein. Niemand erscheint mir verdächtig. Ich bin heute erst zum zweitenmal hier. Ich kenne die Leute noch nicht gut.«

Wagner drückte sein Zigarillo aus und stand auf. »Also dann. Ich mach' mich an die Arbeit.«

»Lassen Sie mich wissen, was Sie rauskriegen?«

»Vielleicht.«

Wagner war kaum zur Tür hinaus, da summte das Telefon. Magnus trug seinen Becher zum Schreibtisch, setzte sich und hob ab. »Ja?«

»Ich habe hier Herffs in der Leitung«, verkündete Natalie. Ihre Stimme klang ungeduldig. »Ich glaube, Sie reden besser selbst mit ihm. Er will mir keinen Termin geben.«

»Okay.

Sie legte auf.

»Herr Herffs? Magnus Wohlfahrt hier.« »Ich habe es in der Zeitung gelesen. Mein Beileid«, sagte der Steuerberater steif. Es klang nicht sehr aufrichtig.

»Ihr Brief hatte beinah etwas Prophetisches, nicht wahr. *Für mich bist du gestorben.* Das ist er jetzt für uns alle.«

Herffs räusperte sich unbehaglich. »Ich bedaure, daß Sie den Brief gelesen haben. Das war eine persönliche Angelegenheit zwischen Ihrem Vater und mir.«

»Werden Sie mir verraten, worum es ging?«

»Ganz sicher nicht.«

»Hören Sie, ich habe die Firma meines Vaters übernommen und ein ziemliches Chaos vorgefunden. Ich brauche Ihre Hilfe.«

»Nein. Ich kann Ihnen nicht helfen. Ich habe mein Mandat für Ihren Vater niedergelegt, und das tue ich jetzt auch mit Ihrem. Ich kann Sie nicht weiter vertreten, weder die Firma Ihres Vaters noch Ihre eigene.«

»O nein. Das können Sie nicht im Ernst meinen, nicht Ende Oktober ...«

»Sie werden alle Unterlagen geordnet und verbucht zurückbekommen. Es wird kein Problem sein, jemand anders zu finden, der Ihnen Ihre Steuererklärung fristgerecht ausarbeitet.«

»Aber ... *warum*? Warum nehmen Sie mich in Sippenhaft? Was kann mein Vater Furchtbares getan haben, um das zu rechtfertigen? Sie und ich wissen, daß er geradezu lächerlich ehrlich war, er ...«

»Ja, das habe ich auch einmal gedacht.«

»Wie zum Teufel soll ich das verstehen?«

»Ich kann nicht deutlicher werden. Es tut mir leid. Aber ich kann nicht länger mit Ihnen zusammenarbeiten, und ich sehe keinen Sinn darin, dieses Gespräch fortzuführen.«

»Sie ... Sie wollen mich mit zehn Millionen Mark Schulden einfach untergehen lassen?«

»Die Schulden sind nicht Ihre persönlichen, wie Sie zweifellos wissen, die Gesellschaft ist eine GmbH. Die Einlage ist voll erbracht, Sie haften mit keinem Pfennig. Wenn ich Sie wäre, würde ich das Schiff auf Grund laufen lassen und rechtzeitig abspringen. Konkurs anmelden. Bleiben Sie bei Ihren Leisten, lassen Sie die Hände von den dreckigen Geschäften Ihres Vaters.«

Magnus wurde ganz flau vor Zorn. Er spürte, daß sein Blutdruck sich zum ersten Mal an diesem Tag zu Normalwerten aufschwang. »Sie ... selbstgerechter, kleinkarierter Hampelmann, Sie wären es nicht wert, meinem Vater die Schuhe zu binden, und Sie bilden sich ein ...«

»Seien Sie lieber vorsichtig. Ich weiß genug über Ihren Vater, um sein Andenken für alle Ewigkeit in den Schmutz zu ziehen. Und wenn Sie ihm ein ganzes Dutzend polierter Marmorgedenksteine setzen, das ändert nichts an den Tatsachen.«

»Überlegen Sie gut, was Sie tun«, riet Magnus leise und legte auf.

Gegen zehn kam ein fröhlicher junger Kerl, der ihm einen schikken schwarzen Computer brachte und ihm in Windeseile die gewünschte Software installierte. Der eher praktische als formschöne Computertisch verunstaltete das geschmackvolle Büro beträchtlich, und Magnus verspürte leise Gewissensbisse, aber es war nicht zu ändern. Er gehörte nicht mehr zu der Generation, die auf dieses Hilfsmittel als Kernstück jeder Büroorganisation, als zuverlässigen Informanten bei jeder geschäftlichen Transaktion verzichten konnte. Dieser Rechenschieber fiel ihm ein. Er öffnete die oberste Schreibtischschublade auf der rechten Seite, wühlte ein bißchen zwischen Briefbögen, Umschlägen und Büroklammern herum und fand ihn schließlich. Wie ein Dreißigzentimeterlineal sah er aus, genau wie Birgit gesagt hatte, aber dicker und breiter, mit verschiedenen Skalen und verschiebbaren Zeigern. Er spielte eine Weile damit herum, aber alles, was er zuwege brachte, war zwei und zwei zu addieren. Wo er schon einmal dabei war, sah er auch noch die restlichen Schubladen durch. Sie waren aufgeräumt, ihr Inhalt unspektakulär, er fand keine persönlichen Aufzeichnungen, die Aufschluß über die drohende Pleite, die verleumderischen Behauptungen des Steuerberaters, geschweige denn über den mysteriösen Tod seines Vaters gegeben hätten.

Gegen elf kam Natalie mit der Post und einem Friedensangebot. »Möchten Sie sie vielleicht mit mir zusammen durchgehen?«

Er nickte dankbar. »Nehmen Sie sich einen Stuhl.«

Sie setzte sich ihm gegenüber. »Ein Stapel Beileidskarten.«

»Birgit soll eine Datei anlegen, so daß wir später alle Adressen für die Danksagungen zusammenhaben.«

»Sie wollen sie nicht sehen?«

»Nein.«

»Okay. Das hier ist ein böser Brief von Herrn Meyer.«

»Wer ist das?«

»Er hat ein neues Verfahren zur umweltverträglichen und kostengünstigen Klärung von Chemieabwässern entwickelt und suchte Investoren für eine Testanlage, Ihr Vater war von der Idee überzeugt und hat ihm ein Angebot für ein Darlehen gemacht.«

»Wieviel?«

»Dreieinhalb Millionen. Auf zehn Jahre, zu lächerlichen vier Prozent und einer dreißigprozentigen Beteiligung an den potentiellen Gewinnen der nächsten zwanzig Jahre. Jetzt sagt Meyer, die Zinsen seien zu hoch. Er behauptet, er habe einen Investor gefunden, der ihm das gleiche zu dreieinhalb bietet.«

Magnus öffnete sein Zigarettenetui und hielt es ihr hin.

Sie schüttelte mißbilligend den Kopf. »Nein, danke.«

Er zündete sich eine Zigarette an und lehnte sich in dem voluminösen Ledersessel zurück. »Wie gut ist sein Verfahren?«

Sie hob kurz die Schultern. »Ich verstehe nichts davon. Aber soweit ich sagen kann, klingt es plausibel. Ihr Vater war begeistert.«

»Hm.« Magnus runzelte die Stirn. Dann lehnte er sich vor und stützte das Kinn auf eine Hand. »Haben Sie die letzte Bilanz gesehen, Frau Blum?«

»Ja, natürlich.«

»Und denken Sie, wir sind derzeit in der Lage, so viel Geld langfristig zu so mickrigen Zinsen zu investieren, in der Hoffnung, daß irgendwann einmal etwas daraus wird?«

Sie zögerte keine Sekunde. »Nein, das sind wir todsicher nicht.«

Er lächelte ihr verschwörerisch zu. »Also. Schreiben wir Herrn Meyer, er möge mit seinem neuen Investor glücklich werden bis ans Ende seiner Tage.«

Natalie grinste auf ihre Postmappe hinunter. »Gut.«

Er spürte einen kurzen, euphorischen Rausch, der zwischen den Schultern seine Wirbelsäule hinaufzukriechen schien bis ins Hirn. Na bitte. Es war doch gar nicht so schwer. Vielleicht würde er sich in zehn Jahren schwarz ärgern, weil Meyers Verfahren die Welt revolutioniert und den Investoren ein Vermögen eingebracht hatte, aber das war jetzt unwichtig. Er hatte eine Entscheidung getroffen, und sie schien in der augenblicklichen Situation vernünftig. Das war im Moment alles, was zählte.

»Was kommt als nächstes?«

»Zwei Angebote für die Sanierung der Fassade von Südhoff.«

»Legen Sie sie zur Akte. Darüber entscheiden wir, wenn alle Angebote vorliegen.«

»Eine Einladung, vor der Industrie- und Handelskammer einen Vortrag über den russischen Aktienmarkt zu halten.«

Er lachte leise. »Das Publikum wäre von meinen Ausführungen sicher schwer enttäuscht. *Gibt* es in Rußland einen Aktienmarkt?«

Sie hob die Schultern. »Keine Ahnung.«

»Fragen Sie Peter Schmalenberg, ob er den Vortrag halten will. Wenn ja, soll er direkt mit den Leuten telefonieren.«

Sie kritzelte ein paar Notizen auf den Brief. »Okay.«

»Das war alles?«

Sie blätterte die Mappe durch. »Ja.«

Er atmete auf. »Gut.«

Sie knipste einmal kurz mit ihrem Kuli, schloß die Mappe und wollte aufstehen.

Magnus kam ihr zuvor. »Haben Sie schon mit dem Beamten von der Kripo gesprochen?« fragte er und bemühte sich um einen beiläufigen Tonfall.

Sie legte die Mappe quer über ihre Knie. »Ja. Ich glaube, zu mir ist er zuerst gekommen.«

»Und? Was wollte er wissen?«

»Ob ich mir vorstellen könnte, daß jemand bei einem oder mehreren der Herzinfarkte Ihres Vaters nachgeholfen hat.« Ihr Tonfall war ironisch.

Magnus sah sie an. Ihr Gesicht gab absolut nichts preis. Ein schönes Gesicht, dachte er, aber es schien unfähig, auch nur die leiseste Emotion widerzuspiegeln. Vielleicht lag es auch am Make-up. Aber das glaubte er nicht so recht. Eher glaubte er, daß es ihre Strategie war, sich von den Dingen zu distanzieren. Er fragte sich, wie sie wohl wirklich sein mochte.

»Und was haben Sie geantwortet?«

»Wieso sollte ich Ihnen das sagen?«

»Weil ich gern wüßte, was Sie denken. Ich schätze, Sie wissen mehr über meinen Vater als ich. Jedenfalls, was die letzten Jahre betrifft.«

Sie antwortete nicht sofort, sondern sah kurz auf die Mappe in ihrem Schoß. Dann räusperte sie sich leise und sah ihn wieder an. »Ich könnte mir gut vorstellen, daß Ihr Vater ermordet wurde.«

»Und haben Sie einen Verdacht?«

»Natürlich.«

Er sah sie abwartend an. Sie schüttelte kurz den Kopf, stand auf und strich ihren Rock glatt. »Ich hab' noch furchtbar viel zu tun.«

»Natalie ...«

An der Tür hielt sie noch einmal kurz an und wandte sich um. Sie lächelte schwach. »Ich denke, Sie waren es. Das einzige, was mich wirklich stutzig macht, ist, daß Sie offenbar glauben, ich war's.«

5

Es war kalt und windig, aber wenigstens regnete es nicht. Carla trug einen Hut mit einem dichten schwarzen Schleier, der irgendwie befestigt war, so daß der Wind ihm nichts anhaben konnte. Magnus beglückwünschte sie insgeheim zu dieser Wahl. Trauer war eine sehr persönliche Angelegenheit, aber das hier war eine öffentliche Veranstaltung. Er schätzte, daß es nicht weniger als zweihundert Menschen waren, die in einer unordentlichen Traube um das offene Grab herumstanden. Doch sie war hinter ihrem Schleier ganz für sich, beinah, als stünde sie allein an diesem Grab, und die zweihundert dunklen Trauergestalten gehörten zu einer ganz anderen Beerdigung. Die schwarzen Ärmel und Handschuhe verdeckten die Verbände an ihren Handgelenken. Sie hielt sich sehr gerade und völlig reglos, und er konnte nur raten, was in ihr vorging. An seiner anderen Seite stand Taco, in einem dicken schwarzen Rollkragenpullover und schwarzen Jeans, die langen dunklen Locken im Nacken mit einem schwarzen Band zusammengehalten. Er hatte sich wirklich Mühe gegeben, ausnahmsweise mal an alles gedacht. Sein Gesicht wirkte blaß und verfroren, und noch während Magnus ihn ansah, schloß er die Augen und schluckte mühsam.

Vier feierlich dreinblickende Herren in schwarzen Anzügen senkten den Sarg ins Grab. Sie machten das sehr gekonnt, er geriet kein einziges Mal in Schräglage. Magnus spürte seine eigene Kehle eng werden. Sie taten es wirklich. Sie legten seinen Vater in diese kalte, nasse Erde. Er hatte das Innere des Sargs genau vor Augen. Cremeweiße Polsterung, sein Vater in einem Anzug kaum anders als die der Sargträger, die Hände auf der Brust gefaltet, die Augen geschlossen, die Stirn geglättet, die grauen Haare ordentlich gekämmt. Nichts ließ erkennen, daß dieser tote Körper auseinandergeschnitten worden war, die grobe, Y-förmige Naht auf Bauch und Brust war, Anstand und Sitte entsprechend, verdeckt, und auf das Gesicht, das am Tag seines Todes so grau und gequält gewirkt hatte, hatte eine geübte Hand einen Ausdruck tiefen Friedens, sogar einen Hauch Farbe gezaubert. Aber jetzt war der Deckel geschlossen, und die Reise ging abwärts.

»Magnus«, wisperte Taco. »Ich muß hier weg.«

Magnus zog seinen Wagenschlüssel aus der Tasche und drückte ihn ihm wortlos in die Hand.

Taco wandte sich eilig ab und floh. Keine Bemerkung, aber rund zweihundert Augenpaare folgten ihm. Irgendwo in der Trauertraube surrte ein Handy. Es wurde eilends abgestellt. Was für ein grotesker Fauxpas, dachte Magnus, und die ganze Szene kam ihm plötzlich vor wie aus einem Film von Michael Palin.

Der Pastor kam zum Ende. Carla regte sich, trat einen Schritt vor und tat, was man in dieser Situation eben tut, eine Schaufel Erde und einen Strauß weißer Rosen werfen, auf Rituale kann man immer zurückfallen, wenn einem sonst nichts zu tun übrigbleibt. Magnus war der nächste. Mit einem feuchten, satten Klatschen fiel die Erde auf den Sargdeckel. Sie rief ein hohles Echo hervor, das ihn nur wieder daran erinnerte, daß es wirklich sein Vater war, der im Hohlraum unter dem Deckel lag. Er blieb einen Augenblick am offenen Grab stehen, unfähig, sich zu rühren. Er hatte das verrückte Gefühl, er ließe seinen Vater im Stich, wenn er sich jetzt einfach abwandte und ging. Dabei war er ja nicht allein. Magnus warf einen kurzen Blick auf die Marmorplatte neben dem offenen Grab. Hanna Finkenstein-Wohlfahrt. Doch der Anblick bot wenig Trost. Sie war schon so lange weg. Ihr Vorsprung war nicht aufzuholen. Nichts war übrig von ihr, bis auf eine Marmorplatte. Ich werde trotzdem wiederkommen, dachte er, wenn sonst niemand hier ist. Er warf eine blaßgrüne Orchidee auf den Sarg hinunter, eine zweite legte er vor die Marmorplatte, dann trat er zurück und machte den vielen Wartenden Platz.

Sie hatten in den Anzeigen geschrieben, man bäte, von Beileidsbezeugungen am Grab Abstand zu nehmen, und man bäte statt Kränzen um eine Spende für dies oder jenes, er wußte es nicht mehr. Jedenfalls wurden ihre Bitten von allen Anwesenden ausnahmslos respektiert. Niemand behelligte sie, als er Carla behutsam am Arm nahm und sie zum Parkplatz führte. Sie ließ sich das anstandslos gefallen, befreite sich auch nicht von seinem Griff, als sie außer Sichtweite der Gäste waren. Sie lief neben ihm her wie ein Roboter. Ab morgen muß sie mit den Tabletten aufhören, dachte er besorgt. Wenn wir diesen ganzen Zirkus hinter uns haben, muß sie damit aufhören.

Taco saß hinten im Wagen, hatte den Kopf gegen das Seitenfenster gelehnt und die Augen geschlossen. Magnus öffnete Carla die Beifahrertür.

»Danke«, murmelte sie abwesend und stieg ein.

Eine heftige Windbö erschwerte ihm den Weg auf die andere Seite. Er zog die Schultern hoch, lehnte sich leicht vor und kämpfte sich auf die Fahrerseite.

Als er einstieg, hörte er, daß die Stereoanlage eingeschaltet war. Sehr leise. Mondscheinsonate. Man mußte die Ohren spitzen, um es zu hören. Magnus fuhr los, und als der erste Satz zu Ende ging, schaltete er die Anlage aus. Das hier war irgendwie nicht der geeignete Moment für das *Allegretto*, von *Presto agitato* ganz zu schweigen.

Taco regte sich unruhig auf der Rückbank. »Warum muß das so sein? Warum macht man eine solche Farce daraus?«

Magnus fiel keine überzeugende Antwort ein.

»Es ist keine Farce«, widersprach Carla. »Es ist Tradition. Man trägt einen Toten zu Grabe, und alle, denen er etwas bedeutet hat, kommen. Es soll helfen. Und darum kommen ein paar von ihnen jetzt mit zu uns. Es gehört sich so, und es hat einen Sinn. Damit die Trauernden nicht allein sind.« Sie klang dogmatisch. Magnus hatte den Verdacht, daß sie sich selbst etwas vorbetete.

»Ich wär' aber lieber allein«, murrte Taco rebellisch.

»Das Haus ist groß genug«, gab sie zurück. »Du wirst schon einen Ort finden, um allein zu sein.«

Er antwortete nicht. Magnus sah ihn im Rückspiegel an. Taco schämte sich. Und er schwitzte. Seine Zunge kam zwischen den aufgesprungenen Lippen hervor und befeuchtete sie. Die schmalen, langfingrigen Hände auf seinen Knien zitterten. Taco hatte seinem Vater zu Ehren die Finger vom Kokain gelassen, ging Magnus auf. Und merkte vielleicht heute zum ersten Mal, wie weit es mit ihm gekommen war. Er wirkte regelrecht krank.

Rosa hatte alles gerichtet. Natürlich waren sie und Fernando auch auf der Beerdigung gewesen, aber sie hatte eine erprobte Schar von Hilfskräften engagiert, die in ihrer Abwesenheit alles nach ihren Anweisungen vorbereitet hatten. Fünfzig oder sechzig trist gekleidete Menschen fanden sich innerhalb kürzester Zeit im salonartigen großen Wohnzimmer des Hauses ein, und das diskrete Aushilfspersonal bot ihnen Kaffee, Cognac und erlesene Häppchen auf Silbertabletts. Magnus machte an Carlas Seite die Runde. Taco hatte sich trotz seines schlechten Gewissens verdrückt.

Geschäftsfreunde, Konkurrenten, Politiker, Vorsitzende von Aufsichtsräten, Verbänden und karitativen Vereinigungen, und alle hatten ein paar freundliche Worte für Carla. Alle mögen sie, dachte Magnus zufrieden. Er selbst hielt sich zurück. Er hatte es überhaupt nicht eilig, in die Fußstapfen seines Vaters zu treten. Es mußte ja nicht gleich die halbe Welt zusehen, um zu bemerken, daß sie ein paar Nummern zu groß für ihn waren. Einige der Gäste kannten ihn, manche fragten rundheraus, wie es in

Zukunft mit der Firma weitergehen würde, und er antwortete höflich, höflich, immer höflich. Bald taten ihm die Mundwinkel weh von seinem falschen, verhaltenen Beerdigungslächeln. Aber er wich nicht von Carlas Seite. Erst, als sie sich die Nase pudern ging, gönnte er sich eine Verschnaufpause in einer dunklen Ecke neben dem Kamin. Niemand behelligte ihn dort, vermutlich bemerkte ihn kaum jemand in seinem schwarzen Anzug im Schatten, und er hatte Muße, die Gesellschaft zu betrachten. In kleinen Grüppchen saßen oder standen sie zusammen, aßen, tranken, sprachen mit pietätvoll gesenkten Stimmen und hielten doch niemals mit ihren Geschäften inne. Der Wohnungsbauminister sprach mit einem Baulöwen. Der Vorsitzende der Mittelstandsvereinigung mit dem Direktor der Industrie- und Handelskammer. Der Kurator der Herz- und Kreislaufstiftung mit Professor Berger. Und so weiter. Nur Natalie Blum stand allein an der gegenüberliegenden Wand. Sie als einzige war gekommen. Die Kollegen hatten sich darauf verständigt, sie als eine Art Abordnung zu schicken, während der Rest im Büro war und die Geschäfte in Gang hielt. Magnus hatte ihre Arrangements als angemessen und vernünftig begrüßt. Er überlegte, ob er zu ihr hinübergehen und mit ihr reden sollte, als ein großer, schlanker Mann mit dunklen Haaren zu ihr trat und ihr mit einer respektvollen Geste eine Tasse Kaffee reichte. Ihr verschlossenes Gesicht hellte sich unversehens auf, und innerhalb von Sekunden waren sie in ein angeregtes Gespräch vertieft. Magnus entspannte sich wieder. Er durfte noch einen Moment in Deckung bleiben. Und dann entdeckte er seinen Bruder an der Tür. Er hielt eine halbleere Flasche in der Hand und betrachtete die Versammlung mit unverhohlener Verachtung, mit einer wütenden Feindseligkeit, als wolle er am liebsten ein Maschinengewehr auf sie richten und sie niedermähen.

»Was habt ihr hier eigentlich alle zu suchen?«

Der Geräuschpegel senkte sich hörbar. Viele Gesichter wandten sich zur Tür. Magnus löste sich aus seiner dunklen Ecke.

Taco machte einen Schritt in den Raum hinein, stolperte über einen kleinen, kostbaren Perserteppich und ruderte mit den Armen. Er schaffte es so gerade, nicht hinzufallen. Vor dem ersten Grüppchen blieb er stehen und tippte dem vordersten Mann, einem feisten Bankdirektor mit schweißglänzender Stirnglatze, auf die Brust. »Sie. Wer sind Sie? Ein Freund von meinem Vater?«

Der Bankmensch trat einen Schritt zurück und sah hilfesuchend in die Runde. »Äh ... ja. Ich denke, das kann man so sagen, ja.«

Taco bedachte ihn mit einem eulenhaften Blick. Er schwankte leicht, taumelte einen Schritt zur Seite und nahm einen Zug aus seiner Flasche. Dann hob er den Zeigefinger und wedelte dem Bankdirektor damit vor der Nase rum. »Nein. Nein, ich glaube nicht, daß Sie das waren. Ich wette, Sie haben ihn nicht mal wirklich gekannt. Ich wette, es ging immer nur um Geld, wenn Sie sich getroffen haben.«

Der Bankdirektor räusperte sich peinlich berührt. »Nun, ich bin ehrlich gesagt nicht ganz sicher, was Sie ...«

Magnus hatte sie erreicht. Er packte Taco unsanft am Handgelenk. »Komm.«

Taco wirbelte zu ihm herum und wankte gegen ihn. »Was ...? Oh, mein Bruder. Natürlich. Darauf hätte ich jede Wette abgeschlossen. Ist es dir peinlich, daß ich eine Szene mache, Magnus?«

Magnus schüttelte den Kopf. Ihm war so schnell nichts peinlich. Sein Bruder schon mal gar nicht. Er war ja nur zu ehrlich und im Augenblick vielleicht eine Spur zu betrunken für diese Welt. Doch im Gegensatz zu Taco hatte Magnus schon seit langem die Kunst verlernt, die Dinge nur aus einer Sicht zu betrachten. »Nein. Aber diese Leute sind unsere Gäste. Du benimmst dich schauderhaft.«

Taco sah ihn verständnislos an. »Ich benehm' mich schauderhaft? Ich will nur rausfinden, wer von all diesen Figuren wirklich traurig ist, daß er tot ist ...«

»Ja. Laß uns draußen darüber reden.« Magnus zog ihn zur Tür.

Carla war inzwischen zurückgekehrt. Sie trat eilig beiseite, um ihnen Platz zu machen. »Schaff ihn hier raus«, raunte sie Magnus flehentlich zu.

Taco riß sich mit erstaunlicher Kraft los. »Nein, ich werde jetzt nicht gehen.« Er wich Magnus' Hand geschickt aus und stellte sich hinter einen freien Sessel. Er stützte die Hände auf die Lehne und sah herausfordernd in die Runde. Alle Anwesenden schenkten ihm inzwischen ihre volle Aufmerksamkeit. »Ich gehe nicht, ehe ich nicht wenigstens einen einzigen gesehen habe, der wirklich bestürzt ist, weil er nicht mehr da ist. Ein einziger. Dann wär' ich schon zufrieden.«

Magnus nahm wieder seinen Arm. »Das reicht.« Er zerrte ihn zur Tür und flüsterte: »Was du hier abziehst, ist ein Alptraum für Carla. Sieh sie an. Reiß dich zusammen.«

Aber Taco war nicht gewillt, klein beizugeben. »Ein Alptraum? Warum? Was sollten diese Trauerfiguren ihr bedeuten, wenn sie alle nichts weiter sind als Heuchler?«

Magnus seufzte. »Herrgott noch mal ... Wie hast du es nur geschafft, dich in so kurzer Zeit so heillos zu betrinken?«

Taco hielt grinsend die Flasche hoch. Es war ein alter, schottischer Whisky. »Keine Ahnung, echt. Ich bin selbst verwundert. Na ja. Kein Frühstück ... gestern kein Ahmd... Abendessen.«

Magnus war erschrocken. Vermutlich war Taco nicht nur sternhagelvoll, vermutlich hatte er eine regelrechte Alkoholvergiftung. »Komm, laß uns gehen.«

Taco riß sich wieder los. »Nein, Magnus. Es tut mir leid, wenn ich dich in Verlegenheit bringe«, sein unsteter Blick glitt zu Carla, die mit vor der Brust verschränkten Armen und eisiger Miene in der Nähe stand. »Aber das zivilisierte Getue ist weit genug gegangen. Ich meine, irgendwer hier unter diesen feisten Biedermännern hat ihn ...«

Magnus sah es kommen und packte ihn mit beiden Händen

am Pullover. »Schluß jetzt. Hör auf. Du hast mehr als genug geredet, und wir werden jetzt gehen, hast du verstanden?«

Taco stellte seine Flasche ab und packte seine Unterarme. »Laß mich los«, drohte er tonlos.

Der Mann, der bei Natalie gestanden hatte, kam ein paar Schritte auf sie zu. Er bewegte sich ohne Eile, und sein Schritt hatte eine mühelose, fließende Eleganz. Er wandte sich mit einem schwachen Lächeln an Taco. »Ich kann verstehen, was Sie empfinden. Und ich trauere um Ihren Vater. Glauben Sie mir. Es ist ... ein großer Verlust für mich.«

Taco sah ihn blinzelnd an. Magnus ließ ihn los.

»Ist das ... wirklich wahr?« fragte Taco leise. Er wollte es gern glauben.

»Ja. Es ist wahr.« Sein trauriges Lächeln wurde eine Spur verschämt. »Als ich die Nachricht bekam, habe ich mich mindestens so heillos betrunken wie Sie heute«, raunte er verschwörerisch. »Aber das nützt nicht viel. Trost ist nur in den Lebenden, Taco.« Er hatte eine wunderschöne tiefe Stimme.

Sie verfehlte ihre Wirkung nicht. Taco schien plötzlich um einiges nüchterner. »Woher ... woher kennen Sie meinen Namen?«

»Er hat mir oft von Ihnen erzählt. Von Ihrem großen Talent. Daß Sie die Hände Ihrer Mutter geerbt haben. Er war sehr stolz auf Sie.«

Taco fuhr sich wieder mit der Zunge über die trockenen Lippen und senkte den Kopf. »Danke. Ich ... Verraten Sie mir, wer Sie sind?«

Der Mann streckte eine kräftige, dunkel behaarte Hand aus. »Giaccomo Ambrosini.«

Taco sah ihm einen Moment in die Augen und nahm seine Hand. Er schmuggelte ein reumütiges Lächeln in Carlas Richtung, wandte sich ab und ging langsam, aber auf fast geradem Kurs zur Tür.

Magnus atmete erleichtert auf. Er schüttelte Ambrosini die dargebotene Hand. »Vielen Dank. Sie haben ihm wirklich geholfen.«

Ambrosini hob leicht die Schultern. Er hatte ein ansteckendes Lächeln und fesselnde blaue Augen. Magnus war nicht verwundert, daß Natalie in seiner Gegenwart plötzlich aufgetaut war. »Ein sehr sensibler Junge, Ihr Bruder, nicht wahr?«

»Ziemlich. Aber manchmal kokettiert er auch damit. Dann sind es Künstlerallüren.«

Ambrosini legte überrascht den Kopf zur Seite. »Sie sind ein Zyniker.«

»Ja. Das bin ich. Aber ich werde ihm trotzdem lieber nachgehen.«

Er nickte zustimmend. »Wir sehen uns morgen abend?«

»Natürlich.«

Magnus wandte sich zur Tür, fing einen fragenden Blick von Dr. Burkhard auf und schüttelte den Kopf. Er wußte, er würde am ehesten mit Taco fertigwerden, wenn er allein mit ihm war.

Er machte einen Umweg über die Küche und stieg dann die Treppe hinauf zu seinem Zimmer. Taco war nicht da, aber aus dem angrenzenden Bad erschollen sehr eindeutige, sehr jammervolle Geräusche. Dann ging die Toilettenspülung, anschließend lief eine lange Zeit Wasser. Schließlich öffnete sich die Tür, und ein erbarmungswürdiges Häuflein Elend kam herausgeschlichen und legte sich aufs Bett.

»Keine Predigt, Magnus, ja? Bitte. Nicht jetzt. Komm später wieder, wenn du sie unbedingt loswerden mußt.«

Magnus wurde wütend. Er wartete einen Augenblick, bis er sicher war, daß er seine Stimme unter Kontrolle hatte. »Hier ist Wasser«, sagte er kühl und stellte die Flasche auf den kleinen Tisch neben dem Bett. »Und ein Zwieback. Iß ihn, so bald es geht.«

Taco legte einen Arm über die Augen. »Ich darf nicht mal dran denken.«

»Bist du sicher, daß du alles losgeworden bist, was du im Magen hattest?«

»Todsicher.«

»Gut. Das erspart mir, dir ein Glas Salzwasser einzuflößen.«

Taco wandte stöhnend den Kopf ab. »Gott ... du kennst keine Gnade, was?«

»Und wenn ich mir die größte Mühe gäbe, ich könnte niemals so bestialisch mit dir umgehen wie du selbst. Aber darüber brauchen wir jetzt nicht zu reden. Trink das Wasser, wenn du kannst, das ist das einzige, was hilft.«

»Ich wüßte was Besseres.«

»Aber das hast du dir heute zur Feier des Tages versagt?«

»Ja und nein. Ich hab' nichts mehr. Ich bin irgendwie nicht in die Stadt gekommen und ... *O mein Gott*!« Er drehte den Kopf wieder auf die andere Seite und starrte Magnus an. Seine trüben Augen waren weit aufgerissen. »Welcher Tag ist heute?«

»Der dreißigste Oktober.«

»Ich meine, welcher Wochentag?«

»Montag.«

Taco kniff die Augen zu und preßte eine Hand auf den Mund. Schweißperlen standen plötzlich auf seiner Stirn. »O nein. Gott ... wie konnt' ich das vergessen?«

»Was hast du vergessen?«

»Deadline. Gestern abend. Meine Schulden. Er hat gesagt, es wär' die Deadline. Aber ich hab's einfach vergessen ... Als du gesagt hast, du gibst mir das Geld, war das Problem für mich erledigt, und dann ... soviel ist passiert. Ich hab's ... vergessen. O Gott ...«

Er war einer Panik bedenklich nah. Er drehte sich auf die Seite und vergrub den Kopf in den Armen.

Magnus legte ihm die Hand auf die Schulter. »Das läßt sich doch regeln ...«

»Das verstehst du nicht! Er hat gesagt, das sei die allerletzte Frist. Magnus ... er ... er hat gesagt, er bricht mir die Hand.«

Magnus war schockiert. Und erschrocken. Am liebsten hätte er ihn gepackt und geschüttelt und ihn gefragt, was er sich eigentlich dabei gedacht habe, sich mit solchen Leuten einzulassen. Aber das nützte ja nichts. Er dachte einen Moment nach, dann nahm er Taco beim Arm. »Sieh mich an.«

Mit einem erstickten Wimmern riß Taco sich los. »Nein, laß mich. Geh weg. Ich hab' Angst.«

»Taco, sieh mich an. Komm schon.«

»Okay.« Es klang kraftlos und matt, ein Laut voller Selbstmitleid. Er richtete sich auf einen Ellenbogen auf und sah zu ihm hoch.

»Ich werde das für dich in Ordnung bringen. Sag mir den Namen von diesem ... Individuum und wo ich ihn finde. Ich gehe zu ihm und mach was mit ihm aus. Ich bin sicher, eine Sonderzahlung ist ihm lieber als deine Knochen.«

Tacos Gesicht hellte sich auf. »Das würdest du ...«

»Moment. Die Sache hat einen Haken. Einen Preis.«

Taco blinzelte. »Was?«

»Du gehst in eine Klinik. Morgen.«

Taco schauderte und wandte den Blick ab. »Oh, Magnus ... Das kann ich nicht.«

»Du hast die Wahl. Die Entscheidung liegt allein bei dir.«

»Aber ... das Semester hat doch gerade erst angefangen.«

»Du wirst wenig Fortschritte machen dieses Semester, wenn du dir die Hand brichst. Wenn du Pech hast, wirst du nie wieder einen Ton spielen. Im Vergleich dazu ist es nicht so katastrophal, ein Semester auszusetzen, oder?«

Taco saß in der Falle. Er richtete sich weiter auf und sah sich gehetzt um, als suche er einen Fluchtweg. »Die Premiere«, stieß er hervor. »Samstag ist die Generalprobe. Ich kann die anderen doch jetzt nicht hängenlassen.«

»Was soll's denn geben?«

»Cyrano de Bergerac.«

»Das Theaterstück? Wozu brauchen sie dich?«

»Es ist vertont.«

»Ah ja? Von wem?«

»Konstantin Wohlfahrt.« Er hob den Blick und sah ihm einen

Moment in die Augen. Dann sah er wieder weg. »Lea singt die Roxane. Die Premiere ist im Partika-Saal an der Hochschule. Aber wir haben ein paar Leute von der Oper eingeladen. Einer will hinkommen. Es könnte alles mögliche draus werden. Es ist ... gar nicht mal übel, weißt du.«

»Taco ... du hast eine *Oper* geschrieben?«

»Na ja, sagen wir mal, ein Singspiel. Ein eher bescheidenes. Für Streichquintett, Klavier und sieben Rollen. Paßt auf jede Studiobühne. Auf jede Kleinkunstbühne. Kunst darf heute nicht mehr teuer sein«, erklärte er ernst.

Magnus war sprachlos. Er hatte nicht gewußt, daß sein Bruder zu so einem gewaltigen Projekt fähig war. Das hätte er ihm niemals zugetraut. Erst recht nicht, daß er es durchführen könnte und genug praktischen Verstand besaß, es durchführbar zu konzipieren und wirklich zur Aufführung zu bringen. Er hatte ihn unterschätzt, mußte er gestehen.

»Mann ... ich bin geplättet.«

»Ha. Das ist ja mal was ganz Neues.«

Aber Magnus ließ sich nicht vom eigentlichen Thema ablenken. »Ich bin sicher, du kannst für die Proben und die Aufführungen die Klinik verlassen.«

Taco mußte lachen. »Du glaubst nicht im Ernst, daß ich das durchstehe mit einem Gorilla auf der Schulter, oder?« Er wurde sofort wieder ernst, und als Magnus nichts sagte, wandte er den Kopf ab, sah aus dem Fenster und dachte nach. »Hör mal, ich bin kein Idiot, ich weiß selber, daß es rapide mit mir bergab geht. Ich habe eine Scheißangst vor einer Therapie, aber ich seh' schon ein, daß ich das nicht mehr ewig aufschieben kann. Im Grunde genommen kommt deine Erpressung mir gerade recht. Machen wir einen Kompromiß. Nach der Premiere. Okay?«

Magnus stand auf, ging langsam zum Fenster hinüber und lehnte sich mit verschränkten Armen ans Fensterbrett. »Ich kann leider so überhaupt nicht an diese plötzliche Einsicht glauben.«

»Was soll das heißen?« fragte Taco entrüstet.

»Weißt du, Taco ... weißt du, manchmal wird es mir zuviel. Wie schamlos du mich ausnutzt.«

Taco stöhnte. »Meine Güte, ich geb' dir das Geld schon zurück. Wie ich höre, bin ich ein ziemlich wohlhabender Mann geworden, also ...«

»Nein, ich rede nicht vom Geld.« Magnus zündete sich eine Zigarette an, zog einmal und betrachtete die rotglühende Spitze. »Du nutzt meine Gefühle aus. Ich bin ... eine Art Klavier für dich. Du drückst eine bestimmte Taste auf eine bestimmte Weise und weißt genau, was dabei rauskommt. Du bringst mich dazu, wieder in dieses Haus zu ziehen, was ich wirklich, wirklich nicht wollte. Ich hab's getan, weil es für dich allein zuviel war, dich um Carla zu kümmern. Und es war ganz leicht für dich, mich soweit zu kriegen. Das ist nur ein Beispiel. Natürlich bin ich selbst schuld. Ich habe dich genauso verhätschelt wie jeder andere hier, weil du ein armes, mutterloses Würmchen warst und so empfindsam. Und vor allem so talentiert. Das war immer dein größtes Druckmittel. Aber jetzt ist Schluß. Dieses Mal wirst du mich nicht einwickeln. Du gehst morgen ins Krankenhaus und bringst deine Premiere unter diesen Bedingungen über die Bühne oder gar nicht. Wenn nicht, trägst du selbst die Verantwortung für die Folgen. Du allein. Nicht ich.«

Er schnippte Asche auf die polierte Fensterbank und ging zur Tür. »Überleg es dir.«

»Magnus?«

Er sah über die Schulter. »Was?«

»Wärst du vielleicht ganz tief in dir drin glücklich, wenn jemand mir die Hand bricht? Wenn ich auf einen Schlag, entschuldige die krasse Wortwahl, so untalentiert würde wie du?«

»Du armselige kleine Ratte.«

Die Gäste waren dabei, sich zu verabschieden. Magnus bemühte sich, seine Erleichterung zu verbergen, und brachte zusammen mit Carla Grüppchen für Grüppchen zur Tür.

Als diese sich zum letzten Mal geschlossen hatte, lehnte Carla sich mit einem Seufzer dagegen. »Gott sei Dank.«

Er lockerte seine Krawatte. »Du siehst müde aus. Leg dich ein bißchen hin.«

Sie verzog spöttisch den Mund. »Mir fällt auf, daß du mich zunehmend wie ein Porzellanpüppchen behandelst.«

Er atmete tief durch. »Ich bin nicht ganz sicher, was du von mir erwartest. Und noch weniger bin ich sicher, ob ich mich darauf einlassen soll, was du von mir erwartest.«

Sie runzelte die Stirn und wechselte das Thema. »Wie geht's Taco?«

»Genauso schlecht wie er's verdient.«

»Sieh an. Und ich dachte, du verzeihst ihm einfach alles.«

Magnus schnitt eine Grimasse. »Früher oder später, ja.«

Sie ging neben ihm zum Wohnzimmer zurück, wo Rosa und ihre Helfer die Teller und Gläser einsammelten. Es waren allesamt junge, hübsche Mädchen, fast noch im Schulalter. Er rätselte, wo Rosa sie herbekam. Sie beseitigten das Chaos in Windeseile. Carla vergewisserte sich, daß sie nicht gebraucht wurde, wandte sich ab und steuerte Richtung Wintergarten.

»Ich glaube, ich will noch mal zum Friedhof«, murmelte sie und sah unschlüssig in den Sessel, den er ihr zurechtgerückt hatte.

»Ich fahre dich«, bot er an.

Sie schüttelte den Kopf. »Danke. Ich fahre lieber allein.«

»Du kannst nicht fahren. Du hast starke Medikamente eingenommen.«

Sie lachte unfroh. »Das tue ich seit mehr als fünf Jahren, Magnus. Inzwischen habe ich mich dran gewöhnt.«

Er sah sie betroffen an. »Du ... Meine Güte, gibt es irgendwen in dieser Familie, der kein Drogenproblem hat?«

»Keine Drogen«, entgegnete sie hitzig. »Keine Beruhigungsmittel.«

»Sondern? Antidepressiva oder irgend so ein Giftzeug? Wo liegt der Unterschied?«

Sie winkte müde ab. »Ich habe nicht erwartet, daß du es verstehst. Du bist ja so heil und unversehrt, nicht wahr?«

Magnus ging nach oben, um sich umzuziehen. An der Holztäfelung entlang der Treppe hingen zwei Portraits. Großvater Magnus Finkenstein und Großvater Konstantin Wohlfahrt. Der Dirigent und der Juraprofessor. Beide blickten finster und gestreng auf die Nachwelt hinab. Doch nach fünf Tagen hatte Magnus sich schon wieder so an ihre säuerlichen Mienen gewöhnt, daß er sie kaum noch wahrnahm. Mehr als zwei sauertöpfische, altmodisch gekleidete Männer waren sie für ihn ohnehin nie gewesen, er hatte keinen von beiden gekannt. Früher hatte er manchmal vor den Bildern gestanden und sich gefragt, warum *er* nach dem Dirigenten benannt war und nicht Taco. Die Erinnerung brachte ihn auf kürzestem Wege zurück zu der Anschuldigung, die Taco ihm zum Abschied präsentiert harte. Seine langsamen Schritte kamen völlig zum Stillstand. Er lehnte sich ans Geländer und sah zu seinem Namensgeber auf. Hast du die kleine Hanna auch mittags an ein Klavier gesetzt, wenn sie völlig erledigt aus dem Kindergarten kam? Nein, wohl nicht. Damals gab's noch keinen Kindergarten. Wahrscheinlich mußte sie gleich nach dem Frühstück ran. Und wenn ich dich so ansehe, war's vermutlich ihr Glück, daß sie funktionierte. Er sah ihm in die schwarzen Augen, die er offenbar geerbt hatte – wenn schon nicht das Talent – und die einem auf der Treppe und in der Halle unten auf Schritt und Tritt folgten, ganz gleich, wohin man sich wandte. Sie waren entnervend. Aber jetzt hielt er ihnen mühelos stand. Nein, er konnte nicht ernsthaft behaupten, daß seine Mutter versucht hatte, einen Wunderknaben aus ihm zu machen. Als sie hatte einsehen müssen, daß eine Mozartsonatine ihn längst nicht so faszinierte wie die Sirene eines Feuerwehrautos, hatte sie ihn in Ruhe gelassen. Ohne ihn zu vernachlässigen. Wahrscheinlich war sie enttäuscht gewesen. Vielleicht hatte sie sich auch gesagt, daß ihm auf diese Weise manches erspart blieb. Jedenfalls hatte er keine Erinnerung an Zurückweisung. Es tat ihm leid, daß sie es nicht mehr erlebt hatte, wie der stumme, kleine Taco ihr Klavier entdeckte. Mitgefühl war überhaupt das einzige, was er heute noch für seine Mutter empfand. Er bewunderte ihre Kunst, er besaß jede ihrer Aufnahmen, aber das war etwas Unpersönliches. Er bewunderte sie in derselben Weise wie René Magritte oder Oscar Wilde, für eine Kunst, die ihn besonders ansprach. Aber in persönlicher Beziehung war Mitgefühl das einzige. Vielleicht, weil er sich nur an die letzten Jahre wirklich gut erinnern konnte.

Er steckte die Hände in die Taschen und setzte seinen Weg kopfschüttelnd fort. Es stimmte nicht. Er hatte es nie als besonders tragisch empfunden, daß er bestenfalls durchschnittlich musikalisch war. Er hatte es immer als gegeben akzeptiert, so selbstverständlich, daß er noch nie so bewußt darüber nachgedacht hatte wie heute. Du irrst dich, Taco. Und wahrscheinlich weißt du das auch.

Er hatte erwogen, in seinen Squashclub zu fahren, um ein, zwei Sätze lang auf einen wehrlosen kleinen Gummiball einzudreschen. Irgend jemand fand sich dort immer, der gerade nach einem Partner suchte. Aber das mahnende Wort »pietätlos« folgte der rettenden Idee auf dem Fuße. Nein, das ging nicht, mußte er einsehen. Zu viele Leute in der Stadt wußten, daß heute sein Vater beerdigt worden war, zu viele Leute wußten, daß es zwischen ihm und seinem Vater nicht immer zum besten gestanden hatte, zu viele Leute würden ihm unterstellen, er tanze auf seinem Grab. Und das wollte er nicht. Aber er mußte raus hier, auf der Stelle. Raus und sich bewegen. Also zog er sich ein paar Laufsachen an, schlich in den kleinen Hof hinter der Garage und holte die Hunde aus ihrer Behausung, die jeden Düsseldorfer Obdachlosen vor Neid hätte erblassen lassen: geräumig, beheizbar, hell und freundlich. Sie gerieten außer Rand und Band, als sie ihn sahen. Sie hatten so eine Ahnung, was sein Besuch zu bedeuten hatte.

Er öffnete die Tür und wehrte ihre überschwengliche Begrüßung lachend ab. »Ist ja gut. He, ihr werft mich um. Kommt, Jungs. Wer zuerst im Wald ist.«

Natürlich schlugen sie ihn mühelos. Sie legten die ganze Strecke doppelt und dreifach zurück, weil sie immer vorpreschten und dann zu ihm zurückgelaufen kamen, um an seiner Seite wilde Sprünge zu vollführen. Magnus fand es unbeschreiblich erholsam, ihre unkomplizierte, anspruchslose Lebensfreude zu beobachten. Dankbar ließ er sich von ihrem Übermut anstecken und lief schneller den ansteigenden Pfad zwischen den Bäumen entlang, als gut für ihn war.

Eigentlich haßte er Sport. Und am allermeisten haßte er das Laufen. Er tat es aus Vernunftsgründen, um die durch Blutarmut bedingte Trägheit seines Körpers zu bekämpfen. Und um sein Gewissen zu beruhigen, das sich bei jeder Zigarette regte, die er rauchte. Ein furchtbares Laster. Schon für gesunde Leute ungesund. Aber für ihn in ganz besonderem Maße. Er lief, damit er so funktionieren konnte wie normale Menschen. Er spielte Squash aus demselben Grund, und weil er dort Leute traf, die nichts mit seinem Berufsalltag zu tun hatten. Es verhinderte, daß er völlig vereinsamte. Aber er haßte es trotzdem. Heute war es ganz anders. Heute wirkten die Bewegung und der Sauerstoff geradezu berauschend auf seinen Körper und seinen Geist. Die tonnenschwere Last, die sich im Laufe der letzten Woche auf seine Schultern gelegt hatte, glitt von ihm ab, die Farben des bunten Herbstlaubs wurden mit jedem Meter intensiver, den er tiefer in den Wald vordrang, die würzige Luft duftete, als habe kein Mensch sie zuvor geatmet, und sein Verstand wurde so glasklar, daß er glaubte, wenn er nur ein paar Minuten damit zubringen würde, über die Relativitätstheorie nachzusinnen, würde er sie mühelos begreifen.

Er lief dieselbe Strecke, die er früher immer genommen hatte, und als er zu der kleinen Lichtung mit dem Tümpel kam, wußte er, er war ungefähr fünf Kilometer gelaufen. Er hielt an, stützte die Hände auf die Oberschenkel und keuchte.

Anatol schlich sich von hinten an und stupste ihn mit seiner samtweichen Schnauze in die Kniekehle. Er fiel beinah um. »Du freches Ungetüm. Ich bin zu schnell gelaufen. Eure Schuld.«

Sie zeigten keinerlei Reue. Aljoscha brachte ihm einen Stock. Beinah ein Ast. Magnus nahm ihn ergeben in die Hand, richtete sich auf und schleuderte ihn mit Macht zwischen die Bäume. Unter frenetischem Gebell und mit fliegenden Ohren setzten sie ihm nach, rannten um die Wette, rempelten sich gegenseitig aus dem Weg. Anatol machte das Rennen. Mit stolz erhobenem Haupt brachte er den Ast zurück und legte ihn Magnus vor die Füße. Dann setzte er sich vor ihn, klopfte mit der Rute auf den Waldboden, legte den Kopf auf die Seite und himmelte ihn an. Aljoscha setzte sich neben ihn und tat das gleiche. Magnus bückte sich lachend nach dem Stock, und wie von der Tarantel gestochen sprangen beide auf.

»Zeit, daß wir umkehren. Wird bald dunkel.« Und ihm wurde kalt. Er warf den Stock in die Richtung, aus der sie gekommen waren, und die Hunde sprinteten hinterher.

Es war schwer zu sagen, wer müder war, als sie zurückkamen. Anatol und Aljoscha gingen anstandslos in ihren Zwinger zurück und legten sich auf ihre Decken, ohne das Abendessen eines Blickes zu würdigen, das Fernando ihnen hingestellt hatte.

Magnus zitterten die Knie. Er rang immer noch nach Luft, als er ins Haus kam. Seine Euphorie hatte sich in Rauch aufgelöst, aber er fühlte sich ruhiger, ausgeglichen und herrlich müde in den Knochen.

Fernando fing ihn an der Treppe ab. »Hunde?«

Magnus wurde es nie müde, Fernandos Sparsamkeit mit Worten zu bewundern. »Ich war mit ihnen raus. Jetzt sind sie erledigt. So wie ich. Ich muß unter die Dusche.«

»Magnus ...«

Er seufzte. »Was?«

»Sie ist noch nicht zurück.«

Magnus spürte einen Stich im Magen, Angst und Wut zu gleichen Teilen. »Dann fahr zum Friedhof und sieh nach, wo sie bleibt. Was hältst du davon? Was ist bloß los mit euch allen? Sind hier vielleicht Außerirdische gelandet, die euch das Gehirn amputiert haben?«

Fernando wandte sich ab und nickte. Was genau er damit bejahte, blieb unklar.

Magnus stieg die zwei Stufen wieder hinunter, die er schon erklommen hatte. »Fernando ...«

Der alte Mann drehte sich wieder zu ihm um.

»Es tut mir leid. Es ist alles ein bißchen viel auf einmal. Ich ...« Er seufzte und hob hilflos die Schultern. »Entschuldige.«

Ein kurzes, aber sehr warmes Lächeln flackerte über Fernandos Gesicht, und er nickte schon wieder. Und wie zur Belohnung für ihre Versöhnung öffnete sich die Haustür, und Carla trat ein. Sie strich sich die windzerzausten Haare zurecht und sah dann auf.

»Nanu? Was ist los? Ihr steht da wie zwei Wachsfiguren.«

Magnus öffnete den Mund und schloß ihn schnell wieder. Alles, was ihm zu sagen einfiel, war gehässig. Er wandte sich wortlos ab und flüchtete nach oben.

Taco hatte eine geraume Zeit wie gelähmt auf seinem Bett gesessen und den Scherbenhaufen bestaunt, den er angerichtet hatte. Er fühlte sich dumpf, alles war wie betäubt. Er war immer noch betrunken, aber das war nicht der Grund. Es war seine Ratlosigkeit, die ihn zu einem totalen Stillstand gebracht hatte. Es kostete ihn große Mühe, die Wasserflasche anzusetzen und zu trinken. Aber er tat es trotzdem. Wenn Magnus sagte, es half, mußte es helfen. Und vor allen Dingen brauchte er einen klaren Kopf. Er mußte nachdenken. Er mußte scharf nachdenken und durfte keinen Fehler machen. Aber es war so verflucht schwer, sich zu konzentrieren, während jede Faser in seinem Körper inzwischen kreischend nach dem Gift verlangte, das er ihm vorenthielt. Er schwitzte und fror, seine Hände waren eiskalt, sein Blick unscharf, er wollte lieber gar nicht wissen, wie es um seinen Blutdruck stand.

Er schloß die Augen, preßte eine Faust an den Mund und knabberte an seinem Daumennagel. Eine Handlung, das wußte er sehr wohl, die nicht weit vom Daumenlutschen entfernt war. Aber es half ein bißchen.

Erste Möglichkeit: Er konnte zu Magnus kriechen und ihm die Füße küssen. Das war so oder so angezeigt. Er schämte sich abgrundtief für das, was er gesagt hatte. Es tat ihm wirklich leid. Es war einfach scheußlich. Andererseits war er es so *satt*, sich zu schämen. Und niemand beschämte ihn so wie sein großer, perfekter Bruder. Es war ... ermüdend. Und die Sache hatte noch einen zweiten Haken. Er konnte Magnus hundertmal versprechen, sich in Behandlung zu begeben. Er konnte jeden heiligen Eid schwören. Aber er würde sein Versprechen nicht halten. Das wußte er ganz genau. Und das würde bedeuten, daß er sich schon wieder schämen müßte. Nein, vielen Dank, Leute, ich verzichte.

Zweite Möglichkeit: Er konnte die Dinge ausnahmsweise mal selbst in die Hand nehmen. Sich ausnahmsweise mal nicht hinter dem breiten Rücken seines Bruders verkriechen. Die Vorstellung war nicht ohne Reiz. Er war fünfundzwanzig Jahre alt, vielleicht sollte er einfach mal so tun, als sei er schon ein richtig großer Junge. Er zweifelte nicht, daß er das konnte. Er mußte sich nur zusammenreißen. Nachdenken. Planen. Einmal logisch sein, von dieser Welt. Versuch's, alter Junge, ermunterte er sich. Tu mal was für dein Selbstwertgefühl.

Er setzte sich auf, schwang die Beine aus dem Bett und stellte das Telefon neben sich aufs Kopfkissen. Mit der Rechten führte er die Wasserflasche zum Mund und leerte sie, mit der linken tippte er.

»Rechtsanwälte Dr. Engels und Partner, guten Tag?« meldete sich eine samtweiche Frauenstimme.

»Hallo. Ich hätte gern Herrn Engels gesprochen. Mein Name ist Wohlfahrt.«

»Tut mir leid, Herr Wohlfahrt, Herr Dr. Engels ist auf einer Beerdigung ... ähm ...« Sie bemerkte ihren Lapsus und verstummte.

»Ich dachte, er sei vielleicht schon zurück.«

»Nein, tut mir sehr leid ... Augenblick.« Er hörte Bürogeräusche und leises Gemurmel. Dann kam sie zurück, unendlich erleichtert. »Er kommt gerade herein, Herr Wohlfahrt. Moment, bitte.«

Er wartete, und nach wenigen Augenblicken ertönte die cognacgeölte Stimme des Anwalts: »Ja, Magnus, was gibt's?«

»Hier ist Taco.«

»Taco! Das ist eine Überraschung. Sehr beeindruckende Vorstellung, vorhin.«

Taco zeigte dem Telefon seinen Mittelfinger. »Ja. Ich war ziemlich durcheinander. Es war blöd. Du warst ja da und Dr. Burkhard. Ich hätte mir keine Sorgen zu machen brauchen.«

»Na ja. Du hattest schon irgendwie recht. Es kann nie schaden, die Supersatten und Superreichen gelegentlich mal aufzuschrecken. Was kann ich für dich tun, mein Junge?«

»Ähm ... könntest du mir Geld leihen? Dreizehntausend Mark? In bar? Jetzt gleich?«

Engels zögerte keine Sekunde. »Komm zu mir nach Hause. Vor drei Uhr mußt du anrollen, danach bin ich weg.«

»Das ... ist mir ziemlich peinlich, ehrlich, aber ...«

»Ich wette, daß es das ist. Du kannst mir alles erklären, wenn du bei mir bist. Aber du kannst aufhören, dich zu sorgen. Du kriegst das Geld, und kein Mensch wird je ein Wort von mir darüber hören.«

Taco schloß erleichtert die Augen. »Danke.«

»Bis gleich.«

Er nahm den Bus. Er besaß keinen Führerschein. Er wollte auch keinen. Er hätte immer nur Angst, am Steuer einen seiner berüchtigten Ohnmachtsanfälle zu erleiden. Magnus ließ sich von dieser Gefahr nicht abhalten. Aber Magnus trieb auch viel Sport. Er hatte seinen Körper besser unter Kontrolle. Komischerweise fürchtete Taco nie, er könne während eines Konzertes ohnmächtig vom Stuhl kippen. Das wäre schließlich auch unangenehm gewesen, aber darüber machte er sich keine Gedanken. Er glaubte nicht, daß das je passieren könnte. Nicht bei den Adrenalinmengen, die durch seine Adern quollen, wenn er vor Publikum spielte. Aber ein Schwächeanfall am Steuer konnte zu einem Unfall führen. Ein Unfall zu Verletzungen. Also fuhr er Bus und Bahn. Das machte ihm überhaupt nichts aus.

Engels wohnte in einem alten Patrizierhaus an der Luegallee, keine zweihundert Meter von Magnus entfernt. Er empfing Taco in Hemdsärmeln und auf Socken.

»Komm rein. Besser, wir gehen gleich ins Arbeitszimmer. Meine Frau und Lydia streiten darüber, ob das Kind Jura studieren soll oder nicht. Mich fragt natürlich keiner. Jedenfalls ist die Debatte äußerst hitzig. Das will ich dir nicht zumuten. Komm hier entlang.«

Taco folgte ihm durch einen kurzen Flur in einen halbdunklen Raum voller Bücher. Von irgendwoher im Haus hörte er zwei erhobene Frauenstimmen. Als Engels die Tür schloß, waren sie wie abgeschnitten. Auf einem antiken Schreibtisch dampfte eine Tasse Tee. Engels würdigte sie keines Blickes, als er sich hinsetzte. Er hob einen Aktenkoffer vom Boden auf, ließ ihn aufschnappen und warf mit einer filmreifen Geste ein paar große Scheine auf die spiegelblanke Schreibtischplatte. »Hier. Zähl nach, sei so gut. Und unterschreib diese Quittung.«

Taco fühlte seine Ohren rot werden, zählte dreizehn Scheine und unterschrieb.

»Und jetzt setz dich und erzähl«, forderte Engels ihn auf.

Er nahm ihm gegenüber auf der Kante eines Sessels Platz. »Ich habe Schulden. Nicht bei einer Bank. Mehr privat.«

Engels grunzte ironisch.

»Bisher bin ich immer zu Magnus gegangen«, fuhr Taco fort und befeuchtete mit der Zunge seine zerbissenen Lippen. »Ich ... ich konnte ja nicht meinen Vater fragen. Er wäre ... er hätte es nicht verstanden. Er hätte sich gesorgt. Er wäre enttäuscht gewesen. Das wollte ich nicht. Magnus hat sich auch gesorgt. Aber bei ihm war das was anderes.«

»Und warum konntest du dieses Mal nicht zu ihm gehen?«

Taco wich seinem Blick nicht aus. Er verknotete die Finger im Schoß. »Bin ich. Seine Bedingungen ... waren unannehmbar. Aber ich stecke wirklich in der Klemme. Und da hab' ich gedacht, weil du doch sowieso das Vermögen verteilst ... du kannst es ja einfach abziehen.«

Engels nickte langsam. »Natürlich. Darüber brauchst du dir keine Gedanken zu machen. Es ist nur so, Taco: Dein Vater war nicht so blind, wie du vielleicht annimmst. Das Geld, das er dir hinterlassen hat, ist fest angelegt. An das Kapital kommst du nicht heran. Es ist genug, um dich monatlich mit einer stattlichen Summe zu versorgen, aber für deine Eskapaden wird es nicht reichen.«

»Ich könnte das Haus in Mykonos verkaufen«, überlegte Taco halblaut.

»Sicher. Das steht dir frei.«

»Aber du findest die Idee nicht gut, was?«

Engels schüttelte langsam den Kopf. »Du bist alt genug, um

das selbst zu entscheiden. Ich glaube nicht, daß ich dir raten kann.«

Taco atmete erleichtert auf. Es war eine angenehme Abwechslung, daß ihn jemand für voll nahm und ihm keine Vorschriften machte. Er rollte das Geld zusammen und steckte es in die Hosentasche.

»Ich werde schon irgendwie klarkommen. Und noch mal, vielen Dank.«

Engels nickte ernst, brachte ihn zur Tür und schüttelte ihm die Hand. »Eins müssen wir noch zur Sprache bringen, Taco, weil ich weiß, daß du dein Glück gern überstrapazierst.«

»Ja?«

»Das hier ist eine Ausnahme. Ich hoffe, du bist klug genug, mich nie wieder zu fragen. Tust du es doch, heißt die Antwort nein.«

Taco sah ihn verwundert an und nickte langsam. »Ja, in Ordnung.«

»Welche Bedingung hat Magnus gestellt?«

Das kam unerwartet. Taco sah kurz auf seine Füße und dann wieder in das freundliche, intelligente Gesicht vor sich. »Er wollte, daß ich in Therapie gehe. Morgen.«

»Verstehe.« Engels seufzte. »Ich wünschte, du würdest auf ihn hören.«

»Ich wünschte, ich könnte.«

»Du kannst. Glaub mir. Du kannst, wenn du willst. Du bist aus dem gleichen Hartholz wie dein Bruder. Man hat dir nur niemals die Chance gegeben, das herauszufinden.«

Er nahm die U-Bahn zur Heinrich-Heine-Allee und streifte ziellos durch Kälte und Nieselregen, bis es dämmerte. Er hatte erwogen, zuerst anzurufen. Aber er wußte, daß das nicht den geringsten Unterschied machte. Früher oder später mußte er ja doch hingehen. Und erst, wenn er da war, würde er wissen, was ihn erwartete. Vielleicht spielte es auch in Wirklichkeit keine so große Rolle. Er war sich nicht mehr ganz sicher, was die Proportionen der Dinge anging. Im Moment gab es nur eine Sache, derer er sich wirklich sicher war. Er fühlte sich erbärmlich. Der Alkohol hatte ein rhythmisches Hämmern in seinem Kopf hinterlassen, wie das Stampfen einer Maschine. Sein Blutdruck war so niedrig, daß er sich kaum auf den Beinen halten konnte. Hin und wieder schwankte er, und er bekam Wadenkrämpfe. Er nahm die abfälligen Blicke wahr, mit denen die Passanten in der Fußgängerzone ihn bedachten, und genierte sich. Seine Kehle war völlig trocken. Er hatte keine Ahnung gehabt, wie schlimm es werden würde. Kokain, hatte man ihm beigebracht, macht nicht körperlich abhängig. Dieses Bewußtsein hatte ihm immer eine trügerische Sicherheit vorgegaukelt. Er hatte sich eingeredet, er habe alles unter Kontrolle. Aber was immer der Grund sein mochte, sein Körper lief Amok. Eine Funktion nach der anderen trat in den Ausstand. Besser, er brachte es hinter sich, ehe er komplett handlungsunfähig wurde.

Alfred Sakowsky betrieb einen schmierigen Secondhand Lederwarenladen in der ersten Etage eines altersschwachen Bauwerks in der Wallstraße. Er hatte sich keine besondere Mühe mit seiner legalen Front gegeben. Das hatte er nicht nötig. Einflußreiche Leute hielten ihre mächtigen Hände schützend über ihn. Er hatte seit Ewigkeiten keinen Besuch von der Polizei gehabt. Niemand kam mehr, um die verstaubte Ware in seinem schummrigen Ladenlokal zu begutachten und ihm vorzurechnen, daß er selbst dann, wenn er seinen ganzen Bestand innerhalb der nächsten zwei Wochen verkaufte, nicht genug für eine Monatsmiete haben würde. Er hatte seine Ruhe. Und er war gut im Geschäft.

Zufrieden zählte er seine Tagesumsätze, als das Glöckchen

über der Tür bimmelte. Er sah unwillig auf. »Hier ist geschlossen ... Ja, wen haben wir denn da?«

»Ali.«

»Taco! So eine Überraschung.«

Taco mobilisierte seine letzten Reserven. Alles konnte davon abhängen, wie er sich jetzt gab. Wenn er sich anmerken ließ, was mit ihm los war, würde das vermutlich irgendwelche bestialischen Instinkte in seinem Gegenüber wecken. Er sah ihn direkt an. Meine Güte, was für ein Gesicht, dachte er und unterdrückte ein nervöses Kichern. Sackgesicht traf den Nagel wirklich auf den Kopf.

»Ich bin gekommen, um meine Schulden zu bezahlen. Es tut mir leid, daß ich einen Tag zu spät dran bin. Vielleicht hast du gehört, was passiert ist.«

Sakowsky schob die Unterlippe vor, lehnte sich in seinem klapprigen Holzstuhl zurück und nickte. »Dein Daddy ist verblichen, ja, das hat die Runde gemacht. Mein Beileid.«

»Danke.«

»Aber es hat auch sein Gutes, sind wir doch mal ehrlich. Du bist ein gemachter Mann, stimmt's nicht?«

»Ja. Stimmt genau, Ali. Wenn wir uns heute einig werden, hast du in mir einen treuen, zahlungskräftigen Kunden.«

Sakowsky breitete die Arme aus. »Ich bin zu Kompromissen bereit, glaub mir.«

Taco staunte. Das ging leichter, als er gedacht hätte. Er griff in seine rechte Hosentasche. »Wir stehen bei elftausend, richtig? Hier.« Er fächerte die Scheine auseinander und legte sie auf den Tisch.

Sakowsky fegte sie zu sich heran und zählte nach. Er nickte knapp und sah wieder zu ihm hoch. »Ja? Und weiter?«

Taco machte noch einen Schritt auf ihn zu, faßte in die andere Hosentasche und holte einen weiteren Schein hervor. »Hier.«

»Was ist damit?«

»Zinsen für die Verspätung. Wergeld für meine Hand. Nenn es, wie du willst. Eine ... Basis für zukünftige Geschäfte.« Er schwitzte. Es ärgerte ihn, aber er konnte es nicht verhindern. Der Raum erschien ihm unglaublich heiß.

Sakowsky steckte den Tausender zögernd ein. »Du hast was dazugelernt«, stellte er fest. »Sonst noch was?«

Taco griff in seine Gesäßtasche und zauberte den letzten Schein hervor. Er hielt ihn noch zurück. »Denkst du, man kann sagen, wir sind mehr oder weniger quitt?«

Sakowsky nickte. »Mehr oder weniger.«

»Gut.« Er legte das Geld vor ihn auf den Tisch. »Dann würde ich hierfür gern einkaufen.«

Sakowsky beäugte den Schein, als bezweifle er seine Echtheit. »Ich weiß nicht, Taco. Ich bin nicht sicher, ob ich noch Geschäfte mit dir machen soll.«

Taco biß die Zähne zusammen und ballte eine Hand hinter seinem Rücken zur Faust. »Das kannst nur du entscheiden. Aber wie du schon sagtest. Meine finanzielle Situation hat sich grundlegend geändert.«

»Na ja. Das ist natürlich wahr.« Er zögerte noch einen Augenblick. Taco betete. Dann gab Sakowsky sich einen sichtlichen Ruck. »Okay. Warte hier.«

Er nahm das Geld, stand auf und bewegte sich ohne Eile zu einer angrenzenden Tür. »Was hättest du getan, wenn ich nein gesagt hätte?«

Taco stockte der Atem. »Ich ... weiß nicht, Ali. Ich weiß es wirklich nicht.«

Sakowsky lächelte breit. »Dann sag ich es dir. Du hättest gebettelt. Purzelbäume geschlagen, wenn ich wollte.« Er schüttelte angewidert den Kopf. »Typen wie du werden irgendwann wie dressierte Zwergpudel.«

Taco versuchte, tief durchzuatmen. Geh durch die Tür, Sackgesicht. Bring mir mein Gift. Laß mich nicht länger zappeln. Und denk, was dir Spaß macht. Er antwortete nicht.

Sakowsky zuckte mit den Schultern, als habe er jedes Interesse an dem Thema verloren. »Kann mir ja auch egal sein.«

Er verschwand. Ein paar Minuten hörte Taco nichts. Dann ging die Tür wieder auf. Sakowsky kam zurück. Und in seiner Begleitung waren dieselben beiden Typen wie am vergangenen Sonntag.

Taco zögerte keine Sekunde. Er machte auf dem Absatz kehrt und rannte. Aber ein neuerlicher Wadenkrampf bereitete seiner Flucht ein jähes Ende. Er stürzte der Länge nach auf den staubigen Dielenboden, schlug sich das Kinn auf, klammerte die Hände um seine Wade und blieb liegen.

Hände krallten sich in seine Jeansjacke und schleiften ihn zurück. Vor dem wackeligen Tisch ließen sie ihn los. Taco lag auf der Seite. Der Krampf ließ nach. Er hob den Kopf. Sakowsky stand vor ihm und sah betrübt auf ihn hinab.

»Taco ... du sollst nicht gehen, ohne zu bekommen, wofür zu bezahlt hast.«

Er warf ihm ein paar kleine Päckchen in den Schoß.

»Aber eins muß ich dir sagen. Ich bin trotz allem schwer enttäuscht von dir, Kumpel.« Er streckte ihm die Hand entgegen, als wolle er ihm aufhelfen. »Komm, Taco. Gib mir die Hand.«

Taco ballte seine Hände instinktiv zu Fäusten. »Nein ...«

»Mach schon. Irgendwie tut's mir ja leid für dich, wo du dir solche Mühe gegeben hast, die Sache auszubügeln, aber ich muß meine Versprechen halten, weißt du. Sonst verliere ich meine Glaubwürdigkeit.«

Taco versteckte seine Fäuste unter der Jacke. »Ali ...« Mehr brachte er nicht heraus. Er war in Atemnot.

Einer von Alis Freunden packte seinen linken Arm und zwang ihn nach oben. Taco wehrte sich. Er hätte nicht geglaubt, daß noch so viel Kraft in ihm war, aber er wehrte sich mit Macht. Er wand sich und trat, sie hatten ihre liebe Müh. Aber sie waren zu dritt, und seine Hand endete unweigerlich in Sakowskys Pranke. Tacos Hände waren groß. Schmal aber lang. Aber neben

Sakowskys wirkten sie wie Kinderhände. Taco machte wieder eine Faust und versuchte, sich loszureißen, aber die Pranke hatte sich schon darum geschlossen. Eine Faust verschwand in der anderen.

Taco hörte nicht auf, sich zu wehren. Er nahm vage zur Kenntnis, daß er heulte. Er schluchzte, Tränen strömten aus seinen fest geschlossenen Augen, und Schleim lief aus seiner malträtierten, ewig entzündeten Nase. Die barbarische Faust quetschte seine Finger. Die Gelenke knackten warnend. Es tat weh, aber das war nichts im Vergleich zu dem rasenden Schmerz, den der drohende Verlust seiner Hand ihm bereitete. Er starrte ungläubig auf die Stelle, wo sein Handgelenk in der massigen, fleischigen Faust verschwand. Und er wußte, das war das Ende. Eine Hand, die auf diese Weise gebrochen wurde, würde nie wieder zu etwas taugen.

»Ali ... Ali, bitte ...«Er stammelte und heulte, aber es nützte nichts. Der Druck nahm zu. Tacos Gesicht verzerrte sich zu einer Grimasse aus Jammer und Schmerz, atemlos wartete er auf das erste Bersten, fast sehnsüchtig, damit das hier ein Ende hatte. Er legte die freie Hand mit gespreizten Fingern vor sein Gesicht und biß sich in den Handballen.

Und dann ließ die Pranke ihn los. Seine Faust fiel mit einem dumpfen Laut auf sein angewinkeltes Bein. Ungläubig starrte er darauf hinab. Sie tat weh, die Finger waren feuerrot, und man konnte förmlich zusehen, wie sie zu dicken, prallen Würstchen anschwollen, aber sie waren unversehrt. Unversehrt.

Er hob den Kopf und sah Ali fragend an. Aber Ali machte den Eindruck, als habe er ihn völlig vergessen. Er sah mit leicht geöffnetem Mund zur Tür. Taco wandte den Kopf und folgte seinem Blick.

Im Eingang standen vier Männer. Drei trugen dunkle Uniformen mit hohen Schnürstiefeln und verwegenen Baretten, wie von einem privaten Wachdienst. Der vordere war ein äußerst elegant gekleideter Mann in einem dunklen, maßgeschneiderten Anzug. Dunkle Haare, Hollywood-Visage und geradezu lächerlich blaue Augen.

Taco richtete sich auf und hangelte sich an der Tischkante hoch. Aus der Jackentasche zog er ein sauberes Papiertaschentuch und putzte sich die Nase.

»Sind Sie irgendwie so was wie mein Schutzengel?« erkundigte er sich, während er das Taschentuch wieder wegsteckte.

Giaccomo Ambrosini lächelte schwach. »Möglicherweise. Wenn es so ist, ist es mir eine Ehre.« Er wandte sich an einen seiner uniformierten Begleiter. »Nimm den Wagen und bring Herrn Wohlfahrt, wohin er will. Wir nehmen ein Taxi.«

Taco sammelte mit der rechten Hand seine teuer bezahlten Päckchen vom Boden auf. »Danke, aber das ist wirklich nicht nötig. Ich hab's nicht weit.«

»Ich bestehe darauf.« Sein Blick wanderte von Taco zu Sakowsky, und sein Lächeln wurde frostig. »Ich habe hier noch etwas zu erledigen.«

6

Jeden Morgen, wenn er das Büro seines Vater betrat, hatte Magnus das Gefühl, er setze den Fuß in einen tückischen Sumpf, der ihn jederzeit verschlingen konnte. Am Morgen nach der Beerdigung fragte er sich, ob er nicht vielleicht schon bis zum Hals eingesunken war, ohne es so richtig zu merken. Der Mief im Treppenhaus war ihm ebenso vertraut wie die dezente Eleganz hinter der Etagentür. Niemand schien mehr im mindesten verwundert, ihn zu sehen, oder sich insgeheim zu fragen, was er eigentlich hier suchte. Noch ehe er seinen Mantel ausgezogen hatte, hatte er mit Werner die Verkaufsmodalitäten für ein Objekt in Derendorf ausklamüsert, und in der Küche überreichte Peter Schmalenberg ihm einen Becher schwarzen Kaffee, als tue er das seit Jahren.

»Wir verkaufen kleinere Wohnobjekte, höre ich?« erkundigte er sich interessiert.

Magnus nickte. »Wir müssen ein bißchen kürzer treten. Sparen.«

»Meine Rede seit zwei Jahren.«

»Und er hat nicht auf Sie gehört?«

Der Börsenspezialist hob vielsagend die Schultern. »Ich habe ihn nur einmal darauf angesprochen. Ich meine, wir sehen ja die Bilanzen. Aber er hatte seine Pläne, und er wußte, was er tat. Wie war die Beerdigung?«

Magnus trank an seinem Kaffee und seufzte. »Gut besucht.«

Peter nickte, als sei das nur richtig. »Danke, daß Sie mir den IHK-Vortrag vermittelt haben.«

»Na ja. Ich hätte ihn kaum halten können. Vielleicht komme ich hin und lerne was.«

»O je. Ich sehe, meine Tage als gefragter Referent sind gezählt.«

Magnus sah ihn verwirrt an. »Wie kommen Sie darauf?«

Peter lächelte schwach. »Warten Sie's ab. Sie kriegen den Dreh schneller raus, als Sie glauben. Sie sind genau wie er.«

Und damit stolzierte er pfeifend hinaus.

Ich bin *nicht* wie er, dachte Magnus bockig. Ich bin ich. Kein Finanzgenie. Nur ein kleiner Immobilienmakler. Und nichts anderes will ich sein.

Er ging in sein Büro mit dem festen Vorsatz, sich heute vormittag ausschließlich um seine eigenen Geschäfte zu kümmern. Er hatte auf seinem Anrufbeantworter die Telefonnummer von diesem Büro angegeben, zusammen mit ein paar erklärenden Worten. Aber er wußte trotzdem, daß sein Geschäft litt. Die Buschtrommeln hatten die vernichtenden Nachrichten in der ganzen Stadt verbreitet. Er war nicht mehr Magnus Wohlfahrt Immobilienservice. Er war Arthur Wohlfahrts Sohn und Nachfolger. Und vermutlich rieben sich die großen Fische von einem Ende der Stadt bis zum anderen schon die Flossen. Mit diebischer Vorfreude lauerten sie darauf, daß er den ersten Fehler machte, um sich auf ihn zu stürzen und ihn in Stücke zu reißen. Und er machte sich nichts vor. Er würde ihre Geduld vermutlich auf keine sehr harte Probe stellen. Er würde diesen Fehler machen. Bald.

Gegen elf kam Natalie wie jeden Morgen mit der Post. Sie wirkte übernächtigt. Die Blässe schimmerte durch ihr makelloses Make-up, unter ihren Augen lagen Schatten. Er kam nicht umhin, sich zu fragen, ob sie die Nacht mit Ambrosini verbracht hatte. Ein absurder Gedanke. Vermutlich hatte sie irgendeinen Freund, der nichts mit ihrem beruflichen Umfeld zu tun hatte. Oder sie hatte einfach schlecht geschlafen. Trotzdem rätselte er weiter. Er hatte nicht vergessen, wie ihre Augen plötzlich aufgeleuchtet hatten, als Ambrosini zu ihr getreten war. Und er merkte, daß seine Phantasie mit ihm davongaloppieren wollte. Plötzlich hatte er sehr erregende Bilder vor Augen. Er fuhr sich mit der Hand über die Stirn, rief sich zur Ordnung und versteckte sein halb beschämtes, halb lüsternes Grinsen in seiner Kaffeetasse.

»Irgendwas Besonderes?«

»Ja. Ein Bote hat eben eine Wagenladung voller Unterlagen gebracht. Sämtliche Buchungsunterlagen und Belege. Vom Steuerberater. Ich verstehe das nicht. Da muß irgendein Mißverständnis vorliegen.«

Er schüttelte den Kopf. »Leider nicht. Herr Herffs hat befunden, daß wir seiner nicht länger würdig sind, und schmeißt uns die Brocken vor die Füße.«

Sie staunte mit offenem Munde. »Aber ... warum?«

»Das wollte er mir nicht verraten. Aber er war sehr wütend auf meinen Vater.«

Sie war empört. »Aufgeblasener Affe. Es gibt Bessere als ihn.«

Magnus lächelte sie an. Er war ihr dankbar für das persönliche Engagement. »Wüßten Sie jemanden?«

»Klinkenberg«, antwortete sie, ohne zu zögern. »Da habe ich als Studentin mal ein Praktikum gemacht. Er ist erste Klasse.«

Er kam zum ersten Mal auf den Gedanken, sich zu fragen, wo sie herkam und was sie früher gemacht hatte. »Was haben Sie studiert?«

Sie hob die Schultern. »Was schon. BWL.«

Er lehnte sich in seinem Sessel zurück. »Dann sind sie katastrophal überqualifiziert für Ihren Job, Frau Blum.«

»Nein. Sie schätzen meinen Job einfach katastrophal falsch ein, Herr Wohlfahrt.«

Eine Premiere, dachte er verwundert. Natalie B. zeigt einen Funken Humor. Ein denkwürdiges Ereignis.

»Und Sie?« konterte sie. »Was haben Sie studiert?«

Er schüttelte nachdrücklich den Kopf. »Gar nichts. Ich habe

eine wunderbare, klassisch-humanistische Schulbildung genossen, mit dem Ergebnis, daß ich eines Tages mit exzellenten Kenntnissen in Latein und Griechisch auf der Straße stand.« Gott, warum erzähl' ich ihr das, fragte er sich irritiert.

»Auf der Straße?« fragte sie verwundert.

»Na ja. Im übertragenen Sinne. Ein alter Widersacher meines Vaters nahm mich in die Lehre. Als Immobilienkaufmann.« Und er hatte in einer unbeheizten Einzimmerwohnung gehaust, um mit seinem Lehrgeld über die Runden zu kommen. Am Wochenende hatte er Nachtschichten in dem Krankenhaus geschoben, wo er seinen Zivildienst geleistet hatte. Er hatte nie vorher oder nachher so hart gearbeitet wie in dieser Zeit. Er konnte nicht ernsthaft behaupten, daß er keinen Tag davon missen wollte. Manchmal war es gräßlich gewesen. Aber er hatte herausgefunden, wer er war und was er wollte. Das wußte er zu schätzen.

»Würden Sie diesen Klinkenberg anrufen?«

»Sicher.«

»Sagen Sie ihm, er kriegt gleich zwei neue Kunden. Mit meinem Geschäft will Herffs auch nichts mehr zu tun haben.«

Sie schüttelte ungläubig den Kopf. »Was ist nur in ihn gefahren?«

»Tja, das weiß der Himmel. Was gab's sonst in der Post?«

Der Rest war schnell erledigt, Routine. Sie sprachen die Briefe durch, Natalie machte sich Randnotizen, alles wie gehabt. Als sie fertig waren, zögerte sie einen Moment.

Magnus legte den Kopf zur Seite und lächelte ihr aufmunternd zu. »Was gibt's?«

Sie schüttelte den Kopf und sammelte ihre Briefe ein. »Nichts.«

»Sagen Sie's ruhig.«

Sie stand auf, hielt die Postmappe vor sich wie einen Schild und rückte ihre schmale, elegante Brille zurecht. Er hätte gerne gewußt, wie sie ohne aussah. Die Brille war nicht übel, aber nicht ganz das richtige Modell für sie. Zu bieder.

»Ich ...« Sie seufzte und schüttelte den Kopf. »Nein. Ich hab's mir anders überlegt. Es ist nichts.«

Er hob ergeben die Hände. »Schade.«

Sie lächelte, schien für einen Augenblick tief in Gedanken versunken und trug dann ihre Post hinaus.

Magnus sah ihr ziemlich lange nach.

Es war finster, und sie fuhren langsam an den schicken Häusern der feinen Düsseldorfer Wohngegend entlang, auf der Suche nach der Hausnummer.

»Ehrlich, das ist albern. Ich hätte ebensogut selbst fahren können«, bemerkte Magnus nicht zum ersten Mal.

»Warum?« fragte Fernando verständnislos. »Was soll aus mir werden, wenn du immer selbst fährst?«

»Du hast das Haus, den Garten und die Hunde«, zählte Magnus auf. »Arbeit genug.«

»Ja. Und Rosa. Jede Sekunde, jeden Tag.«

Magnus war verblüfft. Da taten sich ganz neue Horizonte auf. »Du hast meinen Vater dreißig Jahre lang geduldig von Pontius nach Pilatus gefahren, um ihr zu entfliehen?«

»Eine Pause, ja. Ab und zu.«

Magnus grinste vor sich hin. Das konnte er nun wirklich gut verstehen. »Aber ich kann nicht für alle Zukunft deine Zuflucht sein. Früher oder später ziehe ich in die Stadt zurück, das weißt du doch.«

»Hm.«

»Du könntest Carla fahren. Mir wäre wohler, wenn sie nicht selbst fährt, solange sie dieses Zeug nimmt.«

»Sie fährt mit Tabletten, sie fährt besoffen, sie fährt gut«, urteilte Fernando.

»Bitte, wenn du es sagst ... Besoffen?«

»Manchmal.«

»Grundgütiger. Was zur Hölle ist los mit ihr?«

»Kein Kind. Keine Arbeit. Nichts zu tun.«

»Armes, reiches Mädchen.«

»Hm. Hier ist es. Sechsunddreißig. Ich warte.«

Magnus öffnete die Tür und stieg aus. »Danke. Fahr nach Hause. Ich nehme ein Taxi.«

»Ich warte.«

»Aber das kann Stunden dauern. Ich werde keine Ruhe haben, wenn ich weiß, daß du hier draußen in der Kälte im Wagen sitzt.«

Fernando schüttelte seufzend den Kopf und wies auf den Schalter der Standheizung. Dann angelte er eine verbeulte, uralte Schultertasche vom Rücksitz und packte sie aus. Nacheinander hielt er Magnus die Gegenstände zur Begutachtung hin, die sie enthielt: eine Thermoskanne, eine Plastikdose mit Butterbroten, ein Buch.

»Ich warte.«

»Fernando, du liest Hemingway?«

Er nickte.

Magnus schüttelte verwundert den Kopf. »Derzeit lerne ich jeden Tag etwas Neues über dich.«

Ambrosinis Haus war flammneu und groß. Viel Glas, viel Holz. Magnus verliebte sich auf den ersten Blick. Das ist es, dachte er hingerissen. Genauso will ich auch irgendwann mal wohnen.

Er klingelte, und eine junge, ziemlich dicke Frau öffnete ihm.

»Herr Wohlfahrt? Kommen Sie herein. Mein Mann erwartet Sie schon.«

Er schüttelte ihre Hand. »Ich hoffe, ich bin nicht zu spät.«

»Keineswegs. Wir sind ja auch nicht so leicht zu finden.«

»Das ist wahr.«

Er legte Mantel und Schal ab und folgte ihr durch die geräumige Diele, zwei Granitstufen hinauf in einen Raum, der bis zum Dach offen war. Im Kamin brannte ein Feuer, indirekte Beleuchtung tauchte das weiträumige Zimmer in geheimnisvolles Halbdunkel. Cremefarbene Wände, große Fenster, Granitboden, ein paar spärliche, moderne Bilder, zwei kleine Bronzestatuen auf schmucklosen Säulen. Magnus sah sich um. Es war perfekt.

Ambrosini stand plötzlich wie aus dem Boden gestampft vor ihm. »Ah. Herr Wohlfahrt. Schön, daß Sie gekommen sind. Meine Frau haben Sie schon kennengelernt?«

Sie tauschten ein paar höfliche Floskeln, während Magnus darüber nachdachte, was für ein ungleiches Paar sie waren. Sie rund, hausbacken und brav, er ein beinah unanständig gutaussehender Mann von Welt. Was sie wohl zusammengeführt hatte?

Ambrosini nahm die rundliche Hand seiner Frau in seine beiden und führte sie an die Lippen. »Du entschuldigst uns?«

Magnus war konsterniert, aber Frau Ambrosini beruhigte ihn mit einem warmen Lächeln. »Ich muß leider noch zu einer Sitzung. Anti-Drogen-Liga. Manchmal sind die wohltätigen Anlässe ein wahrer Klotz am Bein, aber man muß sich schließlich kümmern, nicht wahr?«

Keine Ahnung, dachte Magnus. Mit einem verwirrten Lächeln verabschiedete er sich, und Ambrosini führte ihn zu einem antiken Tisch, der für zwei gedeckt war. Rustikal italienisch. Wie aus einem Reiseprospekt für die Toscana. Rotwein, Weißbrot, braune Keramikteller.

Magnus setzte sich.

»Ein Aperitif?« fragte Ambrosini.

Warum nicht. Wo ich schon nicht fahren muß. »Ein trockener Martini?«

»Ja, da schließe ich mich an. Zitrone?«

»Nein, danke.«

Ambrosini mixte gekonnt und kam mit zwei kältebeschlagenen Gläsern an ihren Tisch.

»Und nun erzählen Sie mir, Herr Wohlfahrt, wie gefällt Ihnen die Firma Ihres Vaters? Das große Spiel um das große Geld?«

Magnus trank einen Schluck. Der Martini hatte es in sich. Mehr als die Hälfte Wodka, schätzte er. »Ich bin nicht übermäßig erbaut«, gestand er. »Meine eigene Firma macht mir mehr Spaß.«

Die blauen Augen blickten amüsiert. »Und wie kommt das?«

»Meine Firma ist klein, überschaubar und kerngesund. Die meines Vaters groß, ein Labyrinth und schwerkrank.«

Ambrosini seufzte tief. »Ja. Ich weiß. Das ist der Grund, warum ich Sie eingeladen habe.«

Magnus wappnete sich. »Sie wollen mir sagen, daß Sie Ihr Kapital nicht länger bei uns investieren können, weil die Firma auf der Kippe steht? Sie wollen sich von Südhoff zurückziehen?«

Ambrosini lachte leise. »O nein. Keineswegs. Sie machen sich unnötige Sorgen. Lassen Sie uns essen.«

Sie aßen echten Büffelmozzarella mit Parmaschinken, fritierte Sardinen, Langusten in Zitronensud, Filetsteaks in Sahnesauce, ein exzellentes Tiramisu und tranken ein paar erlesene Weine. Ambrosini trank viel, aber er konnte es offenbar vertragen. Der Wein hatte nicht mehr Wirkung auf ihn als Wasser. Sie redeten über den beklagenswerten Gesundheitszustand der Wirtschaft, sie tauschten sich aus über die Standortfrage und die Baupolitik der Bundesregierung. Über Kaffee und Käse wurden die Themen persönlicher. Ambrosini befragte Magnus nach Carla und Taco. Magnus antwortete ausweichend und höflich und erkundigte sich, ob Ambrosini und seine Frau Kinder hatten.

»O ja. Zwei Söhne, eine Tochter. Ich weiß kaum mehr, wofür ich gelebt und gearbeitet habe, bevor sie da waren. Und was ist mit Ihnen? Sind sie verheiratet?«

»Nein.«

Ambrosini gab keinen Kommentar ab. »Kommen Sie. Setzen wir uns an den Kamin. Möchten Sie einen Cognac?«

»Ich bleibe lieber bei Wein.«

»Wie Sie wollen.«

Magnus versank in einem tiefen dunklen Ledersessel. Ambrosini wärmte für sich selbst einen Cognacschwenker über einer Kerzenflamme, schenkte ein und brachte für Magnus den vorzüglichen Verdicchio in einem Weinkühler mit hinüber zum Kamin. Er schenkte ihm nach, während die stille kleine Hausangestellte, die das Essen serviert hatte, den Tisch abräumte.

Als sie allein waren, nahm Ambrosini ihm gegenüber Platz. »Ich werde nicht so recht schlau aus Ihnen. Es ist sehr anregend, mit Ihnen zu reden. Aber Sie geben nichts von sich preis. Sie sind sehr distanziert. Sehr angespannt. Warum?«

Das war ein ungewöhnlicher Frontalangriff. Aber Magnus hatte nichts gegen Überraschungen. Und er hatte auch nichts gegen Offenheit. »Ich bin von Natur aus vorsichtig. Aber das ist es nicht allein. Ich bin noch nicht sicher, warum, aber ich traue Ihnen nicht. Ich halte Sie für gefährlich.«

Ambrosini lehnte sich in seinem Sessel zurück und strahlte ihn an. »Ich gratuliere Ihnen zu Ihrer Intuition. Werden Sie mir verraten, ob Sie Erkundigungen über mich eingezogen haben?«

Magnus trank einen Schluck Wein und zündete sich eine Zigarette an. Ein blanker Messingaschenbecher stand auf dem Tisch, er nahm an, es war gestattet.

»Nein, habe ich nicht. Ich mache mir gerne zuerst selbst ein Bild.«

»Das heißt, Sie haben nicht die geringste Ahnung, wer ich bin?«

»Na ja, das ein oder andere Vorurteil spukt mir so durch den Kopf.«

Ambrosini sah ihn mit seinen blauen Augen unverwandt an. Ihr Ausdruck war jetzt ernst, aber nicht unfreundlich. »Nach meiner Erfahrung haben viele Vorurteile durchaus eine Berechtigung.«

Magnus zog an seiner Zigarette, ohne ihn aus den Augen zu lassen. Blickkontakt gehörte ganz entschieden zu seinen Stärken. »Das ist wirklich ein nettes Geplänkel. Aber kommen wir doch mal zur Sache.«

»Einverstanden. Ich vertrete die Interessen einer großen, italienischen Handelsgesellschaft.«

»Und womit handeln Sie so?«

»Oh, das ist ganz unterschiedlich. Grundsätzlich mit allem, wofür sich ein Markt findet.«

Magnus entschied sich für einen undiplomatischen Vorstoß, um sich Gewißheit zu verschaffen. »Vornehmlich in solchen Gütern, die dem legalen Handel verschlossen sind?«

Ambrosini hob kurz den Zeigefinger der Rechten. »Sehen Sie, genau da liegen Sie mit Ihrem Vorurteil falsch. Ich habe nicht die Absicht, mich auf eine moralische Diskussion einzulassen, aber Sie sollten nicht vergessen, daß auch Regierungen mit Waffen handeln, daß labile Charaktere wie beispielsweise Ihr Bruder immer einen Weg finden, sich zu zerstören, und daß Frauen sich immer schon prostituiert haben und es auch in aller Zukunft tun werden, aus welchen Gründen auch immer. Wir liefern nur das Angebot, die Nachfrage ist nicht unsere Sache. Aber darüber können Sie urteilen, wie Sie wollen, das ist völlig gleich. Viel wichtiger ist, daß Sie begreifen, daß unsere Geschäfte sich schon seit vielen Jahrzehnten nicht mehr auf die Bereiche beschränken, die Ihnen vorschweben. Wir sind ein Teil dessen, was Sie die legale Geschäftswelt nennen. Mit unseren Partnern zusammen sind wir der finanzstärkste multinationale Konzern, den es gibt. Wir haben im vergangenen Jahr allein in Europa über hundertvierzig Milliarden Mark in Drogen umgesetzt. Der weltweite Umsatz eines Jahres liegt schätzungsweise bei fünfhundert Milliarden Dollar. Fünfhundert Milliarden Dollar, Herr Wohlfahrt. Und das ist lediglich einer unserer Geschäftszweige.« Er hob für einen Augenblick seine großen Hände und legte die Fingerspitzen zusammen. »Das ist nur eine Zahl, ich will Sie nicht beeindrucken. Ich will Ihnen lediglich etwas vor Augen führen. Unsere Gewinne werden nur zu einem geringen Teil wieder im selben Bereich reinvestiert. Der Großteil fließt in die verschiedensten Bereiche des legalen Wirtschaftskreislaufes.

Wir sind aus dem internationalen Handel nicht mehr wegzudenken. Wenn wir von heute auf morgen unsere Geschäfte einstellen würden, seien Sie sicher, gäbe es einen gewaltigen internationalen Börsenkrach.«

Magnus drückte seine Zigarette aus und schlug die Beine übereinander. »Worauf wollen Sie hinaus? Daß Sie respektabel geworden sind oder ein Machtfaktor?«

»Respektabel waren wir immer«, entgegnete Ambrosini ohne Anzeichen von Verärgerung. »Nein, es geht bei unserer Unterhaltung um Macht, wie Sie es ausdrücken, ich würde sagen um Geld, was natürlich letzten Endes auf das gleiche hinausläuft. Sie müssen das Bild von dem schmierigen kleinen Gaunersyndikat vergessen. Die Welt hat sich verändert. Seien Sie versichert, die meisten der honorigen Leute in dieser Stadt, die mich in ihrem Haus willkommen heißen, wissen ganz genau, wer ich bin und was ich tue. Politiker, Geschäftsleute, ganz gleich.« Er hob kurz die Schultern und zeigte sein gewinnendes Lächeln. »Sie lieben mich vielleicht nicht, aber sie brauchen mich. Sie sind Realisten.«

Magnus nickte überzeugt und stand auf. »Das war ein sehr erhellender Vortrag. Leben Sie wohl.«

»Warten Sie.« Plötzlich klang die eben noch so samtweiche Stimme hart und bedrohlich.

Magnus wandte sich betont langsam um. »Worauf?«

»Auf Ihre Direktiven. Vielleicht haben Sie es noch nicht gemerkt, aber Sie sind rekrutiert. Wie Ihr Vater vor Ihnen.«

Magnus' Herz setzte einen Schlag aus. Und seine Füße trugen ihn gänzlich gegen seinen Willen in den Raum zurück, Schritt für Schritt. »Mein Vater? Das ist lächerlich.«

Ambrosini schüttelte langsam den Kopf. »Ich schlage vor, Sie setzen sich wieder.«

Magnus funktionierte, als stünde er unter Hypnose. Artig setzte er sich wieder hin. »Aber ... was wollten Sie von ihm? Wozu hätte er Ihnen nützen können?«

»Als absolut integre Front. Und bei der Investition unserer nicht ganz lupenreinen Gewinne. Das ist ständig unsere größte Not.«

»Geldwäsche?« fragte Magnus ungläubig.

Ambrosini nickte. »Nicht in Italien, Österreich oder der Schweiz, da haben wir leistungsfähige Systeme, die jede Summe innerhalb kürzester Zeit waschen. Aber hier in Deutschland ist es immer noch schwierig. Und unsere Umsätze in der Bundesrepublik steigen jedes Jahr weiter, denn hier ist unser Brückenkopf für sämtliche Geschäfte mit den neuen Märkten im Osten. Können Sie mir folgen?«

Magnus riß sich zusammen. »Ich hänge förmlich an Ihren Lippen. Was hatte mein Vater damit zu tun?«

»Wie ich sagte. Er hat uns bei verschiedenen Banken Tür und Tor geöffnet. Sein Kapital mit unserem vermischt. Die Prozesse werden Sie noch früh genug durchschauen. Ich bin zuversichtlich, daß Sie uns ebenso dienlich sein werden wie er.«

Magnus stand wieder auf. »Nein.«

Ambrosini nickte ernst. »Doch, mein Freund. Das werden Sie. Machen Sie es sich nicht unnötig schwer, indem Sie sich sträuben.«

Magnus steckte die Hände in die Hosentaschen und blieb zwei Meter vor ihm stehen. »Verraten Sie mir, womit Sie mich ködern wollen?«

»Das will ich nicht. Das brauche ich nicht. Sie werden es tun. Spätestens, wenn Ihr verkommener kleiner Bruder mit zwei zertrümmerten Händen im Krankenhaus liegt. Gestern konnte ich es im letzten Moment noch verhindern. Ich war zufällig zur richtigen Zeit am richtigen Ort. Aber morgen könnte die Sache ganz anders aussehen.«

Magnus war schlecht. Die Vorstellung bereitete ihm Übelkeit. Er rang um ein ausdrucksloses Gesicht und hob kurz die Schultern. »Ich bin nicht meines Bruders Hüter.«

»Doch. Das sind Sie. Ich habe es mit eigenen Augen gesehen.«

»Und wenn schon. Ich werde mich nicht um seinetwillen in Ihren Dreck reinziehen lassen.«

Ambrosini seufzte. »Diese Diskussion ist pure Zeitverschwendung. Ich weiß, Sie werden es tun, früher oder später. Glauben Sie mir, ich spreche aus Erfahrung. Vergessen Sie nicht, ich habe Ihren Vater überzeugt. Glauben Sie wirklich, Sie können mir die Stirn bieten, wenn er es nicht konnte?«

Magnus kochte. »Sie haben einen schwer herzkranken Mann erpreßt und ihn gezwungen, gegen seine Überzeugung zu handeln und für Sie zu arbeiten? Wie ehrenwert.«

Ambrosini nagelte seinen Blick wieder fest. »*Ich* habe ihn nicht herzkrank gemacht. *Ich* habe ihn nicht hintergangen. *Ich* habe nicht seine Geliebte flachgelegt.« Er hielt kurz inne und fügte dann mit einem jungenhaften Grinsen hinzu: »Jedenfalls noch nicht.«

Magnus spürte, wie seine Hände und seine Stirn kalt wurden. Es war wie ein körperlicher Schock. Er rührte sich nicht, weil er fürchtete, wenn er sich bewegte, würde er wanken. »So kriegen Sie mich nicht, Ambrosini. Machen Sie meinethalben eine ganzseitige Anzeige im *Handelsblatt* und erzählen Sie's der ganzen Welt. Mich kümmert es nicht. Es ist verjährt.« Das war gelogen. Aber vielleicht würde er das nicht merken.

»Wirklich? Nun, dann kriege ich Sie anders.«

»Haben Sie meinen Vater ermordet?«

Ambrosini schnalzte mißbilligend mit der Zunge. »Ich erinnere Sie daran, daß Ihr Vater einem Herzinfarkt erlegen ist. Ich muß allerdings zugeben, daß mir das nicht ganz ungelegen kam.«

»Warum?«

»Na ja, wie mir erst kürzlich klar wurde, hat er seit zwei Jahren langsam, aber sicher auf den Konkurs zugesteuert. Er glaubte, so könne er mich loswerden. Aber das lag ganz und gar nicht in meinem Interesse ... Meine Güte, Magnus, Sie sehen furchtbar blaß aus. Fahren Sie nach Hause. Denken Sie in Ruhe über alles nach. Im Grunde ist das, was ich von Ihnen möchte, nicht so unzumutbar. Wägen Sie es ab. Gegen die Gesundheit Ihres Bruder, Ihre eigene, Ihren Ruf, all diese Dinge. Ich werde Ihre Antwort gelegentlich erfragen. Vorläufig reicht es mir völlig, wenn Sie Ihre eifrige Zusammenarbeit mit Herrn Hauptkommissar Wagner einfrieren. Diplomatisch. Er braucht es gar nicht zu merken.«

Magnus ballte die Hände in den Taschen. »Ich werde ihn morgen früh anrufen.«

Ein Lächeln lauerte in Ambrosinis Mundwinkeln. »Wissen Sie ... die Idee mit der ganzseitigen Anzeige im *Handelsblatt* ist irgendwie originell.«

Er hatte eine wirklich schlechte Nacht. So schlecht wie seit langem nicht mehr. Das Bett schwankte wie eine Nußschale auf hoher See. Es hatte nichts mit Alkohol zu tun. Er hatte nicht viel getrunken. Es hatte zu tun mit Angst, mit emotionalem Druck und Streß, all die Dinge, die den Adrenalinspiegel in Schwung bringen und zu einer drastischen Absenkung des Blutdrucks führen, wenn er abebbt. Er fühlte sich todkrank. Er war nicht in der Lage, einen vernünftigen, zusammenhängenden Gedanken zustande zu bringen, und das machte ihn wütend. Er mußte dringend nachdenken. Aber es war unmöglich. Immer, wenn er es versuchte, schien der feste Boden unter dem Bett mit einem Ruck durchzusacken, und ein leises, statisches Brummen erhob sich mitten in seinem Kopf. Irgendwann war ihm so schlecht, daß er sich auf den Weg ins Bad machte, und ein paar Minuten später fand er sich zitternd, desorientiert und in kalten Schweiß gebadet auf der Türschwelle zwischen Schlafzimmer und Bad wieder. Die Kälte war schlimmer als die Übelkeit. Also änderte er seine Pläne und kroch auf allen vieren zurück zum Bett. Sein Kopf schien in einem Schraubstock zu stecken, und trotz der Dunkelheit spürte er, daß er fast völlig blind war. Durchgefroren hangelte er sich schließlich zurück auf die Matratze, kroch unter die Decke, zog die Knie bis zum Kinn und hoffte auf bessere Zeiten. Es war pure Erschöpfung, die ihm schließlich zu ein paar Stunden Schlaf verhalf.

Als der Morgen graute, wurde es besser. Das war immer so. Er stand versuchsweise auf. Fehlanzeige. Augenblicklich wurde ihm schwarz vor Augen. Gott, dachte er angewidert, warum, *warum* kann ich nicht sein wie jeder andere?

Es war halb elf, als er es endlich die Treppe hinunter schaffte. Im Haus war es still. Magnus hangelte sich am Geländer abwärts und die Wand entlang ins kleine Eßzimmer. Dort stand Frühstück, aber es war niemand da. Er trank zwei Tassen Kaffee. An essen war nicht zu denken. Er hörte schuffelnde Schritte in der Halle, und als er hinaustrat, stieß er fast mit Fernando zusammen. Dieser hatte die Hunde bei sich.

»Wo sind alle?« fragte Magnus und strich Anatol über den Kopf.

»Taco ist nicht nach Hause gekommen. Carla und Rosa sind in der Kirche. Allerheiligen.«

Natürlich. Heute war Feiertag. »Und du nicht?«

Fernando schüttelte den Kopf.

»Würdest du mich in die Stadt fahren?«

»Du siehst aus wie ein Geist.«

»Würdest du mich in die Stadt fahren, ja oder nein.«

»Ja.«

»Stunde?«

Fernando nickte.

Magnus machte mit den Hunden einen Spaziergang. Zur Abwechslung war es einmal sonnig und dafür auch gleich bitterkalt. Er ging langsam und pumpte seine Lungen mit Sauerstoff voll. Das verfehlte seine Wirkung nicht. Auf dem Rückweg konnte er sich nach den zerkauten Gummibällen bücken, die sie ihm vor die Füße legten, ohne daß ihm schummerig wurde, wenn er sich wieder aufrichtete. Die letzten drei-, vierhundert

Meter lief er. Dann stellte er sich unter die Dusche, eiskalter Guß zum Schluß, wenigstens zehn Sekunden, und die Talsohle war überwunden. Er nahm trotzdem eine der verhaßten Tabletten. Letzten Endes war er ja auch ein Mitglied dieser Familie ...

Nach einem leichten Frühstück stieg er zu Fernando in den vorgeheizten Wagen. »Weißt du, wo Tacos Freundin wohnt?«

Kopfschütteln.

Magnus reichte ihm einen Zettel. »Hier ist die Adresse. Irgendwo in Golzheim, nicht weit von der Fachhochschule.«

Nicken.

Magnus lehnte sich im Beifahrersitz zurück und schloß die Augen. Er weigerte sich, hinten zu sitzen, wie er sich weigerte, den Bentley seines Vaters zu benutzen, aber er mußte zugeben, daß er es genoß, sich durch die Gegend kutschieren zu lassen. Es war erholsam. Friedvoll. Tschaikowskis *Pathétique* tröpfelte ihm ins Ohr, und er fand die Melancholie tröstlich. Er entspannte sich ein wenig. Schön, zugegeben, er hatte Wagner heute morgen nicht angerufen. Aber heute war schließlich auch Feiertag, beruhigte er sich. Morgen. Morgen würde er es ganz bestimmt tun.

»Magnus.«

Er öffnete bedauernd die Augen. »Ja?«

»Blauer Audi. Seit Meerbusch hinter uns.«

Magnus richtete sich auf, klappte die Sonnenblende herunter und betrachtete im Spiegel die Aussicht aus dem Rückfenster. Unmittelbar hinter ihnen fuhr ein brandneuer Volvo. Der Audi hing an seiner Stoßstange.

»Na ja. Er wird unterwegs sein in die Stadt, genau wie wir.«

»Nein.«

»Was heißt nein?«

»Paß auf.«

Noch vor der Rheinbrücke bog Fernando plötzlich von der

vierspurigen Brüsseler Straße nach rechts ab Richtung Oberkassel. Der Audi folgte. Er ließ sich wieder ein, zwei Wagen zurückfallen. Auf der Luegallee bog Fernando an einer Ampel wieder nach rechts ab, dann wieder und dann wieder. Er fuhr eine Schleife. Als sie zum vierten Mal rechts herumfuhren und wieder auf die breite Luegallee einbogen, war der Audi immer noch hinter ihnen. Magnus las das Nummernschild und prägte es sich ein. D-HD 1273.

Dann klappte er die Sonnenblende wieder ein und ließ sich ins Polster zurückfallen. »Verdammt ...«

»Wer ist das?«

»Keine Ahnung.«

Fernando warf ihm einen skeptischen Seitenblick zu, gab aber keinen Kommentar ab. »Weiter nach Golzheim?«

Magnus dachte kurz nach. »Nein. Wer immer es ist, ich hab' Mühe zu glauben, daß er uns wohlgesinnt ist. Mir ist lieber, er weiß nicht, wo ich hin will. Laß mich bei mir zu Hause raus. Ich nehme die U-Bahn.«

»Wer dir im Auto folgt, kann auch aussteigen und die Bahn nehmen.«

»Ich pass' schon auf.«

Fernando brachte ihn bis vor die Tür. »Soll ich lieber mitkommen?« fragte er hoffnungsvoll.

Magnus schüttelte den Kopf, zog sein Handy aus der Tasche und legte es aufs walnußhölzerne Armaturenbrett. »Wenn ich dich brauche, ruf' ich an.«

Fernando beäugte das kleine Funktelefon voller Argwohn. »Mit so was kann ich nicht umgehen.«

»Was? Das ist ein Telefon.«

»Ist es nicht.«

Magnus rang um Geduld. »Drück den grünen Knopf, wenn es klingelt. Das ist wie abheben.«

Fernando brummte. Er war nicht überzeugt.

Magnus seufzte. »Versuch es einfach. Es wird dir nicht um die

Ohren fliegen, wenn du die falsche Taste erwischst. Danke fürs Bringen.«

»Sag nicht danke.«

»Und warum nicht?«

»Überflüssig.«

Magnus stieg aus und beugte sich noch einmal kurz zu ihm herunter. »Ich rede soviel, wie's mir paßt, klar?«

Fernando fuhr mit einem Grinsen davon.

Magnus war einigermaßen sicher, daß ihm niemand gefolgt war. Er hatte sich die anderen Fahrgäste genau angesehen. Vor dem Umsteigen und nachher. Er erkannte niemanden wieder.

Das Haus war das verrückteste, das er je gesehen hatte. Es mochte an die siebzig oder achtzig Jahre alt sein und hatte demnach vermutlich solide gemauerte Wände, aber er hörte die Musik bis auf die Straße. Im Hausflur war es noch schlimmer. Aus sämtlichen Etagen drangen Musikfetzen unterschiedlichster Instrumente, vereinten sich zu einer gedämpften Kakophonie, die Fahrräder, aufgebogene Briefkästen und am Boden verstreute Reklame beschallte. Er stieg die Treppe hinauf und las Türschilder. Schließlich fand er einen handgeschriebenen Zettel hinter einem vergilbten, zersplitterten Plastikschutz: Lea Mnuti. Begleitet von einem verstimmten Klavier hörte er zwei honigsüße Soprane: »Unwi-hi-hi-der-steh-he-lich ist die Versu-hu-chung von Leicht und Sa-ha-nig ...«

Grinsend hob er die Hand und klopfte. Eine Klingel hatte er nicht gefunden. Ein neues, jetzt im Terzabstand zweistimmiges »Unwi-hi-hi-der-steh-lich« brach mittendrin ab, gefolgt von ausgelassenem Gelächter. Dann näherten sich Schritte, und die Tür ging auf.

»Oh. Magnus.«

Ihre ohnehin schon großen Augen weiteten sich einen Moment vor Überraschung, vielleicht war sie sogar erschrocken.

Aber er spürte trotzdem die Wärme dieser Augen, und er beneidete seinen Bruder flüchtig. »Ist er hier?«

Sie nickte.

»Darf ich reinkommen?«

Lea trat einen Schritt zurück und hielt ihm die Tür auf. »Natürlich. Entschuldige. Sieh dich nicht um, hier herrscht das Chaos. Wir proben.«

Er folgte ihr in eine winzige Diele. »Ein Werbespot?«

Sie hob mit einem leicht verschämten Lächeln die Schultern. »Job ist Job.«

»Das ist wahr.«

Wider ihren ausdrücklichen Wunsch sah er sich verstohlen um. Wenig Geld war mit viel Liebe wettgemacht. Die schulterhohen Holzpaneele der Wände waren im Muster einer Klaviatur angestrichen. An der weißen Rauhfaser darüber hingen Schwarzweißpostkarten mit Landschaftsmotiven aus dem Südwesten Amerikas. Am Boden lag ein königsblauer Nadelfilz, der ihn nach spätestens zwei Tagen die Wände hochgetrieben hätte.

Sie trat durch eine offene Tür. »Taco ... Du hast Besuch.«

Magnus trat hinter ihr ein. Taco saß an einem verschrammten, zitronengelb lackierten Klavier. Die Rechte lag lose über einem A-Dur auf den Tasten, die Linke steckte in einer Schüssel mit Eisstückchen, die er auf dem Schoß balancierte. Neben ihm stand eine junge Frau mit kurzen, weizenblonden Haaren, ein Notenblatt in der Hand.

Magnus nickte ihr zu. Dann kehrte sein Blick zu der Schüssel mit den Eiswürfeln zurück.

»Ist was passiert?« fragte Taco leise. »Ist was mit Carla?«

»Nein, nein«, sagte Magnus schnell. »Ich wollte ...« Er brach ab und räusperte sich nervös.

Taco stand auf. »Laß uns rüber in die Küche gehen.«

Magnus lächelte die Mädchen entschuldigend an. »Dauert nicht lange.«

Lea winkte ab. »Im Kühlschrank steht Kirschkuchen, wenn ihr wollt ...«

Er verstand, was sie sagen wollte, nickte ihr dankbar zu und folgte Taco in den Nebenraum. Die Küche hatte etwa die gleiche Größe wie das Wohnzimmer. Sie beherbergte ein zusammengewürfeltes Sortiment alter Elektrogeräte, ein Waschbecken statt einer Spüle, in dem schmutziges Geschirr zu schiefen Türmen aufgestapelt stand, und eine alte hölzerne Tür führte auf einen winzigen Balkon. Der Raum war hell und freundlich. In seiner Mitte stand ein ausladender Tisch.

Taco setzte sich und holte tief Luft. »Woher nimmst du das Recht, mich bis hierher zu verfolgen?« Er sah ihn feindselig an, und seine Augen strahlten, als habe er Fieber.

Magnus zog sich einen Stuhl heran und setzte sich ihm gegenüber. »Was ist mit deiner Hand?«

»Nichts. Nur angeschwollen. Nichts gebrochen.«

»Erzählst du mir, was passiert ist?«

»Nein.« Er stand ruhelos auf, ging an den Kühlschrank und holte eine Dose Bier heraus. Der Verschluß zischte. Taco legte den Kopf in den Nacken und trank sie auf einen Schlag halb leer.

»Darf ich dir was zu trinken anbieten?« fragte er sarkastisch.

»Taco ... hör doch auf damit.«

Taco wandte sich abrupt ab und sah aus dem Fenster. »Das ist ... so beschissen. So total krank. Du läßt mich hängen, mit dem Ergebnis, daß ein schmieriger kleiner Altstadtgauner mir um ein Haar die Knochen bricht. Aber ich Supervollidiot bin derjenige, der ein schlechtes Gewissen hat. Ist das nicht göttlich?«

»Was hatte Ambrosini damit zu tun?«

Taco wirbelte herum. »Woher weißt du davon?«

»Sag es mir.«

»Er kam mit drei Finstermännern in Knobelbechern dazu. Eine halbe Sekunde, bevor es zu spät war.«

»Und dann?«

»Und dann? Und dann? Was weiß ich! Ich hab' gemacht, daß ich da rauskam. Einer von Ambrosinis Leuten hat mich sogar ein Stück gefahren.«

»Hierher?«

»Nein. Zum nächsten Krankenhaus. Ich hab' die Hand röntgen lassen. Sicher ist sicher. Na ja, und gestern erzählte man sich, Ali Sakowsky liege übel zugerichtet im Krankenhaus. Das kann ich ohne weiteres glauben, ich hab' die Gestalten schließlich gesehen, die Ambrosini dabeihatte.«

»Wer ist dieser Sakowsky?«

Taco antwortete nicht. Er trat an die Fensterbank und fuhr mit dem Zeigefinger der Linken behutsam über die pelzigen Blätter eines trübseligen, blütenlosen Veilchens. Die Hand wirkte ein wenig schwerfällig, nicht so schmetterlingshaft wie gewöhnlich. Aber das war alles, was an äußerlichem Schaden sichtbar war.

»Warum solltest du das wissen wollen, Magnus? Sakowsky gehört zu dem Teil meines Lebens, den du strikt ablehnst. Warum fragst du danach? Das kann doch nur dazu führen, daß wir uns wieder irgendwelche scheußlichen Dinge sagen. Und das will ich nicht.«

»Du irrst dich. Ich muß es wissen. Aus Gründen, die nicht unmittelbar mit dir zu tun haben.«

Taco runzelte verwundert die Stirn, zögerte noch einen Moment und sagte schließlich schulterzuckend: »Auf den ersten Blick ist Sakowsky nur ein kleines Licht. Er verleiht Geld und verkauft alles, was es im Supermarkt nicht so ohne weiteres gibt. Aber ich glaube, er ist ein bißchen mehr als das. Eine Art Schaltstelle. Ein Verteiler.«

»Du meinst, er gehört irgendeiner Organisation an?«

Taco nickte. »Das tun sie letzten Endes alle. Aber er ist mehr als ein kleiner Pusher am unteren Ende der Hierarchie.«

»Wieso glaubst du das?«

»Weil furchtbar viele Leute mächtigen Respekt vor ihm haben. Und aus welchem anderen Grund hätte Ambrosini ihn in höchsteigener Person beehrt? Selbst wenn es stimmt, was man munkelt, wenn Sakowsky in die eigene Tasche gewirtschaftet hat, es muß um ziemliche Größenordnungen gehen, wenn Ambrosini sich persönlich darum kümmert, oder?«

Magnus zündete sich eine Zigarette an. »Komm her, Taco. Bitte, setz dich.«

Taco kam langsam zum Tisch zurück. »Hör mal, du siehst ziemlich beschissen aus, weißt du das?«

»Danke.«

Taco setzte sich ihm wieder gegenüber. »Es ist Ambrosini, oder? Wegen ihm bist du hier.«

»Ja.«

»Was will er von dir?«

»Etwas, das ich ihm nur sehr ungern geben würde. Er droht mir. Unter anderem damit, dir ... zu schaden.«

Taco nickte langsam. »Deine unsterbliche Seele gegen meine Hände?«

»So ungefähr.«

»Und? Was ist mehr wert?«

»Was denkst du?«

Taco dachte darüber nach und kam zu keinem befriedigenden Ergebnis. »Tu lieber, was er sagt. Gegen solche Typen ist kein Kraut gewachsen.«

»Ich will aber nicht.«

»Und du willst meinen Segen? Du willst, daß ich sage, ›Ja, Magnus, dafür hab' ich Verständnis, gehe hin in Frieden, es ist den Preis wert‹? Du mußt verrückt sein.«

Magnus stand auf, ging ans Waschbecken und löschte seine Zigarette unter dem Strahl. Dann warf er sie in den Mülleimer. »Ich wollte dir vor allem sagen, daß du vorsichtig sein sollst. Und ich fürchte, ich kann der Versuchung nicht widerstehen, dich darauf hinzuweisen, daß du in einem Krankenhaus verhältnismäßig sicher wärest.«

Taco lehnte sich in seinem Stuhl zurück, trank an seinem Bier und grinste zu ihm hoch. »Du weigerst dich also endlich mal, deine Interessen meinen zu opfern?«

»Ja.«

Er hob kurz die Schultern. »Das wird eine völlig neue Erfahrung für mich. In gewisser Weise hat es etwas Befreiendes.«

Magnus ging zur Tür. »Paß auf, daß dir niemand hierher folgt.«

7

Ein verführerischer Kaffeeduft drang aus der Teeküche ins Vorzimmer. Magnus schnüffelte süchtig. Eine herrliche Entschädigung für naßkalte Abgase und Schimmelgeruch.

Natalie erwiderte seinen Gruß kühl wie gewöhnlich.

»Wo ist Birgit?« erkundigte er sich, während er wie magisch angezogen Richtung Küche steuerte.

»Sie hat sich krankgemeldet.«

Er wandte sich um. »Was Ernstes?«

Sie schüttelte den Kopf, sah konzentriert auf ihren Bildschirm und machte kleine, ruckartige Bewegungen mit der Maus. »Ich glaub' nicht.«

»Was hat sie denn?« Er besann sich und winkte ab. »Es geht mich nichts an. Vergessen Sie's.«

»Es ist nicht ihr Stil, an Tagen zwischen Feiertag und Wochenende blauzumachen, sollte das Ihre Sorge sein. Ich nehme an, ihr Freund hat sie wieder mal grün und blau geschlagen, so daß sie sich geniert, sich zu zeigen.«

Magnus zog eine angewiderte Grimasse. »Wie furchtbar ...«

Sie hob für einen Sekundenbruchteil die Schultern. »Ich erschüttere Ihr Weltbild nur ungern, aber es gibt Frauen, die drauf stehen.«

Er schüttelte verständnislos den Kopf. »Das ist gehässig. Und unfair. Es gibt auch Frauen, die können sich einfach nicht wehren, auch wenn *Sie* sich das vermutlich überhaupt nicht vorstellen können.«

Sie schenkte ihm ein ironisches Stirnrunzeln.

»Sie können sie wirklich nicht ausstehen, oder?« fragte er.

Sie nahm die Hand von der Maus und dachte einen Augenblick nach. »Ach, ich weiß nicht«, begann sie unentschlossen. »Sie geht mir auf die Nerven. Ich möchte sie packen und schütteln. Aber vielleicht haben Sie recht, vielleicht ist sie zu bedauern. Das sind wir ja alle irgendwie«, fügte sie überraschend hinzu.

Wie wahr, wie wahr.

»Haben Sie sie eingestellt?«

»Nein, Ihr Vater. Sie war schon hier, als ich anfing.«

»Und wann war das?«

»Vor knapp einem Jahr.«

Er war verwundert. Er hatte irgendwie gedacht, sie sei schon seit Ewigkeiten hier. Er brachte das Gespräch zurück in sichere Gewässer. »Haben Sie diesen Steuerberater erreicht? Klinkenberg?«

Sie drehte sich mit dem Bürostuhl zu ihm um und schlug die Beine übereinander. »Ja. Und er hat kein Interesse. Ausgelastet, sagte er. Aber erst, nachdem ich den Namen Wohlfahrt erwähnte. Er will uns nicht. Offenbar hat Herffs irgendwelche häßlichen Gerüchte in die Welt gesetzt.«

»Er sollte lieber vorsichtig sein«, murmelte Magnus.

Sie legte den Kopf zur Seite. »Weil Sie ihn sonst bei Morgengrauen in den Stadtwald bestellen?«

Nein, dachte er, er hat gefährlichere Leute als mich zu fürchten. »Sagten Sie nicht, Sie haben ein Praktikum bei diesem Klinkenberg gemacht?«

»Hm, das sagte ich.«

»Steuern war nicht zufällig Ihr Studienschwerpunkt?«

Sie lächelte schmallippig, nickte und verschränkte die Arme. »Steuern und Finanzwesen, ja. Und ich bin sicher, ich wäre in der Lage, für diese Firma hier die Bilanz zu machen, sie ist nicht so unüberschaubar kompliziert, wie's auf den ersten Blick erscheint. Und es gibt ein, zwei wirklich brauchbare Programme, die wir besorgen können. Nur ...«

»Ja?«

»Ich werde das nicht für das gleiche Gehalt machen.«

Er seufzte. »Nein. Das kann man wohl kaum erwarten. Überlegen Sie sich, was Sie für angemessen halten, dann reden wir darüber.«

»Gut.«

»Haben wir hier irgendwo die Nummer von diesem Wagner von der Polizei?«

»Sicher.« Sie griff zielsicher nach einer schlichten Visitenkarte und hielt sie hoch. »Soll ich ihn anrufen?«

Er zögerte einen Augenblick. »Ja. Fragen Sie ihn, ob er sich heute mittag irgendwo mit mir treffen kann, wann und wo ist mir gleich. Und wenn Sie schon einmal dabei sind, rufen Sie doch bitte oben bei Sven und Petra an. Ich hätte gern die kompletten Akten über alle Immobilienkäufe, die mein Vater in den letzten zwei Jahren mit irgendwelchen Partnern zusammen getätigt hat. Notarverträge, Grundbuchauszüge, eben alles.«

Sie sah ihn neugierig an, aber er gab keine Erklärung für dieses ungewöhnliche Ansinnen. Schulterzuckend griff sie zum Hörer. »Kein Problem.«

»Danke.« Magnus betrat sein Büro.

Natalie wartete, bis die Tür sich hinter ihm geschlossen hatte. Dann drückte sie die Taste für eine Amtsleitung. Doch sie rief nicht sofort im Polizeipräsidium an. Zuerst wählte sie eine Nummer, die mit 0172 anfing, ließ dreimal klingeln und legte wieder auf. Dann stützte sie das Kinn auf die Faust, sah über Birgits aufgeräumten Schreibtisch hinweg aus dem Fenster und dachte nach.

Hauptkommissar Wagner nutzte die beiden Brückentage, um die Kuppe seines Überstundenbergs abzubauen, und auch als Magnus sich selbst bemühte, weigerte man sich im Präsidium strikt, die Privatnummer des Kommissars preiszugeben. Er erkundigte sich empört, ob die Mordsache Wohlfahrt bereits im Archiv bei dem gewaltigen Stoß ungelöster Fälle gelandet sei. Kommissar Jakobs sei Tag und Nacht im Einsatz, versicherte man ihm. Ob man ihn mit Herrn Jakobs verbinden solle? Nein, wärmsten Dank. Dieser Jakobs war ihm nicht geheuer. Für diese heikle Angelegenheit wollte er kriminalistisches Fingerspitzengefühl, nicht die eiserne Faust des Gesetzes. Er würde wohl oder übel warten müssen, bis Wagner am Montag zurück war. Und wenn Ambrosini, der ja so phänomenal gut über ihn informiert war, auch das erfuhr und es fälschlicherweise als Einlenken wertete, dann konnte ihm das nur recht sein.

Unterdessen verbrachte er den Donnerstag und den Freitag vormittag damit, sich mit der Kaufstrategie seiner Firma vertraut zu machen. Mit jeder Akte, die er sich vornahm, stiegen sein Erstaunen und seine Bewunderung für seinen Vater. Zum einen waren es viel mehr Immobilienkäufe, als er sich vorgestellt hatte. Die Mehrzahl der Objekte lagen in Brandenburg und Sachsen. Das war nicht weiter verwunderlich, denn der Markt dort war immer noch im höheren Maße in Bewegung als hier. Was ihn hingegen verblüffte, waren die durchgängig vielversprechende Lage und die vergleichsweise lächerlichen Preise. In Dresden, Leipzig und vor allem im Großraum Berlin hatten sein Vater und seine Partner eine Unzahl von Objekten erworben, und der Preis lag immer wenigstens zu einem Drittel unter dem, was Magnus veranschlagt hätte. Das fand er unbegreiflich. Wie hatten sie das fertiggebracht? Sicher, die Region befand sich noch im Wandel, aber die goldenen Spekulantenjahre im Wilden Osten waren längst vorbei. Es grenzte an ein Wunder, daß die Firma so viele Objekte zu so sagenhaften Preisen erstanden hatte und trotzdem mit einem Bein über dem Abgrund hangelte. Die Partner waren ausnahmslos Firmen, von denen er noch nie gehört hatte, die meisten davon mit Sitz in Ostdeutschland, und sie hatten Wischi-waschi-Namen wie L & G Holding oder Immokauf GmbH & Co. KG oder gar halb öffentlich anmutende

Bezeichnungen wie Sächsische Treuhand Verwaltungsgesellschaft mbH. Magnus legte eine Aufstellung mit Objektbezeichnung, Kaufpreis und -datum und den Namen der Partner an und beschloß, sich von diesen Firmen Handelsregisterauszüge zu besorgen. Damit er wenigstens eine Ahnung bekam, mit wem er es zu tun hatte. Wenn Birgit am Montag zurück war, konnte sie sich darum kümmern.

Er sah auf die Uhr. Fast zwei. Gib es auf für heute, redete er sich zu. Du könntest beispielsweise in die Stadt fahren und ein Paar Schuhe kaufen. Oder ein paar Krawatten. Oder fahr nach Hause, sieh die Post durch und gieß deine Blumen. Oder fahr zu Carla, lad sie in die Oper ein und anschließend zum Essen, und vielleicht gelingt es ja, ein paar Stunden in Harmonie zu verbringen, unter Ausschluß aller Gespenster. Die Idee gefiel ihm. Er rief in der Oper an und reservierte die beiden besten Karten, die noch zu haben waren.

Als er in die Tiefgarage hinunterkam, dachte er darüber nach, ob er sich nicht trotz allem ein paar neue Krawatten gönnen sollte. Nur war jetzt vermutlich in einem Radius von einem Kilometer um die Kö kein Parkplatz zu finden, er könnte den Wagen ebensogut hier stehen lassen. Vielleicht war es doch keine so gute Idee gewesen, ohne Fernando in die Stadt zu kommen. Fernando schlich immer durchs Haus wie ein vernachlässigtes Kind, wenn Magnus seine Dienste ablehnte, und wäre er jetzt hier, wäre die Parkplatzsuche sein Problem.

Diese und andere belanglose Überlegungen dümpelten auf der stillen Oberfläche seines Bewußtseins, während er den Jaguar aufschloß und einstieg. Er steckte den Schlüssel ins Zündschloß und griff über die Schulter nach dem Gurt. In dem Augenblick, als er einrastete, legte sich eine gummibehandschuhte Hand über seinen Kehlkopf, und eine zweite drückte ihm ein feuchtes Stück Stoff vor Mund und Nase, dem ein widerlich süßlicher Geruch entströmte.

Für einen Sekundenbruchteil war er vollkommen desorientiert, aber sofort machte die Angst seinen Kopf klar. Er versuchte, den Oberkörper nach vorn zu reißen, doch die Hand an seiner Kehle hielt ihn fest gepackt und drückte ihm die Luft ab. Er atmete nicht, kniff die Augen zu und versuchte mit beiden Händen, den Klammergriff um seinen Hals zu lösen. Aber seine Finger rutschten an dem glatten Gummihandschuh ab, auch mit den Nägeln konnte er nichts ausrichten. Er atmete immer noch nicht. Wenn du es einatmest und das Bewußtsein verlierst, wirst du in einem Alptraum wieder aufwachen, schärfte er sich ein, und die Stimme in seinem Kopf war verblüffend gelassen. Er brauchte Luft. Er versuchte, den Kopf zur Seite zu drehen, aber er entkam der benebelnden Kompresse nicht. Luft! Ich darf nicht einatmen, aber ich ersticke ... Gott ... nicht in Panik geraten ... *Luft* ...

Ein zweites Paar Hände machte sich an seinem rechten Arm zu schaffen. Er wunderte sich vage darüber, wie sich zwei Leute auf der Rückbank hatten verbergen können, ohne daß ihm etwas aufgefallen war, sein Verstand gab den Kampf gegen die Atemnot auf, und der Überlebensinstinkt übernahm das Ruder. Er atmete, und seine Gedanken wurden zusammenhanglos. Er war wütend, ohne zu wissen, auf wen, und fürchtete sich, aber er hatte vergessen, wovor. Seine Hände versuchten ohne klare Befehle, den zweiten Angreifer von rechts abzuwehren, unkoordiniert und kraftlos. Stoff riß. Er atmete wieder und segelte über den Horizont. Das letzte, was er spürte, war eine Nadel in seinem Arm.

Ein Telefon summte dezent. Magnus öffnete die Augen, aber er konnte nichts sehen. Er fühlte kühles Holz unter seinen Händen, und ein schwaches Aroma von Parkettpolitur kitzelte ihn in der Nase. *Brr-brr*. Der Anrufer war keiner von der Sorte, die gleich nach dem dritten oder vierten Klingeln das Handtuch werfen. Aber niemand ging ran. Mit den Sinnen kam auch sein Verstand zurück. Er hatte keine Mühe, sich zu erinnern, wer er war, wie er hieß und all diese elementaren Dinge. Er wußte sogar noch, was er heute vormittag gemacht hatte. Er wußte, Dawn hatte ihm vom Bäcker gegenüber ein Baguette Provençale mitgebracht, und kurz darauf hatte er beschlossen, in die Stadt zu fahren, hatte Karten für die Oper bestellt, und das war alles. Ungefähr an dieser Stelle riß die Erinnerung ab, und er hatte nicht die geringste Vorstellung, wo er sich befand.

Brr-brr.

Sein Handy. Jetzt erkannte er es. Es war sein eigenes Telefon. Er setzte sich auf, rieb sich die Augen und stellte fest, daß der Grund für seine Blindheit vollkommene Dunkelheit war. Er wollte in seine Innentasche greifen, um das Handy herauszuholen, aber er trug kein Jackett. Jetzt ging ihm auch auf, daß er fror, er schlotterte beinah vor Kälte, und sein ganzer Körper fühlte sich merkwürdig entfremdet an, alles war in Ordnung, aber nichts war so wie sonst. Er tastete ein bißchen ratlos um sich und fand schließlich sein Jackett, das ihm offenbar als Kopfkissen gedient hatte.

Wie in aller Welt komme ich dazu, mich irgendwo auf den Fußboden zu legen und zu schlafen?

Er befingerte den weichen, fließenden Wollstoff, und als er das Handy endlich fand, verstummte es prompt. Typisch.

Er wollte das Sakko überstreifen, aber der rechte Ärmel hing nur noch an einem Fädchen. Er war fast ganz aus der Naht gerissen. Er hängte sich das Jackett notdürftig über die Schultern, befingerte den ausgerissenen Ärmel und fragte sich, warum er sich plötzlich so erbärmlich fühlte. Es war jammerschade um das Jackett, er hatte es geradezu geliebt, und er hatte keine Vorstellung, wie es in diesen beklagenswerten Zustand gekommen war, aber das war kein Grund, plötzlich einen Eiszapfen im Bauch zu haben, oder? Warum waren seine Hände mit einem Mal eiskalt und feucht?

Das Funktelefon begann wieder zu surren. Mit klammen Fingern fischte er es heraus.

»Ja?« Seine Stimme klang dünn, hallte aber unheimlich in der Dunkelheit. *Wo bin ich?*

»Ich dachte mir, daß Sie jetzt bald aufwachen würden.«

Die tiefe, wohlklingende Stimme löste einen gewaltigen Adrenalinstoß aus.

»Herr Wohlfahrt? Sind Sie noch dran?«

»Ja. Was ... was ist passiert?«

»Wo sind Sie?«

Eine Erinnerung flackerte plötzlich durch sein Gedächtnis, kein Bild, eher eine Befindlichkeit, Atemnot, Angst, Chloroform ...

»Das wissen Sie vermutlich besser als ich.«

Ambrosini lachte leise. »Wenn Sie das Haus verlassen, wenden Sie sich nach rechts. Nach wenigen Schritten kommen Sie an eine Querstraße. Die gehen Sie entlang. Auf dem Parkplatz des Schlosses finden Sie Ihren Wagen. Der Schlüssel ist in Ihrer Tasche.«

Magnus tastete mit der Linken seine Taschen ab. Der Schlüssel klimperte leise. »Schloß ... wovon reden Sie?«

»Sie befinden sich in Benrath. Bevor Sie gehen, sehen Sie sich genau um, Herr Wohlfahrt. Aber ich rate Ihnen, nichts anzufassen. Ich rufe Sie am Montag an. Bis dahin wünsche ich Ihnen ein friedvolles Wochenende.«

»Warten Sie ...«

Er hatte aufgelegt.

Magnus steckte sein Telefon ein und kam langsam auf die Füße. Er fühlte sich immer noch verwirrt und kraftlos, ein bißchen instabil, und sein Kopf brummte. Du hast einen mörderischen Kater, diagnostizierte er staunend.

Umsehen. Nichts anfassen. Also schön.

Es war nicht so finster, wie es ihm ursprünglich vorgekommen war. Er konnte helle und dunkle Flächen im Raum ausmachen, durch ein Fenster zur Linken fiel der schwache Schein einer Straßenlaterne. Magnus bewegte sich auf die Wand zu, wo er eine Tür erahnte, und sein Gang war irgendwie schleppend, es fühlte sich an, als wate er durch lauwarmes Wasser. Neben der Tür fand er einen Lichtschalter. Er streckte die Hand danach aus und zögerte. Der Nebel um seinen Verstand hatte sich ein Stückchen weiter gelichtet, und der natürliche Alarmmechanismus funktionierte wieder. Ein seltsamer Geruch hing in der Luft. Erdig irgendwie, auf beunruhigende Weise organisch. Eine Mischung aus alten Büchern und Staub und einer dritten Komponente, die er nicht bestimmen konnte. Süßlich. Seine Kehle zog sich plötzlich zu, er schluckte mit einem trockenen Laut.

Er drückte mit dem Ellenbogen auf den Lichtschalter und war nicht wirklich erstaunt über den Anblick, der sich ihm bot. Der Geruch hatte zumindest sein Unterbewußtsein vorgewarnt.

Er befand sich in einem Wohnzimmer mit ein paar hohen Bücherregalen an den Wänden, nippesgefüllten Vitrinen, einem gigantischen Fernseher. In einem ausladenden braunen Ohrensessel unter einer grün beschirmten Stehlampe saß ein Mann. Seine Brust und das Buch auf seinem Schoß waren über und über mit rotbraunem, angetrocknetem Blut besudelt. Sein Kinn war auf die Brust gesunken, und Magnus war froh. Er wollte die klaffende Wunde lieber nicht sehen, die vermutlich von Ohr zu Ohr reichte. Der Anblick war so schon grauenvoll genug. Ein Blutbad im wahrsten Sinne des Wortes. Ein wächsernes Gesicht, die Augen hinter den dicken, hornumrandeten Brillengläsern vor Entsetzen aufgerissen, der Mund zu einem stummen Schrei geöffnet. Die Welt war um einen guten, biederen Steuerberater ärmer.

Nur gut, daß ich meinen Zivildienst in einem Unfallkrankenhaus gemacht habe, dachte er matt. Andernfalls hätte er sich vermutlich aufs polierte Parkett erbrochen. Der Anblick und der süßliche Geruch von Blut schnürten ihm bedrohlich die Kehle zu.

Raus hier. Nichts wie weg.

Er hob den Arm, um mit dem Ellenbogen das Licht wieder auszuschalten, und sein Blick fiel auf seine rechte Hand. Sie war mit bräunlich roten, dicken Tropfspuren überzogen, sein Hemd fast bis zum Ellenbogen blutgetränkt. Er sah an sich hinab. Er war von Kopf bis Fuß mit Blut bespritzt.

Die dicken Polster der dicht gedrängten Möbel erstickten seinen Schrei beinah so wirkungsvoll wie ein Knebel, trotzdem gab der schwache Laut seiner eigenen Stimme ihm den Rest. Er rammte seinen Ellenbogen gegen den Lichtschalter und taumelte mit der Schulter gegen die Tür. Sie war nur angelehnt und gab bereitwillig nach. Er floh einen kurzen Flur entlang, jedes Härchen in seinem Nacken hatte sich aufgerichtet, die Absätze seiner Schuhe dröhnten in den Ohren, und er hörte ein eigentümliches, keuchendes Schluchzen, das zweifellos sein eigenes Atemgeräusch war.

Er war nie zuvor in diesem Haus gewesen, aber er fand den Weg zum Ausgang, ohne sich zu verirren. Er wickelte sich den beinah abgetrennten Ärmel seines Jacketts um die Hand und drückte damit die Klinke der Haustür. Draußen war es eiskalt und still. Er rannte bis zur Einmündung der kleinen Seitenstraße, ohne einem Menschen zu begegnen, verbarg sich im Schatten eines Hauseinganges und wartete, daß die Panik von ihm abließ. Er atmete die kalte Nachtluft in langen, gierigen Zügen. In einer Hosentasche fand er sein Feuerzeug, ließ es aufleuchten und sah auf die Uhr. Fast Mitternacht. Er rechnete. Zehn Stunden. Ihm fehlten zehn Stunden seines Lebens. Was mochte er in dieser Zeit noch alles getan haben, außer seinem Steuerberater die Kehle durchzuschneiden?

Er betrat das Haus so geräuschlos wie möglich und ging durch die dunkle Halle nach oben. Er hatte sich die Hände notdürftig in einer Pfütze im Rinnstein gesäubert, damit er nicht überall an seinem Wagen blutige Fingerabdrücke hinterließ, aber der Rest seiner Erscheinung hätte es immer noch mühelos mit jedem Metzger aufgenommen.

Er wankte unter die Dusche wie ein Ertrinkender zu einem

Brunnen. Mit geschlossenen Augen stand er minutenlang reglos unter dem heißen Strahl. Es half, aber als er das Wasser abstellte, bildete er sich ein, den Blutgeruch immer noch wahrnehmen zu können. Die Kleidungsstücke, die er getragen hatte, hatte er zu einem Bündel zusammengerollt und in eine Plastiktüte gestopft. Was damit passieren sollte, würde er entscheiden, wenn er wieder klar denken konnte. Im Augenblick rang er immer noch mit Panikattacken und dem Grauen, das sich fortwährend wieder von hinten an ihn heranschlich. Was genau hatte sich abgespielt? War er die ganze Zeit bewußtlos gewesen? Hatten die beiden Kerle, die ihm in seinem Wagen aufgelauert hatten, Herffs überwältigt und ihm, Magnus, dann die Hand mit dem Messer geführt? Oder war er gar nicht bewußtlos gewesen, sondern hatte unter dem Einfluß irgendeiner Droge gestanden, die ihn willenlos gemacht hatte und sein Erinnerungsvermögen beeinträchtigte? Und warum hatte Herffs tatenlos in seinem Sessel gesessen, statt sich zu wehren? *Und wo war die Tatwaffe?*

Er stieg tropfend aus der Dusche, trocknete sich nachlässig ab, wickelte sich in einen großen Bademantel und schlich auf nackten Füßen nach unten.

Er streifte ziellos durchs Haus, saß eine Weile auf dem runden Hocker vor dem Bösendorfer und betrachtete das schwarzglänzende Holz des heruntergeklappten Deckels und fand sich schließlich im Wintergarten wieder. Die dicken nachtblauen Vorhänge waren zugezogen, die grausige Nacht draußen war ausgesperrt. Hier war es warm, nahezu anheimelnd. Er schaltete eine kleine Lampe auf einem niedrigen Rosenholztisch ein und stellte erschrocken fest, daß er nicht allein war.

»So trifft ein Nachtschwärmer den anderen. Entschuldige meinen Aufzug.«

Carla sah an sich hinab. »Na ja. Gesellschaftsfähig würde ich das auch nicht gerade nennen.« Sie trug ein Paar dunkelblaue Leggins und ein weites, kariertes Flanellhemd. Die Haare fielen ihr lose auf die Schultern.

»Möchtest du etwas trinken?«

»Nein, danke.«

Er ging zu dem Tisch, auf dem ein Tablett mit Flaschen und ein paar Gläser standen. »Aber ich.« Den Kater hatte er schließlich schon. Er entkorkte eine Flasche Glenfiddich. Seine Hand zitterte, als er sich einschenkte.

Sie hatte die Ellenbogen auf die Armlehnen gestützt, saß aufrecht in ihrem Sessel und sah ihn an. »Was ist mit dir, Magnus?«

»Gar nichts.«

»Wo bist du gewesen?«

»Was soll das werden? Ein Eifersuchtsdrama?«

Sie wandte mit einer verächtlichen Grimasse den Kopf ab. »Du bist geschmacklos.«

»Ja. Es tut mir leid.« Er setzte sich in den Sessel, der am weitesten von ihr entfernt stand, stellte die Fersen auf die Sesselkante und legte die Arme um die Knie. »Was hat mein Vater dir über Ambrosini erzählt?«

Das schien das letzte zu sein, womit sie gerechnet hatte. Sie sah ihn verdutzt an, dachte dann einen Augenblick nach und antwortete: »Er stammt aus Mailand, wenn ich mich recht entsinne. Aber er ist schon an die zehn Jahre hier. Frau, drei Kinder, viel Geld. Wir haben ihn und seine Frau gelegentlich getroffen, du weißt schon, auf irgendwelchen Wohltätigkeitsessen und so weiter, aber sie waren nie hier. Obwohl er häufig geschäftlich mit ihm zu tun hatte, hat Arthur sie nie eingeladen. Viel mehr kann ich dir nicht sagen. Seine Frau kommt mir von Mal zu Mal dicker vor, sie geht auf wie ein Hefekloß. Ich habe ihn irgendwie immer bedauert deswegen, er sieht so gut aus, sie müßte sich ein bißchen zusammennehmen.«

»Hm.« Das war typisch Carla. Sie stand im Zweifelsfall immer auf der Seite der Männer, instinktiv beinah. Sie wäre im Traum nicht darauf gekommen zu erwägen, daß Ambrosinis Frau sich vielleicht vollstopfte, weil sie unglücklich war. Früher hatte er ihren Mangel an Feminismus für eine Auswirkung ihrer streng katholischen Weltanschauung gehalten. Heute fragte er sich manchmal, ob es nicht möglicherweise daran lag, daß sie sich selbst nicht besonders mochte.

»Warum fragst du?« wollte sie wissen.

Er trank an seinem Glas und stellte es neben sich auf den Boden. »Nur so.«

Eine Weile redeten sie nicht. Magnus hatte die Augen geschlossen und rieb sein Kinn an dem flauschigen Frottee seines Bademantels. Es war ein tröstliches Gefühl. Beruhigend. Er hätte das stundenlang machen können. Er hörte sie auf sich zukommen, aber er öffnete die Augen nicht. Als sie die Hände von hinten auf seine Schultern legte, fuhr er leicht zusammen.

Er lehnte sich zurück, stellte die Füße wieder auf den Boden, nahm eine ihrer Hände und drückte sie an sein Gesicht.

Sie zog die Hand nicht zurück. »Was ist passiert, Magnus? Du siehst furchtbar aus. Kann ich dir helfen?«

Es war unendlich wohltuend, ihre Stimme so sanft zu hören. »Nein. Mach dir keine Sorgen, es ist alles in Ordnung.« Er schloß die Augen wieder und lehnte den Kopf zurück. Sie fuhr mit der freien Hand durch die kurzen Haare in seinem Nacken.

»Ich glaube, ich werde dieses Haus verkaufen«, verkündete sie unvermittelt.

»Das ist eine sehr vernünftige Idee.«

»Du hast nichts dagegen? Es ist dein Elternhaus.«

»Nein, ich habe nichts dagegen. Ich kann verstehen, daß es dir groß, leer und einsam erscheint. Und ... ich bin froh, daß du Pläne machst. Taco wird sicher genauso denken. Verkauf das Haus und zieh in die Stadt.«

»Wirst du mir helfen? Es für mich verkaufen?«

»Sicher. Wenn du möchtest.« Er drückte die Lippen auf die Innenfläche ihrer Hand. Sie war warm und trocken und duftete schwach. Dann ließ er sie los, stand auf und stellte sich vor sie. »Ich finde auch ein Haus in der Stadt für dich. Sag mir nur, was du willst.«

Sie war einen guten Kopf kleiner als er und mußte deshalb zu ihm hochsehen. Aber sie legte dabei den Kopf zur Seite, und ein kleines, spöttisches Lächeln glitzerte in ihren Augen, so daß er nach wie vor das Gefühl hatte, daß sie ihn nicht so recht ernst nahm.

»Was immer ich will? Ganz gleich, was?«

Er nickte. »Die Rede war von Häusern.«

Sie lachte, und ihm ging auf, daß er sie seit Ewigkeiten nicht hatte lachen hören. Es war ein schönes Lachen, leise und warm.

»Ach, Magnus. Es ist jammerschade, daß du erwachsen geworden bist.«

»Das finde ich überhaupt nicht. Ich bin um jeden Tag froh, den ich älter werde.«

»Das sagst du nicht mehr, wenn du in mein Alter kommst.«

»Vielleicht. Kann schon sein.« Er studierte ihr Profil. Er sah keine Wölbung, keine Rundung, die nicht feingeschwungen war, filigran, eher wie das Werk eines Goldschmieds als das eines Bildhauers.

Sie sah wieder auf. »Ich denke, ich werde schlafen gehen.«

»Gute Nacht.«

Sie rührte sich nicht.

Er legte die Arme um sie und zog sie näher. Mit geschlossenen Augen fuhr er durch ihre Haare, und es stimmte, er hatte sie genau richtig in Erinnerung, sie waren weich und fein und flossen unter seinen Händen wie Seide. Sie legte einen Arm in seinen Nacken, mit der anderen Hand suchte sie sich einen Weg in den Bademantel und strich über seine Brust. Er beugte sich leicht vor und küßte sie behutsam, fast brüderlich. Carla preßte sich leicht an ihn, aber sie blieb passiv, sie überließ ihm die Initiative. Das hatte sie damals schon getan. Ganz subtil zog sie die Grenze. Die Folgen, das wußte er, waren verheerend. Er stand nachher ganz allein mit der Schuld da. Obwohl sie die Ältere war, obwohl sie im entscheidenden Moment jedes Mal ihre Zurückhaltung über Bord geworfen und ihn mitgerissen hatte wie eine Springflut. Es blieb immer das Gefühl zurück, daß er angefangen hatte. Er hielt ihr zugute, daß es keine böse Absicht war. Eher ein Schutzmechanismus. Trotzdem stellte er sie diesmal auf die Probe. Er fuhr mit der Zunge ihre Lippen entlang, die sich auch sofort öffneten, und dann machte er einen Rückzieher. Nichts passierte. Er lächelte schwach, machte das Beste aus dem Kuß und löste sich dann langsam.

»Du zitterst«, murmelte sie gegen seine Schulter. »Sag mir, was du hast.«

Er strich ihr die Haare aus der Stirn. »Nichts. Ich hatte einen unerfreulichen Tag, ich bin ein bißchen nervös, das ist alles. Und, sollte dir das noch nicht aufgefallen sein, in deiner Nähe zittere ich immer. Es ist ... eine liebe alte Gewohnheit.«

Sie nickte, lächelte ein bißchen verschämt, griff in die Brusttasche ihres Hemdes und zog eine Zigarette heraus. Er gab ihr Feuer.

»Danke.« Sie stieß den Rauch durch die Nase aus, und er beobachtete mit altbekannter Verzückung, wie ihre fast durchsichtigen Nasenflügel dabei bebten. »Es ist schon seltsam«, bemerkte sie. »Ich war sicher, du würdest vor meinem Bett stehen, kaum daß er unter der Erde ist.«

»Und jetzt werde ich nie wissen, ob du mich reingelassen hättest.«

»O ja. Natürlich. Und warum auch nicht? Mehr als einmal können wir ihn nicht umbringen. Jetzt spielt es im Grunde keine Rolle mehr.«

»Niemand wird herzkrank vor Kummer, Carla, das gibt es nur ihm Märchen.«

»Du weißt, daß das nicht stimmt.«

Er war nicht sicher. Er angelte sein Glas vom Boden und trank einen kleinen Schluck. »Würdest du mir eine Frage beantworten?«

»Vermutlich, ja.«

»Hast du mit mir geschlafen, weil du ein Kind wolltest? War es deswegen?«

Sie antwortete nicht gleich.

»Sag's mir ruhig. Ich verspreche dir, ich werde nicht heulend zusammenbrechen. Ich wüßte es nur gern.«

Sie hatte ihre Zigarette fast bis zum Filter aufgeraucht, aber sie zog trotzdem noch einmal daran. »Nein. Damals nicht. Es wäre eine plausible Erklärung, aber so war es nicht. Heute vielleicht.«

Er atmete tief durch. Er mußte gestehen, er war erleichtert.

Sie warf den angesengten Filter achtlos in den Aschenbecher und ließ ihn schwelen. Dann legte sie ihm federleicht die Hand auf den Arm und küßte ihn auf die Wange. »Jetzt geh' ich wirklich. Ich glaube, jetzt kann ich schlafen.«

Er sah ihr nach und war seltsam erleichtert, als er allein war. Nicht, weil die Versuchung so unwiderstehlich war. Das war sie nicht. Offenbar hatte er irgendwann über die Jahre gelernt, sich damit abzufinden, daß er nicht alles haben konnte, was er wollte. Wer weiß, vielleicht hatte er sogar gelernt, nicht mehr zu wollen, was er nicht haben konnte.

8

Was soll das heißen, du ziehst in die Stadt zurück?« fragte Taco entrüstet.

»Was ist daran so schwer zu verstehen?« Magnus klappte seinen Lederkoffer zu und ließ die Verschlüsse einrasten. »Die akute Suizidphase ist überstanden, und ich will nach Hause. An deiner Stelle würde ich mich auch in absehbarer Zeit um eine eigene Wohnung kümmern. Carla verkauft das Haus.«

»Sie ... *was*? Das kann sie nicht. Es ist unser Elternhaus.«

Magnus nickte mit einem unverbindlichen Lächeln. »Aber es gehört ihr.«

Taco holte tief Luft, als wolle er eine Menge Gegenargumente vorbringen, atmete wieder aus und lehnte sich mit einem Schulterzucken an den Türrahmen. »Na ja ... von mir aus. Im Grunde ist es mir scheißegal.«

»Na siehst du.« Magnus nahm den Koffer vom Bett. »Also dann. Ich mach' mich auf den Weg. Sei so gut, laß mich vorbei.«

Taco machte ihm Platz. »Du bist immer noch wütend auf mich, was?«

Magnus musterte ihn mit einem kühlen Blick. »Ich bin sicher, sie läßt dir den Flügel. Wenn du Schwierigkeiten hast, eine Wohnung zu finden, wo du ungehindert spielen kannst, gib mir Bescheid. Ich such dir eine.« Er wandte sich ab.

Taco hielt ihn am Ärmel zurück. »Magnus ...«

»Was?«

»Ich ...« Er strich sich fahrig mit der Hand über die Stirn. »Es tut mir leid. Was ich gesagt habe, wie ich mich verhalten habe, alles tut mir leid.«

»Kopf hoch. Das vergeht wieder.«

»Warum bist du neulich zu mir gekommen? Ich dachte, du hättest mir mal wieder großmütig verziehen.«

»Ich war gekommen, um dich um Hilfe zu bitten. Ich muß wirklich verrückt gewesen sein.«

»Hilfe wobei?«

»Zerbrich dir nicht den Kopf.«

»Verflucht, Magnus, würdest du bitte mit mir reden? Würdest du aufhören, mich wie einen ungehorsamen kleinen Bengel zu behandeln und mir sagen, was los ist?«

Magnus lächelte kalt. »Putz dir die Nase, Brüderchen. Sie blutet.«

Weder ein blauer Audi noch sonst irgendwer folgte ihm auf der Fahrt in die Stadt, soweit er feststellen konnte. Magnus leerte den prallgefüllten Briefkasten, warf die Post achtlos auf den Schreibtisch und trug sein umfangreiches Gepäck ins Schlafzimmer. Dann drehte er jeden Heizkörper in seiner Wohnung auf, verstaute die Einkäufe, die er unterwegs gemacht hatte, entkorkte eine kleine Flasche Champagner und erging sich eine Weile in dem himmlischen Gefühl, wieder in seinen eigenen vier Wänden zu sein. Es gaukelte ihm eine Illusion von Sicherheit und Frieden vor, der er sich nur zu gern überließ. Er saß auf einem Küchenstuhl, hatte die Füße hochgelegt, rauchte, trank Champagner, hörte *Isoldes Liebestod* und spürte, wie der Raum sich langsam erwärmte. Aber er war zu nervös, um sich lange Ruhe zu gönnen. Schließlich stand er auf, ging in sein kleines Wohnzimmer und machte Feuer im Kamin. Als es richtig in Gang war, verbrannte er sämtliche Kleidungsstücke, die er gestern getragen hatte. Obwohl er das Fenster von vornherein geöffnet hatte, breitete sich ein unangenehmer Geruch von versengter Wolle im Raum aus, und er kam nicht umhin, an das Reisegepäck des bedauernswerten Basil Hallward in *Das Bildnis des Dorian Gray* zu denken. Wenigstens habe ich keine Leiche auf dem Dachboden, die verschwinden muß, dachte er mit wiedererwachendem Zynismus. Jedenfalls noch nicht.

Während er zusah, wie sein zerrissenes, maßgeschneidertes Lieblingsjackett sich in den Flammen zusammenkräuselte und dann langsam verschwand, kamen alle Schrecken der vergangenen Nacht wieder. Er beeilte sich, und sobald er fertig war, stellte er das Funkengitter vor den Kamin und flüchtete aus dem Wohnzimmer.

Schweren Herzens machte er sich an seine vernachlässigte Büroarbeit. Er hatte Mühe, sich zu konzentrieren, aber er wußte, er durfte es nicht länger aufschieben. Er fing mit der Buchhaltung an, weil er das am allermeisten haßte. Haschimoto hatte die erste Rate der Provision überwiesen. Immerhin. Nicht alles im Leben war hoffnungslos ...

Sein Handy surrte. Das Geräusch fuhr ihm mächtig in die Glieder. Er starrte das kleine Gerät haßerfüllt an, und während er noch mit sich rang, ob er drangehen sollte oder nicht, beschloß er, auf jeden Fall ein neues zu kaufen. Er hatte es sorgsam mit einem feuchten Tuch abgewischt, es trug keine Spuren der letzten Nacht mehr, aber er wollte eins, das anders klingelte.

Das Gerät surrte hartnäckig weiter. Magnus zuckte unbehaglich mit den Schultern und griff danach.

»Hallo?«

»Ich möchte Sie bitten, Ihr Handy in Zukunft nicht mehr abzuschalten, Herr Wohlfahrt. Ich versuche seit heute früh, Sie zu erreichen.« Die sonst so angenehme Stimme trug einen halb ungeduldigen, halb drohenden Unterton.

»Wünschen Sie, daß ich es nachts unters Kopfkissen lege und bei jeder Gelegenheit mit ins Bad nehme?«

Ambrosini hatte heute offenbar keinen Humor. »Ich erwarte, daß Sie für mich erreichbar sind.«

Magnus schloß die Augen und massierte mit der freien Hand seine hämmernde linke Schläfe. »Wie wär's, wenn Sie's mal mit dem guten, alten Telefon versuchen? Billiger.«

»O ja. Und vermutlich angezapft.«

Natürlich, ging Magnus auf. Handys waren abhörsicher. Noch. Die Behörden drängten darauf, daß die Anbieter digitaler Funktelefonnetze gesetzlich verpflichtet wurden, eine Möglichkeit zu schaffen, daß die Gespräche abgehört werden konnten, aber noch rangelte man darum, wer die Kosten zu tragen habe.

»Werden Sie bloß nicht paranoid, Ambrosini. Ich bin überzeugt, Sie sind genauestens darüber im Bilde, daß ich seit Tagen keinen Kontakt zur Polizei hatte.«

»Was nicht daran gelegen hat, daß Sie sich nicht bemüht hätten. Ich rate Ihnen, stellen Sie Ihre Bemühungen ein. Ich habe hier vor mir ein paar Gegenstände liegen, die Herrn Wagner sicher brennend interessieren würden. Zum Beispiel die Kopie eines persönlichen Briefes, den Herr Herffs an Ihren Vater geschrieben hat. Ein wirklich sehr böser Brief.«

Magnus schluckte. »Wie kommen Sie daran?«

»Gönnen Sie mir meine kleinen Geheimnisse. Dann habe ich hier Belege über ein Konto bei einer Bank in Luxemburg, das auf Ihren Namen lautet. Das Guthaben ist ganz beachtlich. Hauptsächlich Eurodollarpapiere.«

»Ich ... habe kein Konto in Luxemburg.«

»Ach, Magnus. Sie ahnen ja nicht, wie reich Sie sind. Das Guthaben übersteigt die Summe Ihrer Einnahmen der letzten fünf Jahre bei weitem, so daß man vermuten könnte, daß auch Sie ein paar Geheimnisse haben, über die Ihr redlicher Steuerberater gestolpert sein könnte. Weiter habe ich hier ein sehr unappetitliches Küchenmesser. Eine Art Fleischmesser, feinste Edelstahlklinge, matter Stahlgriff. Es sieht aus, als habe jemand ein Schwein damit geschlachtet. Auf dem Griff sind ein paar blutige Fingerabdrücke.«

Magnus stand langsam auf und ging in die Küche. Rechts

neben dem Gasherd hing ein Magnetbord mit einer Serie erstklassiger Küchenmesser mit matten Stahlgriffen. Das Fleischmesser fehlte.

»Wie ...« Er räusperte sich. »Wie sind Sie in meine Wohnung gekommen?«

»Wie schon. Mit Ihrem Schlüssel. Also, Magnus: Sie hatten ein Motiv und die Gelegenheit, und die Tatwaffe ist Ihr Eigentum und trägt Ihre Fingerabdrücke. Zweifellos wird man Haare oder andere Partikel in seinem Haus finden, die zusätzlich beweisen, daß sie dort waren, wenn man erst einmal anfängt, danach zu suchen.«

»Zweifellos. Und was, wenn auch ein Härchen von Ihnen gefunden wird?«

Ambrosini schien völlig verblüfft. »Von *mir*? Aber was in aller Welt habe ich denn mit Johannes Herffs zu tun? Ich kenne ihn nicht einmal. Und ich war gestern abend mit meiner Frau in der Oper. Es wäre zu schade gewesen, Ihre Karten verfallen zu lassen.«

Magnus sank auf einen Küchenstuhl. »Woher ... wußten Sie von den Karten?«

»Wenn Sie scharf nachdenken, kommen Sie drauf.«

»Das Telefon im Büro ...«

»Ich sage nicht ohne Grund, daß ich Handys den Vorzug gebe. Also. Ich bin kein Freund von langen Vorspielen. Können wir uns darauf einigen, daß Sie tun, was ich möchte?«

Magnus schauderte. »Ja. Ich schätze, das können wir.«

Er tat, was er noch nie getan und wofür er andere immer mitleidig belächelt hatte. Er fuhr zum Flughafen, setzte sich in ein Linoleum-und-Plastik-Restaurant, trank miserablen, überteuerten Kaffee und starrte sehnsüchtig den Maschinen hinterher, die wenige Augenblicke nach dem Start in der grauen Wolkensuppe verschwanden und das trübe Novemberwetter einfach hinter sich ließen. Er stellte sich die Menschen in den Flugzeugen vor, nicht die Geschäftsreisenden, sondern die Urlauber, die in gespannter Erwartung irgendeinem Ferienparadies entgegenschwebten, um ein paar Wochen fern von Nieselregen und Alltagssorgen zu verbringen. Es war noch keine zwei Monate her, da hatte er selbst zu den Glücklichen gehört und vierzehn Tage auf einer winzigen Insel auf den Malediven in einem Bungalow verbracht, der auf Stelzen im flachen, türkisen Wasser einer Lagune stand. Wegen seiner Kreislaufschwäche hatte er niemanden überreden können, ihm das Tauchen beizubringen, aber er war jeden Morgen buchstäblich aus der Haustür ins glasklare Wasser gefallen und hatte beim Schnorcheln im nahen Korallenriff Kreaturen gesehen, deren Existenz er nie für möglich gehalten hätte. Eine solche Farbenpracht, eine so verschwenderische Vielfalt von Leben, daß man beinah glauben konnte, es müsse doch ein göttliches Genie geben, das all das erdacht habe.

Das schien so lange her, als habe es in einem anderen Leben stattgefunden. So viel war seitdem passiert, daß er sich kaum noch daran erinnern konnte. Und er fand es deprimierend, daß er sich nicht auch einfach in einen dieser Flieger setzen und davonschweben konnte. Ambrosini würde das zweifellos als eklatanten Regelverstoß werten, mit dem Ergebnis, daß er bei seiner Heimkehr noch auf dem Rollfeld verhaftet würde. Unter dem Verdacht, den ehrenwerten Johannes Herffs mit seinem Küchenmesser abgeschlachtet zu haben. Es klang so verrückt, daß es fast zum Lachen war. Aber nur fast. Er wäre nicht der erste mutmaßliche Mörder, dem der kleine Fauxpas unterlaufen war, die blutverschmierte Tatwaffe voller Fingerabdrücke irgendwo zu verlieren ...

Als er das Testament seines Vaters las, hatte er das Gefühl, in eine Falle geraten zu sein. Das Gefühl hatte ihn nicht getrogen. Aber in seinen wildesten Alpträumen hätte er sich nie ausmalen können, wie tückisch diese Falle war.

Seine Rastlosigkeit trieb ihn weiter, und er fuhr zum Büro, um sich dort ein paar Stunden ungestört umzusehen. Es konnte jetzt nicht mehr viel ändern, aber er wollte nach wie vor herausfinden, was genau sein Vater für Ambrosini getan hatte. Denn Ambrosini hatte ihm immer noch nicht klar gesagt, was er eigentlich von ihm wollte. Er hatte ihn lediglich angewiesen, sich am Montag vormittag mit den Akten Südhoff und Goethestraße (Dresden) bei ihm einzufinden. Also hatte Magnus beschlossen, es könne auf keinen Fall schaden, gerade diese beiden Akten bis dahin genauestens zu kennen.

Es war dunkel, als er an der Graf-Adolf-Straße in die Tiefgarage fuhr, und er hatte eine Gänsehaut auf Armen und Beinen, als er den Wagen auf seinem Parkplatz abstellte. Er stieg aus und versuchte, die Augen überall gleichzeitig zu haben. Aber heute wollte ihm offenbar niemand auflauern. Wozu auch. Sie hatten ihn ja da, wo sie ihn wollten. Trotzdem beschloß er, dafür zu sorgen, daß die Tiefgarage besser beleuchtet würde.

Dawns Schreibtisch hob sich schemenhaft vor dem dunklen Fenster ab, und Magnus ging auf, daß er keine Ahnung hatte, wo man die Deckenbeleuchtung einschaltete. Er tastete sich vor zu Natalies und Birgits Büro und knipste dort eine kleine Schreibtischleuchte an. Kein Kaffeeduft, kein Surren von Computern, keine Mäntel an der Garderobe, alles still und leer. Genau, wie er gehofft hatte.

Er öffnete seine Bürotür und stellte verblüfft fest, daß der Raum hell erleuchtet war. Scheinbar hatte die Putzfrau vergessen, hier die Deckenlampen auszuschalten. Sie muß ja auch nicht die Stromrechnung bezahlen, dachte er gallig, und dann entdeckte er zwei Beine in ausgebleichten Jeans, die unter seinem mächtigen Schreibtisch hervorschauten. Die Füße steckten in ziemlich klobigen Naturlederstiefeln, schätzungsweise Größe achtunddreißig. Er stand völlig reglos mit der Klinke in der

Hand und starrte darauf. Bitte nicht, dachte er verzweifelt. Bitte nicht noch eine Leiche. Vor allem, bitte ... bitte keine Frauenleiche.

Plötzlich bewegten sich die Füße, die Absätze der festen Schuhe stemmten sich gegen den Boden, und die Beine verschwanden Stück um Stück unter dem Schreibtisch. Statt dessen wurde auf der anderen Seite ein blonder Lockenkopf sichtbar. Eine Hand legte sich um die Schreibtischkante, und dann erschien ein Gesicht.

Sie sahen sich sprachlos an, beide hin und her gerissen zwischen Verblüffung und Entsetzen.

Schließlich faßte Magnus sich, schloß die Tür und trat näher. »Überstunden?«

Natalie stand langsam auf, verschränkte die Arme und kam um den Schreibtisch herum. »Und? Irgendwelche Einwände?«

»Prinzipiell nicht. Aber ich bin wirklich neugierig. Warum in meinem Büro und nicht in Ihrem? Und was tun Sie unter dem Schreibtisch?«

»Mein Kuli war hingefallen.« Sie hielt ihn zum Beweis hoch. »Ich habe die Bellock-Akte gesucht und dachte, Sie haben sie vielleicht.«

Er nickte langsam und ließ sie nicht aus den Augen. Er konnte kaum glauben, daß dies dieselbe Frau war wie die, mit der er seit zwei Wochen zusammenarbeitete. »Wissen Sie, ich hab' Ihnen die steifen Jungfernkostümchen nie so richtig abgekauft.«

»Sie wirken hingegen, als seien Sie schon im Armani-Jackett zur Welt gekommen.«

»Und das Unglaubwürdigste an Ihrer Verkleidung war die Brille.«

Sie verdrehte die Augen. »Schön, wenn wir uns schon schonungslos die Wahrheit sagen: Ich finde Ihre dunkelblauen Schuhe gräßlich. Sonst noch was zu beanstanden?«

»Ich frage Sie noch mal. Was haben Sie unter meinem Schreibtisch verloren?«

»Meine Güte ...«

»Was haben Sie da in der Hand?«

»Kugelschreiber.«

Er kam langsam auf sie zu. »Ich meine in der linken.«

Sie wich nicht zurück, aber ihr Blick wurde unruhig. »Was ist denn los mit Ihnen, Herr Wohlfahrt, ich wollte mir nur ein paar Akten holen.«

»Ah ja. Bellock. Sie wissen so gut wie ich, daß ich von Umfinanzierungen nicht die geringste Ahnung habe, und daß Peter das Projekt allein abwickelt. Folglich ist die Akte auf seinem Tisch, nicht auf meinem. Und außerdem frage ich mich, wie Sie im Stockfinstern in Ihrem Büro arbeiten konnten ...«

»Verdammt, rücken Sie mir nicht so auf die Pelle, das macht mich nervös.«

»Ich will sehen, was Sie in der Hand halten.«

»Tun Sie sich selbst einen Gefallen und kommen Sie nicht näher.«

Ihr drohender Unterton half ihm, seine Hemmschwelle zu überwinden. Er packte ihren linken Arm und wollte die Finger der festgeballten Faust aufbiegen. Ohne Hast, ohne Panik setzte sie ihm die Rechte genau auf den Solarplexus. Er taumelte zur Seite und riß sie ein Stück mit, ihre Faust öffnete sich, und zwei kleine Kassetten fielen klappernd zu Boden.

Magnus lehnte an der Wand, versuchte zu atmen und starrte darauf. »Miststück ...«, brachte er schließlich hervor. »Du verfluchtes Miststück.«

Er ließ sich an der Wand entlang zu Boden gleiten und beschwor sich eindringlich, jetzt ja nicht in Ohnmacht zu fallen.

»Es tut mir leid«, sagte sie leise.

»Was? Was genau? Daß Sie für Ambrosini spioniert haben? Daß Sie ihm geholfen haben, meinen Vater zu erpressen und von einem Infarkt in den nächsten zu treiben, obwohl er Ihnen vertraute? Oder daß Sie ihn in Ambrosinis Auftrag ermordet haben?«

»Hören Sie zu, ich ...«

»Gott, das ist so widerwärtig«, unterbrach er wütend. »Ich wollt's nicht glauben, obwohl alles dafür sprach. Obwohl ich Sie mit ihm zusammen gesehen habe. Aber das ... hätte ich Ihnen einfach nicht zugetraut.«

Sie ließ sich genau vor ihm im Schneidersitz nieder. »Würden Sie mir mal für eine Sekunde zuhören?«

»Wozu? Wollen Sie mir erzählen, wie verliebt Sie in ihn sind? Ich weiß nicht, ob ich das obendrein auch noch verkrafte ...«

»Oh, klar doch, das ist immer das einzige, was euch einfällt! Ich habe überhaupt nichts mit Ambrosini zu tun, kapiert? Und wenn er der letzte Kerl auf der Welt wäre, würde ich ins Kloster gehen.«

Er sah einen Moment verwirrt aus, aber dann schüttelte er ungläubig den Kopf. »Für wen spionieren Sie mir dann nach? Oder ist das nur so eine Neurose von Ihnen?«

Sie biß sich auf die Unterlippe und antwortete nicht gleich. Mit der Faust schlug sie sich ein paarmal leicht auf den Oberschenkel. »Verfluchter Mist ...« Dann hob sie den Kopf und sah ihm in die Augen. »Ich bin die Gegenseite. LKA.«

Er lachte leise. »Das ist so dreist, daß Sie fast verdient hätten, damit durchzukommen. Zeigen Sie mir Ihren Dienstausweis.«

Sie funkelte ihn wütend an. »Ich bin vielleicht nicht die talentierteste Agentin unter der Sonne, aber so dämlich, daß ich undercover meinen Dienstausweis mit mir rumtrage, bin ich nun auch wieder nicht.«

Er winkte ab. »Sie können nicht im Ernst erwarten, daß ich Ihnen das abkaufe.«

Sie dachte einen Moment nach. »Schön. Kommen Sie zum Telefon.«

»Was ...?«

Sie sprang leichtfüßig auf, ohne sich mit den Händen aufzustützen, als habe sie eine Sprungfeder da, wo andere Leute eine Wirbelsäule haben. »Kommen Sie. Ich beweise es Ihnen. Gott verflucht, ich unterschreibe mein eigenes Todesurteil, aber anders kommen wir hier nicht weiter. Die Nummer ist ...«

»Die Nummer werde ich selbst nachsehen«, unterbrach er sie finster, schaltete den Computer ein und legte die Telefon-CD ins Laufwerk. Nach wenigen Augenblicken zeigte der Bildschirm die gewünschte Auskunft: *Landeskriminalamt, Völklinger Str. 49, ISDN 939-5.*

Er hob den Hörer ab.

Natalie streckte die Hand aus. »Sie kriegen keine Auskunft. Lassen Sie mich. Stellen Sie auf Lautsprecher.«

Er gab ihr wortlos den Hörer und tippte die Nummer ein. Fast sofort meldete sich die Zentrale, und Natalie bat: »Verbinden Sie mich mit der Abteilung 2. Blum hier.«

Es klickte ein paarmal. Dann meldete sich eine barsche Männerstimme: »Zimmermann.«

»Udo, ich bin's. Schon wieder Wochenenddienst, ja?«

»Sieben Tage die Woche rund um die Uhr, das Übliche«, brummte der Kollege. »Ist irgendwas?«

»Nein. Ich wollte nur sagen, ihr könnt die Leute von Wohlfahrt abziehen.«

»Das trifft sich gut. Den haben wir seit gestern mittag verloren.«

»Gut gemacht, Zimmermann, echte Profiarbeit.«

Er seufzte. »Was willst du machen, Beschattungen macht der Nachwuchs. Manchmal könnte man glauben, die Kinderarbeit sei wieder eingeführt worden ... Bist du jetzt selbst an ihm dran?«

Natalie warf Magnus ein ironisches Grinsen zu. »Das kannst du laut sagen. Also, ich melde mich wieder.«

»Bis dann, Herzblatt. Ich bin froh, wenn du wieder zurück bist, weißt du. Trinkfeste Kollegen sind hier so rar geworden.«

»Es wärmt mein Herz zu erfahren, daß meine Qualitäten geschätzt werden. Mach's gut.«

Sie legte mit einer Grimasse auf. »Also? Zufrieden?«

Magnus stand mit verschränkten Armen auf der anderen Seite des Schreibtischs und betrachtete sie kühl. »Ein blauer Audi?«

Sie nickte.

»Das waren wirklich Dilettanten.«

»Ich werd's gelegentlich ausrichten. Sie sind also überzeugt?«

Er dachte kurz nach und nickte dann. »Ich bin allerdings nicht sicher, ob das die Sache soviel besser macht.« Er zündete sich eine Zigarette an. »Was haben wir heute? Den Vierten? Und wir stehen bei sechs Wochen zum Quartalsende, richtig? Sie sind gefeuert. Sie kriegen Ihr Gehalt bis Jahresende, aber Sie brauchen nicht wiederzukommen. Und jetzt scheren Sie sich raus.«

Sie rührte sich nicht. »Tun Sie das nicht. Ich kann Ihnen helfen.«

Er lachte. »Auf diese Art Hilfe bin ich wirklich nicht scharf. Sie ... Sie haben mich in so verfluchte Schwierigkeiten gebracht, ich könnte Ihnen den Hals umdrehen.«

»Ich?«

Er erhob einen anklagenden Zeigefinger. »Sie haben die Telefone angezapft. Sie haben Ambrosini Kopien von vertraulichen Schriftstücken zukommen lassen, um sich sein Vertrauen zu erschleichen, Sie ...«

»Sie werfen ein paar Dinge durcheinander. Ich habe nichts von alldem getan.«

»Ach nein?« Er wies auf die beiden verräterischen Minikassetten am Boden. »Und was ist *damit*?«

Sie folgte seinem Blick und strich sich eine Haarsträhne hinters Ohr, klemmte sie entschlossen dort fest. »Was ist damit? Glauben Sie, ich habe ein Diktaphon in Ihr Telefon eingebaut?«

»Was weiß ich.«

Sie schüttelte ungeduldig den Kopf. »Ich habe überhaupt keine Befugnis, Ihr Telefon abzuhören. Die Gegenseite braucht sich nicht um richterliche Beschlüsse zu kümmern, aber ich schon. Ich habe lediglich ein ganz inoffizielles Diktiergerät unter Ihren Schreibtisch geschraubt. Es ist eins von der Sorte, die durch Geräusche aktiviert wird. Es nimmt auf, was hier im Raum gesprochen wird. Jeweils dreißig Minuten. So oft ich konnte, habe ich die Bänder ausgetauscht und zur Auswertung meinem Chef gegeben. Vermutlich hat er inzwischen auch Ihre E-Mail-Adresse angezapft, das ist einfacher als Telefone, weil es noch eine gesetzliche Grauzone ist. Es stimmt, ich habe erst Ihren Vater und dann Sie ausspioniert. Aber nicht, um Ihnen zu schaden. Das tut hier jemand anders. Das Telefon *ist* angezapft, und Post wird kopiert oder verschwindet. Aber damit habe ich nichts zu tun.«

Er verzog angewidert den Mund. »Nein. Sie stehen auf der Seite der Engel. Und mein Vater stand zwischen den Fronten. Von beiden Seiten bespitzelt. Zwischen Hammer und Amboß.«

»Ja.« Sie senkte beschämt den Blick. »Es ist abscheulich. Ich weiß. Ehrlich.«

Ihr Eingeständnis traf ihn unvorbereitet. »Warum tun Sie's dann? Warum haben Sie meinem Vater nicht gesagt, wer Sie sind, und ihm geholfen, statt ihn zu benutzen?«

»Ich kann mir nicht immer aussuchen, was ich tue, wissen Sie. Mein Chef glaubte, Ihr Vater habe so große Angst vor Ambrosini, daß er das Risiko scheuen würde, mit uns zusammenzuarbeiten. Aber Ihr Vater war der vielversprechendste Zugang zu Ambrosini.«

»Und der Zweck heiligt die Mittel?«

Sie schnaubte verächtlich. »Hören Sie, wir sind nicht die Heilsarmee. Wir versuchen, mit völlig unzureichenden gesetzlichen Mitteln gegen Leute vorzugehen, die dieses Land bei lebendigem Leibe auffressen, ohne daß irgendwer das wahrhaben will. Sentimentalitäten können wir uns dabei wirklich nicht leisten.«

Er drückte seine Zigarette aus. »Jetzt müssen Sie sich jedenfalls ein neues Opfer suchen. Ich stehe nicht zur Verfügung. Verschwinden Sie.«

»Sie hat er also auch schon eingeschüchtert, ja?«

»Wie kommen Sie darauf?«

»Das ist nicht so besonders schwer zu erraten. Was hat er sich denn diesmal einfallen lassen?«

»Wovon reden Sie?«

Sie legte den Kopf zur Seite und studierte sein Gesicht. »Er hat Ihnen nicht erzählt, womit er Ihren Vater erpreßt hat, was. Sie haben sich nicht getraut zu fragen. Sie wollen es nicht wissen. Besser, Sie machen die Augen auf. Damit Sie sehen, mit wem Sie es zu tun haben. Mit wem Sie es da aufnehmen wollen.«

Er schüttelte langsam den Kopf. »Ich habe geglaubt, er hätte ihm gedroht, jemandem aus der Familie werde etwas zustoßen, wenn er nicht kooperiert. Ich bin sicher, das hätte völlig gereicht.«

»Es ging aber nicht nur darum, seine Kooperation zu erzwingen. Es ging ebenso darum, sein Stillschweigen zu garantieren. Dauerhaft.«

Natürlich, ging ihm auf. Mit vagen Drohungen hatte Ambrosini sich auch bei ihm nicht zufriedengegeben.

»Wissen *Sie*, womit er meinen Vater erpreßt hat?«

Sie nickte.

»Sagen Sie's mir.«

Sie wich seinem Blick aus und stand einen Augenblick unentschlossen mit hängenden Schultern da. Dann nickte sie zögernd. »Na schön. Ich zeige es Ihnen. Besser, Sie setzen sich.«

Mit einem Gefühl im Bauch, als bekäme er eine versiebte Lateinarbeit zurück, setzte er sich in einen der Ledersessel. Natalie trat hinter den Sessel neben ihm und rückte ihn beiseite. Dann kniete sie sich auf den Boden und hob zu seinem größten Erstaunen ein Quadrat des flauschigen Veloursteppichbodens hoch. Darunter verbarg sich eine kreisrunde, silbern glänzende Safetür.

Sie sah kurz zu ihm hoch und lächelte flüchtig. »Ich habe zwei Monate gebraucht, um ihn zu finden.«

In das kleine Zahlenfeld des elektronischen Schlosses tippte sie mit flinken Fingern eine lange Zahlenkombination, dann ertönten ein schwaches Piepsen und ein Klicken. Sie legte die

Hände um die seitlichen Griffe, hob den Deckel heraus und begann, den Inhalt hervorzuholen.

»Hier, ich schätze, das sollten Sie sich alles mal ansehen. Es gehört ja jetzt Ihnen.«

»Woher kennen Sie die Zahlenkombination?«

»Er hatte sie in seinem Adreßbuch als Telefonnummer getarnt aufgeschrieben. Ich habe alle Nummern aus dem Büchlein probiert, die in Frage kamen.«

Magnus schüttelte ungläubig den Kopf.

Endlich fand sie, wonach sie gesucht hatte. Sie reichte ihm einen braunen DIN A4-Umschlag. »Hier. Machen Sie sich auf was gefaßt.«

Er öffnete den Umschlag und ließ den Inhalt in seine Hand gleiten. Es waren zwei große Hochglanzfotos.

»O nein ... Das ... das kann nicht wahr sein.«

Natalie war ans Fenster getreten und sah in die Dunkelheit hinaus. Sie wollte ihm Gelegenheit geben, sich zu fassen, ehe sie ihn wieder ansah. Als sie sich schließlich umwandte, hatte er die Stirn auf die Hand gestützt und die Augen geschlossen. Die beiden Bilder waren zu Boden geglitten. Sie warf einen kurzen Blick darauf. Aus ihrer Perspektive standen sie auf dem Kopf, aber sie kannte sie gut genug, um sie auch so zu erkennen.

»Das glaube ich einfach nicht«, stieß er wütend hervor. »Es muß eine Fotomontage sein.«

»Nein, das ist keine Montage. Aber er war nicht bei Bewußtsein, als die Fotos gemacht wurden.«

Er ließ die Hand sinken und sah auf. »Aber ... seine Augen sind offen. Und er lächelt.«

Sie kam zu ihm herüber, hob die Fotos auf und legte sie vor ihm auf den niedrigen Tisch. Magnus wandte den Kopf ab.

»Wenn Sie sich überwinden können, schauen Sie noch mal hin. Die Augen sind offen, stimmt, aber sie sind nicht fokussiert. Wenn Sie einem Bewußtlosen die Augen öffnen, dauert es ein paar Sekunden, ehe sie wieder zufallen. Und jeder Mensch, dem im Schlaf sexuelle Befriedigung verschafft wird, lächelt, das ist natürlich.«

Magnus riß sich zusammen und betrachtete die Fotos wieder. Das Grinsen seines Vaters wirkte unbeschreiblich idiotisch und lüstern. Er lag auf dem Rücken, und links und rechts von ihm knieten zwei kleine asiatische Mädchen, die verstörten Mandelaugen blickten in die Kamera, die Münder lächelten folgsam, und jede war mit einer ihrer kleinen Hände am Werk. Sie konnten nicht älter als sechs sein.

Er konnte nicht länger hinsehen. Er drehte die Fotos um, räusperte sich entschlossen und sah Natalie an.

»Kinder ...«

Sie setzte sich vor ihn auf die niedrige Tischkante und legte die Hände auf die fadenscheinigen Knie ihrer Jeans. »Ja. Haschimoto importiert sie, Ambrosini organisiert den Vertrieb. Nicht die Herren selbst, versteht sich. Sie kassieren nur, sie machen sich niemals die Hände schmutzig. Wir wissen genau, was sie tun. Wir können nur nichts beweisen.«

»Haschimoto?«

»Natürlich! Haschimoto, Ambrosini, Jang, Kalnikov, das sind die großen Düsseldorfer Namen. Haben Sie noch nie von der *Pax Mafiosa* gehört, Herr Wohlfahrt?«

»Von der was?«

Sie verzog spöttisch den Mund. »Sie müssen noch viel lernen, wissen Sie. Und wenn Sie nicht schnell lernen, sind Sie im Handumdrehen so tot wie Ihr Vater.«

Magnus' Blick wanderte wieder zu den Bildern, die jetzt gnädigerweise mit der weißen, ungekennzeichneten Rückseite nach oben wiesen. »Aber wenn ... Ich meine, wenn man sehen kann, daß er bewußtlos war, hätten die Bilder im Grunde keinen nachhaltigen Schaden anrichten können, oder?«

Sie winkte ab. »Richtigstellungen im nachhinein sind einen Dreck wert, wenn solche Fotos erst mal bei den entscheidenden Leuten gelandet sind. Geschäftsfreunde, Rotarier, Mit-Schirmherren der vielen Wohltätigkeitsvereine. Nein. Sein Ansehen wäre für alle Zeiten ruiniert gewesen.«

Magnus dachte darüber nach. Sie hatte recht. Er spürte immer noch den Nachhall der Gefühle, die die Bilder in ihm ausgelöst hatten. Ekel, Scham, Verachtung. Seine Brust zog sich zusammen, als er daran dachte, was sein Vater durchgemacht haben mußte. Und die Selbstmordtheorie erschien ihm plötzlich in einem ganz neuen Licht ...

Sie stand auf, steckte die Hände in die Taschen ihrer Jeans und sah auf seinen gesenkten Kopf hinab. Sie spürte einen verrückten Impuls, eine Hand auf diese fast schwarzen Haare zu legen, die so radikal kurzgeschnitten waren und sich doch widerspenstig kräuselten. Er war so erschüttert, und das ließ ihn für einen Moment völlig schutzlos wirken.

»Bitte, Herr Wohlfahrt, lassen Sie mich Ihnen helfen. Sie können niemals allein mit ihm fertigwerden. Und helfen Sie mir. Ich bin nicht die zickige Büroschnepfe, für die Sie mich halten. Vergessen Sie, wofür Sie mich halten. Ich bin die Frau mit der miserabelsten Personalakte beim LKA, der ihr Chef wider besseres Wissen eine allerletzte Chance gegeben hat. Wenn ich das hier vermassele, bin ich erledigt. Zusammen haben wir vielleicht eine Chance.«

Er stand abrupt auf und brachte ein paar Meter Distanz zwischen sie. »Sie haben es doch schon vermasselt, oder nicht? Ich habe Sie doch praktisch mit den Fingern in der Sahnetorte erwischt. Und jetzt wollen Sie mich einwickeln, damit Ihr Chef Ihnen nicht die Hölle heiß macht und Sie weitermachen können. Nein, vielen Dank. Ohne mich. Welche Chance könnten wir haben gegen solche Leute? Und es ist ja auch schon zu spät. Ich bin Ambrosini in die Falle gegangen, genau wie mein Vater. Also, vergessen Sie's.«

»Und was wollen Sie statt dessen tun?«

Er schüttelte den Kopf. »Das weiß ich noch nicht.«

»Dann sag' ich's Ihnen: Sie werden durch jeden Reifen hüpfen, den Ambrosini Ihnen vorhält, und wenn er Sie nicht mehr gebrauchen kann, fallen Sie einem tragischen Unfall zum Opfer. Was hat er gegen Sie in der Hand?«

»Das werd' ich Ihnen wohl kaum auf die Nase binden.«

»Dann lassen Sie mich raten. Herffs?«

Er hob langsam den Kopf und sah sie wortlos an.

Sie seufzte leise, und es war einen Moment still.

»Seine Tochter fand ihn heute früh mit durchtrennter Kehle«, erklärte sie schließlich. »Die Tochter studiert in Münster und kommt übers Wochenende gelegentlich her. Herffs war verwitwet und lebte allein. Das arme Kind hat die Kollegen von der Schutzpolizei angerufen. Nichts gestohlen, nichts verwüstet. Eine Hinrichtung, so scheint es. Keine Hinweise auf gewaltsames Eindringen. Keine Tatwaffe. Die Kripo tappt im dunkeln. Wir nicht so ganz.«

Magnus sagte immer noch nichts.

Natalie trat an den Schreibtisch, hob die Minikassetten vom Boden auf und drückte sie ihm in die Hand. »Kommen Sie. Ich lad' Sie auf ein Bier ein.«

»Ich verabscheue Bier.«

»Das hätt' ich mir denken können.«

Er sah sie einen Moment an. Es mochte daran liegen, daß die strenge Brille fehlte, jedenfalls erschienen ihm ihre Augen nicht mehr eisblau. Im Gegenteil. Ihr Blick war voller Anteilnahme, vielleicht sogar Mitgefühl, und er fragte sich, ob sie vielleicht deswegen keine gute Polizistin war, weil sie die Dinge zu persönlich nahm.

Er steckte seine Zigaretten ein. »Also meinetwegen. Gehen wir essen.«

»Und was wird Ihr Chef sagen, wenn er hört, daß Sie aufgeflogen sind?« erkundigte Magnus sich boshaft.

»Daran will ich lieber gar nicht denken.« Sie überlegte einen

Augenblick und hob dann unbehaglich die Schultern. »Wenn ich Pech habe, war's das. Möglicherweise zieht er mich ab, und ich darf für den Rest meiner glanzvollen Karriere Schreibtischdienst machen.«

Sie bemühte sich tapfer um einen gleichmütigen Ton, aber er hörte ihre Angst und war sofort auf ihrer Seite.

»Was ist, wenn Sie's ihm gar nicht sagen?«

»Dann wird er sich wundern, warum ich ihm keine Bänder mehr bringe.«

»Erzählen Sie ihm, ich sei ein cleverer Junge, hätte das Diktiergerät entdeckt und glaubte, die Gegenseite habe es angebracht.«

Sie stützte das Kinn in eine Hand und dachte einen Moment nach. »Hm. Könnte klappen.«

Ein älterer Mann trat an ihren Tisch und begrüßte Magnus mit Handschlag. »Monsieur Wohlfahrt. Wie schön. Ein Martini?«

»Bitte.«

»Und Mademoiselle?«

»Meine Assistentin, Frau Blum. Natalie, Monsieur Junier. Es gibt in der ganzen Stadt niemanden, der so kocht wie er.«

Natalie schüttelte dem entzückten Wirt kräftig die Hand. »Haben Sie ein Bier?« fragte sie vorsichtig.

Junier verzog schmerzlich das Gesicht. »*Mais certainement, Mademoiselle.*«

Sie lächelte reumütig, und er entschwand.

Natalie sah sich in dem kleinen Restaurant um. Es gab nur sechs Tische. Weil es noch früh war, war nur ein weiterer besetzt, und sie standen alle so weit voneinander entfernt, daß man sich ungestört unterhalten konnte. Das Interieur war eher unscheinbar, der weinrote Teppichboden zeigte deutliche Verschleißerscheinungen, unterschiedliche Decken lagen auf den Tischen, die Tapete war vom Rauch zahlloser Kerzen und Zigaretten verfärbt. Aber es war gemütlich. Deckenhohe Pflanzen unterteilten den kleinen Raum in Séparées, Kerzenleuchter auf allen Tischen unterstützten das schwache Licht.

»Hoffentlich blamiere ich Sie nicht mit meinen Jeans und meinen proletarischen Trinkgewohnheiten«, bemerkte sie bissig.

Er lächelte schwach. »Äußerlichkeiten spielen hier keine Rolle, wie Sie sehen.«

Sie nickte. »Ein sympathischer Laden. Kommen Sie oft her?«

»Ziemlich.«

Eine freundliche junge Frau brachte ihnen ihre Getränke, und sie stießen mit den beiden ungleichen Gläsern an.

»Wissen Sie schon, was Sie essen wollen?« fragte Magnus.

Sie streifte die französische Karte mit einem ratlosen Blick. Vier Menüs standen zur Wahl, handgeschrieben und für sie völlig unleserlich.

»Suchen Sie aus. Ich kann kein Französisch. Aber ich esse, was auf den Tisch kommt. Ich bin eher konservativ erzogen.«

Er zog spöttisch die Brauen in die Höhe. »Ah ja? Wer sind Ihre Eltern?«

»Ein Polizist und eine Hausfrau und Mutter aus Oberhausen.«

»Geschwister?«

»Hm. Zwei Brüder.«

»Beide Polizisten?« tippte er.

Sie lachte. »Einer ist Zahntechniker, der andere studiert Philosophie. Im hundertdreiundzwanzigsten Semester etwa.«

»Warum also ausgerechnet Sie?«

Sie trank an ihrem Bier. »Keine Ahnung. Mein Vater war für mich immer ein großer Held in seiner Uniform. Ich wollte so werden wie er. Ich dachte, man könnte sein Leben damit verbringen, nächtliche Ehestreitigkeiten zu schlichten und alten Damen über die Straße zu helfen. Und jetzt ... sehen Sie, was aus mir geworden ist.«

»Tja. Erschütternd. Das heißt also, Sie haben nie im Leben BWL studiert.«

»O doch. Als Externe an der FH. Furchtbare Schinderei. Das möchte ich nicht noch mal mitmachen.«

Er betrachtete sie neugierig. »Und ist Ihr Name wirklich Natalie Blum?«

Sie lächelte geheimnisvoll. »Auf jeden Fall Natalie.«

Monsieur Junier trat diskret heran und zückte seinen Bleistift. Magnus bestellte das ganze Essen in französisch, so daß Natalie immer noch nicht wußte, was ihr bevorstand.

Er sah sie über den Rand der Karte hinweg an. »Sagen Sie nicht, Sie wollen Bier zum Essen. Das wäre ein Sakrileg.«

Sie hob ergeben die Hände. »Was immer Sie vorschlagen.«

Magnus reichte Junier die Karte. »Dann überlasse ich die Weinauswahl Ihnen.«

Natalie seufzte, als der Maître sich entfernte. »Es muß herrlich sein, wenn man keinen Gedanken daran verschwenden muß, wie hoch die Rechnung wird.«

»Betrachten Sie es als eine Art Trotzreaktion. Ambrosini ist der Auffassung, ich müsse sparen, um die Firma zu sanieren. Wenn es nach ihm ginge, würde ich von Wasser und Brot leben, bis wir Land in Sicht haben.«

Sie wurde sehr ernst und richtete sich auf. »Provozieren Sie ihn nicht.«

»Nein. Besser nicht. Wissen Sie, wer sein Spitzel in der Firma ist?«

»Ich denke schon. Aber bevor ich nicht absolut sicher bin, kriegen Sie von mir keinen Namen zu hören.«

»Na schön. Haben Sie eigentlich keine Angst, daß er Ihnen auf die Schliche kommen könnte?«

Sie nickte langsam. »Ich bin ein Fragezeichen für ihn. Er fühlt mir auf den Zahn. Aber noch wartet er ab und hofft, daß ich mich selbst entlarve.«

»Wieso verdächtigt er Sie? Halten Sie es für möglich, daß er jemanden in Ihrer Behörde auf der Gehaltsliste hat?«

Sie leerte ihr Glas. »Möglich ist prinzipiell alles. In Nordrhein-Westfalen wird bei mehr als jedem fünften Ermittlungsverfahren gegen das organisierte Verbrechen eine Korrumpierung von

Angehörigen des öffentlichen Dienstes festgestellt. Nach allen Regeln der Wahrscheinlichkeit wird früher oder später auch jemand von uns dabei sein. Aber wenn das derzeit der Fall wäre, hätte ich es wohl schon gemerkt. Nein, Ambrosini mißtraut mir, weil er einen sehr ausgeprägten Instinkt hat.«

Der erste Gang war eine exzellente Soupe de Poisson, und sie aßen, ohne weiter von düsteren Dingen zu reden. Natalie hatte nicht gelogen, sie aß alles, was Monsieur Junier ihr vorsetzte, Schnecken in Kräuterbutter mit einem Hauch Knoblauch, Entenbrustsalat in Honig, Filetspitzen an frischen Pfifferlingen und zum Nachtisch eine gewaltige Portion hausgemachtes Zitroneneis in Champagner. Lediglich auf den Käse verzichtete sie und trank statt dessen zahllose winzige Täßchen pechschwarzen Kaffee.

»Wenn Sie glauben, daß ich mich noch zu Ihnen in den Wagen setze, sind Sie verrückt«, bemerkte sie, als er den Rest der zweiten Flasche Wein auf ihre Gläser verteilte.

»Wir nehmen ein Taxi. Wollen Sie schon nach Hause? Es ist erst halb elf.«

»Tja, ich muß um sechs aufstehen.«

»Am Sonntag?«

Sie nickte nachdrücklich. »Ich laufe jeden Morgen eine Stunde im Hofgarten. Immer um halb sieben. Jeden Tag.«

Er war gebührend beeindruckt. »Ohne Ausnahme? Warum kasteien Sie sich so?«

»Es kommt einem zugute, wenn man um sein Leben laufen muß«, erwiderte sie flapsig.

Er betrachtete sie neugierig. »Sind Sie schon mal um Ihr Leben gelaufen?«

Sie stützte die Ellenbogen auf den Tisch. »Wie wär's, wenn Sie mir mal was über sich erzählen?«

»Sie wissen doch schon alles von mir. Schließlich spionieren Sie mir seit zwei Wochen nach.«

»Und habe lächerlich wenig herausgefunden. Also?«

Er schüttelte lächelnd den Kopf. »Beim nächsten Mal.«

»Ha. Feigling.«

Er winkte Monsieur Junier herbei, der inzwischen gut zu tun hatte. Alle sechs Tische waren bis auf den letzten Platz belegt. Magnus überließ ihm eine Kreditkarte und bat ihn, ihnen ein Taxi zu rufen.

Als der Wagen vor dem Haus auf der Berliner Allee hielt, streckte sie Magnus die Hand entgegen.

»Vielen Dank.«

»Gern geschehen. Ich bring' Sie hinein.«

»Nicht nötig.« Sie öffnete die Tür.

»Würden Sie einen Moment warten?« bat er den Fahrer und stieg aus.

Natalie fischte ihren Schlüssel aus der Jackentasche und lachte ihn aus. »Und jetzt?«

Er hob leicht die Schultern. »Sie essen, was auf den Tisch kommt, ich bringe eine Dame bis an die Wohnungstür und warte, bis sie drinnen ist. Wir sind alle Opfer unserer Erziehung.«

»Natürlich. Ihr Vater war auch so ein ulkiger Gentleman ... entschuldigen Sie. Das war nicht sehr taktvoll. Ich wollte mich nicht über ihn lustig machen. Er war ein sehr netter Mann.«

Er folgte ihr in den Hausflur. »Können Sie sich nicht entschließen, um neun zu laufen? Dann leiste ich Ihnen Gesellschaft.«

»Schsch. Nicht so laut. Hier wohnen Leute mit kleinen Kindern, es ist spät. Nein, ich laufe um halb sieben.«

Sie stieg leise die alten, rotlackierten Holzstufen hinauf in die zweite Etage. Vor der linken der beiden gegenüberliegenden Türen hielt sie an.

»Und jetzt?« wisperte sie. »Ich könnte mich unter Umständen breitschlagen lassen, Ihnen noch einen Kaffee zu kochen, in der Hoffnung, daß Sie keine falschen Schlüsse ziehen, aber da unten wartet das Taxi, und die Uhr läuft.«

Er schüttelte den Kopf. »Nein, danke. Hofgarten, sagten Sie?«

»Richtig.«

»Ich werde da sein. Halb sieben. Gute Nacht.«

Sie klemmte sich wieder die Haarsträhne hinters Ohr und lächelte. »Nacht. Und vielen Dank. Sie hatten recht. Das Essen war göttlich.«

Als sie noch einen Moment zögerte, machte er eine ungeduldige Geste. »Nun gehen Sie schon, ich will hier nicht im Hausflur übernachten.«

Sie lachte leise, schloß die Tür auf und trat ein.

Magnus war schon an der Treppe, als er sie schreien hörte.

Die Generalprobe war eine Katastrophe. Und trotz des alten Aberglaubens, der besagt, eine verhagelte Generalprobe sei ein gutes Omen für die Premiere, machte sich Unruhe breit. Wie eine Schafherde in einem Platzregen drängte die kleine Schar Musiker und Sänger sich zur Tür des leeren Saals. Sie sahen sich so wenig wie möglich an, als schämten sie sich voreinander, oder als fürchteten sie, in den Augen der anderen ihre eigenen Befürchtungen bestätigt zu finden.

Taco stopfte seine eselsohrige Partitur in den Rucksack und stürmte hinaus in die Kälte. Lea folgte ein paar Minuten später. Schweigend gingen sie zu ihrem Käfer, stiegen ein und fuhren los.

Er hatte die Finger ineinander verknotet und sah darauf hinab. »Es lag an mir.«

»Ja«, stimmte sie zu.

Er preßte die Lippen zusammen. Insgeheim hatte er gehofft, sie würde ihm widersprechen. Er hätte gewußt, daß sie log, aber es hätte ihn getröstet.

Sie redeten nicht mehr, bis sie in ihre Wohnung kamen. Taco ging in die Küche und holte sich ein Bier. Lea verschwand im Bad.

Er setzte sich ins Wohnzimmer, balancierte die Flasche auf seinem Knie und sah durchs Fenster in die Nacht hinaus, die hier in der Stadt nie wirklich dunkel war. Er machte kein Licht. Lea ließ sich Zeit, er hörte Wasser rauschen. Seine linke Hand hielt die Flasche, die Finger der rechten zuckten auf seinem Oberschenkel wie die Beine einer verletzten Spinne. Er rang mit sich. Volle dreißig Sekunden. Dann zog er das Silberdöschen hervor und klappte den kleinen Deckel auf. Es war leer.

Fluchend stand er auf, nahm einen Schluck aus seiner Flasche und stellte sie ab. Auf dem Weg in die Diele stieß er mit dem Hüftknochen gegen das alte Klavier. Der Schmerz schoß in seiner Seite hoch, und er zog scharf die Luft ein. Wütend schlug er mit der Faust auf die Tasten, und ein lauter, hoher Mißklang ertönte.

»Sag mal, bist du verrückt? Weißt du, wie spät es ist?« zischte Lea erschrocken. Sie stand plötzlich an der offenen Wohnzimmertür. Die ganze Wohnung war finster, der Lichtstrahl aus dem Bad erreichte sie nicht. Nur ihre Augen und Zähne schimmerten schwach.

Taco rieb sich die Hüfte. »Scheint, ich steh' heute mit allen Klavieren auf Kriegsfuß.«

Sie betrat den Raum und schaltete eine kleine Tischlampe ein, ein Gebilde aus gefärbtem, billigem Glas in der Form eines Saxophons. »Komm her, Taco. Wir müssen reden. So wie heute kann es am Mittwoch nicht gehen.«

»Herrgott, das weiß ich selbst. Hör mal, es ist *mein* Stück, ich bin wirklich nicht an einer Blamage interessiert. Ich werde mich am Mittwoch zusammenreißen, und es wird laufen. Es wird sogar ganz phantastisch laufen. Wart's ab.«

Sie hörte, daß er versuchte, sich selbst zu überzeugen. Sie setzte sich auf ihr kleines Sofa, schlug die Beine übereinander und warf ihre langen Zöpfe über die Schulter zurück. Er war jedes Mal hingerissen von dieser schwungvollen Geste.

»Lea, glaub mir ...«

»Es geht nicht nur darum, was ich glaube. Du sagst, es ist dein Stück, aber du läßt alle einfach stehen, nachdem du die Generalprobe in den Sand gesetzt hast. Martin hat mir eben gesagt, er würde am liebsten aussteigen. Er war so was von wütend.«

»Soll er doch! Ich weiß wirklich nicht, wie ich mich dazu hinreißen lassen konnte, ihn zu nehmen, unmusikalischer Holzklotz, ich wette, er geht auch noch mit seinem Metronom ins Bett.«

»Soll er doch? Sag mal, weißt du, was du da redest? Willst du es vielleicht bis Mittwoch umschreiben, so daß wir auf die zweite Violine verzichten können? Oder spielst du sie selbst, he?«

»Was weiß ich ...«

»Nichts. Du kriegst nichts mehr mit. Du kriegst nicht mal mit, daß du im Begriff bist, deine Freunde in die Pfanne zu hauen. Wir können am Mittwoch ab drei in den Partika-Saal, Taco. Wir haben eben ausgemacht, daß wir alle um drei da sind und die kritischen Passagen noch mal durchgehen.«

Er stöhnte. »Das Stück war heute eine einzige kritische Passage.«

»Dank deinem Mangel an Konzentration.«

Er ballte nervös die Hände. »Du mußt nicht immer noch drauf rumreiten. Sekunde. Ich bin gleich wieder da.«

»Spar dir den Weg«, sagte sie ruhig. »Ich hab' es weggeschüttet. Du kannst vielleicht noch versuchen, das Waschbecken auszulecken, aber ich habe gründlich nachgespült. Die Kanalratten werden ihre helle Freude haben ...«

Er starrte sie entsetzt an. »Das ... ist nicht dein Ernst, oder?«

»Doch. Es ist mein Ernst.«

Er konnte es sehen. Sie hatte es wirklich getan. Nackte Angst kroch seine Kehle hinauf. »Du hast ... fast tausend Mark in den Abfluß gespült?« Seine Stimme überschlug sich, und er hatte die Augen weit aufgerissen.

Sie zuckte nicht mit der Wimper. »So teuer ist es? Tja. Du mußt dich ein paar Jahre gedulden. Ich kann es dir erst zurückzahlen, wenn ich reich und berühmt bin.«

Er atmete, als sei er eine lange Strecke gerannt. »Du ... du ... Gott ... *das kann nicht wahr sein!*«

»Brüll hier nicht rum. Es ist wahr. Finde dich damit ab. Dein Kontaktmann liegt mit gebrochenen Knochen im Krankenhaus, so schnell wirst du nichts Neues kriegen. Vielleicht glaubst du, es sei ein unverzeihlicher Eingriff in deine Privatsphäre. Aber ich habe keine Lust, daß wir am Mittwoch alle untergehen. Du trägst die Verantwortung, und wenn du sie nicht freiwillig übernimmst, muß dir eben jemand auf die Sprünge helfen.«

»Du blöde Schlampe! Was fällt dir ein!«

Sie stand abrupt auf. »So was hör' ich mir nicht an. Nimm dich zusammen oder verschwinde.«

Jemand klopfte an die Wohnungstür. »Hey, Lea, alles in Ordnung?«

Lea verdrehte die Augen und trat in die Diele. »Alles klar, Doris.«

»Geht's dann vielleicht mit ein bißchen weniger *fortissimo*? Wir haben mal abgemacht, daß hier ab elf Nachtruhe ist.«

Lea zeigte der Tür ihren Mittelfinger. »Entschuldige. Versuch's mal mit Ohrstöpseln. Als Axel bei dir gewohnt hat, hab' ich mir auch welche gekauft.«

Die Nachbarin verstummte pikiert und trat den Rückzug an.

Taco saß im Türrahmen am Boden, hatte den Kopf in den Armen vergraben und murmelte in unregelmäßigen Abständen »Scheiße ... so eine verfluchte Scheiße ...« vor sich hin.

Lea sah auf ihn hinab und verschloß sich gegen ihr Mitgefühl. Mitgefühl war auf Dauer keine Basis.

»Taco ...«

Er hangelte sich hoch, schniefte und wischte sich mit dem Handrücken über die Augen. Er trat an ihr vorbei, ohne sie anzusehen, und wickelte sich seinen Schal um den Hals.

»Wo willst du denn jetzt noch hin?«

»Was sollte dich das kümmern?« brachte er hervor.

Sie beobachtete hilflos, wie er sich fahrig in seine Jacke

kämpfte. »Taco, bitte, geh nicht. Es tut mir leid, daß ich dich vor vollendete Tatsachen gestellt habe, aber du kannst nicht erwarten, daß ich einfach zusehe, wie du dich kaputtmachst.«

»Scheißsprüche. Erspar mir deine Scheißsprüche.« Er schwitzte.

»Taco ...« Sie legte zaghaft die Hand auf seinen Arm.

Er fuhr zu ihr herum, und für einen Moment fürchtete sie, er werde völlig die Nerven verlieren und auf sie losgehen.

Das gleiche fürchtete er auch. Er riß sich eilig los, öffnete die Tür und ließ sie krachend hinter sich ins Schloß fallen.

»Natalie, um Himmels willen, machen Sie auf!« Er parkte seinen Daumen auf der Klingel und hämmerte gegen die Tür. Er überlegte fieberhaft, ob er die Nachbarn herausklingeln sollte (sie waren inzwischen vermutlich ohnehin wach), in der Hoffnung, daß sie einen Schlüssel zu ihrer Wohnung haben würden, oder lieber sein Glück mit einer seiner vielseitig verwendbaren Kreditkarten versuchen sollte.

Ehe er eine Entscheidung getroffen hatte, ging die Tür auf.

»Kommen Sie rein.«

Er konnte sie nicht sehen. Er rechnete damit, daß eine große, maskierte Gestalt hinter ihr stehen und ihr eine Waffe an die Schläfe drücken würde, aber aus irgendeinem Grund trat er trotzdem ein, ohne zu zögern.

Sie stand reglos in der Diele, und im hellen Licht der Deckenlampe wirkte sie kreidebleich. Niemand sonst schien dort zu sein.

»Was ist passiert?« fragte er mit mühsam verhaltener Ungeduld. Sie hatte ihm einen grauenhaften Schrecken eingejagt.

Sie antwortete nicht, doch als er an ihr vorbei durch die erste Tür treten wollte, die vermutlich ins Wohnzimmer führte, hielt sie ihn am Ärmel zurück.

»Nicht. Das ist nichts für Ihre zarten Nerven.«

Er hörte nicht auf sie, trat ein und sah sich betroffen um. Der Raum war ein Trümmerfeld. Zeitschriften, Bücher und alle möglichen Papiere lagen am Boden verstreut, alles übersät von Glassplittern, die einmal zur Tür einer Vitrine gehört hatten. Polstermöbel waren aufgeschlitzt. Ein Regal und alle Stühle waren umgestürzt. Der Fernsehschirm war zertrümmert. Die Topfpflanzen waren von der Fensterbank gefegt worden. Und dann sah er, warum sie geschrien hatte.

In einem Reflex stürzte er ans Fenster. »O mein Gott.«

»Finger weg. Rühren Sie meinen Kater nicht an.«

Er wandte sich um. Sie war ihm gefolgt, stand mitten im Raum und starrte unverwandt auf die Katze, als nehme sie das übrige Chaos überhaupt nicht wahr. Dann trat sie ohne Eile ans Fenster und nahm das tote Tier in die Arme. Behutsam löste sie die Schlinge, die um seinen Hals lag. Es war eine Drahtschlinge, und zwischen dem dichten Fell an seinem Hals sah sie das rohe Fleisch schimmern. Sie senkte den Kopf und drückte mit zwei Fingern die starren, bernsteinfarbenen Augen zu.

Er ließ sie zufrieden und unternahm einen Erkundungsgang durch die übrigen Räume. Überall das gleiche Bild. In der Küche hatten sie jedes Lebensmittelpaket auf dem Fußboden ausgeleert, kein Stück Geschirr war verschont geblieben. Das Bad war ein modernes Kunstwerk aus verschütteten Kosmetika und Scherben. Mit einem dunkelroten Lippenstift hatte jemand *Fuck you* auf den Spiegel geschmiert. Im Schlafzimmer waren sämtliche Kleidungsstücke aus dem Schrank gezerrt worden. Magnus war nicht zu erschüttert, um ihren Geschmack in Unterwäsche zu registrieren. Er hatte auf sportlich getippt, mit viel Elastan und breiten Bündchen. Was er bei seiner indiskreten Inspektion indes fand, war betont feminin, vorzugsweise apricot und cremeweiß, ziemlich teuer.

»Natalie, Natalie«, murmelte er verwundert.

»Packen Sie ein paar Sachen. Hier können Sie heute nacht nicht bleiben«, beschied er, als er ins Wohnzimmer zurückkam.

Sie saß auf dem Fußboden und hielt ihren erhängten Kater auf dem Schoß. »Was mach' ich jetzt mit ihm? Ich meine, ich ... was macht man mit einem toten Haustier?«

»Man begräbt es.«

»Im Stadtwald? Ich wette, das ist verboten.«

»Vermutlich, ja. Das sollten Sie besser wissen als ich.« Er dachte kurz nach. »Ich wüßte einen Ort.«

»Wo?«

»Ganz in der Nähe vom Haus meines Vaters. Ein richtiger Wald, kein Park. Da kümmert es sicher niemanden.«

Sie nickte unentschlossen und sah wieder auf den leblosen Körper hinab.

»Gott, für wie albern müssen Sie mich halten. Es ist nur ... Undercover ist man sehr allein, wissen Sie. Man hat keine Freunde. Seine wirklichen Freunde darf man nicht sehen, weil man ein künstlich konstruiertes Dasein fuhren muß. Neue Freunde darf man nicht suchen, weil man sie belügen müßte. In den ersten Wochen habe ich gedacht, ich werde wahnsinnig. Dann kam ich nach Hause, und da stand eine Pappschachtel mit diesem Vieh hier vor der Tür. Ich habe einen Kollegen in Verdacht, einen, der wohl aus eigener Erfahrung wußte, wie's mir ging. Ich wollte überhaupt keine Katze. Aber irgendwie ...«

»Ich finde es nicht albern. Ich fände es auch ohne ihre besondere Situation nicht albern. Wie war ihr Name?«

»Er. Es war ein Kater. Sein Name war Mr. Spock.«

»Faszinierend«, entfuhr es Magnus.

Sie hob den Kopf und nickte. »Das war er.«

Er konnte sehen, daß es ihr nicht leichtfiel, die Fassung zu wahren.

»Hören Sie. Wenn Sie möchten, werde, ich verschwinden. Aber ich weiß wirklich nicht, ob es gut ist, wenn Sie jetzt allein hierbleiben. Also, mein Angebot ist folgendes: Wappnen Sie sich gegen den Anblick Ihres Schlafzimmers, und gehen Sie ein paar Sachen packen. In der Zwischenzeit kümmere ich mich um Mr. Spock. Dann fahren wir zu mir, Sie schlafen ein paar Stunden ... ähm, allein und unbehelligt in meinem Gästezimmer. Und morgen fahren wir in den Wald und ... beamen Mr. Spock nach Genesis.«

Seine letzten Worte gaben den Ausschlag. Sie lächelte fast. »Einverstanden.«

Sie brauchte nicht lange, um aus dem Tohuwabohu das Nötigste für eine Nacht herauszufischen, während er den schlaffen, samtweichen Leichnam in eine kleine Wolldecke hüllte und in einen stabilen Pappkarton bettete, der vermutlich einmal die verstreuten Ausgaben der *Wirtschaftswoche* enthalten hatte, die überall herumflatterten. Der Karton und sein Deckel waren wie durch ein Wunder unversehrt geblieben.

Der Taxifahrer stapfte wütend vor dem Haus auf und ab, als sie herunterkamen, und er schimpfte wie ein Kesselflicker, bis Magnus ihm einen diskret zusammengefalteten Schein reichte und ihm erklärte, die Dame habe in ihrer Wohnung unerwartete Probleme vorgefunden. Danach war er versöhnt und brachte sie in kürzester Zeit nach Oberkassel.

Es ging auf Mitternacht. Natalie stand in Magnus' Wohnzimmer und betrachtete die beiden großen, gerahmten Schwarzweißfotografien über dem Kamin. Die eine zeigte Taco als mageren Teenager, barfuß und in abgeschnittenen Jeans in einem Liegestuhl, und sein Gesicht erstrahlte in einem sorglosen Jungenlachen voller Zuversicht. Auf dem zweiten Bild saß eine zierliche junge Frau in einem schlichten weißen Abendkleid mit dem Rücken zu einem Spiegel. Ihre dunklen Haare bedeckten einen Teil ihres Gesichts, dessen versonnener Ausdruck aber immer noch erkennbar war. Sie schien nicht zu bemerken, daß sie fotografiert wurde. Natalie erkannte Carla Berghausen, wie sie vor vielleicht zehn Jahren ausgesehen hatte.

»Schöne Bilder. Haben Sie die gemacht?« Es klang ungläubig.

»Ja.« Magnus reichte ihr ein Glas Wein und einen Zettel, den er offenbar in der Küche geschrieben hatte.

Natalie las. *Ambrosinis Leute waren in meiner Wohnung. Glauben Sie, sie haben hier Wanzen oder Mikrophone oder ähnliches angebracht?*

Sie betrachtete seine eigenartige Druckbuchstabenhandschrift, dachte einen Moment nach und schüttelte schließlich den Kopf. »Nicht sein Ressort, nicht sein Stil. Wozu auch, in Ihrer Privatwohnung? Das Telefon im Büro ist etwas anderes. Da hat er dauerhaft jemanden vor Ort. Solche Sachen sind nicht so einfach, wie die meisten Leute glauben, wissen Sie.«

»Sind Sie sicher?«

Sie nickte.

»Dann klären Sie mich über Ihre Wohnung auf. Wer hat was gesucht und nicht gefunden?«

Natalie schüttelte müde den Kopf. »Er hat sie vermutlich geschickt, um nachzusehen, ob sie irgendwas finden, das seinen Verdacht bestätigt. Sie haben es vor ungefähr zwei Wochen schon mal versucht. Aber sie sind an meinen Schlössern gescheitert. Dieses Mal waren sie gewappnet. Alle drei Schlösser sind sehr fachmännisch geöffnet worden. Ich habe nichts gemerkt, als ich meine Schlüssel gebrauchte.«

»Und was haben sie gefunden?«

»Nichts. Nicht das geringste, was nicht zu meiner Geschichte paßt. Wenn sie gründlich nachgesehen haben, haben sie sogar Natalie Blums Geburtsurkunde, Reisepaß, Schulzeugnisse aus Solingen, Diplom der Uni Köln und so weiter gefunden.«

Magnus war beeindruckt. »Und was passiert jetzt?«

Sie hob leicht die Schultern. »Gar nichts. Wenn Sie zu Ihrem Wort stehen und mich decken, geht alles so weiter wie bisher. Ich werde meine Wohnung aufräumen, Natalie Blums Hausratversicherung wird den Schaden bezahlen, und ich werde es Ambrosini gleichtun und gute Miene zum bösen Spiel machen. Und mir nie wieder einen Kater anschaffen.«

Er hielt eine Zigarette zwischen Zeige- und Mittelfinger der Rechten und strich sich mit dem Daumen übers Kinn, während er sie ansah. »Gehen Sie ruhig schlafen, wenn Sie möchten. Das war ein herber Schlag. Tun Sie einfach, was Sie wollen, fühlen Sie sich wie zu Hause.«

Sie streifte prompt die Schuhe von den Füßen, zog die Knie an und nahm einen Schluck aus ihrem Glas. »Seien Sie nicht so nett zu mir, sonst fang' ich an zu heulen.«

»Auch das würde ich vermutlich überstehen.«

Sie rieb sich kurz die Stirn. »Aber ich vielleicht nicht.«

Er hätte sie gern hundert verschiedene Dinge gefragt. Über Ambrosini, über seinen Vater, über die Firma. Aber er zügelte seine Neugier und räumte ihr eine Schonfrist bis morgen ein. In einträchtiger Stille leerten sie die Gläser, und sie verabschiedete sich bald. Während sie im Bad war, bezog er ihr Bett, wofür sie sich matt bedankte, als sie, angetan mit einem weiten, knielangen Flanellhemd, zurückkam. Sie war immer noch bleich. Unter ihren Augen lagen schwache Schatten, und sie wirkte sehr müde. Er glaubte, sie würde sofort einschlafen, aber als er eine Bruckner Sinfonie später auf dem Weg ins Bett an ihrer Tür vorbeikam, hörte er ein ersticktes, aber um so jammervolleres Schluchzen.

9

Es war die zweite Beerdigung innerhalb von einer Woche, und für Magnus' Geschmack waren das mindestens zwei zuviel. Zu allem Überfluß fiel es ihm dieses Mal auch noch zu, das Grab zu schaufeln. Und das hatte er niemandem als nur sich selbst zuzuschreiben, denn sie hatte es tun wollen. Aber es erschien ihm irgendwie ungehobelt, mit den Händen in den Taschen dazustehen und zuzugucken, während eine Frau das Grab ihres geliebten Katers grub. Und sei sie noch so tough.

Natalie ließ den Pappkarton behutsam hinabgleiten, schaufelte die lose Erde zurück, und als das getan war, wollte sie keine Sekunde länger bleiben.

»Gehen wir ein Stück«, schlug Magnus vor.

Sie willigte ein. »Wirklich schön hier. Ihr Privilegierten seid doch echt zu beneiden.«

Sie streifte ein paar gefütterte Lederhandschuhe über und stapfte durchs raschelnde Laub, ohne sich nach ihm umzusehen. Durch die Nasenlöcher stieß sie weiße Nebelwolken aus.

Magnus schlenderte seufzend neben ihr her, die Schaufel in der Hand. »Haben Sie eine Ahnung. Hier großzuwerden war, als wachse man in einem Museum auf. Es ist zu still hier.«

Sie sah ihn neugierig von der Seite an. »Und was haben Sie getan?«

Er hob leicht die Schultern. »Meistens gelesen. Dann war ich in einer anderen Welt. Und ungeduldig darauf gewartet, daß ich endlich alt genug wurde, um selbst ins wahre Leben hinausziehen zu können.«

»Wie alt waren Sie, als Ihre Mutter starb?«

»Acht.«

»Woran ist sie gestorben?«

»Knochenmarkskrebs.« Er zögerte einen Augenblick und fuhr dann fort. »Es war eine unselige Angelegenheit. Hätte sie sich sofort in Behandlung begeben, als die ersten Beschwerden auftraten, wär' vielleicht noch was zu machen gewesen. Aber sie ging auf eine Japantournee. Als sie zurückkam ... war's zu spät. Ich war ihr sehr böse deswegen.«

»Ja. Das glaube ich.«

»Was ist mit dem Polizisten und der Hausfrau und Mutter aus Oberhausen? Beide wohlauf?«

Sie nickte. »Soweit ich weiß. Ich hab' sie seit Ewigkeiten nicht gesehen.«

Er dachte darüber nach. »Es muß Ihnen vorkommen, als wären Sie im Exil.«

»Manchmal. Was die Familie angeht, ist es nicht mal so schlimm. Wir telefonieren dann und wann. Und ich schätze, mein Vater denkt sich sein Teil. Er ist nie aus seiner Uniform rausgekommen, aber er hat in vierzig Dienstjahren allerhand gesehen. Er wird sich vorstellen können, was ich treibe.«

Eine Weile stapften sie schweigend nebeneinander her. Als sie auf die Lichtung kamen, hielten sie einen Moment an. Magnus lehnte sich an einen Baumstamm und sah in die kahlen Äste hinauf. Eine große Krähe schwebte vom bleigrauen Himmel herab und verschwand im Gehölz.

»Natalie?«

»Hm?«

»Wer ist Giaccomo Ambrosini?«

Sie holte tief Luft. »Er sagt von sich selbst, er stamme aus Mailand. Tatsächlich wurde er am dreiundzwanzigsten März vor zweiundvierzig Jahren in der kleinen Stadt Andria in Apulien geboren und auf den Namen Giuseppe Baldini getauft. Seine Mutter stammte aus Neapel, und über ihre Familie bekam er

Kontakt zur Mafia. Oder Camorra, ganz, wie Sie wollen. Während der großen Mafiaprozesse Anfang der achtziger Jahre wurde er zu zwei Jahren verurteilt. Einer der *Pentiti* hatte ihn als kleines Licht identifiziert ...«

»Einer der wer?«

»*Pentiti.* Mafia-Aussteiger. Ein Reuiger.«

»Ah.«

»Giuseppe Baldini wurde der Anstiftung zum Mord an zwei Polizeibeamten überführt und verurteilt. In Wirklichkeit hatte er die Polizisten selbst erschossen, aber es war nicht zu beweisen. Nach sechs Monaten kam er nach einer abgekarteten Revision raus, tauchte unter und ging nach Mailand. Zwei, drei Jahre später war er plötzlich mit neuem Namen und neuem Image wieder da. Giaccomo Ambrosini, der Mann mit der weißen Weste. Inzwischen hatte er in aller Stille in der Organisation Karriere gemacht, auch durch seine Heirat. Seine Frau stammt aus einer sehr mächtigen Familie. Sie schickten ihn hierher. Er ist der zweite Mann in Deutschland. Nur in Berlin gibt es noch einen höheren *Capo*. Aber was das Finanzmanagement angeht, ist Ambrosini unbestritten der Kopf. Seit der Wiedervereinigung ist er erst so richtig groß geworden. Innerhalb von vierzehn Tagen nach dem Fall der Mauer hatte er im damaligen Ostberlin den Drogenhandel organisiert. Er ist ein Finanzgenie. In diesem Punkt waren Ihr Vater und er absolut ebenbürtig. Ambrosini ist der große Fisch in unserem Revier. Und ich will ihn kriegen. Er hat mindestens zwei meiner Kollegen auf dem Gewissen. Wer weiß, wie viele Menschen sonst noch.«

»Meinen Vater?«

Sie sah ihm in die Augen. »Ja. Ich weiß nicht, warum. Warum ausgerechnet jetzt. Ich bin sicher, Ambrosini plant ein großes Ding, für das er Ihren Vater gebraucht hätte. Aber irgendwas ist offenbar schiefgelaufen. Er muß es getan haben. Sie waren's nicht, Taco war's nicht, Carla Berghausen war's nicht, also bleibt nur Ambrosini. Er, beziehungsweise sein gefügiger Gefolgsmann in der Firma.«

Magnus zog eine Braue hoch. »Letzte Woche sagten Sie noch, ich sei es gewesen.«

»Das war geblufft. Ich wollte Ihnen was zu denken geben und Sie von mir ablenken. Ich weiß, daß Sie es nicht waren.«

»Woher?«

»Der Zeitfaktor. Ich halte absolut nichts von der Theorie mit dem vertauschten Tablettenröhrchen im Handschuhfach. Ich denke eher, das Beta-Sympathomimetikum war in seinem Tee. Oder dem Wasser. Und demnach waren Sie, als Ihr Vater vergiftet wurde, mit Haschimoto in der Trinkausstraße.«

»Haschimoto ... Was ist die *Pax Mafiosa*, Natalie?«

Sie steckte wieder die Hände in die Taschen. »Das erkläre ich Ihnen, wenn Sie mich irgendwohin bringen, wo es warm ist.«

Taco hatte eine der letzten Bahnen in die Innenstadt erwischt und streifte ziellos und frierend durch die nächtlichen Gassen der Altstadt. Es war nicht besonders viel los, vermutlich hatte die Eiseskälte die Leute davon abgehalten, die ›längste Theke der Welt‹ aufzusuchen. Es nieselte, hier und da war das Kopfsteinpflaster spiegelglatt. Neonreklamen und anheimelnd erleuchtete Fenster verschwendeten ihre Bemühungen an nahezu leere Straßen.

Er hatte knapp fünfzig Mark in der Tasche und keine Ahnung, was er tun sollte. Lea hatte ja so verdammt recht. Ohne Ali Sakowsky war er vom Nachschub abgeschnitten. Natürlich kannte er noch ein paar andere. Aber niemanden, der ihm auf Pump etwas geben würde. Er gehörte zu keiner Szene. Schon das Wort verursachte ihm Unbehagen.

Er hatte während der letzten Schuljahre mit den Drogen angefangen. Er hatte alles ausprobiert, was er kriegen konnte. Es machte ihm Spaß, über die Stränge zu schlagen und Dinge zu tun, die verboten waren. Es gab ihm ein Gefühl von Stärke und Unabhängigkeit. Er machte bizarre Erfahrungen mit Halluzinogenen und experimentierte sogar mit verschiedenen Opiaten, aber als er zum ersten Mal Kokain in die Hände bekam, brach er jegliche Experimente ab. Es war im wahrsten Sinne des Wortes die Erleuchtung. Auf einer dieser legendären Partys, die in Magnus' Wohnung stattfanden, als er so alt gewesen war wie Taco jetzt. Damals verkehrte Magnus mit dem verrücktesten Volk. Er hatte eine besondere Schwäche für Maler und Dichter, aber das Beste an seinen Feten waren unbestreitbar die Frauen. Sagenhafte Frauen, alle wenigstens zehn Jahre älter als Taco, und sie hockten auf dem Fußboden, tranken Rotwein und redeten über irgendwelches intellektuelles Zeug und hatten nichts dagegen, wenn man eine Hand auf ihr Bein legte und zaghaft über das knisternde Nylon strich. Sie nahmen ihn nicht ernst, aber das machte nichts, sie nahmen niemanden ernst, nicht mal sich selbst. Sie nahmen ihn zur Kenntnis, das war das Wichtige. An eins dieser Fabelwesen hatte er seine Unschuld verloren. Eine andere hatte ihn zum Kokain verführt. Er war beiden dankbar. Beide hatten ihm ein Tor in eine neue Welt geöffnet.

Anfangs war er sehr vorsichtig. Er hatte auch nicht das Geld, um sich wirklich regelmäßig Kokain zu beschaffen. Die Sucht kam schleichend. Er fand Mittel und Wege, an Geld zu kommen. Er fing an zu spielen, Karten, meistens Black Jack, denn darin war er wirklich gut. Er spielte anfangs auf privaten Partys, später in Hinterzimmern unscheinbarer Kneipen. Da wurde ernsthaft um Geld gespielt. Manchmal gewann er ein kleines Vermögen. Als ihn eines Abends das Glück im Stich ließ, lieh ihm einer der Mitspieler ein paar tausend Mark. Ein vierschrötiger Kerl mit wachen, intelligenten Augen und einem Gesicht wie aus dem Gruselkabinett, der mit Geld nur so um sich warf. Als die Sonne aufging, schuldete Taco ihm fünftausend. Am nächsten Abend gewann er sie zurück und noch ein paar tausend dazu. Sakowsky zahlte der Einfachheit halber in Naturalien. Von da an war es bergab gegangen. Es war zu einfach geworden. Und Taco hatte nie wirklich versucht, der Verlockung zu widerstehen und sich zu befreien. Weil er nie auf die Idee gekommen wäre, daß er die Kraft dazu haben könnte.

Und jetzt wankte er also zum zweiten Mal innerhalb einer Woche am Rande einer Panik durch die Altstadt, mit trockener Kehle und rasendem Puls, bereit, der ersten Kreatur, die das Wort an ihn richtete, an die Kehle zu gehen. Es mußte ihm wirklich niemand erzählen, daß er bedenklich weit heruntergekommen war.

Ohne viel Hoffnung ging er zu Sakowskys Laden in der Wallstraße. Die Haustür war angelehnt. Im Flur war es stockfinster, das Licht auf der Treppe funktionierte nicht. Zögernd stieg Taco die Stufen hinauf. Er hatte eine Gänsehaut. Ein widerwärtiger Geruch hing in der Luft, nach Urin und jahrhundertealtem Staub. Er atmete flach und versuchte, sich nicht an seinen letzten Besuch hier zu erinnern.

Unter der Tür zu dem kleinen Ladenlokal in der ersten Etage schien schummriges Licht hindurch. Taco atmete auf. Irgendwer war hier, die Geschäfte liefen weiter. Er klopfte, ehe er es sich anders überlegen konnte, und trat ein.

Vor dem wackeligen Tisch stand ein junger Mann in Jeans und einer leuchtend roten Jacke. Unter dem rechten Arm hielt er eine rote, viereckige Thermotasche mit der Aufschrift *Pizzeria del Monte – Lieferservice*.

Als das Glöckchen über der Tür bimmelte, hob er den Kopf. Für einen Augenblick schien er verwirrt, dann fragte er: »Hast du die Pizza bestellt?«

Taco ließ die Klinke los, als sei sie plötzlich heiß. »Ich ... nein. Nein, ich hab' nichts bestellt. Ich wollte nur ...«

»So ein verfluchter Mist. Hier ist keiner. Das passiert mir heute schon zum zweiten Mal. Manche finden so was komisch.«

»Niemand ist hier? Hast du mal nebenan nachgesehen?«

Der Pizzabote nickte betrübt. »Wie ausgestorben.«

Taco ballte die Fäuste. »Scheiße ...«

»Ja. Das kannst du laut sagen, Mann. Also dann, ich verschwinde.«

Er ging an ihm vorbei zur Tür. »Wiedersehen.«

Taco sammelte sich. »He, warte mal. Ich nehm die Pizza.« Er hatte seit gestern abend nichts gegessen, und er hatte ein flaues Gefühl im Magen, das zumindest teilweise Hunger bedeutete. Er zog sein Portemonnaie aus der Hosentasche. »Was is'n drauf?«

Der Pizzabote schüttelte den Kopf. »Tut mir leid, gegen die Vorschrift. Fehlbestellungen muß ich melden.«

»Na ja, aber deswegen kannst du mir doch die Pizza überlassen, oder?«

Er würde sich damit an den Tisch setzen, in Ruhe essen und einfach warten, bis irgendwer aufkreuzte. Was blieb ihm sonst übrig.

»Nein, geht nicht. Sorry. Ist Vorschrift. Ich muß sie zurückbringen.«

Taco zog die Brauen hoch. »So was Behämmertes hab' ich noch nie gehört. Aber bitte. So viel liegt mir nun auch nicht dran.«

Der Pizzabote betrachtete ihn plötzlich mit Argwohn. »Was tust du eigentlich hier, wenn das nicht dein Laden ist?«

»Das kann dir doch gleich sein.«

»Hm. Weiß nicht. Nachher läßt du hier irgendwas mitgehen, und ich bin's dann gewesen.«

»Junge, du bist aber kompliziert, was? Was bitte schön soll ich hier mitgehen lassen? Das ist doch alles Plunder.«

»Trotzdem ...«

»Der Laden gehört 'nem Freund von mir. Ich will warten, bis er wiederkommt.«

»Wenn du Sakowsky meinst, auf den kannst du lange warten.«

»Ach, den kennst du, ja?«

Der Pizzabote drückte sich die rote Thermotasche vor den

Bauch. »Ihn und ein paar von seinen Freunden. Und mit denen will ich keinen Ärger. Also komm mit nach draußen, ja.«

Taco warf einen verzweifelten Blick zur Decke. »Woher zur Hölle sollen sie wissen, daß du überhaupt hier warst?«

Die Pizzatasche wanderte unter den linken Arm, die rechte Hand erhob sich mit ausgestrecktem Zeigefinger. »Paß mal auf: Ich hab' viel zu tun heute nacht. Ich hab' keine Lust, hier mit dir rumzukaspern. Du kannst also ganz friedlich mit mir die Treppe runterkommen und zwar jetzt gleich, oder ich helf' dir auf die Sprünge. Klar?«

Taco gab sich geschlagen. In seinem momentanen Zustand wollte er es lieber nicht darauf ankommen lassen, ob der Kerl es ernst meinte oder nicht. Immer noch ein bißchen ungläubig ging er vor ihm her zurück auf die Straße.

Der Bote klemmte sich die unförmige Tasche unter den anderen Arm und hob versöhnlich die Hand. »Ciao.«

»He, warte mal. Wo du dich doch so gut auskennst, kannst du mir sagen, wie und wo ich ein Gramm Koks auf Pump kriege?«

Er erntete ein ungläubiges Hohngelächter. »Versuch's mal beim Weihnachtsmann.«

Er kam mit dem ersten Bus nach Hause. Müde, niedergeschlagen, und es kam ihm vor, als lägen seine Nerven bloß und seien den Elementen erbarmungslos ausgesetzt. Er hatte sich die ganze Nacht umsonst um die Ohren geschlagen. Und als er es zu guter Letzt bei einem exklusiven Privatclub versuchte, wo er früher gelegentlich Karten gespielt hatte, hatte der Türsteher ihn mit der Erklärung davongejagt, daß abgerissene Junks hier nichts verloren hätten. Tacos entrüsteter Protest hatte ihm einen blitzartigen Abgang und ein paar schmerzhafte Tritte beschert. Er fühlte sich erbärmlich. Klein, lächerlich, besiegt. Und nun stellte er fest, daß er zu allem Überfluß auch noch seine Schlüssel verkramt hatte. Wahrscheinlich waren sie bei Lea. Eine nahezu unbezähmbare Wut stieg in ihm auf, wenn er an sie dachte. Was zur Hölle hatte sie sich dabei gedacht? Es war *seins*, er hatte es von *seinem* Geld bezahlt, er hatte dafür *gelitten*, und wenn er sein Leben damit ruinierte, war das verdammt noch mal *seine* Sache. Er war nicht nur wütend. Er war sich im Grunde nicht mehr sicher, ob er Lea überhaupt noch wollte. Anfangs war er wirklich sehr verliebt in sie gewesen. Ohne sie hätte er Cyrano de Bergerac niemals geschrieben. Sie hatte ihn inspiriert und ihm Mut gemacht. Weil er immer das Gefühl hatte, daß sie ihn so wollte, wie er war. Aber er hatte sich offenbar geirrt. Noch ein Kindermädchen brauchte er wirklich nicht.

Carlas Zimmer lag zum Garten. In den kam man nicht so einfach rein; die Mauer war gigantisch hoch, überall waren Bewegungsmelder und Kontakte für die Alarmanlage und das ganze Zeug. Also sammelte er ein paar Steinchen und warf sie gegen die Fenster über der Küche.

Zum ersten Mal an diesem Tag hatte er Glück. Es war nicht Rosa, sondern Fernando, der in Schlafanzug und Pantoffeln an die Tür geschlurft kam und ihm öffnete. Er blinzelte verschlafen, betrachtete ihn dann mit ausdrucksloser Miene und sagte kein Wort.

»Danke. Schlüssel verschlampt.«

Fernando nickte.

Taco rang sich ein entschuldigendes Lächeln ab und schlich die Treppe hinauf. Vor Magnus' Tür blieb er einen Moment stehen und wünschte sehnlich, sein Bruder sei noch da. Er wollte Gesellschaft. Er wollte Trost. Er wollte jemanden zum Reden, und mehr als alles andere wollte er Ablenkung. Er humpelte auf seine Tür zu, einer dieser rätselhaften Wadenkrämpfe kündigte sich an.

Er war seit fast vierundzwanzig Stunden auf den Beinen. Er war todmüde, aber an Schlaf war nicht zu denken. Er lief ruhelos in seinem Zimmer auf und ab, kaute an den Nägeln, rieb sich die ewig entzündete Nase. Schließlich riß er sich die Kleidung vom Leib und warf sich einen Bademantel über. Schwimmen. Das war's. Wozu hat man schließlich einen Pool im Haus. Er würde sich müde schwimmen und dann vielleicht ein paar Stunden schlafen. Wenn er Glück hatte. Und vielleicht würde ihm dann irgendwas Konstruktives einfallen.

So leise wie möglich schlich er nach unten, durchquerte die Halle, dann ging er durch einen kurzen Flur zur Treppe ins Untergeschoß.

Der Pool befand sich in einem großen Raum, der fast die Hälfte des Kellers einnahm und außer dem Schwimmbecken auch eine Sauna und ein Solarium beherbergte. Eine Fensterfront gab den Blick frei in einen tiefer liegenden Teil des Gartens. Im Sommer konnte man die gläsernen Schiebetüren weit öffnen, so daß es beinahe so war, als stünde der Pool im Freien.

Taco öffnete die Tür, und heiße, feuchte Luft schlug ihm entgegen, versetzt mit einem intensiven Chlorgeruch. Zu seiner Überraschung war das Licht eingeschaltet.

Er trat ein, ging ein paar Schritte und blieb dann wie angenagelt stehen. Carla saß am Beckenrand und ließ die Füße ins Wasser baumeln. Neben ihr kniete ein Mann mit breiten Schultern und pechschwarzen Haaren, um seine Hüften hatte er ein dunkelgrünes Handtuch geschlungen. Er hatte eine Hand auf ihre Schulter gelegt und küßte sie. Carla hatte die Augen geschlossen.

Taco versetzte der Tür einen schwungvollen Stoß, und sie fiel geräuschvoll zu.

Carla zuckte sichtlich zusammen, aber der Mann wandte ganz langsam den Kopf.

Taco war nicht überrascht. Er hatte ihn schon von hinten erkannt.

»Ich stör' das junge Glück nur ungern. Aber ich will schwimmen.«

»Taco ...« Carla schien nicht so recht zu wissen, was sie sagen oder tun sollte. »Ich wußte gar nicht, daß du zu Hause bist.«

»Tut mir leid. Hätte ich gewußt, daß du Besuch erwartest, wär' ich nicht gekommen. Aber wo ich es jetzt schon mal mitgekriegt habe, brauchst du mir wenigstens nichts vorzumachen. Ist doch auch was wert.« Er fuhr sich mit der Hand über die Stirn. Der warme Marmorboden schwankte unter seinen Füßen. Er fühlte sich krank.

Ambrosini stand langsam auf und kam auf ihn zu. Seine Knie hatten rote Druckstellen von dem harten Boden. Der Rest von ihm war leicht gebräunt, und er hatte eine Statur wie ein Holzfäller. Im Jackett fiel das gar nicht auf. Taco fand es nicht so besonders schwer zu verstehen, was Carla an ihm fand.

»Taco, ich würde es sehr bedauern, wenn wir Ihre Gefühle verletzt hätten. Aber Sie sind kein Junge mehr, ich hoffe auf Ihr Verständnis.«

Nein, dachte Taco, dafür fehlt mir jedes Verständnis. Sie hat fast zwanzig Jahre mit ihm zusammengelebt, und er ist noch keine zwei Wochen tot. Für meinen Geschmack kommt das ein bißchen plötzlich. Es sei denn, es geht schon länger? Er hob kurz die Schultern. »Wissen Sie, es spielt keine so große Rolle, was ich davon halte.«

Ambrosini kam noch einen Schritt näher. »Sie sehen elend aus. Kann ich irgendwas für Sie tun?«

Taco hob den Kopf und sah ihm in die Augen. »Tja, weiß nicht. Möglicherweise ... möglicherweise sind Sie wirklich der einzige, der im Moment was für mich tun könnte ...«

»Was wissen Sie über die Mafia, Herr Wohlfahrt?«

»Nichts. Was man eben so weiß. Was man im Fernsehen sieht. Sie stammt aus Sizilien, kontrolliert den internationalen Drogen- und Waffenhandel und so weiter, sie korrumpiert Staatsdiener und Politiker und Richter und bedroht die demokratische Rechtsordnung in Italien.«

»Nicht nur da.«

Sie saßen in Magnus' Wohnung vor dem Kamin, sie auf dem Sofa, er auf dem Fußboden. Er hatte Kaffee gekocht und Feuer gemacht, hielt seine Tasse auf dem Schoß und sah zu ihr auf. Er hatte Mühe, sich auf das zu konzentrieren, was sie sagte. So aus der Froschperspektive betrachtet, war es schwierig, an irgend etwas anderes als die offenbar wohlgeformten Brüste unter ihrem straffen Baumwollpulli zu denken.

»Die Mafia ist kein italienisches Problem. Sie operiert international. Und sie operiert nicht allein. Herrgott noch mal, hören Sie auf, so seelenvoll zu lächeln, und hören Sie mir zu!«

Magnus setzte sich auf und räusperte sich. »Entschuldigung.«

»Kennen Sie Aruba?«

Er war verwirrt über den scheinbar krassen Themenwechsel. »Ich war vor zwei Jahren mal da. Es ist wunderschön. Karibik eben. Blaues Meer, weißer Strand, grüne Palmen. Und so weiter. Nur ziemlich teuer.«

Sie lächelte säuerlich. »Und Sie wären im Traum nicht drauf gekommen, daß Sie Ihr schwer verdientes Geld der Mafia in den Rachen stopfen, was?«

»Wie bitte?«

Sie nickte nachdrücklich. »Aruba gehört der sizilianischen Mafia. Und es ist nicht nur ein Inselparadies in der Karibik, es ist ein unabhängiger Staat. De facto gibt es also einen Mafiastaat, wo die Herren der ehrenwerten Gesellschaft tun und lassen, was ihnen Spaß macht. Ein Großteil der internationalen Geldwäschegeschäfte läuft beispielsweise über Banken in Aruba. Man kann nicht viel dagegen tun, sie machen sich im wahrsten Sinne des Wortes ihre eigenen Gesetze. Und genau dort, in besagtem Karibikparadies, wurde der erste Grundstein zur internationalen Kooperation gelegt. Vor etwa zehn Jahren trafen sich dort die Sizilianer mit den Bossen des Medellin-Kartells. Das Problem war folgendes: Die Kolumbianer beherrschten den amerikanischen Kokainmarkt. Aber der war überschwemmt, und das Kilo brachte ihnen lediglich elftausend Dollar, während es auf dem europäischen Markt an die fünfzigtausend wert war. Umgekehrt kontrollierten die Sizilianer den europäischen Heroinmarkt, wo das Kilo rund fünfzigtausend Dollar brachte, wohingegen sie in Amerika zweihunderttausend dafür hätten kriegen können, wenn ihnen der Markt offengestanden hätte. Also schlossen die Kolumbianer und die Italiener bei dieser Konferenz in Aruba ein Bündnis: Das Medellin-Kartell lieferte Kokain an die Mafia, die praktisch eine Exklusivlizenz für den Kokaingroßhandel in Europa bekam, im Gegenzug bekamen die Kolumbianer von der Mafia Heroin und faßten damit auf dem amerikanischen Markt Fuß. Es war eine gewinnbringende Lösung für beide Seiten, aber auch, wenn sie nicht gewollt hätten, blieb den Kolumbianern kaum etwas anderes übrig, als zuzustimmen. Die Sizilianer erklärten nämlich, falls sie allein versuchen würden, ihr Kokain in Europa zu vertreiben, werde jeder Kolumbianer umgebracht, der seine Nase diesseits des Atlantiks zeigte.

Das Aruba-Abkommen war nur der Anfang. Inzwischen sind alle Syndikate irgendwie miteinander verbunden. Die Russen übernehmen Kurierdienste für die chinesischen Triaden und bringen das in Südostasien angebaute Heroin nach Europa. Die japanische Yakuza versorgt den russischen Schwarzmarkt mit gestohlenen Autos. Und so weiter. Hier in Westeuropa, vor allem in Deutschland, ist die Drehscheibe. Sie sind alle hier, bauen ihre Informations- und Liefernetze über Restaurants und kleine Läden auf, schikanieren ihre Landsleute mit Schutzgelderpressung und ähnlichem und wachsen und gedeihen. Sie haben sich zu unserem Leidwesen entschlossen, miteinander zu kooperieren. Märkte aufzuteilen, sich gegenseitig zu unterstützen und vor allem Frieden zu halten. Das ist die *Pax Mafiosa*. Die einzige Alternative wäre ein blutiger Mafiakrieg, der uns die Arbeit abnehmen könnte. Aber sie sind ja keine gewöhnlichen kleinen Gauner. Sie denken in großen Zusammenhängen und betrachten sich selbst als eine Art weltumspannenden Handelskonzern. Und dann dieser lächerliche Ehrenkodex. Der ist praktisch überall derselbe und schafft eine gemeinsame Basis. Ob Sie der Mafia oder einer chinesischen Triade beitreten, in beiden Fällen schwören Sie mit einem brennenden Stück Papier in der Hand Ihre Treue und besiegeln den Schwur mit Ihrem Blut. Sie betrachten sich als elitäre Vereinigungen. Strikte Geheimhaltung und absolute Unterwerfung sind die obersten Gebote. Und wer nicht mehr mitspielen will, wird umgebracht.«

»Und das macht Ihre Sache nicht leichter, was?«

Natalie breitete hilflos die Arme aus. »Das können Sie laut sagen. Wer dazugehört, hält dicht, entweder aus Ehrgefühl oder aus Angst. *Pentiti* sind ein seltenes Gottesgeschenk. Und in Deutschland gibt es sie praktisch überhaupt nicht, unsere Kronzeugenregelung garantiert ihnen keine ausreichende Sicherheit. Die Opfer halten auch dicht. Aus Angst. Wir schätzen, daß mindestens jeder zweite Altstadtwirt an irgendwen Schutzgelder zahlt. Aber es gibt keine Anzeigen.«

Es war eine Weile still. Die Scheite im Kamin zischten leise, und Magnus spürte die Hitze des Feuers im Rücken. Es war beinah zu heiß, aber er liebte dieses Gefühl. Er zündete sich eine Zigarette an, stützte die Ellenbogen auf den Tisch und dachte nach.

»Und Sie erwarten im Ernst, daß ich mich mit Ambrosini und seinen Konsorten anlege? Warum sollte ich anders reagieren als irgendein Altstadtwirt?«

Sie trank von ihrem Kaffee und schlug die Beine unter. »Weil Ihnen nichts anderes übrigbleibt. Wenn Sie nicht tun, was er will, wird er Sie mit dem kompromittieren, was er gegen Sie in der Hand hat. Was immer es sein mag. Aber auch, wenn Sie noch so zugeknöpft sind in dieser Sache, bin ich sicher, daß es irgend etwas mit der Ermordung des Steuerberaters zu tun hat. Egal. Wenn Sie nun hingehen und tun, was er will, ohne mit mir zu kooperieren, kriegen wir Sie dran. Irgendwie.« Sie hob leicht die Schultern. »In unseren Akten werde ich unter dem Codenamen David geführt. Betrachten Sie sich also als Steinschleuder.«

»Augenblick mal. Das heißt, Sie erpressen mich auch, ja?«

Sie schüttelte den Kopf. »Nein. Aber Sie können mich nicht weitermachen lassen, ohne mit mir zusammenzuarbeiten. Denn ich wäre verpflichtet, jeden Gesetzesverstoß, den Sie begehen, anzuzeigen. Da hab' ich keinen Spielraum, ich bin Polizeibeamtin.«

»Dann bin ich nicht sicher, ob es nicht doch besser wäre, wenn ich Sie rauswerfe.«

Sie sah ihn an. Sie fand es schwierig, das einzuschätzen. Seine Stimme war plötzlich sehr kühl, seine Miene verschlossen.

Na schön, dachte sie, das kann ich auch. »Das können nur Sie entscheiden. Aber tun Sie's bald. Und wenn Sie sich dann entschieden haben, wäre ich dankbar, wenn ich mich darauf verlassen könnte, daß es dabei bleibt.«

»Sieh an, so schnippisch, ja?« Er streifte ein gefährlich langes Aschewürmchen ab. »Ich möchte gern noch ein paar Jahre leben, verstehen Sie. Und nicht so enden wie Herffs, der offenbar mehr wußte, als gesund für ihn war, und nicht die Klappe halten konnte.«

»Ja, aber was wird sein, wenn Ambrosini eines Tages irgend etwas von Ihnen verlangt, was Sie wirklich nicht tun wollen? Sehen Sie denn nicht, daß Sie sich ihm ausliefern? Jetzt sind Sie vielleicht noch sein Opfer. Aber im Handumdrehen werden Sie sein Komplize sein. Wenn Sie dann aussteigen wollen, müssen Sie mit einer strafrechtlichen Verfolgung rechnen, wie immer die Umstände gewesen sein mögen. Aber dazu würde es nie kommen. Begreifen Sie denn nicht, was Ihrem Vater passiert ist?«

Magnus antwortete nicht. Er fühlte sich hilflos. Er wußte, er war ausmanövriert. Jeder denkbare Weg schien unweigerlich in die Katastrophe zu führen.

Er stand unvermittelt auf. »Ich habe Hunger. Ich mache uns was zu essen.«

Sie hob abwehrend die Hände. »Für mich nicht, danke. Ich bin nicht gelaufen, also gibt's kein Mittagessen.«

Er schüttelte den Kopf. »Sind Sie wirklich immer so hart zu sich selbst? Finden Sie sich nicht manchmal selbst unerträglich?«

»O doch. Oft.«

10

Pünktlich um neun am Montag morgen fand er sich in Ambrosinis Büro auf der Heinrich-Heine-Allee ein. Es war dem seines Vaters nicht einmal unähnlich: von außen unscheinbar, von innen luxuriös und weiträumig.

Eine umwerfende, mandeläugige Exotin in einem Designerkleid am Empfang brachte ihm einen Kaffee und ein paar Zeitungen und versprach mit einem tröstenden Lächeln, Herr Ambrosini werde sicher bald Zeit für ihn haben. Man hätte meinen können, er käme zu einem Vorstellungsgespräch oder als Bittsteller.

Doch es blieb ihm kaum Zeit, sich über dieses alberne Theater zu ärgern. Nach wenigen Minuten betrat Ambrosini mit einem Satellitenschwarm von Begleitern das Foyer.

»Herr Wohlfahrt, schön, daß Sie kommen konnten. Wir fliegen nach Dresden.«

»Ah ja?«

Ambrosini nickte mit einem geschäftsmäßigen Lächeln. »Notartermin. Darf ich vorstellen, Herr Nitsche, unser Syndikus, Herr Theißen, mein Assistent.«

Magnus schüttelte zwei dargebotene Hände. Der Rest der kleinen Gruppe blieb anonym. Zwei trugen dunkle Uniformen wie Wachmänner, zwei weitere erschienen ihm sehr jung, in einem normalen Unternehmen hätte er sie für Trainees gehalten. Und vielleicht waren sie das auch.

In diesem Büro herrschte eine Atmosphäre hektischer Betriebsamkeit. Telefone klingelten, Faxgeräte piepsten, Mitarbeiter hasteten hierhin und dorthin. Nach wenigen Minuten fühlte Magnus sich atemlos. Er war fast erleichtert, als sie den Aufzug bestiegen.

»Wir werden unterwegs Zeit haben, das Wesentliche zu besprechen«, versicherte Ambrosini.

Magnus hob ergeben die Schultern. Ihm war es gleich. Was immer Ambrosini mit ihm besprechen wollte, er würde ja doch keinen Einfluß auf die Dinge haben. Wenn er ihn in seine Pläne für diesen Tag einweihte, dann wohl nur aus einer gönnerhaften Laune heraus.

Ein uniformierter Fahrer brachte sie in einem großen Mercedes nach Lohausen zum GA-Terminal des Flughafens, das von der Brandkatastrophe völlig verschont geblieben war. Nach kürzester Zeit saßen sie in einem üppig ausgestatteten Learjet, und Magnus hätte gerne gewußt, ob er Ambrosini gehörte oder gechartert war. Er sah sich verstohlen um, während Ambrosini mit seinem Assistenten ein paar Schriftstücke durchging. Cognacfarbene Ledersessel, Tischchen aus massivem Mahagoni, hier war nicht gespart worden.

Der Jet rollte auf die Startbahn, beschleunigte und hob ab. Magnus sah aus dem Fenster zu, wie die Häuser, Straßen und Autos unter ihm kleiner wurden. Nach kürzester Zeit zogen Wolkenfetzen vor dem Fenster vorbei; für einen Augenblick sah er den Fluß unter sich schimmern wie ein Band aus geschmolzenem Blei. Dann hatten die Wolken sie verschluckt.

Er erinnerte sich, daß er sich danach gesehnt hatte, durch die Wolken zu tauchen und wegzufliegen. So hatte er sich das allerdings nicht gedacht. Wozu wegfliegen, wenn er seine Bürde mitnehmen mußte?

Kurz vor Erfurt kamen sie in ungemütliches Wetter, und es ruckelte ein wenig.

»Ich hoffe, Sie werden nicht luftkrank?« fragte Ambrosini plötzlich neben ihm.

Magnus sah auf. »Nein. Nur bei Loopings.«

Ambrosini lachte. »Die bleiben uns hoffentlich erspart. Entschuldigen Sie den überstürzten Aufbruch, Magnus. Letzte Woche bekam ich ein verlockendes Kaufangebot für das Objekt in der Goethestraße, und ich habe sofort zugesagt. Aber der Notar unseres Käufers hatte nur noch einen Termin frei, heute vormittag.«

Magnus warf ihm einen spöttischen Blick zu. »Entschuldigen Sie sich nicht. Ich stehe voll und ganz zu Ihrer Verfügung. Das wissen Sie doch.«

»Das ist gut zu hören. Und wo wir gerade davon reden ... ich möchte, daß Sie eine Off-Shore-Gesellschaft eröffnen. Sagen wir, auf der Isle of Man.«

»Wozu?«

»Darüber reden wir später. Jetzt erst einmal zur Goethestraße. Der Käufer bietet zwölf Millionen. Was sagen Sie dazu?«

Magnus atmete tief durch. »Ich bin überwältigt. Was haben wir bezahlt? Zwei?«

»Hm. Eine Ihr Vater, eine ich. Man darf allerdings nicht vergessen, daß ich anschließend noch mal zwei Millionen reingesteckt habe. Was wir bezahlt haben, war praktisch nur für das Grundstück und ein desolates Gemäuer. Jetzt ist es ein modernes Bürohaus mit allem Komfort.«

»Trotzdem.« Magnus rechnete kurz. »Acht Millionen Gewinn in nur zehn Monaten. Keine schlechte Investition.«

»Nicht wahr?«

»Und wieviel kriege ich für meine Firma davon?«

Ambrosini tat, als denke er angestrengt nach. »Na ja, ich habe die Kosten der Sanierung getragen. Das müssen wir bedenken. Wie stehen Sie zu drei für Sie und fünf für mich?«

Magnus rechnete ebenfalls. Dann grinste er ungläubig. »Ich muß gestehen, ich habe Sie falsch eingeschätzt. Ich investiere eine Million und gewinne drei, heißt: Bruttogewinn dreihundert Prozent. Sie investieren drei und kriegen fünf, heißt: nur rund hundertsechzig Prozent. Sie sind ein wahrer Wohltäter.«

Ambrosini erwiderte das Grinsen. »Ich bin froh, daß Sie endlich meine wahre Natur erkennen, Magnus. Ich unterstütze Sie, damit Sie Ihre Firma wieder auf die Beine bringen können. Wenn das geschafft ist, verhandeln wir neu.« Magnus deutete eine Verbeugung an. »Ich bin Ihnen zutiefst verbunden.«

Der Käufer des Objekts Goethestraße holte sie in Dresden vom Flughafen ab. Er war ein bärbeißiger Geschäftsmann mittleren Alters aus Magdeburg, der sich fortwährend ungeduldig über seinen imposanten Schnurrbart strich und auf Magnus einen durchaus seriösen Eindruck machte. Auf der Fahrt in die Innenstadt rechnete er ihnen vor, warum er das Bürohaus kaufen wollte. Er hatte guten Grund, mit jährlichen Mieteinnahmen von drei Millionen zu rechnen. Das hieß, nach vier Jahren hatte er den Kaufpreis wieder raus, von Steuervorteilen einmal ganz abgesehen. Magnus begann sich zu fragen, warum in aller Welt sie eine Gans verkauften, die ihnen noch auf lange Sicht goldene Eier gelegt hätte.

Der Vormittag kam ihm vor wie ein wirrer Traum. Später erinnerte er sich nur an eine wilde Abfolge von Bildern. Sie fuhren zu einem Notar, lauschten ein paar Minuten seiner sonoren Stimme und unterschrieben dann die Verträge. Magnus hatte schon bei Durchsicht der Akten festgestellt, daß nicht Ambrosini als Mitinhaber des Objektes auftrat, sondern eine der dubiosen Firmen, in diesem Falle die Immokauf GmbH & Co. KG, und Ambrosini unterschrieb auch nicht die Kaufverträge, sondern der ewig stumme, leicht beschränkt wirkende Theißen, den Ambrosini als seinen Assistenten ausgegeben hatte, der aber offenbar gleichzeitig Geschäftsführer dieser famosen Immokauf GmbH war. Magnus konnte sich auf nichts von alldem einen Reim machen, aber er war zuversichtlich, daß Natalie ihm den Sinn dieses Verwirrspiels erklären würde.

Sie aßen in einem erlesenen Restaurant in der Nähe des Zwingers zu Mittag, und während des Rückfluges ließ Ambrosini eine Flasche Champagner springen.

Er hob sein Glas Magnus entgegen. »Es lebe das Immobiliengeschäft.«

»Amen«, murmelte Magnus und trank.

»Es gibt nicht viele Bereiche, in denen man seinen Einsatz so schnell verdoppeln oder verdreifachen kann.«

»Davon kann wohl keine Rede sein«, brummelte Theißen. »Eine müde Million haben wir für uns rausgeholt. Ich verstehe nicht ...«

»Richtig. Sie verstehen nichts, Theißen. Darum zum hundertsten Mal: Machen Sie den Mund nur auf, wenn Sie gefragt werden.«

Ambrosini sagte das im gutgelaunten Plauderton, aber für einen Augenblick weiteten sich Theißens Augen entsetzt, und bis zur Landung in Düsseldorf hüllte er sich tatsächlich wieder in absolutes Stillschweigen, das er nur noch einmal brach, um sich von Magnus zu verabschieden.

Ambrosinis Fahrer erwartete sie bereits und brachte sie in die Innenstadt zurück. Als sie vor Magnus' Büro hielten, sagte Ambrosini: »Und Sie denken an die Off-Shore-Gesellschaft, ja?«

»Natürlich.«

»Gut. Also dann. Ich wünsche Ihnen noch einen profitablen Tag.«

»Noch mehr Profit an nur einem Tag würde mich vermutlich beunruhigen. Wiederseh'n.«

»Auf Wiedersehen. Ach ja, Herr Wohlfahrt ...«

Magnus war schon ausgestiegen und beugte sich noch einmal in den Wagen. »Ja?«

»Ich möchte, daß Sie Frau Blum entlassen. Bis zum Kündigungstermin werden Sie sie beurlauben.«

Magnus brauchte seine Erschütterung nicht zu mimen. »Aber ... wieso?«

»Weil ich es wünsche.«

»Hören Sie, das ist ausgeschlossen. Sie können nicht erwarten, daß die Firma weiter funktioniert, während ich die Hälfte der Zeit nur die nebulöseste Vorstellung dessen habe, was ich eigentlich tue, und auch noch die einzige Kraft entlasse, die sich wirklich auskennt. Ich meine ...«

Ambrosini hatte den Kopf leicht zur Seite gelegt und sah ihn ernst an. »Tun Sie's trotzdem.«

Magnus schüttelte entschieden den Kopf. »Nein.«

»Herrgott, müssen wir bei jedem strittigen Punkt wieder ganz von vorn anfangen?« seufzte Ambrosini leise.

Magnus ignorierte Theißens Anwesenheit und die des Fahrers. »Das ist unzumutbar, und das werde ich nicht akzeptieren. Wenn Sie mich deswegen hochgehen lassen wollen, bitte, aber dann werden Sie keinen großen Nutzen mehr von mir haben. Wägen Sie ab, was Ihnen mehr wert ist. Ich sag Ihnen ganz ehrlich, mir ist gleich, wie Sie sich entscheiden.«

»Warum machen Sie einen solchen Wirbel wegen dieser Lappalie?«

»Es ist überhaupt keine Lappalie. Ich kann nicht auf sie verzichten.«

Ambrosini sah geradeaus über die Schulter des Fahrers hinweg durch die Windschutzscheibe. »Denken Sie noch einmal darüber nach. Übrigens, wußten Sie schon, daß Ihr Bruder gar nicht mehr bei seiner kleinen Niggerschlampe in Golzheim wohnt? Er ist wieder zu Hause. Und er ist in keiner guten Verfassung, wirklich nicht.«

Magnus schlug die Wagentür krachend zu.

Oben empfing Birgit ihn mit schreckgeweiteten Augen und der Nachricht, der Steuerberater Herffs sei ermordet worden.

Magnus riß sich mühsam zusammen und heuchelte Betroffenheit. »Was ... Ermordet?«

Sie nickte und hielt ihm zum Beweis die Zeitung hin. »Hier, ganz groß auf Seite eins im Lokalteil. *Rätselhafte Bluttat in Benrath*«, las sie vor.

Er überflog den Artikel, der ihm nichts sagte, was er nicht längst wußte, und der das sorgsam verdrängte Entsetzen wiederbelebte.

»Das ist ... grauenvoll.«

»Ja. Man fragt sich wirklich, was aus der Welt geworden ist. Meine Güte, Herr Wohlfahrt, Sie sind ganz bleich. Entschuldigen Sie, ich hätte Sie nicht so damit überfallen dürfen ...«

»Schon gut.«

Er lächelte ihr beruhigend zu und registrierte eine schwach gelbliche Verfärbung unter ihrer linken Augenbraue. Kein verirrter Lidschatten, sondern die Überreste eines blauen Auges. Natalie hatte also recht gehabt.

Sie bemerkte seinen Blick, wandte sich eilig ab und raffte ein paar Telefonnotizen zusammen. »Hier, diese Anrufe sind gekommen, ich habe alles notiert. Natalie ist nicht da, sie mußte zum Zahnarzt. Füllung rausgefallen.«

Magnus hatte ihr gesagt, sie solle den Montag im Büro ruhig sausen lassen und sich um ihre Wohnung kümmern. Er nickte und nahm Birgit die Zettel aus der Hand. »Danke. Wir werden wohl auch mal ohne sie auskommen. War irgendwas Wichtiges in der Post?«

»Nein, ich glaub' nicht. Die Mappe liegt auf Ihrem Tisch.«

»Gut. Wenn Sie gleich mal einen Moment Zeit haben, ich habe eine Liste mit Firmen, von denen ich gern Handelsregisterauszüge hätte.«

Sie sprang eilfertig auf. »Natürlich.«

Er verbrachte einen unproduktiven Nachmittag im Büro. Er war unkonzentriert und konnte sich nur unter heftigem Widerwillen dazu durchringen, die Anrufe zu erwidern, weil er bei jedem Telefonat das Gefühl hatte, Ambrosini stehe hinter seiner linken Schulter. Er mußte Natalie fragen, was er tun konnte, um das Abhören der Telefonanlage zu unterbinden. Und er mußte sie fragen, was es mit diesen dubiosen Immobiliendeals auf sich hatte. Welche Spuren die Polizei in der Sache Herffs verfolgte. Erst jetzt, da er die Firma einen halben Tag ohne sie erlebte, ging ihm auf, wieviel sicherer er sich fühlte, seit sie Komplizen waren. Er hatte nicht wirklich ernst gemeint, was er gestern zu ihr gesagt hatte. Er wollte sie nicht ausbooten. Ohne sie fühlte er sich, als balanciere er auf einem Seil zwischen zwei Wolkenkratzern. Sie, ging ihm auf, war das Netz. Und der Gedanke, daß Ambrosini ihn vermutlich dazu zwingen würde, sie zu entlassen, erfüllte ihn mit Schrecken.

Über sein Handy rief er Carla an und lud sie zum Essen ein, aber sie war sehr distanziert und erzählte ihm irgendein Märchen von einer alten Schulfreundin, die sie besuchen wolle. Er wünschte, sie würde ihn wenigstens so belügen, daß er es nicht merkte, und erkundigte sich nach Taco.

»Ich glaube, er hat die letzten beiden Nächte hier geschlafen«, berichtete sie. »Am Wochenende schien er mir sehr niedergeschlagen, aber er wollte mir nicht sagen, was ihn bedrückt. Heute morgen war er glänzender Laune und ist pünktlich zur Schule gefahren. Ich werd' nicht aus ihm schlau.«

»Wenn du ihn siehst, sag ihm, er soll mich anrufen, ja?«

»Gut.«

Als er das Büro gegen fünf verließ, war es stockfinster. Er schlug den Kragen hoch und ging mit eiligen Schritten Richtung Berliner Allee. Unterwegs hielt er an einem türkischen Schnellimbiß und ein paar Türen weiter an einem Fantasyladen.

Auf sein Klingeln ertönte fast sofort das Summen des Türöffners, und als er die Treppe hinaufkam, stand sie in ihrer Wohnungstür. In Jeans, einem dicken, cremeweißen Zopfmusterpullover, der wenigstens zwei Nummern zu groß war, und mit offenen Haaren: die wahre Natalie.

Er streckte ihr die linke Hand mit der weißen Plastiktüte entgegen. »Hackfleischpizza, Süzme und Köfte.«

»Sie schickt der Himmel«, erklärte sie mit einem komischen Stoßseufzer. »Kommen Sie rein.«

Er trat in die Diele. »Irgendwelche Fortschritte?«

»Überzeugen Sie sich selbst.«

Sie hatte Unvorstellbares geleistet. Die Wohnung wirkte beinah normal. Große bunte Halstücher waren über die zerschlitzten Polster der Sessel gespannt, der Vitrinenschrank hatte zwar keine Glastüren mehr, war aber wieder eingeräumt. Der ramponierte Fernseher war nirgendwo in Sicht. Der Teppichboden war frisch gestaubsaugt, der Küchenboden blinkte, kein Zuckerkörnchen oder Mehlflöckchen war mehr zu entdecken.

Er nickte anerkennend. »Das hätte ich nicht für möglich gehalten.«

Sie hob leicht die Schultern. »Ich hatte Glück, hat mir der junge Kollege von der Schutzpolizei erklärt. Keine Exkremente an den Wänden, keine Brandstiftung. Ich hatte fast den Eindruck, er fand es übertrieben, daß ich die Polizei gerufen habe. Aber irgendwie hatte er recht. Es sah schlimmer aus, als es war.«

»Nein, das ist nicht wahr. Es war mindestens so schlimm, wie es aussah. Sie müssen den ganzen Tag geschuftet haben.«

»Stimmt. Und jetzt hab' ich Hunger.«

Sie setzten sich an den kleinen Küchentisch, und Magnus sah zu, während sie über den Inhalt der Pappschachteln herfiel und gierig aß.

»Ich sollte Ihnen wenigstens was zu trinken anbieten«, murmelte sie zwischen zwei Bissen Pizza. »Sie werden's nicht glauben, aber eine Flasche kalifornischer Cabernet Sauvignon hat den Sturm überstanden.«

»Dann her damit. Nach diesem Tag brauche ich alles, was stärkt und Mut macht.«

Sie holte die Flasche und zwei weiße Emailletassen mit blauen Rändern; die einzigen Trinkgefäße, die sie derzeit besaß. Magnus entsann sich an seine kleinen Päckchen und holte eins aus jeder Manteltasche.

»Bitte.«

»Was ist das?«

»Machen Sie's auf, dann wissen Sie's.«

Sie wischte sich die Finger an einer Papierserviette ab und zerfetzte ungeduldig das Seidenpapier. Es waren zwei weiße Kaffeebecher, auf denen der Transporterraum der *Enterprise* zu sehen war. Auf der Transporterplattform standen Captain Kirk, Mr. Spock, Pille und Lieutenant Uhura.

Natalie drehte sie hingerissen zwischen den Händen. »Ach ... die sind herrlich. Dankeschön.«

»Kennen Sie diese Dinger nicht?«

Sie schüttelte den Kopf.

»Dann passen Sie auf.«

Er nahm eine der Tassen, trat an die Spüle und drehte das heiße Wasser auf. Als es dampfte, hielt er die Tasse darunter, ließ sie vollaufen und brachte sie zum Tisch zurück.

»Jetzt. Sehen Sie genau hin.«

Die Figuren im Transporterraum schienen sich plötzlich zu bewegen. Sie wurden verschwommen, dann lösten sie sich in winzige Punkte auf und verschwanden.

Natalie lachte entzückt. »Ich werd' verrückt.«

Magnus setzte sich und lehnte sich zufrieden zurück. »Wenn das Porzellan abkühlt, kommen sie wieder.«

Sie schüttete das heiße Wasser in eine leere Plastikschale und beobachtete gebannt, wie die Crew zurückkam. Genauso, als hätte Captain Kirk gerade seinen Kommunikator gezückt und ›Scotty, beamen Sie uns rauf‹ gesagt.

Natalie legte die Hände über den Mund und kicherte. »Oh, Magnus. Danke.«

Er sah in ihre leuchtenden blauen Augen. Ihre Freude war so ehrlich, so unkompliziert, sie tat ihm gut.

»Gern geschehen.«

Sie fischte ein Fleischbällchen von ihrem Teller und steckte es in den Mund. Während sie kaute, drehte sie die Tasse zwischen den Händen.

Dann stellte sie sie ab und wurde wieder ernst. »Aber ich nehme an, das ist kein reiner Freundschaftsbesuch, oder?«

»Doch. Das ist es.«

Sie runzelte ungläubig die Stirn. »Sie sind nur gekommen, um mich zu füttern und zu beschenken?«

»Und um zu fragen, ob Sie heute abend mit mir ins Theater gehen.«

»Theater?« Es schien kein sehr vertrautes Wort für sie zu sein. »Was gibt es denn?«

»Hamlet.«

»Ach du liebes bißchen.«

Die Studiobühne bot Platz für dreißig oder vierzig Besucher, die Bühne selbst war klein und die Ausstattung spartanisch. Drei Männer und zwei Frauen spielten ein rundes Dutzend Rollen, einzig Hamlet war immer nur Hamlet. Bei allen anderen verrieten einem nur die sparsamen Requisiten, wen sie gerade darstellten, ein Schwert für Laertes, ein dickes Buch unterm Arm für Horatio. Doch sie verstanden es, mit sparsamsten Mitteln eine bunte, lebendige Welt zu erschaffen. Das Talent und der Enthusiasmus der jungen Darsteller tat ein übriges. Das Publikum war gebannt.

Immer noch benommen schlenderte Natalie schließlich neben

Magnus durch die Schadow-Arkaden. Sie hatte die Hände in den Taschen ihrer abgewetzten Lammfelljacke vergraben.

»Puh. Alle tot«, murmelte sie.

»Tja. Und wer ist schuld?«

Sie überlegte nicht lange. »Hamlet. Das kommt eben davon, wenn man sich nur hinsetzt und jammert, statt irgendwas zu tun.«

»Sie sind ganz schön hart zu ihm.«

»Und dann dieses Mädchen. Ophelia. Er hat sie benutzt«, ereiferte sie sich. »Er hat sie behandelt wie ein Stück Dreck.«

Magnus nickte. »Er konnte nichts dafür.«

»Pah. Das sagen die Kerle immer.«

Er lachte leise.

Sie blieb stehen, lehnte sich an ein weihnachtlich dekoriertes Schaufenster voll sündhaft teurer Kleinmöbel und sah ihn an. »Ich wußte nicht, daß Theater so sein kann. Es war wunderbar. Danke.«

Er stand direkt vor ihr, so nah, daß die Nebelschwaden, die sie ausatmeten, sich vermischten. »Ja, es war wirklich gut.«

»Gehen Sie oft?«

»Ja.«

»Sind Sie immer noch auf der Flucht vor der Wirklichkeit? So wie als Junge mit Ihren Büchern?«

Er dachte kurz nach. »Nein. Ich glaube nicht. Die Gabe hab' ich wohl irgendwann verloren. Ich gehe ins Theater, weil es mir gefällt, weil es Gedanken und möglicherweise sogar Gefühle berührt, die ich sonst verlernen würde. Es ist ein Gegengewicht zu meinem Alltag.«

Sie zog die Rechte hervor und strich die widerspenstige Haarsträhne hinters Ohr. »Wann gehen Sie das nächste Mal?«

»Übermorgen. Eine Uraufführung. Mein Bruder hat ein Theaterstück vertont. *Cyrano de Bergerac*.«

»Oh, ich kenne den Film.«

»Wollen Sie mitkommen?«

Sie zögerte nur einen Augenblick. »Gern.«

Die Strähne hatte sich wieder befreit und trudelte über ihr Gesicht, die Spitze reichte ihr genau bis an die Nase. Magnus hob die Hand und strich sie weg, ehe sie es tun konnte.

»Und jetzt? Essen?«

Sie schüttelte den Kopf. »Ich hab' doch schon gegessen. Außerdem ist es nach elf. Morgen früh ...«

»Gott, seien Sie doch nicht immer so pflichtbewußt, das macht einen ja ganz krank. Lassen Sie uns essen gehen. Wir müssen reden.«

»Nicht im Restaurant.«

»Dann bei mir?«

Sie sah ihn an. Seine pechschwarzen Augen funkelten, was sie auf unbestimmte Weise beunruhigend fand.

»Oh, ich weiß nicht.«

»Riskieren Sie's. Ich koche uns irgendeine Kleinigkeit, und Sie erzählen mir derweil, warum Ambrosini will, daß ich eine Off-Shore-Gesellschaft gründe.«

Sie lachte wider Willen. »Das klingt unwiderstehlich.«

Eine Digitalanzeige in einem Apothekenfenster neben dem Eingang zum Parkhaus belehrte sie, daß es dreiundzwanzig Uhr sieben war und null Grad. Magnus fuhr vorsichtig, denn die Straßen waren nicht ganz trocken, und auf der Rheinbrücke war Glatteis.

Natalie registrierte, daß er den Fuß vom Gas nahm. »Sehen Sie zu, daß wir nicht baden gehen. Wäre schade um den Wagen.«

»Hm.«

»Wirklich ein herrliches Auto.«

»Aber alt. Er streikt immerzu und säuft achtzehn Liter.«

»Na ja, Sie können's sich ja leisten. Stil hat eben seinen Preis. Ich kann mir das lebhaft vorstellen: eine Tour ins Grüne an einem Sommersonntag, und im Kofferraum steht eine Kühlbox mit Champagner und gebratenen Hähnchenkeulen ...«

»Wie barbarisch. Ein geflochtener Picknickkorb mit Wedgewood-Porzellan, Waterford-Kristall, ein bißchen Kaviar, Foie Gras, eine Flasche leichter Weißwein. Champagner bestenfalls zu den Erdbeeren.«

»Schande, das glaub' ich einfach nicht ...«

Er warf ihr einen kurzen Blick zu und lachte über ihr Gesicht. »Sie haben mit den Klischees angefangen. Da fällt mir ein, ich habe Bier gekauft. Nur für Sie.«

»Ich bin ganz aus dem Häuschen vor Rührung.«

»Sehen Sie, ich habe ein Gespür für lohnende Investitionen.«

Sein Parkplatz war ausnahmsweise einmal frei. Er parkte den Jaguar, sie gingen die wenigen Schritte bis zu seinem Haus und konnten sich beide nicht verkneifen, vor dem Eintreten einen kurzen Blick über die Schulter zu werfen, um sich zu vergewissern, daß niemand das Haus beobachtete und sie zusammen sah.

Während Natalie zufrieden von ihrem Bier trank, briet Magnus ein spanisches Omelett und berichtete ihr von dem Ausflug nach Dresden.

»Es war wirklich seltsam. Mein Gewinn war prozentual fast doppelt so hoch wie seiner. Das schien ihm völlig gleich zu sein. Und dann diese Bemerkung seines tumben Assistenten. Er sagte, sie hätten nur eine Million gemacht. Dabei waren es fünf. Aber Ambrosini ist ihm über den Mund gefahren, als hätte er ein Geheimnis ausgeplaudert ...«

»Hat er auch.«

Magnus ließ das Omelett aus der Pfanne gleiten und teilte es in zwei Hälften. »Wie meinen Sie das?« fragte er, als er die Teller zum Tisch herüberbrachte.

Sie ergriff entschlossen ihre Gabel, begann aber nicht zu essen, sondern gestikulierte damit in weit ausholenden Bewegungen. »Er sagt, er hat eine Million des Kaufpreises aufgebracht und zwei Millionen für die Sanierung, richtig?«

»Ja.«

»Sie sind Fachmann. Erscheinen Ihnen die Zahlen realistisch?«

Magnus verspeiste ein Stück Omelett und versuchte, sich an die Details aus der Akte zu erinnern. »Nein. Der Kaufpreis war viel zu niedrig. Das Gebäude war nicht so verfallen, wie er sagte, denn dann hätten sie es abreißen und neu bauen müssen. Die zwei Millionen für die Sanierung erscheinen mir knapp, kommen aber schon eher hin.«

Sie nickte zufrieden. »Dann hat er ein paar Millionen mehr für den Kauf bezahlt, als im Notarvertrag stand.«

»Das verstehe ich nicht.«

»Ganz einfach. Sagen wir, das Objekt war fünf Millionen wert. Zwei bekam der Verkäufer offiziell, eine von Ihrem Vater, eine von Ambrosini. Die übrigen drei hat Ambrosini in einem Koffer mitgebracht. Der Verkäufer freut sich, er braucht sie nicht zu versteuern, weil sie ihm schwarz gezahlt wurden. Sagen wir weiter, Ambrosini hat nicht zwei, sondern drei Millionen in die Renovierung gesteckt. Eine davon wiederum schwarz, mit Materialien und Arbeitskräften, die seine russischen oder polnischen Partner ihm zur Verfügung gestellt haben. Damit ist sein Erlös unterm Strich auf eine Million geschrumpft. Aber, und das ist für ihn viel wichtiger, er hat vier Millionen gewaschen. Dreckiges Geld unter der Hand in die Immobilie investiert. Aus dem Verkaufserlös bekommt er es zurück, und jetzt ist es lupenrein. Ein Gewinn aus einer Immobilieninvestition. Das ist der Zweck der Übung. Die Million, die er verdient hat, ist nur ein Bonus. Normalerweise bringt Geldwäsche keine Gewinne, sondern kostet Geld wie jede Dienstleistung. Sechs, acht, in manchen Fällen bis zu zwanzig Prozent.«

Magnus vergaß seinen Teller. »Sie meinen, er macht Immobiliengeschäfte notfalls auch mit Verlusten, nur um sein dreckiges Geld zu waschen?«

»Nur? *Nur?!*« Sie breitete die Arme aus, fassungslos über seine Naivität. »Geldwäsche ist doch der teuflischste Geschäftszweig des organisierten Verbrechens, mit dem wir es zu tun haben. Haben Sie das immer noch nicht kapiert?« Sie nahm einen tiefen Zug aus ihrem Bierglas und fuhr dann ruhiger fort. »Sehen Sie, diese Leute verdienen unvorstellbare Summen aus illegalen Waffen- und Drogengeschäften. Aber gerade beim Drogengeld ergibt sich das Problem, daß Millionensummen in kleinen Scheinen anfallen. Die Wäscher, die das Geld übernehmen, *wiegen* es in der Regel, statt es zu zählen. Solange es illegales Geld ist, ist es nichts wert ...« Sie fuhr sich mit dem Handrücken über die Stirn. »Haben Sie den Namen Pablo Escobar schon mal gehört?«

Magnus mußte nicht lange überlegen. »Ein kolumbianischer Drogenboß?«

Sie nickte. »Im Keller seines Hauses in Kalifornien verrotteten vor ein paar Jahren vierhundert Millionen Dollar, weil er kein funktionierendes Wäschereisystem in den USA hatte. Sie wurden bei irgendeiner Gelegenheit naß und verrotteten einfach. Vierhundert Millionen. Es war im Grunde wertlos. *Weil es nicht gewaschen war*. Und Ambrosini und Haschimoto und ihre Freunde stehen hier vor dem gleichen Problem. Tag für Tag verdienen sie Unsummen mit Drogen, Waffen, Menschenhandel und all diesen Geschichten. Aber solange das Geld nicht gewaschen ist, können sie es nicht investieren. Sie bleiben darauf sitzen. Niemand will mit Geld zu tun haben, das mit Pornovideos kleiner Mädchen verdient wurde.« Sie sah ihm kurz in die Augen. »Sie haben die Bilder von Ihrem Vater ja gesehen. Das ist es, was sie tun. Damit werden sie reich. Aber ehe sie sich in die Gesellschaft und die großen Wirtschaftskreisläufe einschleichen können, müssen sie ihre Millionen reinwaschen. Denn ihr Geld ... stinkt.«

Magnus zog die Brauen hoch. »Ich dachte, das Sprichwort heißt, Geld stinkt *nicht*.«

Sie nickte mit einem unfrohen Lächeln. »Kennen Sie die Geschichte des Sprichwortes?«

»Nein.«

Sie stützte die Ellenbogen auf den Tisch und lehnte sich leicht vor. »Der römische Kaiser Vespasian war in Geldnöten und beschloß, eine Steuer auf die öffentlichen Bedürfnisanstalten der ewigen Stadt zu erheben. Sein Sohn Titus fand die Idee anrüchig. Aber als sein Vater ihm die ersten Einnahmen aus dieser Steuer zeigte, und Titus seine Nase zwischen die Münzen steckte, mußte er gestehen: ›Pecunia non olet.‹ Was er nicht wußte, war, daß Vespasian die Münzen im Tiber hatte schrubben lassen, ehe er sie seinem Sohn präsentierte.«

Magnus grinste. »So wurde also die Geldwäsche erfunden.«

»Es ist zumindest der erste belegte Fall.«

Er dachte darüber nach, was sie vorher gesagt hatte. »Allein diese Immokauf GmbH hat in den vergangenen zwei Jahren siebzehn große Objekte in Sachsen und Brandenburg erworben ...«

»Sehen Sie, das summiert sich. Und ich wette, außer Ihrer Zeugenaussage wird es nichts geben, um die Verbindung zwischen Ambrosini und dieser Immokauf GmbH zu belegen. Und das ist ja nur eine von vielen Firmen. Ein integrer Partner wie die Firma Ihres Vaters und ein Geflecht von Scheinfirmen und Strohmännern. Das System ist einfach, aber perfekt. Wenn nicht ein Wunder geschieht, können wir nichts beweisen.«

»Warum will Ambrosini, daß ich eine Off-Shore-Gesellschaft gründe?«

»Der gleiche Grund. Geldwäsche. Er transferiert sein dreckiges Geld auf das Konto Ihrer Briefkastenfirma auf der Isle of Man. Dann schicken seine Firmen Rechnungen an diese Briefkastenfirma, für Warenlieferungen und Leistungen, die es nie gegeben hat. Die Briefkastenfirma begleicht die Rechnungen, und das Geld ist sauber. Einkünfte aus internationalen Handelsgeschäften. Fertig.«

Magnus schüttelte den Kopf. »Aber fangen bei der Bank nicht die Alarmglocken an zu läuten, wenn größere Beträge von der Isle of Man oder den Bahamas kommen? Die Banken haben eine Meldepflicht, oder?«

»Sicher. Aber Ambrosinis Bank wird in diesem Fall todsicher Ihre Bank sein. Oder vielmehr die Ihres Vaters. Sein Leumund wird alle Wogen glätten.«

»Verdammt ... Wenn Sie das alles wissen, warum können Sie nichts tun?«

Natalie ließ ihre Gabel klimpernd auf den Teller fallen. »Wegen der Beweislast. Wegen der kranken Gesetzeslage in diesem Land. Wir müssen beweisen, daß das Geld aus illegalen Quellen kommt. Dann können wir es beschlagnahmen und Anklage erheben. Er muß nicht beweisen, daß es sauber ist.«

Magnus hob kurz die Schultern. »Unschuldsvermutung. Dagegen ist nichts einzuwenden. Ohne sie gibt es keinen Rechtsstaat.«

»Und mit ihr haben wir ein Verbrecherparadies.«

Er sah sie überrascht an. »Sie sind ganz schön radikal, was?«

Sie preßte für einen Augenblick die Lippen zusammen und richtete sich kerzengerade auf. »Die Garantie der Freiheit des Individuums und dieses ganze liberale Gewäsch sind die Schlagwörter von reichen, dekadenten Intellektuellen wie Ihnen. Sie haben das Privileg, große Reden schwingen zu können, ohne je den Realitäten ins Auge sehen zu müssen. Bullen wie ich betrachten die Dinge aus einer etwas anderen Perspektive. Die vierzehnjährigen Drogenzombies vom Hauptbahnhof, die zerfetzten Leichen von Terroranschlägen und die wahnsinnigen Augen der mißbrauchten Kinder sind ja auch unser täglich Brot, nicht eures.«

Er winkte ungeduldig ab. »Sie scheren alles über einen Kamm, das ist polemisch.«

»Polemisch!« höhnte sie. »Auch so ein wunderbares Wort, das wie geschaffen für eure gelackte, überhebliche Weltanschauung ist!«

Er verzog spöttisch den Mund. »Was wissen Sie schon von meiner Weltanschauung. Und die steht hier doch auch gar nicht zur Debatte. Ich lasse mich nicht in die Defensive drängen, nur weil Ihre Ohnmacht Sie so verbiestert hat, daß Sie von einem Polizeistaat träumen.«

»Oh, Scheiße.« Sie stand abrupt auf. Der Stuhl hoppelte polternd zurück, schwankte einen Moment und fiel dann doch nicht um. »Solche Sprüche lasse ich mir doch nicht bieten, ich bin doch nicht bescheuert ...«

Sie schnappte sich ihre Jacke von der Stuhllehne und stürmte zur Tür.

Magnus stand auf, schnitt ihr durchs Wohnzimmer den Weg ab und lauerte ihr an der Wohnungstür auf. »Natalie ...«

Sie streifte sich die Handschuhe über, als wolle sie damit in den Ring steigen. »Schlafen Sie gut. Na ja, selbstzufriedene Klugscheißer wie Sie schlafen wohl immer gut.«

»Hör doch auf. Hör auf, es an mir auszulassen. Für mich ist es auch nicht ...« Er winkte ab und seufzte.

»Leicht? Nein, das glaub' ich. Es hat deine satte Zufriedenheit ganz schön durcheinandergebracht, was?«

Er nickte. »Mein Vater ist ermordet worden. Das ist ... so ungeheuerlich, daß ich es immer noch nicht richtig glauben kann. Mir bleibt auch keine Zeit, mich damit vertraut zu machen, muß ich doch seine verfluchte Firma mitsamt ihren dunklen Geheimnissen übernehmen. Dann wird mein blöder Steuerberater ermordet, und ich ...«

»Ja?« Sie verschränkte die Arme. »Jetzt wird's spannend. Ich höre?«

Er schüttelte den Kopf, stand einen Moment unentschlossen vor ihr und legte dann leicht die Hände auf ihre Schultern. »Wir ... wir haben doch nur zusammen eine Chance.«

»Was heißt das, zusammen? Hat das irgendwas mit Vertrauen zu tun? Warum erfahre ich dann nicht, was es mit der Ermordung von Johannes Herffs auf sich hat?«

Er ließ sie los, trat einen Schritt zurück und steckte die Hände in die Hosentaschen.

»Du bist ein Bulle bis ins Mark, was? Immer im Dienst.«

Sie nickte kurz. »Darauf kannst du deinen ... Jaguar wetten.«

Er fuhr sich mit dem Daumen über das eigensinnige Kinn. Dann hob er die Hand und strich ihr wieder die vorwitzige Strähne aus dem Gesicht. Dabei befühlte er sie zwischen Zeige- und Mittelfinger. Sie war weich und widerspenstig zugleich. Verstohlen zog er sie lang und ließ sie dann los, beobachtete hingerissen, wie sie in ihre eigenwillige Lockenform zurücksprang.

Natalie steckte sie hinters Ohr. »Was soll das werden?«

»Rate.«

Sie senkte für einen Augenblick die Lider und schüttelte fast unmerklich den Kopf. »Gute Nacht. Bis morgen.«

»Ach, und ich dachte, du bist so scharf drauf, die Geschichte von Herffs zu hören.«

Ihr Kopf fuhr hoch. »Ich bin wirklich nicht sicher, ob ich auf diese Spielchen so abfahre ...«

»Nein. Vergiß es. Komm, laß uns nicht in der Diele rumstehen. Meine Zigaretten liegen in der Küche, und ich würde gerne noch ein Glas trinken.«

»Mußt du eigentlich nie schlafen?«

»Doch. Für gewöhnlich wenigstens acht Stunden pro Nacht, sonst plagt mich mein kapriziöser Blutdruck. Aber im Moment stimulieren mich meine Lebensumstände so sehr, daß ich mit weniger auskomme.«

Sie lachte leise. »Häng es nicht an die große Glocke, sonst gibt es Ambrosini demnächst noch auf Rezept.«

Sie stand nur einen halben Schritt vor ihm, und ihr Lachen machte plötzlich alles möglich. Es war fast dunkel in der Diele, nur die Stablampe hinter seinem Schreibtisch warf einen schwachen Schimmer durch die geöffnete Tür; die winzigen Birnchen malten ein diffuses Sternmuster auf das alte Parkett. Er lehnte sich leicht vor und fuhr mit den Lippen über ihre Haare.

Sie legte die Hand auf seine Wange. »Jetzt komm mir nicht auf die Tour.«

»Warum nicht?«

»Komplikationen sind das letzte, was ich brauche.«

Er küßte ihre Stirn. »Ich bin aber gar nicht kompliziert.«

»Lügner ...«

Er seufzte leise und pirschte sich langsam an ihre Lippen heran. Sie erhob keine Einwände. Offenbar hatte sie es plötzlich nicht mehr so furchtbar eilig, die traurige Geschichte von Herffs zu hören. Sie verschränkte ihre schmalen Finger in seinem Nakken und erwiderte seinen Kuß entschlossen. Für ein paar Augenblicke war nichts zu hören als ihrer beider Atem. Dann erklang irgendwo weit weg eine Hupe, und Magnus fuhr mit der Linken unter ihren großräumigen Pulli und ertastete ein enges, mit Spitze abgesetztes Seidenhemd darunter. Nur zu lebhaft erinnerte er sich an ihre exquisite Wäschekollektion.

Er atmete langsam tief durch, drängte sie behutsam an die Wand und fuhr mit den Nägeln der Rechten die Außennaht ihrer Jeans entlang. Gleichzeitig schlängelte er sich in den tiefen Spitzenausschnitt und legte die Hand um ihre Brust. Der Stoff knarrte warnend.

Sie schloß die Augen, preßte sich an ihn und lächelte, als sie seine Erektion spürte.

Er war jetzt mit beiden Händen unter dem Pullover und fühlte abwechselnd die kühle Seide und ihre warme Haut. Er legte die Hände um ihre Taille, ließ sie dann abwärts wandern und fand einen Weg in den Bund ihrer Jeans. Ihr Atem ging schneller, und ihre Finger rissen ungeduldig an den Knöpfen seines Hemdes. Einer sprang ab und fiel mit einem leisen Klimpern zu Boden. Es war ein fröhliches Klimpern, ein sorgloser Laut, und fast hätte er gelacht. Weil es so gut war, daß das hier wirklich passierte, weil er sich mit einem Mal so erlöst fühlte.

Er zog ihr den Pullover über den Kopf, so plötzlich, daß sie einen unterdrückten, überraschten Laut von sich gab. Er betrachtete ihre muskulösen Arme, ihren schmalen Hals, die sahnefarbene Spitze auf ihren Schultern, die sich in einem tiefen, spitzen Ausschnitt zwischen ihren Brüsten entlangzog. Dann zog er sie wieder an sich und preßte seine Lippen auf ihre.

»Natalie ...«

Sie nickte, legte die Arme um seinen Hals und drängte ihn auf die Tür zu. »Komm.«

Es klingelte.

Magnus fuhr leicht zusammen. »O nein ...«

Es klingelte wieder.

»Mach nicht auf«, flüsterte sie heiser. Ein Schaudern durchrieselte ihn, aber er biß die Zähne zusammen und wehrte behutsam ihre Hand ab, die sich an seinem Gürtel zu schaffen machte.

»Ich muß. Entschuldige.«

Er löste sich widerwillig von ihr und knöpfte sein Hemd notdürftig zu. Auf dem Rückweg in die Diele bückte er sich nach ihrem Pullover, der halb auf links gedreht in einem unordentlichen Knäuel am Boden lag, hob ihn auf und reichte ihn ihr mit einem kleinen, reumütigen Lächeln. »Wenn du so viel Geduld aufbringen kannst, fangen wir damit gleich noch mal an.«

Sie verdrehte die Augen und streifte den Pullover über. Sie wirkte verärgert. Magnus' Herz sank. Trotzdem ging er ohne zu zögern zur Tür und drückte den Öffner im selben Moment, als es ein drittes Mal klingelte.

Die Haustür unten fiel krachend ins Schloß, und eilige Schritte erklangen auf den Stufen. Nicht Fernando, schloß Magnus. Taco.

Als er auf der Treppe in Sicht kam, sah Magnus sofort, in welchem Zustand er war, und sein Herz sank noch ein bißchen tiefer.

Er hielt ihm die Tür auf.

Taco trat wortlos ein, fegte an ihm vorbei in die Diele, ohne ihn wirklich anzusehen. Als er Natalie an der Tür zum Flur entdeckte, blieb er abrupt stehen. Er sah von ihr zu Magnus und wieder zurück.

»Blümchen ...« Er klang irritiert.

»Hallo, Taco.«

Magnus fragte sich, woher sie sich kannten. Der Tonfall ihrer Begrüßung war der zwischen guten Bekannten. Vermutlich hatte Taco ihren Vater schon mal öfter im Büro besucht, ging Magnus auf.

Taco stand mitten in der Diele, den Kopf leicht zur Seite geneigt. »Verdammt ... ich störe, was?«

Magnus ging an ihm vorbei. »Keineswegs. Komm rein.«

Taco folgte ihm langsam, Natalie bildete die Nachhut. Schließlich standen sie in der Küche in einem ungleichmäßigen Dreieck zwischen Tisch und Fenster.

»Ein Bier?« bot Magnus an.

Taco schüttelte den Kopf. Sein linker Mundwinkel zuckte, und er verknotete seine Finger ineinander. »Ich muß mit dir reden. Allein.«

Natalie wollte ihre Jacke vom Tisch nehmen, aber Magnus streckte die Hand aus und legte sie leicht auf ihren Unterarm. Zu Taco sagte er: »Jetzt mach mal 'nen Punkt, ja. Du kannst hier nicht mitten in der Nacht aufkreuzen und meine Gäste vor die Tür setzen. Sag, was du zu sagen hast. Wenn es dir nicht paßt, daß sie zuhört, komm ein andermal wieder.«

Taco stieß zischend die Luft aus, es klang halb wütend, halb wie ein Schluchzen. Er machte einen Schritt auf Magnus zu, krallte die Hände in sein Hemd und schleuderte ihn gegen die Wand.

»Du Schwein! Du ...« Er schlug ihm die geballte Rechte mitten ins Gesicht, und noch während Magnus' Kopf zur Seite flog, setzte er die Linke in seinen Magen. Magnus wankte gekrümmt einen Schritt zur Seite.

Taco legte eine Hand über den Mund, verzog schmerzlich das Gesicht und wollte sich abwenden, aber welcher Teufel ihn auch immer reiten mochte, er war mächtiger als sein Abscheu vor seiner Tat. Er drehte sich wieder ganz zu ihm um und packte ihn bei den Oberarmen. Magnus wehrte sich nicht, er nahm nicht einmal die Hände aus den Hosentaschen. Taco richtete ihn rüde auf und verpaßte ihm noch eine Kombination. Magnus' Kopf krachte gegen die Wand.

»Du verfluchter Dreckskerl. Ich könnte ...«

Er hob wieder die Rechte, doch ehe er zuschlagen konnte, hatte sich ein eiserner Griff um sein Handgelenk gelegt, sein Arm wurde mit verwirrender Schnelligkeit auf seinen Rücken gedreht und so weit nach oben gedrückt, daß es weh tat. Eine zweite Hand packte ihn bei den Haaren.

»Schluß jetzt«, sagte Natalie eisig. »Du wirst sofort damit aufhören, hast du verstanden?«

Taco keuchte und versuchte sich loszureißen. »Laß mich ...«

Natalie verstärkte den Druck auf seinen Arm. »Ob du mich verstanden hast, will ich wissen. Na los.« Sie versetzte seinem Arm einen mörderischen Ruck.

Taco stöhnte vor Schmerz.

»Bitte, laß ihn los«, sagte Magnus leise.

Sie warf ihm einen kurzen Blick zu. Er kniete am Boden, mit einer Schulter an die Wand gelehnt. Sein Gesicht war voller Blut, und sein Blick war so leer, so hoffnungslos, daß ihr ganz elend davon wurde. Sie riß wütend an Tacos üppiger Mähne. »Ich könnte dir deinen verdammten Arm brechen, du armseliger, kleiner Psychopath.«

»Das hör' ich in letzter Zeit irgendwie andauernd«, brachte Taco mit Mühe hervor.

»Bitte, Natalie«, wiederholte Magnus.

Sie ließ Taco los und versetzte ihm einen kräftigen Stoß, so daß er vorwärts taumelte und in einen Stuhl fiel. Einen Moment saß er reglos, dann begann er, seine Schulter zu massieren. Seine

Bewegungen wirkten abgehackt und fahrig, sein Gesicht wächsern. Plötzlich sprang er wieder auf die Füße. »Wirklich nobel, wie du dich für ihn ins Zeug legst, alle Achtung. Mein Bruder muß eine richtige Kanone im Bett sein, he?«

Sie verzog verächtlich den Mund. »Früher oder später kommt ihr Kokser alle an dem Punkt an, wo ihr nur noch mit dem Schwanz denken könnt.«

Sie wandte sich ab und trat zu Magnus, um ihm aufzuhelfen. Aber er ignorierte ihre Hand, kam ohne Hilfe auf die Füße und ging zum Spülbecken. Mechanisch nahm er ein frisches Geschirrtuch vom Bord, hielt es unter kaltes Wasser, drückte es aus und wischte sich das Blut aus dem Gesicht.

»Taco, ich glaube, es ist besser, du gehst. Du hast deinen Standpunkt völlig klargemacht. Also. Verschwinde.«

Taco kreuzte die Arme und legte die Hände auf die Schultern. »Ich gehe erst, wenn du mir erklärt hast, warum. Was hatte er dir getan?«

Magnus antwortete nicht. Er wusch das Tuch aus, faltete es zusammen und drückte es einen Augenblick behutsam gegen sein Gesicht. Seine Nase tat ziemlich weh, er hatte sich auf die Zunge gebissen, so daß sie blutete, und seine Lippe war aufgeplatzt. Taco hatte wirklich mit aller Kraft zugelangt, die sein Zorn ihm verlieh.

In das lange Schweigen hinein sagte Taco bitter: »Hat er's dir erzählt, Blümchen? Oder bist du so ahnungslos wie ich, was die widerlichen Geheimnisse in der Vergangenheit meines untadeligen Bruders betrifft?«

»Er braucht mir überhaupt nichts zu erzählen, ich hab' selbst genug Fehler gemacht. Niemand ist perfekt. Das ist einfach zuviel verlangt, Taco.«

»Oh, das ist wahr. Ehrlich, das weiß keiner besser als ich. Aber manche Sachen sind einfach monströser als andere.«

Natalie wandte sich ab, nahm sich ein Bier aus dem Kühlschrank und sagte zu Magnus: »Ich geh' nach nebenan.«

»Jetzt kriegst du kalte Füße, was?« fragte Taco mit einem häßlichen Grinsen. »Das willst du lieber doch nicht hören. Lieber nicht wissen, daß er die Freundin seines Vaters gebumst hat, he? Bis der eines Tages früher als erwartet nach Hause kam und die klassische Szene sich abspielte: Er erwischte die beiden in seinem eigenen Bett, im wahrsten Sinne des Wortes *in flagranti*.«

Natalie schwieg betroffen und sah ratlos von einem Bruder zum anderen.

Magnus wandte ihnen den Rücken zu. »Wer hat dir das erzählt?« fragte er.

Taco stieß wütend die Luft aus. »Was spielt das für eine Rolle?«

»Sag's mir. Carla?«

»Nein. Giaccomo.«

»Giaccomo ... Ihr seid per du, ja?«

Taco nickte ungeduldig. Er wollte Magnus auf das eigentliche Thema zurückbringen, wollte darauf bestehen, daß er irgendeine Art von Erklärung bekam, aber plötzlich war sein Verlangen, Magnus weh zu tun, so übermächtig, daß es alles andere verdeckte.

»Ja, Magnus. Wir sind per du. Förmlichkeiten wären wohl ein bißchen albern. Er ist nämlich praktisch bei uns eingezogen. Er hat in gewisser Weise deine Nachfolge angetreten, weißt du. Er bumst Carla. Andauernd. Man kann keinen Raum im Haus mehr gefahrlos betreten. Wenn man nicht anklopft, läuft man Gefahr, über sie zu stolpern, wie sie irgendwo rumliegen oder -stehen und rammeln ...«

Magnus fuhr zu ihm herum. »Du bist widerlich.«

Taco hob abwehrend die Hand. »Ach, ich bin widerlich, ja? Weil ich ausspreche, wie die Dinge sind? Oder bist nicht vielleicht doch eher du widerlich? Das, was du getan hast?«

Magnus trat an den Tisch und griff nach seinem Zigarettenetui. Er öffnete es, nahm eine Zigarette heraus und steckte sie zwischen die Lippen. Beim dritten Anlauf gelang es ihm, sein

Feuerzeug in Gang zu bringen. Über die Flamme hinweg sah er kurz zu Natalie, um zu ergründen, was sie dachte. Ob sie ihn verabscheute. Aber sie hatte sich schon abgewandt, ging ins Wohnzimmer und schloß leise die Tür hinter sich.

Er stützte sich mit einer Hand auf den Küchentisch, zog sich einen Stuhl heran und setzte sich Taco gegenüber. »Es tut mir leid, daß du so davon erfahren hast. Es ... Ich hätte es dir selbst sagen müssen. Aber ich habe es nie fertiggebracht.«

»Schlecht fürs Image, he?«

Magnus schüttelte langsam den Kopf. »Ich denke, das war dir immer wichtiger als mir. Nein, ich hab' es dir nicht gesagt, weil ich es nicht erklären kann. Nicht entschuldigen. Wenn du wirklich deswegen gekommen bist und nicht nur, um mir die Nase blutig zu schlagen, dann muß ich dich enttäuschen.«

Taco begann, an seinem Daumennagel zu knabbern. »Giaccomo sagt, das war es, was ihn krank gemacht hat.«

»Er scheint eine Menge gesagt zu haben.«

Taco nickte mit einem Schulterzucken. Seine Schneidezähne bearbeiteten weiter seinen Daumennagel, dann ertönte ein scheußliches kleines Knacken, so als zerplatze etwas, und er ließ die Hand sinken und streifte seinen blutenden Daumen mit einem teilnahmslosen Blick. Er ballte die Hände auf seinen Knien zu Fäusten. Jeden Moment kann er wieder in Raserei verfallen, dachte Magnus. So untypisch. So überhaupt nicht Taco. Offenbar war passiert, was er seit langem befürchtet hatte. Taco begann, sich zu verändern. Er war sich darüber im klaren, daß er diesen Prozeß vermutlich nicht unerheblich beschleunigt hatte, und wie immer wußte er einfach nicht, was er tun konnte, um es wiedergutzumachen.

Er fuhr sich mit der Hand über die Stirn, kam mit dem Ärmel dabei an seine Nase und zuckte zusammen. »Hör zu, Taco. Es war schäbig, unanständig, widerwärtig, wie du sagst. Aber ... ich war erst achtzehn Jahre alt. Ich war verliebt. Und mit achtzehn denkt man an niemanden als nur an sich selbst. Jedenfalls war ich so. Man kann seine Fehler bereuen, man kann dafür büßen, aber man kann sie nicht ungeschehen machen. Es geht einfach nicht.« Er unterbrach sich kurz und sah seinen Bruder an. Taco hielt den Kopf gesenkt, aber er hatte aufgehört, ruhelos auf seinem Stuhl herumzuzappeln. Er hörte zu.

»Vielleicht ist er deswegen krank geworden, Carla glaubt das«, fuhr Magnus fort. »Ich weiß es nicht. Und ganz gleich, wie viele schlaflose Nächte ich noch damit zubringe, über diese Frage nachzudenken, ich werde es nie wissen. Ich habe auch nie den Mut aufgebracht, ihn zu fragen, ob er mir verziehen hat. Jetzt ist es zu spät. Ich kann ihn nicht mehr fragen. Das gehört alles zu dem Preis, den ich zahlen muß. Wenn du dich jetzt von mir abwendest, dann ...« Er mußte sich räuspern, weil irgend etwas ihm plötzlich die Kehle zudrückte. »Dann gehört das auch zu diesem Preis. Und ich könnte nichts dagegen tun, ich müßte es hinnehmen. Aber ich frage mich ehrlich langsam, ob das nicht alles ein bißchen zuviel wird.«

Tacos Kopf fuhr hoch, und sie sahen sich eine Weile wortlos an. Dann stand er auf und holte sich ein Bier aus dem Kühlschrank. Er ließ den Verschluß der Dose zischen, setzte sich wieder und nahm einen tiefen Zug. Magnus merkte plötzlich, wie trocken sein Mund und seine Kehle waren. Aber im Moment konnte er nichts dagegen tun. Er konnte nicht aufstehen. Er fühlte sich wie gelähmt.

Taco stellte die Dose auf dem Tisch ab und drehte sie zwischen den Händen. »Zuerst wollte ich dich einfach nie wiedersehen«, sagte er unvermittelt. »Ich wollte dir für ewig und alle Tage aus dem Weg gehen. Ich wollte versuchen, so zu tun, als gäbe es dich nicht. Damit ich dieser Geschichte nicht ins Auge sehen muß. Aber das wäre genau das gewesen, was er wollte, oder? Er benutzt mich, um Druck auf dich auszuüben.«

»Gut möglich.«

»Er ...« Taco lächelte freudlos. »Weißt du, es ist seltsam, aber ich glaube, er mag mich wirklich gern. Er versucht, mir einzutrichtern, er sei der einzige, auf den ich noch zählen könnte.« Mit einem kurzen Anruf hatte er zum Beispiel Tacos drängende Nachschubprobleme gelöst. Taco konnte jetzt jederzeit zu Sakowskys Laden gehen, den inzwischen ein Nachfolger übernommen hatte, und Ambrosini hatte ihm zu verstehen gegeben, daß er dort unbegrenzten Kredit habe. Aber gleichzeitig hatte er ihn mit ernster Miene vor den Gefahren seines Lebenswandels gewarnt. Es war eigentlich urkomisch, wenn man daran dachte, wer Giaccomo Ambrosini in Wahrheit war. Taco stieß verächtlich die Luft aus. »Aber so weit, daß ich darauf reinfalle, bin ich noch nicht.«

Magnus nickte nachdenklich. »Wie lange geht das schon? Mit ihm und ihr, meine ich.«

»Was weiß ich. Zum ersten Mal hab' ich ihn gestern zu Hause angetroffen ... Bist du eifersüchtig, Magnus?«

»Nein.« So konnte man es wohl nicht nennen. Es tat weh, er war verletzt, aber mehr aufgrund irgendeines widerwärtigen Besitzanspruches denn aus Liebe, und somit war es verletzte Eitelkeit, nicht Eifersucht, was ihm zu schaffen machte. Und das war so armselig, daß er lieber nicht darüber nachdenken, geschweige denn es eingestehen wollte. Aber er war besorgt um Carla. Er fragte sich, ob sie wußte, worauf sie sich einließ, ob sie sich darüber im klaren war, was sie tat und warum.

Taco leerte seine Bierdose und stand auf. »Tja, ich verschwinde. Ich schätze, ich bin hier fertig ... Verflucht, Magnus, sieh mich nicht so an. Was erwartest du von mir, he? Das war ja wirklich alles sehr bewegend von wegen Preis bezahlen und so weiter, aber für mich fühlt es sich an, als hättest du mit meiner Mutter geschlafen!«

»Sie ist aber nicht deine Mutter. Ganz gleich, wie sehr du es dir wünschst. Und letzten Endes ...«

Es klingelte.

Magnus sah auf die Uhr. Fast zwei. »Fabelhaft. Hier geht es zu wie im Taubenschlag.«

Er stand auf und biß die Zähne zusammen, damit nichts in seinem Gesicht sich regte. Er ging durchs Wohnzimmer, weil er nachsehen wollte, was aus Natalie geworden war. Sie war nicht dort, aber ihre Jacke lag auf der Sessellehne. Die Tür zum Gästezimmer war verschlossen. Offenbar hatte sie sich einfach schlafen gelegt. Er war erleichtert, daß sie sich nicht aus dem Staub gemacht hatte.

Er durchquerte sein Büro, ging in die Diele und öffnete die Tür. Leise, eilige Schritte auf der Treppe. Keine Schritte, die er kannte. Sie klangen verstohlen. Magnus' Nackenhaare sträubten sich, und er fragte sich, wem er da mitten in der Nacht die Tür geöffnet hatte.

Es war Lea. Magnus hielt ihr erleichtert die Tür auf. »Eine Nacht voller Überraschungen.«

»Ist er hier?« Ihre Augen wirkten riesig und unruhig.

»Ja. Aber übelster Stimmung.«

Sie sah unsicher auf seine aufgeplatzte Lippe. »Sag nicht, er hat ...«

Magnus zwang sich zu einem Lächeln und winkte ab. »Komm rein.«

Er führte sie durch die Diele, und als sie in die Küche kamen, fuhr Taco auf, als habe ihn etwas gestochen.

»Was tust du denn hier?«

Sie machte einen zögernden Schritt auf ihn zu. »Du mußt dich verstecken, Taco. Die Polizei war bei mir. Sie suchen dich.«

Er blinzelte verständnislos.

»Rauschgiftdezernat?« fragte Magnus.

Lea nickte.

»Oh, Scheiße«, hauchte Taco. Er sah sie an und schlug dann die Augen nieder. »Ich hätte nicht gedacht, daß du dir die Mühe machen würdest, mich zu suchen.«

Sie lächelte schwach und hob leicht die Schultern. »Manchmal versteh' ich selbst nicht so richtig, warum ich manche Dinge tue.«

Magnus dachte nach. »Ich denke, du kannst hierbleiben.

Wenn sie herkommen, schicke ich sie weg. Ohne Durchsuchungsbefehl muß ich sie nicht reinlassen.«

Taco nickte, aber er wandte den Blick nicht von Lea. Sie ging langsam, fast unwillig auf ihn zu, und sobald sie in Reichweite war, legte er die Arme um ihre Taille und vergrub das Gesicht in ihrer Jacke.

Sie strich über seinen gesenkten Kopf und warf Magnus einen hilflosen Blick zu.

Er trat an sein Weinregal und wählte einen edlen italienischen Roten aus. Während er den Korkenzieher behutsam eindrehte, sagte er über die Schulter: »Ihr könnt mein Bett haben. Es ist frisch bezogen.«

»Nobel wie eh und je«, höhnte Taco. »Und wo willst du pennen? Blümchen ist im Gästezimmer, oder?«

Magnus zog langsam den Korken heraus und wärmte die Flasche mit beiden Händen. Er wandte sich nicht um. »Zerbrich dir nicht den Kopf. Laß mich einfach nur zufrieden.«

Natalie fand ihn um halb vier. Die ganze Wohnung war finster, und sie hatte sich vorsichtig durch die fremden Räume getastet. In seinem Bett fand sie Taco mit seiner Freundin, die sich im Schlaf aneinanderklammerten. Also schlich sie weiter bis zur Küche.

Eine Straßenlaterne legte einen schwachen orangefarbenen Schimmer über die Dunkelheit. Natalie blieb einen Moment an der Tür stehen, bis ihre Augen sich darauf eingestellt hatten. Dann entdeckte sie die schattenhafte, zusammengekauerte Gestalt am Boden. Sie ging langsam darauf zu.

Er saß mit dem Rücken zur Wand und hatte die Knie angezogen. Er trug nichts als ein Paar Shorts, und seine Haare waren naß, als komme er gerade aus der Dusche. Zwischen seinen nackten Füßen standen ein volles Glas, eine leere Flasche und ein Aschenbecher.

Sie hockte sich im Schneidersitz vor ihn. So haben wir schon mal gesessen, fuhr es ihr durch den Kopf. Lieber Himmel, war das wirklich erst vorgestern?

Sie griff nach seinem Feuerzeug und ließ es aufflammen. Magnus wandte eilig den Kopf ab und hob wie im Reflex einen Arm vors Gesicht.

Sie klappte den kleinen Deckel zurück, und es wurde wieder dunkel. »Schäm dich nicht. Das ist doch blöd. Ich hab' schon ganz andere Kerle heulen sehen, glaub mir.«

»Ich heul' doch gar nicht.«

Sie lächelte in der Dunkelheit. »Soll ich gehen?«

»Nein.«

Sie tastete sich mit der Hand vor und berührte seine. Er hob sie an sein Gesicht und streifte mit den Lippen darüber.

»Wir sind ziemlich rüde unterbrochen worden, hm?«

»Magnus, du ... du hast dich überhaupt nicht gewehrt. Du hast es einfach so passieren lassen.«

Er atmete tief durch. »Mein Bruder ist so was wie eine seltene Orchidee, weißt du. Man kann ihn nicht so behandeln wie irgendein gewöhnliches Unkraut.«

»Dein Bruder ist ein verzogener Bengel, der jeden ausnutzt, der es sich gefallen läßt. Dein Vater gehörte auch dazu.«

Er antwortete nicht.

»Du hast dich von ihm verprügeln lassen, als hättest du's verdient. Das ... das darfst du nicht tun.«

»Vielleicht hatte ich's ja verdient.«

»Nein.« Sie rückte näher heran, hockte sich neben ihn und legte die Arme um seinen Hals. Er konnte der Verlockung nicht lange standhalten und bettete den Kopf an ihre Schulter.

»Nein, Magnus. Das darfst du nicht denken. Und es ist weiß Gott nicht Tacos Sache, das zu entscheiden. Dein Vater hatte dir längst verziehen, glaub mir. Ich weiß es. Er hat immer mit Stolz von dir gesprochen. Voller Zuneigung. Sogar wenn du ihm einen Kunden abspenstig gemacht hast. Und mittwochs, wenn ihr zusammen essen gingt, war er immer strahlender Laune, er pfiff den ganzen Morgen vor sich hin. Ich habe mich oft gefragt, was das dunkle Geheimnis in eurer Beziehung war.«

»Er ... er hat vor sich hingepfiffen?«

Sie nickte nachdrücklich. »Hm. Und es war bei fristloser Kündigung verboten, für mittwochs mittags irgendwelche Termine zu machen.«

Er ließ sie los. »Du lügst mir was vor.«

»Warum in aller Welt sollte ich das tun? Ich sage nur, wie es war.«

Es hatte den Klang von Wahrheit. So kam es ihm jedenfalls vor. Aber vielleicht war es auch nur Wunschdenken. »Aber warum hat er mir dann seine verfluchte Firma vermacht? In diesem Zustand? Katastrophal verschuldet. Mafia-infiltriert. Völlig hoffnungslos. Und er hat sie mir ja nicht einfach nur hinterlassen, er hat mich erpreßt, so daß ich sie annehmen mußte.«

»Erpreßt?« fragte sie verständnislos.

»Mit Carlas finanzieller Sicherheit. Sie war ja nicht seine Frau, sie hatte erbrechtlich also keinerlei Ansprüche. Hätte ich das Erbe ausgeschlagen, hätte sie keinen Pfennig bekommen. Er hat genau gewußt, womit er mich kriegen kann. Ironisch, he?«

Natalie stützte das Kinn in die Hand und dachte einen Moment nach. Dann schüttelte sie den Kopf. »Wenn du glaubst, daß er sich auf so hinterhältige Weise an dir rächen würde, dann kanntest du deinen Vater schlecht.«

»Dann erklär du mir, warum er's getan hat. Wer weiß, vielleicht kanntest du ihn wirklich viel besser als ich.«

»Das finde ich nicht so schwierig zu verstehen. Wäre die Firma nach seinem Tod in Konkurs gegangen, dann wäre alles ans Licht gekommen. Seine Verbindung zu Ambrosini, ihre dubiosen Geschäfte, wer weiß, vielleicht sogar die Fotos. Ich könnte mir denken, daß die Vorstellung ein Alptraum für ihn war. Und die einzige Chance, das zu verhindern, war, daß jemand die Firma weiterführt, und zwar jemand, dem er trauen konnte.«

Magnus zündete sich eine Zigarette an und warf ihr über die Feuerzeugflamme hinweg einen skeptischen Blick zu. »In dem Fall wäre es wohl sinnvoller gewesen, Dr. Engels mit der Nachlaßverwaltung zu betrauen und jemanden aus der Firma zum Geschäftsführer zu bestimmen. Dich zum Beispiel. Nein, ich fürchte, deine Theorie überzeugt mich nicht.«

»Du kannst es nicht glauben, weil du dir selbst nicht verziehen hast«, tippte sie.

»Blödsinn.« Seine Stimme klang abweisend.

Aber so leicht ließ sie sich nicht einschüchtern. Sie wedelte mißfällig seinen Qualm beiseite und ließ ein paar Sekunden verstreichen.

»Es ist lange her, was?« fragte sie schließlich vorsichtig.

»Ja. Vierzehn Jahre.«

»Also du warst ... achtzehn? Und sie?«

»Ich weiß es nicht genau. Mitte Zwanzig.«

»Und *du* sollst allein die Verantwortung tragen? Das ist ein Scherz, oder?«

»Es war nicht ihre Schuld.«

»O nein. Ich bin überzeugt, sie ist eine Heilige.«

»Das kannst du wirklich nicht verstehen.«

»Nein.« Sie nahm wieder seine Hand. »Entschuldige. Ich bin sicher, sie bedeutet dir immer noch viel.«

»Nicht so, wie du denkst.«

»Du weißt doch gar nicht, was ich denke.«

Er betastete ihre Finger. Sie wirkten schmal, fast zerbrechlich. Aber er hatte gesehen, wie sie mit diesen filigranen Händen mühelos seinen Bruder überwältigt hatte. Eine Frau voller Widersprüche, dachte er flüchtig.

»Natalie ...«

»Ja?«

»Ich glaube, ich ...« Er brach ab und rang um ein bißchen Haltung.

»Was?«

»Ich wollte sagen, ich fürchte, aus der Premiere am Mittwoch wird nichts. Deine Kollegen vom Drogendezernat sind hinter meinem Bruder her. Vermutlich ist es besser, er bleibt eine Weile in Deckung. Ich könnte wetten, daß Kommissar Wagner sie auf ihn angesetzt hat.«

»Um dich aus der Reserve zu locken?«

»Möglich. Dabei hätte er sich die Mühe sparen können. Er weiß es zwar nicht, aber er sucht in Wahrheit nach mir.«

»Was soll das heißen?«

»Ich bin nicht sicher, was genau ich getan habe. Auf jeden Fall war ich dabei, als Herffs ermordet wurde. Ich kann mich an nichts erinnern. Aber die Tatwaffe ist mein Eigentum und trägt meine Fingerabdrücke. Und als ich zu mir kam, war ich über und über mit Blut beschmiert.«

Sie antwortete nicht sofort, und Magnus erzählte ihr den Rest, ehe sie etwas sagen konnte. Sie hörte aufmerksam zu. Als er geendet hatte, war es einen Moment still. Dann regte sie sich, entzog ihm ihre Hand und trank aus seinem Glas.

»Verflucht ... Das wird Wagner niemals glauben«, murmelte sie, als sie es wieder abstellte.

»Nein.«

Sie dachte nach und zupfte nervös an ihrer Unterlippe. »Das sieht wirklich düster aus, Magnus. Da wird auch meine Aussage nicht viel nützen. Wenn Ambrosini seine Beweise rausrückt, wirst du verhaftet. Dieses Konto in Luxemburg wird dir das Kreuz brechen.«

»Ja.«

»Vielleicht ist es besser, wenn du vorerst wirklich das tust, was Ambrosini will. Dann können wir in aller Ruhe einen Plan ...«

»Nein, das kann ich nicht.«

»Warum nicht?«

Magnus richtete sich auf, legte die Hände auf ihre Schultern und kniete sich vor sie. »Weil er will, daß ich dich rauswerfe. Und das werde ich nicht tun.«

Er wollte sie küssen, aber sie drehte den Kopf zur Seite. »Magnus, du mußt es tun. Du hast keine Wahl.« Es klang gepreßt. Sie kam nicht umhin, darüber nachzudenken, welche Konsequenzen das für ihre eigene berufliche Zukunft haben würde.

Er umschloß ihre Schultern ein bißchen fester. »Du hast gesagt, wenn ich mich mit ihm einließe, müßte ich durch jeden Reifen hüpfen, den er mir vorhält. Aber das werde ich nicht. Es muß einen anderen Weg geben. Vielleicht bin ich ihm ausgeliefert, aber wie es scheint, ist er auf der anderen Seite auf mich angewiesen. Also werde ich herausfinden, wie kompromißbereit er ist.«

Sie schüttelte ungläubig den Kopf. »Du träumst. Du machst dir was vor. Wenn du ihm zu lästig wirst, läßt er dich über die Klinge springen und sucht sich ein neues Opfer. Und *sie* wird es nicht verhindern können, darauf rechne lieber nicht.«

»Das tue ich auch nicht.« Er erwartete keine Unterstützung von Carla. Er erwartete überhaupt nichts von ihr. Das hatte er noch nie getan. Und er erwartete auch nicht mehr, daß die Dinge immer so liefen, wie er es sich wünschte. Wirklich, in der Hinsicht hatte er seine Lektion gelernt. Aber er war trotzdem nicht bereit zu tun, was Ambrosini verlangte. Er würde sie nicht gehen lassen. Weil er sich ohne sie chancenlos fühlte. Und weil er sie in seiner Nähe haben wollte.

»Laß es uns versuchen. Und wenn es nur für ein paar Tage ist.«

Sie hob verständnislos die Schultern. »Was sollte das nützen?«

Er antwortete nicht. Statt dessen zog er sie näher und küßte sie. Dann knöpfte er langsam das viel zu große Flanellhemd auf, das ihr als Pyjama diente, und schob es behutsam über ihre Schultern. Sie trug absolut nichts darunter. Er bedauerte vage, daß es ihm verwehrt blieb, ihr das Spitzenhemd auszuziehen, aber als er betrachtete, was sich ihm statt dessen bot, vergaß er das Hemd. Ihre Hände strichen über seinen Rücken, sie hatte die Augen fest geschlossen. Magnus befreite sich beiläufig von seinen Shorts.

Der Abend verblaßte in seinem Gedächtnis. Dieser ganze, endlos erscheinende Abend war plötzlich nur noch eine vage Erinnerung. Hamlet, der Streit mit Natalie, Taco, Carla und Ambrosini, er hatte alles hinter sich gelassen. Er stand langsam auf und zog sie mit sich, ohne seine Lippen von ihren zu nehmen. Ohne längere Zwischenstationen gelangten sie ins Gästezimmer. Natalie drängte ihn aufs Bett, dessen weiße, kühle Satinbezüge schwach zu leuchten schienen. Magnus blieb gerade noch Zeit, die Kerze auf der Fensterbank anzuzünden, ehe sie ihn mit ihren kräftigen Händen packte und auf sich zog. Sie hatte die Augen geöffnet und sah ihn an, nahm die Unterlippe zwischen die Zähne und lächelte. Magnus war hingerissen von diesem erwartungsvollen Lächeln, und alle Trübsal fiel von ihm ab.

11

Sie schliefen ein paar Stunden eng zusammengedrängt in dem breiten Gästebett. Als Magnus aufwachte, war es noch fast dunkel. Sie hatte ihn geweckt, ihre Bewegungen. Obwohl sie noch schlief, preßte sie sich an seinen Bauch, rollte sich zusammen und seufzte zufrieden. Er blinzelte verwirrt. Er konnte sich wirklich nicht entsinnen, wann er das letzte Mal neben einer Frau aufgewacht war. Die Sorte Beziehung, die er über die letzten Jahre genossen hatte, endete meistens schon vor dem Aufwachen. Sie endete damit, daß der eine oder andere nach einem letzten Glas unter Freunden und einer kurzen Dusche nach Hause fuhr. Das hier war anders. Es war genaugenommen völlig neu.

Er strich behutsam die dunkelblonden Locken beiseite und legte seine Lippen auf ihren Nacken. Sie schlief unbeirrt weiter. Er streichelte ihren Rücken und ihre Arme. Auch das nützte nichts, aber das war im Grunde egal. Es war so wunderbar, aufzuwachen und etwas Derartiges vorzufinden. Er wurde behutsamer in seinen Berührungen, er wollte sie eigentlich gar nicht wecken. Als sie sich schließlich regte, zog er fast erschrocken die Hand zurück.

»Nein, mach weiter«, murmelte sie schlaftrunken.

Er stützte den Kopf auf eine Hand auf, betrachtete ihren Rükken, der sich schwach vor dem weißen Laken abhob, und ließ seine Finger ihre Wirbelsäule hinabwandern.

Sie zog die Schultern hoch. »Hhmm. Schön.«

»Gut geschlafen?«

»Nein. Ich hab' gegrübelt.« Sie wandte sich zu ihm um und sah ihn an. Im trüben Licht des regnerischen Morgens wirkte das Blau ihrer Augen dunkler als gewöhnlich, und sie studierte sein Gesicht ebenso eingehend wie er ihres.

Er fuhr mit der Hand in ihre Haare und wickelte eine Strähne um seinen kleinen Finger. »Worüber?«

Sie deutete ein Achselzucken an. »Über die Dinge, über die man im Dunkeln eben so nachgrübelt. Alles, was einem angst macht.«

Eine Faust hämmerte rüde gegen die Tür. »Magnus, bist du da drin, oder hast du dich in den Rhein gestürzt?«

Magnus ließ Natalie los und sah stirnrunzelnd zur Tür. »Was ist?«

»Dein verfluchtes Funktelefon lag auf dem Tisch neben dem Bett und klingelt die ganze Zeit.«

Für einen Moment glaubte Magnus, er könne sich nicht rühren. Dann richtete er sich langsam auf. Ihm wurde ein bißchen schwindelig. »Wie rücksichtslos von mir ...«, murmelte er. Dann ging ihm auf, daß er kein einziges Kleidungsstück in diesem Zimmer hatte. Er vergrub den Kopf in den Händen und rang einen Moment mit sich, ob er lachen oder heulen sollte. »Leg es vor die Tür. Vielen Dank.«

Tacos Schritte entfernten sich tapsend. Magnus sah auf die Uhr. »Schande ... aus dem Joggen wird heute wieder nichts.«

Natalie nahm es gelassen. »Ich habe vom ersten Moment an gewußt, daß du meine Disziplin unterwandern würdest. Wie spät?«

»Viertel nach sieben.«

»O nein. Ich muß noch nach Hause, wenn ich nicht in Jeans ins Büro will.« Sie wollte die Decke zurückschlagen.

Magnus umschloß ihre Hand. »Noch fünf Minuten. Darauf kommt's jetzt auch nicht mehr an.«

Aber sie schüttelte den Kopf. »Ich muß halbwegs pünktlich kommen, Magnus. Gestern war ich gar nicht da. Besser, niemand kommt auf komische Gedanken. Wenn Ambrosini auf die Idee kommt, daß zwischen dir und mir irgendwas läuft, wird alles nur noch schwieriger.«

Sie zog sich ihr Flanellhemd über, öffnete die Tür und brachte ihm das Telefon ans Bett. »Hier. Ich geh duschen.«

Er nickte bedauernd. Er wünschte, es wäre Sonntag. Er wünschte, sie wären an einem fremden Ort voll fremder Menschen. Er wünschte, sie würde ihn nicht so geschäftsmäßig ansehen. Er seufzte. »Würdest du mir meinen Bademantel mitbringen ...«

Zehn Minuten später verabschiedete sie sich mit einem fast ungeduldigen Kuß, und er kam sich verraten vor und hätte den Kopf am liebsten unter dem Kissen vergraben. Statt dessen stand er auf, schwankte ins Bad und maß seinen Blutdruck, um eine vernünftige Entschuldigung für seine Trägheit und seine miserable Laune zu haben. Neunzig zu sechzig. Mehr tot als lebendig. Wie erwartet.

Auf dem Weg in die Küche zahlte er es Taco heim und hämmerte an seine Schlafzimmertür. »Innerhalb der nächsten Viertelstunde muß ich an meinen Kleiderschrank.«

Zu seiner Überraschung fand er Lea schon in der Küche. Sie hatte Kaffee gekocht und saß mit einer großen Tasse am Tisch. Sie grüßten einsilbig, Magnus nahm sich ebenfalls einen Becher und stellte sich damit ans Fenster.

»Tut mir leid, daß wir hier einfach so eingefallen sind«, sagte sie zu ihrem Kaffee.

Er winkte ab. »Das ist das kleinste meiner Probleme.«

»Taco will nicht hierbleiben«, eröffnete sie ihm.

Magnus trat an den Tisch und setzte sich ihr gegenüber. »Das kann ich verstehen. Aber ich kann es nicht ändern. Ich kann ihn ja schlecht hier einsperren.«

Sie hob den Kopf und sah ihn an. »Wenn er mit zu mir kommt,

kriegen sie ihn. Ich hab' ihnen gesagt, sie könnten nicht einfach so in meine Wohnung kommen, aber sie haben nicht auf mich gehört. Sie haben sich einfach an mir vorbeigedrängt und ihre Nasen in jedes Zimmer gesteckt. Wäre er da gewesen, hätten sie ihn geschnappt.«

»Dann müssen sie ihn eben schnappen. Sie lassen ihn schon wieder laufen, im Grunde haben sie ja nichts in der Hand.«

»Aber wenn ein Verfahren gegen ihn eröffnet wird und das käme an der Schule raus, dann könnte es sein, daß es das Ende ist. Es gibt ein paar, die ihn gern loswürden. Und wenn jetzt die Premiere platzt, so ganz ohne jede Entschuldigung, dann sieht das verdammt schlecht aus.«

»Aber er könnte doch auch einfach krank geworden sein.«

»Dann hätte er ein Attest.«

»Moment mal. Diese Aufführung hat doch eigentlich gar nichts mit dem Studium zu tun, oder? Das ist eine private Sache.«

Sie schüttelte den Kopf. »Nur auf den ersten Blick. Es findet an der Schule statt, alle haben die Vorbereitungen miterlebt, alle sind gespannt darauf. Tacos Ruf hängt davon ab. Und der von uns anderen in gewissem Maße auch.«

Magnus nickte nachdenklich. »Na ja, dann müssen wir eben ein Attest besorgen. Das ist nicht weiter schwierig.«

Sie ließ ihre Tasse los und richtete sich auf. »Glaubst du wirklich?«

»Oh, aber sicher doch«, sagte Taco von der Tür. »Magnus hat immer für alles eine Lösung.«

Magnus wandte sich langsam um und betrachtete seinen Bruder. Taco hatte die Arme verschränkt und den Kopf an den Türrahmen gelehnt. Seine Augen wirkten klein und entzündet, was ihnen einen beinah gemeinen Ausdruck gab, sein schwarzes Jeanshemd war zerknittert und sah aus, als müsse es dringend mal in die Wäsche.

Magnus stand auf und bot ihm mit einer Geste seinen Platz an. »Ich geh' ins Bad. Bin spät dran.«

Taco sah kurz in sein leicht ramponiertes Gesicht und senkte dann schnell den Blick. Sein linker Mundwinkel zuckte, und er biß sich auf die Unterlippe. »Ich verschwinde gleich.«

Magnus hob kurz die Schultern. »Mach, was du willst.«

Taco starrte stur auf seine Füße. »Ich kann mir vorstellen, daß du im Moment lieber allein hier wärst mit deiner neuen Freundin und so.«

Magnus rang um Geduld. »Jetzt komm mir bloß nicht so. Das ist Blödsinn. Ich hab' gesagt, du kannst hierbleiben ...« Er atmete tief durch. »Hör zu, Taco. Du bist enttäuscht von mir. Na schön. Ich bin wütend auf dich. Auch nicht das erste Mal. Du bist verletzt, ich bin verletzt, wir sind wirklich zu bedauern. Aber das Problem ist im Moment ein ganz anderes. Die Polizei sucht nach dir, und ich bin überzeugt, du legst keinen Wert drauf, ihnen in die Hände zu fallen. Also, wenn du klug bist, bleibst du hier in Deckung. Ruf Dr. Burkhard an, erklär ihm die Fakten, und er wird dir ein Attest schicken. Melde dich krank, und rühr dich nicht. Und mach um Himmels willen die Tür nicht auf. Dann wird die Polizei dich nicht finden und Ambrosini auch nicht.«

Taco sah ihn immer noch nicht an, aber er nickte langsam. »Was er nur von mir will?«

»Du mußt irgend etwas haben, auf das er scharf ist.«

Taco schnaubte verächtlich. »Was sollte das sein?«

»Keine Ahnung. Vielleicht wär's klug, wenn du anfingst, darüber nachzudenken. Und jetzt geh' ich duschen.«

»Aber Magnus ...«

Das Handy surrte. Magnus hatte es in die Tasche seines Bademantels gesteckt. Er wandte sich zum Fenster und damit Lea und Taco den Rücken zu, ehe er es herauszog.

»Ja?«

»Ich würde Sie heute abend gern zum Essen einladen«, sagte Ambrosini ohne Gruß.

»Ich bin entzückt.«

»Um acht in meinem Haus?«

»In Ordnung.«

»Schön. Ich freue mich. Haben Sie getan, worum ich Sie gebeten habe, Magnus?«

»Nein.«

Er antwortete nicht gleich. Magnus hörte ihn atmen. Dann drohte er leise: »Ich kann das Problem auch anders lösen.«

Magnus fuhr sich mit der Zunge über die Lippen. »Tun Sie nichts Unüberlegtes. Meine Firma wackelt. Ich brauchte ihr nur einen kleinen Schubs zu geben, und sie kippt. Und dann hätten Sie ein Problem, stimmt's nicht?«

»Kein unlösbares.«

»Na dann. Bis heute abend.«

»Magnus, hören Sie zu ...«

Magnus drückte die Unterbrechertaste und schaltete das Gerät dann ganz aus. Sein Magen schlingerte dabei.

Als er sich zur Tür wandte, traf er Tacos Blick. Er fand seine eigene Angst darin widergespiegelt und bemühte sich um ein unbeschwertes Lächeln.

»Wenn du ein paar Tage bleiben willst, sorge ich dafür, daß heute noch ein Klavier hergeschafft wird. Und jemand, der es stimmt.«

Taco verzog spöttisch den Mund. »Also, das mach ich lieber selbst, wenn's recht ist.«

Der November zeigte sich von seiner schauerlichsten Seite, windig, grau und naßkalt. Magnus hastete mit hochgeschlagenem Mantelkragen zu seinem Parkplatz, und die Heizung des Jaguar schuf noch vor der Rheinbrücke ein feuchtheißes Tropenklima im Wageninnern. Das monotone Wusch-wusch der Scheibenwischer lief Amok gegen die kapriziösen Triolen der Balkonszene aus Prokofjews *Romeo und Julia*, und nach kurzem Zögern schaltete er die Scheibenwischer statt der Anlage aus. Mit den letzten

Oboenklängen rollte er in die Tiefgarage, stellte den Motor ab und stieg aus.

Er nahm die Treppe, immer zwei Stufen auf einmal. Er beeilte sich, rannte fast, weil er sie wiedersehen wollte. Mit einem kurzen Gruß stürmte er an Dawn vorbei in sein Vorzimmer. Birgit und Natalie sahen beide auf, als er eintrat.

»Guten Morgen.«

»Haben Sie sich verletzt?« fragte Birgit mit weit aufgerissenen Augen.

Magnus befühlte kurz seine aufgesprungene Lippe. »Ein kleines Handgemenge mit der Badezimmertür. Ich bin im Dunkeln dagegengelaufen. Hätte schlimmer ausgehen können.«

Sie erwiderte sein Lächeln.

Natalie hatte den Blick auf ihren Bildschirm gerichtet. Dunkelblaues Kostüm, die Brille, der Haarknoten, alles war wieder da. Es war kaum zu glauben, daß das die Frau sein sollte, neben der er vor zwei Stunden aufgewacht war. Er bewunderte ihre perfekte Maskerade. Und er verbiß sich ein Lachen.

Er wußte, es war nicht komisch. Es war natürlich bitterernst. Aber das Gefühl, daß er und sie Verschwörer waren, beflügelte ihn auf seltsame Weise, er hatte den Verdacht, es machte ihn leichtsinnig.

»Anrufe?« fragte er, während er auf die Küche zusteuerte, um sich seinen Kaffee zu holen.

Natalie schüttelte den Kopf, ohne aufzusehen. »Nichts Besonderes. Herr Wagner von der Kripo wartet in Ihrem Büro.«

Magnus' Euphorie zerplatzte wie ein prallgefüllter Luftballon.

»Danke.«

Mit dem Becher in der Hand betrat er sein Büro und setzte ein möglichst unverfängliches Lächeln auf.

Wie beim letzten Mal saß Wagner in einem der Ledersessel und rauchte, wie beim letzten Mal stand er auf und schüttelte Magnus die Hand.

»Ich hörte, Sie haben versucht, mich zu erreichen?«

»Tja, das hat sich wohl inzwischen erledigt.«

»Ah ja? Worum ging's?«

»Ich wollte Sie bitten, meinen Bruder vor Ihren Kollegen vom Drogendezernat zu bewahren.«

Wagner hob verwundert die Augenbrauen. »Ich hätte gedacht, Sie wüßten, daß ich keine Wahl habe, als solche Informationen weiterzuleiten.«

Magnus setzte sich ihm gegenüber. »Hören Sie schon auf. Sie sind dazu verpflichtet. Aber Sie haben trotzdem die Wahl.«

Wagner leugnete das nicht. »Und warum hätte ich das Ihrer Ansicht nach tun sollen?«

»Weil das die Dinge nur noch schwieriger macht. Und ich schätze, ich habe ihn beinah so weit, daß er sich in Behandlung begibt. Aber man darf ihn nicht in die Enge treiben, sonst wird er stur.«

»Hm. Nun, wie ich höre, haben die Kollegen ihn bislang nicht zu fassen gekriegt. Sie wissen nicht zufällig, wo er steckt?«

Magnus sah ihn an und lächelte schwach. »Wie wär's, wenn wir das Thema wechseln?«

Wagner lachte leise in sich hinein und streifte Asche von seinem Zigarillo. Dann lehnte er sich in seinem Sessel zurück. »Um ehrlich zu sein, ich hatte gehofft, Sie hätten mir irgend etwas über den Fall Herffs sagen wollen.«

Magnus stockte der Atem, aber es gelang ihm, nicht zu blinzeln. Er entspannte sich mit einer bewußten Willensanstrengung und schlug die Beine übereinander. »Als ich versucht habe, Sie anzurufen, lebte er noch«, sagte er ohne Nachdruck.

»Sie haben in der Zeitung davon gelesen?«

»Genau.«

»Und was haben Sie gedacht, als Sie's gelesen haben?«

Magnus hob kurz die Schultern. »Ich war schockiert. Wenn jemand ermordet wird, den man kennt, ist man eben schockiert. Aber ich kann nicht ehrlich sagen, daß ich es als persönlichen

Verlust empfinde. Der Mord an meinem Vater macht mir in der Hinsicht schon mehr zu schaffen.«

»Und ist Ihnen nicht der Gedanke gekommen, daß zwischen beiden ein Zusammenhang bestehen könnte?«

»Nein, wieso?«

»Was ist mit Ihrem Gesicht passiert, Herr Wohlfahrt?«

Der sprunghafte Themenwechsel irritierte Magnus, er spürte ganz genau, daß Wagner ihn verunsichern wollte.

»Ich bin im Dunkeln gegen eine Tür gelaufen.«

Wagner nickte verständnisvoll und lächelte schwach. »Darf ich Ihnen ein Kompliment machen?«

»Wenn's Ihnen Spaß macht.«

»Sie sind ein miserabler Lügner.«

Magnus verschränkte die Arme und erwiderte seinen Blick. Lange.

»Na schön«, sagte er dann. »Mein Bruder hat eine seiner aggressiven Anwandlungen an mir ausgelassen.«

»Was war der Anlaß?«

»Nichts, was Sie interessieren könnte.«

»Mich interessiert alles.«

»Ich sag's Ihnen trotzdem nicht.«

»Na schön. Und was war nun mit Herffs?«

»Was soll mit ihm gewesen sein?«

»Was wissen Sie darüber?«

»Nichts.«

Wagner ließ ihn nicht aus den Augen, zog eine zusammengefaltete Fotokopie aus der Tasche und reichte sie ihm. Magnus faltete das Blatt zögernd auseinander und spürte einen bösartigen Stich im Magen. Er erkannte es auf den ersten Blick.

»Sie haben den Brief also gesehen«, stellte Wagner zufrieden fest.

Magnus gab ihm die Kopie zurück. »Und? Herffs war ein guter Steuerberater, aber ein selbstgerechter, bigotter Kleingeist. Ich weiß nicht, warum er so wütend auf meinen Vater war. Aber was immer der Grund war, mein Vater kann ihn schlecht ermordet haben. Der Zeitfaktor, wie Sie es nennen würden, haut nicht hin.«

»Stimmt. Aber Sie könnten's getan haben.«

»Ich war's aber nicht.«

Wagner schob den zusammengefalteten Bogen wieder in seine Innentasche, drückte sein Zigarillo aus und erhob sich.

»Vor zwei Wochen haben Sie gesagt, wenn Sie jemanden träfen, der schlecht auf Ihren Vater zu sprechen ist, würden Sie mir Bescheid geben.«

»Herffs kam als Täter nicht in Frage. Warum sollte ich Ihnen davon erzählen? Es muß irgendeine private Angelegenheit gewesen sein.«

»Möglich. Aber die Tatsache bleibt, vor zwei Wochen wollten Sie mir helfen. letzt wollen Sie, daß ich mich zum Teufel schere. Was ist passiert?«

Magnus verschloß sich gegen das Hilfeangebot in seiner Stimme. »Gar nichts. Sie haben die Bluthunde auf meinen Bruder gehetzt. Jetzt schließen die Wohlfahrts die Reihen. Das ist alles.«

»Obwohl er Ihnen eins auf die Nase gehauen hat? Wie großmütig.«

Magnus hob lächelnd die Schultern.

Wagner ging zur Tür. »Wenn Sie Ihre Meinung ändern, rufen Sie mich an.«

»Herr Wagner ...«

»Ja?«

»Würden Sie mir verraten, wie Sie an die Kopie dieses vertraulichen Briefes gekommen sind?«

Wagner lächelte gallig. »Die Tat eines anonymen, aufrechten Bürgers. Glauben Sie mir, die Denunzianten in dieser Gesellschaft sind oft unsere besten Quellen.«

Etwa eine Stunde später kam Natalie mit der Post. Er sprang auf, trat ihr entgegen und wollte sie an sich ziehen, aber sie wehrte ihn ab.

»Nicht hier«, sagte sie kurz.

Er nickte. »Irgendwas Besonderes?« fragte er geschäftsmäßig, während er eine Hand in ihre Bluse schob.

Sie biß sich auf die Lippen, grinste und schob seine Hand dann energisch weg. »Nichts. Alles Routine.«

Er legte für einen Moment die Hände auf ihre Schultern und lehnte die Stirn an ihre. Dann nahm er sich zusammen, führte sie zu ihrem angestammten Stuhl und nahm selbst hinter dem Schreibtisch Platz. »Laß sehen.«

Sie blätterte die Mappe durch und erklärte ihm Stück für Stück die Posteingänge. Wie an allen Tagen zuvor besprachen sie, was in jeder Sache zu tun war. Schließlich klappte sie ihre Mappe zu und lächelte ihn an.

»Wir müssen reden«, sagte er leise. »Dringend.«

»Gut. Heute mittag treffen wir uns im Aufzug. Da sieht und hört uns niemand. Punkt eins. Steig in der dritten Etage ein.«

»Einverstanden.«

Als die Lifttür vor ihm scheppernd zur Seite glitt, stand sie mit gekreuzten Armen an die Rückwand gelehnt. »Abwärts?«

Er trat ein. »Was immer du willst.«

Sie drückte auf ›E‹, und zwischen der ersten und zweiten Etage drückte Magnus auf ›Halt‹. Dann nahm er ihren Arm, zog sie näher und preßte seine Lippen auf ihre, saugte daran, als wolle er sie am liebsten am Stück verschlingen.

Sie lachte atemlos. »Sag nicht, das war der Grund.«

Er antwortete nicht. Mit fahrigen Händen zerrte er an den Knöpfen ihrer Bluse und hakte ihren perlgrauen BH auf. Als er feststellte, daß sie Strumpfhalter statt gewöhnlicher Nylonstrumpfhosen trug, wurde seine Kehle trocken.

»Oh, Natalie ...«

»Nur für dich, weißt du. Ich habe irgendwie geahnt, daß so was hier passieren würde.« Mit flinken Fingern öffnete sie seinen Gürtel.

Es war rasant, schnell und heftig, verstohlen. Rascheln von Stoff und unterdrücktes Stöhnen, flüchtig und doch unvergeßlich. Sie standen immer noch keuchend aneinandergedrängt, seine Hände links und rechts flach neben ihrem Kopf, als die ›5‹ aufleuchtete.

»Verdammt ...« Natalie verdrehte die Augen und kicherte.

Magnus schüttelte den Kopf. »Laß sie warten. Sie sollen laufen.« Er fuhr mit den Lippen über ihren Hals.

»Wir sind viel zu unvorsichtig«, bemerkte sie.

»Und wenn schon ...«

Sie schüttelte mißbilligend den Kopf, schob ihn behutsam weg und begann, ihre Bluse zuzuknöpfen. »Was wollte Wagner?«

Nur unwillig ließ Magnus sich auf den Boden der Tatsachen zurückziehen. »Er kam wegen Herffs. Ambrosini hat ihm die Kopie dieses verfluchten Briefs zugespielt. Wagner hat genau die richtigen Schlüsse gezogen. Ich hab' das Gefühl, es wird nicht sehr lange dauern, bis er mir die Handschellen anlegt.«

Natalie nickte besorgt. »Ein verdammt guter Polizist. Aber warum in aller Welt hat Ambrosini ihm den Brief geschickt? Was hat er davon?«

»Ambrosini macht Druck, Natalie. Er spielt Katz und Maus mit mir. Ich soll vermutlich denken, daß er nach und nach all seine sogenannten Beweise rausrückt, wenn ich nicht funktioniere. Und heute morgen hat er angerufen.«

»Was wollte er?«

»Er will mit mir reden. Heute abend. Und ...«

»Er hat dir wüst gedroht, weil du mich noch nicht rausgeworfen hast?«

»Ja.«

»Das war zu erwarten.«

»Was sollen wir tun?«

»Das entscheiden wir, wenn wir wissen, was genau er will. Morgen mittag treffen wir uns wieder hier, und du erzählst es mir. Dann sehen wir weiter.«

»Ich hatte gehofft, ich könnte heute nacht bei dir bleiben.«

»Nein, Magnus. Laß uns ein bißchen vernünftig sein. Das ist lebenswichtig.«

Er seufzte tief. »Du hast vermutlich recht.«

Nachmittags hatte Magnus zwei auswärtige Termine, eine Besprechung mit dem Architekten des Südhoff-Projektes, eine Besichtigung eines Wohn- und Geschäftshauses am Wehrhahn, das er verkaufen wollte. Beides fiel in sein Metier, und die Termine bereiteten ihm wenig Kopfzerbrechen. Er kam gegen halb fünf zurück, fand wie jeden Nachmittag mehrere Mappen mit Schriftstücken, die er unterschreiben sollte, und die dazugehörigen Aktenberge vor. Ergeben setzte er seinen Namen unter zahllose, oft lange Briefe, er las sie nicht alle. Er vertraute darauf, daß hier alle wußten, was sie taten. Nur hin und wieder nahm er sich eine der begleitenden Akten zur Hand und unternahm wenigstens den Versuch zu verstehen, was er da unterschrieb, und so stolperte er in der Bellock-Akte über eine höchst kryptische, handgeschriebene Notiz: *»KO Stck. 1000 Bell zu 53 (2) 15.9.-12., Amb/Neur, Bingo!«*

Magnus hatte nicht die leiseste Ahnung, was das bedeuten mochte. Der hastig gekritzelte Schmierzettel hatte seine Aufmerksamkeit nur erregt, weil er so gar nicht zu den restlichen, säuberlich getippten Briefen, Angeboten, Kalkulationen und Aktennotizen passen wollte. Magnus war irgendwie sicher, daß er versehentlich in die Akte geheftet worden war, und die einzige der Abkürzungen, die ihm etwas sagte, stimmte ihn äußerst mißtrauisch. Er nahm das Blatt aus der Akte, verdeckte es unter einem Angebot einer Gerüstbaufirma und ging damit ins Vorzimmer zum Fotokopierer. Natalie und Birgit sahen beide konzentriert auf ihre Bildschirme, Birgit tippte einen Brief, Natalie erstellte irgendeine geheimnisvolle, sehr bunte Graphik. Sie beachteten ihn nicht weiter, und er fertigte unbehelligt seine Kopie an. Zurück in seinem Büro heftete er das Blatt wieder ein und schloß die Bellock-Akte. Dann legte er die Kopie ans Ende der Postmappe »Blum«, mit einem gelben Klebezettel daran *Kannst du damit irgendwas anfangen?*. Wie jeden Abend brachte er die fertigen Postmappen ins Vorzimmer. Normalerweise legte er den Stapel entweder auf Birgits oder auf Natalies Schreibtisch ab. Heute brachte er den Stapel zu Birgit, die eine Mappe nahm er jedoch herunter und blieb damit vor Natalie stehen. »Hier ist ganz am Ende eine Sache, die ich nicht so richtig verstehe. Würden Sie den Brief noch zurückhalten? Vielleicht haben wir morgen früh ein paar Minuten, um die Akte zusammen durchzugehen.«

Sie runzelte verwundert die Stirn, und beinah hätte er gelacht, weil sie wieder so säuerlich aussah wie am ersten Tag.

»Natürlich, wenn Sie möchten«, antwortete sie zickig.

Magnus bedankte sich artig und verschwand in seinem Büro.

Um kurz vor halb sieben verließ Natalie ihre Wohnung und machte sich auf den Weg zu einer ihrer konspirativen Dienstbesprechungen. Dieses Mal war ihr Ziel die Spielwarenabteilung des Carsch-Hauses, die inzwischen auf das Doppelte der normalen Verkaufsfläche aufgebläht worden war und abends nach Feierabend von Müttern und Vätern mit Weihnachtswunschzetteln wimmelte, die mit gehetztem Blick ihre Armbanduhren konsultierten. Kein Zweifel, das Fest des Friedens nahte.

Natalie hatte die rechte Hand in der Jackentasche um ein Stück Papier geballt. Sie konnte ihr Glück immer noch nicht fassen. Endlich, endlich hatte sie etwas gefunden, das die Ermittlungen wirklich weiterbrachte. Oder genauer gesagt, Magnus hatte es gefunden. Aber das spielte im Augenblick keine große Rolle. Was zählte, war, daß sie vielleicht eine Schwachstelle in Ambrosinis unangreifbarer Fassade entdeckt hatten.

Sie stand vor einem Regal mit bis an die Zähne bewaffneten Actionfiguren und lächelte sie gedankenverloren an.

»Ich wußte gar nicht, daß du eine Schwäche für den martialischen Typ hast«, murmelte die vertraute Stimme neben ihr.

Sie senkte den Kopf und grinste in ihren Schal.

»Warum kriege ich keine Bänder mehr?«

»Er hat das Gerät gefunden.«

»Gut gemacht, Natalie. Nur weiter so.«

»Vergiß die Bänder. Ich hab' was viel Besseres.«

»Was?«

Sie zog die Hand aus der Tasche und ergriff eine Pappschachtel mit einem *Demolition Man*. Sie öffnete die Verpackung, zog den Muskelmann mit dem irren Blick heraus und betrachtete ihn einen Augenblick. Dann ließ sie ihn zurückgleiten und ihren klein zusammengefalteten Zettel in die Schachtel fallen. Sie stellte sie ins Regal zurück.

»Also, ich würde an Ihrer Stelle etwas anderes für einen Achtjährigen nehmen«, riet sie in normaler Lautstärke.

»Kümmern Sie sich um Ihren eigenen Gabentisch«, knurrte er ärgerlich, ergriff die Packung und ging Richtung Kassenschlange davon.

Natalie schlenderte in die Delikatessenabteilung und gönnte sich zur Belohnung für ihren Fahndungserfolg ein Glas Champagner und einen Crevettencocktail. Das wäre ihr vor zwei Wochen im Traum nicht eingefallen, ging ihr auf. Verdammt, dachte sie, Magnus Wohlfahrt ist wirklich kein Umgang für mich. Dekadenz ist ansteckend.

Vom Untergeschoß des Carsch-Hauses führte ein direkter Zugang in die Flingerpassage und zur U-Bahn. In einem dichten Menschenknäuel fuhr sie die Rolltreppe hinab. Der Bahnsteig unten war so voll wie zu anderen Jahreszeiten zwischen fünf und sechs. In dicke Mäntel gehüllt und bepackt mit Aktenkoffern und weihnachtlichen Einkaufstüten standen sie dicht an dicht und warteten geduldig auf die nächste Bahn.

Natalie ging ungefähr bis zur Mitte des Bahnsteigs und sah zur Anzeigetafel hoch. Sie hatte Glück. Die nächste Bahn war eine 74, die nach Oberkassel fuhr. Sie wollte nicht nach Hause. Sie wollte zu Magnus. Sie mußte mit ihm reden, bevor er zu Ambrosini fuhr. Er mußte wissen, was er gefunden hatte.

Aus dem Tunnel zu ihrer Rechten erscholl das Kreischen einer Bahn in einer Kurve. Dann spürte sie einen Hauch auf dem Gesicht, den die Luft verursachte, die die Bahn vor sich her drückte. Wie alle anderen sah sie erwartungsvoll auf die Tunnelöffnung. Als die Scheinwerferkegel die schwarzen Wände erhellten, traf sie ein gewaltiger Stoß in die Nierengegend. Sie schrie auf, schon im Fall griff sie um sich, tastete blind nach einem rettenden Arm, aber sie griff nur ins Leere. Sie hörte entsetzte Schreie auf dem Bahnsteig, während sie mit weit geöffneten Augen kopfüber auf die Schienen fiel. Dann hörte sie nur noch das mahlende Geräusch der herannahenden vierundzwanzig Stahlräder. Für einen Augenblick spürte sie das heftige Vibrieren durch die dicke Lederjacke hindurch, dann sprang sie auf die Füße und rannte um ihr Leben.

Der Luftzug hinter ihr wurde stärker. Sie fühlte den Druck im Rücken. Das war gut. Der Druck machte sie schneller. Bremsen kreischten. Wieder schrien Leute auf dem Bahnsteig. Sie sah sie nicht an. Und sie sah sich nicht um. Sie mußte zwanzig Meter weit laufen. Nicht mehr. Zwanzig Meter. Wenn sie die Tunnelöffnung erreichte, würde sie leben.

Das Kreischen wurde lauter. Im Grunde wußte sie, daß sie es nicht schaffen konnte. Sie hatte höchstens die Hälfte ihrer Rennstrecke geschafft, und auf den Schienen lief sie nicht so schnell wie auf glattem Untergrund. Sie durfte nicht zurücksehen, aber sie spürte, daß die Bahn direkt hinter ihr war. Das metallische

Kreischen der Bremsen füllte ihren Kopf aus, es war beinah, als müßte er zerplatzen. Aus dem Augenwinkel sah sie Bahnsteigkante, Schuhe und Waden vorbeirauschen. Und dann sah sie die Hand. Direkt vor ihr. Dann noch eine. Zwei große Hände streckten sich ihr entgegen. Ihr blieb keine Zeit für eine bewußte Entscheidung. Und sie wußte, es war zu spät. Sie hatte das Rennen verloren. Trotzdem ergriff sie die beiden Hände, und gerade, als sie sie packten, gerade, als ihre Füße den Kontakt mit dem Boden verloren, erfaßte sie die Bahn.

Als Magnus zusammen mit den zwei Schwergewichtlern von der Klavierspedition und einem gemieteten Steinway-Klavier in seine Wohnung kam, lief Taco in der Küche auf und ab und erweckte den Anschein, als wolle er es gleich mit den Wänden versuchen.

»Endlich!«

Magnus zog amüsiert die Brauen hoch. »Was für ein stürmischer Empfang ...«

Taco ignorierte ihn, lief ins Wohnzimmer und dirigierte die beiden ächzenden Männer mit ihrer Last zur Wand neben der Balkontür. »Hierhin, bitte. Ja, so ist es gut.«

»Wo ist mein Bücherregal?« erkundigte Magnus sich.

»Im Gästezimmer.«

»In dem du von heute an schläfst, wie dir hoffentlich klar ist.«

Taco hörte kaum hin. Mit leuchtenden Kinderaugen öffnete er den Deckel der Klaviatur und schlug ein paar Akkorde an. Dann nickte er seinem Bruder zu. »Gut gewählt.«

»Oh, danke, danke.«

Einer der beiden Männer ging zum Transporter hinunter und brachte einen altmodischen runden Klavierhocker, wie Taco sie bevorzugte, und dann verabschiedeten sie sich, den Gesichtern nach hochzufrieden mit Magnus' Trinkgeld.

Er brachte sie zur Tür, und als er zurückkam, hatte Taco die

Saitenabdeckung schon abgenommen und begonnen, das Klavier zu stimmen. Fasziniert lehnte Magnus sich an die Wand und beobachtete Taco bei der Präzisionsarbeit, die er die meiste Zeit mit geschlossenen Augen durchführte.

Als er eine Pause einlegte, sagte Magnus: »Ruf Fernando an und sag ihm, welche Noten du brauchst. Er kann sie herbringen.«

»Ja, vielleicht.« Taco ging in die Küche, kam mit einer Dose Bier zurück und setzte sich wieder auf den Hocker. Es war lange still.

»Magnus ... es tut mir leid, daß ich so auf dich losgegangen bin.«

»Ja, mir auch, Taco.«

Tacos Kopf ruckte hoch. »Warum ... warum hilfst du mir, wenn du wütend auf mich bist?«

»Das eine hat nichts mit dem anderen zu tun. Ambrosini ist schuld daran, daß wir wütend aufeinander sind. Er will einen Keil zwischen uns treiben, damit er ... einen nach dem anderen auffressen kann. Und ich habe nicht die Absicht, ihm in die Falle zu gehen.«

»Es ist *nicht* seine Schuld. Er hat nur die Wahrheit gesagt.«

»Wahrheit? Was ist das?«

»Hör schon auf. Die Fakten sprechen in diesem Fall wohl für sich.«

»Tja. Du bist dir deiner Meinung immer absolut sicher. Darum habe ich dich schon oft beneidet.«

»Du weichst mir aus.«

»Alles, was ich dir zu dem Thema zu sagen hatte, habe ich dir vergangene Nacht gesagt. Und jetzt müssen wir sehen, wie wir damit zurechtkommen.« Er sah auf die Uhr. »Es wird Zeit. Ich gehe mich umziehen.«

»Du gehst noch weg?«

»Dein Freund Giaccomo hat mich zum Essen eingeladen.«

»Nenn ihn nicht so«, fuhr Taco hitzig auf. »Das ist er nicht. Ich bin nicht blöd, weißt du.«

»Nein. Das weiß ich.«

»Warum gehst du hin?«

»Weil er mich erpreßt und ich tun muß, was er will.«

»Erpreßt?« fragte Taco mit einem ungläubigen Lachen. »Womit? Hast du falsch geparkt?«

Magnus schüttelte den Kopf und stand auf.

»Verdammt, Magnus, ich werd' irre, wenn ich den ganzen Abend hier allein bin.«

»Dann ruf Lea an und vereinbare ein Klingelzeichen mit ihr, damit du sie reinlassen kannst. Ich hab' nichts dagegen, wenn sie hier ist.«

Taco seufzte und nickte. »Es hat fünfmal geklingelt heute. Und den ganzen Nachmittag stand ein Wagen mit zwei Männern auf der anderen Straßenseite. Sie haben das Haus observiert. Gegen sechs sind sie weggefahren.«

»Sie werden bald die Lust verlieren. Hab' ein paar Tage Geduld.«

»Ja. Was bleibt mir anderes übrig.«

Magnus ging unter die Dusche und entschied sich anschließend für den schwarzen Anzug, den er auf der Beerdigung seines Vater getragen hatte. Vermutlich war er damit overdressed, aber das kümmerte ihn wenig. Er wollte finster aussehen, ihm war danach. Lustlos stand er vor dem Schrank und ließ den Blick über seine Krawatten schweifen, als Taco hereinkam. Langsam, beinah zögernd überquerte er den flauschigen cremeweißen Teppichboden und setzte sich auf die Bettkante.

»Gott, das müssen an die zweihundert sein. Was tut ein Mensch mit so vielen Krawatten?«

»Ich weiß auch nicht. Immer, wenn ich eine neue kaufe, schwöre ich mir, dafür eine alte auszurangieren, aber dann kann ich mich doch nie von ihnen trennen.«

Taco lachte freudlos. Dann fragte er: »Ist das wirklich wahr, Magnus? Er erpreßt dich?«

Magnus sah ihn an und nickte wortlos.

»Was will er von dir?«

»Er braucht mich als saubere Front für seine dreckigen Geschäfte.«

Taco schien erleichtert, als wolle er sagen, na, wenn's weiter nichts ist.

»Sag mal, was hast du gemeint heute morgen, als du gesagt hast, ich hätte irgendwas, das er will?« fragte er dann.

»Genau das, was ich gesagt hab'.« Ungeduldig, fast wahllos griff er eine Krawatte heraus, grau mit einem dezenten korallfarbenen Streifen. Eigentlich konnte er sie nicht ausstehen, aber es blieb dabei.

»Aber ich habe nichts.«

»Du hast ein Vermögen von über fünf Millionen, Taco.«

»Du meinst, er will mein Geld? Aber er ist reich. Und außerdem komm' ich doch gar nicht dran.«

»Was? Wie kommst du darauf?«

»Na ja, es ist alles fest angelegt, damit ich es nicht verpulvern kann.«

»Es ist angelegt, stimmt. Langfristig. Aber du kannst damit tun, was du willst. Du bist volljährig, und es gehört dir.«

Taco fiel aus allen Wolken. »Aber Robert Engels hat gesagt ... Er hat gelogen, der Drecksack.«

»Vielleicht. Vielleicht hast du ihn auch nur falsch verstanden. Möglich, daß ein Teil des Geldes in irgendwelchen Wertpapieren steckt, die man nicht vorzeitig verkaufen kann. Aber wenn du verrückt genug bist, könntest du sie beleihen. Aktien und andere Wertpapiere kannst du jederzeit verkaufen.«

»Warum erzählst du mir das?« fragte Taco argwöhnisch.

»Weil es so ist.«

»Und weil es Zeit wird, daß ich die Verantwortung für mein Leben übernehme, stimmt's nicht, Magnus?«

Magnus streifte seine Uhr übers Handgelenk und zog sein Jackett an. »Soll ich dir was sagen? Du kannst mich mal.«

Ambrosinis Frau öffnete ihm wieder die Tür, und sie war höflich, aber deutlich kühler als beim letzten Mal. Magnus war froh, daß er dem lächerlichen Impuls widerstanden hatte, ihr ein paar Blumen mitzubringen.

Heute abend war der Tisch für fünf gedeckt, und obwohl es erst zwei Minuten nach acht war, waren alle außer Magnus schon versammelt. An Ambrosinis rechter Seite saß der tumbe Assistent Theissen. Der Platz neben ihm war frei. In dem Stuhl, der Theissen gegenüberstand, saß ein älterer Mann mit einem massigen Kopf auf einem speckigen Nacken, der Magnus vage an einen Pitbullterrier erinnerte. Ambrosini gegenüber an der Stirnseite des Tisches saß Haschimoto.

Als Magnus eintrat, verstummten die Gespräche. Frau Ambrosini zog sich sofort zurück, dieses Mal ohne Vorwand.

Magnus wußte, daß sie es mit Absicht so eingerichtet hatten, daß er als letzter kam, damit er sich von vornherein benachteiligt fühlte. Aber er versagte ihnen die Freude und ließ sich sein Unbehagen nicht anmerken.

Mit einiger Verzögerung erhob Ambrosini sich, kam auf ihn zu und schüttelte ihm die Hand. »Schön, daß Sie kommen konnten. Herrn Haschimoto kennen Sie wohl schon?«

Magnus deutete eine Verbeugung an. »Haschimotosan.«

Haschimoto nickte knapp, aber nicht unfreundlich. »Guten Abend, Herr Wohlfahrt.«

»Und dies ist Ivan Kalnikov, ein alter Geschäftsfreund. Ivan, Herr Wohlfahrt.«

Magnus schüttelte eine behaarte Pranke und dachte, Ivan, der Schreckliche. Die Pitbullterrieraugen unter den buschigen Brauen waren dunkel, ihr Blick mißmutig und kühl. Er sagte nichts, und Magnus tat es ihm gleich.

Ambrosini überging Theissens Anwesenheit, und darum begrüßte Magnus ihn mit mehr Freundlichkeit, als er empfand.

Das Essen war wiederum erlesen, und die ganze Zeit unterhielten Ambrosini und Kalnikov sich über Absatzzahlen und

Marktanteile, ohne daß Magnus je herausbekam, von welchen Waren die Rede war. Er war auch nicht sicher, ob er das überhaupt wissen wollte. Haschimoto tat nur hin und wieder seine Meinung kund, aber wenn er sich äußerte, hörten sie ihm interessiert und höflich zu. Theissen wurde gelegentlich aufgefordert, diese oder jene statistische Größe zu beziffern, und er spuckte die Zahlen aus, prompt und teilnahmslos wie ein Computer. Magnus saß schweigend in dieser illustren Runde, aß fast nichts und kämpfte gegen den heftigen Drang, aufzustehen, seine Serviette auf den Teller zu feuern und ohne ein Wort zu verschwinden. Unmittelbar bevor ihm endgültig der Kragen platzte, wandte Ambrosini sich ihm zu.

»Sind die Involtini nicht nach Ihrem Geschmack?«

»Sie sind hervorragend.«

Ambrosini strahlte ihn an. »Gut. Ach, da fällt mir ein, Sie wissen nicht zufällig, wo Ihr Bruder steckt?«

Magnus ballte die Linke auf seinem Knie zur Faust. »Nein, keine Ahnung.«

»Hm. Schade. Wenn Sie ihn sehen, sagen Sie ihm doch, er möge zu Hause anrufen. Carla sorgt sich um ihn.«

»Ich bin sicher, er hat seine Gründe, wenn er sie nicht anruft.«

Ambrosini sah ihn einen Moment forschend an, dann wechselte er das Thema: »Der Grund, warum ich Sie heute abend hergebeten habe, ist folgender: Herr Haschimoto, Herr Kalnikov und ich planen mit einer Gruppe von internationalen Partnern zusammen ein recht großes Import-Export-Geschäft.«

»Klassisch«, kommentierte Magnus bissig.

Ambrosini runzelte gereizt die Stirn, aber sie glättete sich sofort wieder. »Für dieses Geschäft brauchen wir Ihre Hilfe.«

»Nur keine Hemmungen. Sie wissen doch, daß Sie auf mich rechnen können.«

»Gut. Sehr schön. Das Besondere an diesem Geschäft ist, daß es in Rubel abgewickelt wird. Ein hoher Funktionär der russischen Nationalbank hat Herrn Kalnikov hier den Kauf von vierhundert Milliarden Rubel für fünfzig Millionen Dollar angeboten.«

»Das braucht er doch gar nicht alles zu wissen«, knurrte der Terrier.

Magnus ignorierte ihn. »Ich kenne mich mit Devisengeschäften nicht aus, aber ich nehme an, der Kurs ist günstig?«

»Sehr«, bestätigte Ambrosini. »Mit diesen Rubel kaufen wir in Rußland gewisse Wirtschaftsgüter, die zur Ausfuhr nach Westeuropa bestimmt sind. Im Gegenzug exportieren wir Luxusgüter und ... Genußmittel nach Rußland. Für Dollar, versteht sich.«

Magnus schüttelte ungläubig den Kopf. »Hut ab, Ambrosini. Und wozu brauchen Sie mich?«

»Ich dachte mir, ich beteilige Sie am Profit, damit wir die Schwierigkeiten in Ihrer Firma ein für alle Mal aus der Welt schaffen.«

Magnus wandte den Blick zur Decke. »Wenn das so weitergeht, werde ich bald wieder an den Weihnachtsmann glauben.« Er sah Ambrosini an. »Wissen Sie, es reicht, daß Sie mich erpressen und benutzen. Ersparen Sie mir wenigstens Ihre Heucheleien.«

Kalnikov warf Magnus einen Blick zu, der besagte, daß es für seine Zukunft nicht rosig aussähe, wenn es nach dem russischen Partner in diesem Geschäft ginge.

»Die Sache liegt so, Herr Wohlfahrt«, begann Haschimoto beschwichtigend. »Wir haben gute Verbindungen zur russischen Regierung, aber solche Dinge sind heute nicht mehr so einfach wie vor fünf Jahren. Wir bekommen die Lizenz für die Ausfuhr der russischen Güter nur, wenn eine Firma von unzweifelhaftem internationalen Ruf sie beantragt. Die Kontrollen sind sehr streng. Alles wird peinlich genau überprüft. Darum macht es das Geschäft für alle Beteiligten leichter, wenn Sie diese Lizenz beantragen.«

»Eine Lizenz zur Ausfuhr gewisser Güter aus Rußland?«

»Richtig.«

»Was für Güter?«

»Hören Sie zu, Wohlfahrt«, bellte Kalnikov, aber Haschimoto brachte ihn mit einer höflichen Geste zum Schweigen.

»Erdöl, Titan und rotes Quecksilber«, sagte er.

Magnus schwieg verblüfft. Das hörte sich geradezu seriös an. Er hatte keine Ahnung, was genau man mit Titan anfing, und von rotem Quecksilber hatte er noch nie im Leben gehört, aber Chemie war nicht gerade seine Stärke. Es klang jedenfalls nicht nach Drogen- oder Waffenschmuggel.

»Bitte«, antwortete er mit einem Schulterzucken. »Sagen Sie mir nur, was ich tun muß.«

Haschimoto deutete sein seltenes Lächeln an. »Danke.«

»Danken Sie mir nicht. Ich tue es nicht freiwillig.«

»Ich bedauere diese Situation außerordentlich.«

Magnus nickte. Er wußte nicht, wieso, aber er glaubte ihm.

»Du hast keinen Grund, dich zu beschweren, Freundchen. Sie bestehen darauf, daß du ein Prozent bekommst«, sagte Kalnikov wütend.

Magnus lächelte ihm tapfer zu. »Ja, damit ich so richtig mit drinhänge, stimmt's nicht, Freundchen?«

Kalnikov schoß aus seinem Stuhl hoch, und Ambrosini legte ihm eilig eine besänftigende Hand auf den Arm. »Bitte, Ivan. Wir wollen diese Sache wie Ehrenmänner abwickeln.«

Magnus erhob sich ohne Eile. »Ich denke, den Teil erspare ich mir lieber. Wenn Sie mich entschuldigen ...«

Ambrosini brachte ihn zur Tür. »Sie sollten ihn lieber nicht reizen, wissen Sie«, riet er mit besorgter Miene. »Lassen Sie sich nicht von Äußerlichkeiten irreführen, er ist sehr reich, sehr mächtig und sehr gerissen. Kein Mann, den Sie zum Feind haben wollen, glauben Sie mir.«

Magnus nickte überzeugt. »Sie sollten ihn an die Kette legen.«

Ambrosini öffnete ihm lächelnd die Tür. »Theissen wird Ihnen morgen die nötigen Antragsformulare bringen.«

»Hoffentlich sind sie nicht in russisch.«

»Doch, natürlich. Aber Sie brauchen sie ja nur zu unterschreiben. Den Rest erledigen wir. Gute Nacht, Magnus.«

»Gute Nacht.«

Erst auf dem Heimweg ging ihm auf, daß Ambrosini die strittige Frage um Natalies Entlassung mit keinem Wort mehr erwähnt hatte, und das beunruhigte ihn irgendwie. Er erwog, doch noch bei ihr vorbeizufahren. Aber sie schlief bestimmt schon. Lieber nicht. Morgen mußte er eine Möglichkeit finden, ungestört und vor allem unbelauscht mit ihr zu reden. Das hatte alles bis morgen Zeit. Er war furchtbar müde, und er wußte genau, wenn er diese Nacht wieder nicht vernünftig schlief, würde er morgen früh nicht einmal aus dem Bett kommen. Besser, er achtete darauf, daß er in Form blieb. Er hatte den Verdacht, daß er seine Kräfte noch brauchen würde.

12

Als er am Mittwoch morgen Natalies leeren Schreibtisch sah, bekam er einen gewaltigen Schreck.

»Guten Morgen, Herr Wohlfahrt«, sagte Birgit scheu, offenbar sogleich verschreckt, weil sein gewohnter Gruß ausblieb.

»Guten Morgen. Wo ist Frau Blum?«

»Ich weiß nicht.« Sie schüttelte den Kopf. »Vielleicht mußte sie noch mal zum Zahnarzt.«

Magnus ging ohne Kaffee in sein Büro und rief bei ihr an.

»Hallo, ich bin leider im Augenblick nicht zu Hause. Wenn Sie wollen, hinterlassen Sie mir eine Nachricht, ich melde mich.«

Magnus lauschte der blechernen Stimme bis zum Schluß, aber als der Apparat piepste, legte er auf. Einen Moment stand er unentschlossen vor seinem Schreibtisch, dann ging er ohne ein Wort zum Ausgang. Birgit sah ihm mit weit aufgerissenen Augen nach.

Es waren nur zehn Minuten bis zu ihrer Wohnung, aber heute morgen erschien der Weg ihm endlos. Erst ging er, dann lief er die Berliner Allee entlang, und als er vor ihrem Haus ankam, schwitzte er. Die Haustür war verschlossen, und auf sein hartnäckiges Klingeln erfolgte keine Reaktion.

Reiß dich zusammen. Denk nach.

Er sah zu ihrem Fenster hinauf, aber das Lamellenrollo war heruntergelassen. Er konnte nichts erkennen. Nach kurzem Zögern betrat er den Gemüseladen im Erdgeschoß.

Hinter der altmodischen Ladentheke stand ein junger Türke in einer langen weißen Schürze. Er hatte ein Pflaster auf der Stirn, seine rechte Hand war bandagiert, mit der linken drapierte er ein paar Nektarinen in ihrem Kistchen, so daß jede sich von ihrer schönsten Seite zeigte.

»Guten Morgen. Entschuldigen Sie ...«

»Wenn Sie von der Presse sind, können Sie gleich wieder gehen«, sagte der junge Mann mit einem höflichen Lächeln.

Magnus schüttelte verwirrt den Kopf. »Nein. Mein Name ist Magnus Wohlfahrt. Meine Assistentin, Frau Blum, sie wohnt in diesem Haus ...«

»Ja, ich weiß. Sie wohnt gleich über mir.«

»Ähm, sie ist nicht zur Arbeit gekommen und hat nicht angerufen. Das sieht ihr nicht ähnlich, und ich hab' mir Gedanken gemacht. Würden Sie mich ins Haus lassen?«

»Nein.«

»Verraten Sie mir Ihren Namen?«

»Rahim Özdemir.«

»Herr Özdemir, ich wäre Ihnen sehr dankbar, wenn Sie mir helfen würden. Ich will nicht nachsehen, ob sie blaumacht, verstehen Sie. Ich habe Angst, daß ihr etwas zugestoßen ist.«

Rahim nickte langsam. »So könnte man's nennen, ja.«

Magnus machte mit wackeligen Knien einen Schritt auf ihn zu. »Was ... was ist passiert?«

»Jemand hat sie vor die U-Bahn gestoßen.«

Rahim Özdemir war für gewöhnlich ein freundlicher Mensch, und jedem anderen hätte er diese Nachricht schonender beigebracht. Aber er hatte schon seit Monaten gemerkt, daß Natalie in irgendwelchen Schwierigkeiten steckte, und da sie weder einen Freund noch Familie zu haben schien, konnten diese Schwierigkeiten nur mit ihrem Job zusammenhängen. Er war sicher, ihr Chef war irgendwie daran schuld. Darum betrachtete er ihn mit Argwohn und rechnete mit allen möglichen Reaktionen auf seine Eröffnung, nur nicht damit, daß der

Mann einfach ohne einen Laut zwischen seine Südfrüchte kippen würde.

Als Magnus nach wenigen Sekunden die Augen wieder aufschlug, fand er sich in einem betörend duftenden, orangefarbenen Meer aus Klementinen und Apfelsinen. Er stützte sich auf die Hände und sah sich desorientiert um, und dann lag plötzlich eine Hand auf seinem Arm.

»Kommen Sie. Verzeihen Sie mir. Sie ist nicht ...«

»Gott ... Natalie ...«

»Sie ist nicht tot. Haben Sie verstanden? Sie ist nicht tot.«

Magnus wischte sich mit dem Ärmel über das Gesicht. »Wo ist Sie? Wissen Sie, wie schlimm es ist?«

»Sie hat großes Glück gehabt. Die Hüfte war ausgerenkt, aber sie hat nur einen Knöchel gebrochen. Sie ist im Krankenhaus. Kommen Sie. Stehen Sie auf. Schön langsam. Kommen Sie, ich hab' hinten einen Kaffee ...«

Magnus ließ sich aufhelfen und in den kleinen Raum hinter dem Laden führen. Ein paar leere Kisten standen an der Wand aufgestapelt, es gab einen Tisch mit zwei Stühlen und einer geblümten Tischdecke unter einem großen, gerahmten Poster, das die Blaue Moschee von Istanbul zeigte.

Rahim führte ihn zu einem der Stühle. »Setzen Sie sich.«

Magnus fuhr sich noch einmal mit der Hand übers Gesicht. Sein Blick war immer noch verschwommen, er fühlte sich elendig schwach, und die Tränen, die immer so widerlich leicht zu fließen begannen, wenn er einen Schwächeanfall hatte, wollten einfach nicht versiegen.

»Bitte entschuldigen Sie ...«

Rahim stellte eine kleine weiße Tasse vor ihn. »Kein Problem. Ich muß mich entschuldigen. Ich hab' mich ... geirrt.«

Magnus trank einen Schluck. Der Kaffee war heiß, stark und süß. Er tat ihm gut. »Wissen Sie, was genau passiert ist?«

»Ja.« Er wies auf seine verbundene Hand. »Ich war dabei.«

»Sie ... was?«

»Zufällig. Ich war unterwegs zu meiner Schwester und wartete auf die Bahn. Plötzlich schrien alle, und eine Frau lag auf den Schienen. Sie sprang auf und rannte, aber die Bahn kam, und man konnte sehen, daß der Fahrer nicht mehr schnell genug bremsen konnte. Ich stand fast am Ende vom Bahnsteig. Sie rannte praktisch auf mich zu. Als sie an mir vorbeikam, hab' ich sie einfach gepackt und hochgezogen. Aber die Bahn war zu dicht, sie erwischte sie noch an der Seite. Ein Glück, daß sie nur noch langsam fuhr, sonst hätte sie ... Na ja. Hat sie ja nicht. Frau Blum und ich kullerten über den Bahnsteig, und sie schrie. Muß teuflisch weh tun, ausgerenkte Hüfte. Dann wurde sie zum Glück bewußtlos. Und alle Leute standen um uns rum, und einer hat den Krankenwagen und die Polizei gerufen. Sie haben sie ins Marienhospital gebracht. Ich hab' eben angerufen. Den Umständen entsprechend gut, haben sie mir gesagt. Und natürlich hat kein Mensch gesehen, wer's getan hat.«

Magnus trank noch einen Schluck Kaffee. Die freundliche, bedächtige junge Stimme hatte etwas Beruhigendes. Das Grauen und das unkontrollierbare Schaudern ließen langsam von ihm ab.

»Das war ... sehr mutig.«

Rahim hob grinsend die Schultern. »Weiß nicht. Ich hab' nicht drüber nachgedacht. Es ging alles so schnell. Jedenfalls hab' ich jetzt diese Typen vom *Express* am Hals.«

Magnus lächelte. »Gute Reklame für den Laden.«

»Na ja, da ist was dran.«

Magnus stand auf und streckte ihm die Hand entgegen. »Danke. Ich werde jetzt hinfahren. Und erlauben Sie mir, die Apfelsinen zu bezahlen. Ich habe sicher ein gutes Kilo zerquetscht.«

Rahim lachte und winkte ab. »Das geht aufs Haus. Ich glaub'

nicht, daß man Sie zu ihr läßt, aber wenn, dann grüßen Sie sie, ja?«

»Gern. Auf Wiedersehen.«

»Wiederseh'n.«

Sein Name sei Blum, log er, seine Schwester liege hier, und er wolle sie besuchen. Was das heißen solle, keine Besuchszeit? Er komme eigens aus Kiel, und wenn sie nicht sofort, dann wolle er jetzt auf der Stelle den Chefarzt ...

Er benahm sich schauderhaft und hatte Erfolg. Die eingeschüchterte Stationsschwester verriet ihm die Zimmernummer. Er eilte einen Flur mit blaßgrünen Wänden und gelblichweißen Türen entlang. Es roch nach Desinfektionsmittel und Rindfleischbrühe, der ultimative Krankenhausgeruch, der ihm den Tag in der Uniklinik vor ein paar Wochen schmerzlich in Erinnerung brachte.

217 war ein Zweibettzimmer, aber das zweite Bett war leer und mit einer sterilen Plastikfolie überzogen. Natalie lag gleich am Fenster. Sie hatte die Augen geschlossen und war furchtbar bleich, ihre linke Gesichtshälfte war geschwollen und dunkel verfärbt.

Als sie die Tür hörte, öffnete sie die Augen und lächelte. »Hallo.«

Er trat zu ihr, nahm behutsam ihre Hand und küßte sie noch behutsamer auf die Stirn. Er brachte keinen Ton heraus.

»Es ist nicht so schlimm, weißt du.«

Er räusperte sich. »Dank Rahim Özdemir.«

Sie nickte. »Das hat der Arzt mir heute morgen erzählt. Wie kommt es, daß du davon weißt?«

»Ich war bei dir zu Hause, um dich zu suchen, und da hab' ich ihn getroffen.«

Sie schüttelte den Kopf. »Du hast mich gesucht? Verdammt, jetzt ist es aus mit meiner Tarnung.«

»Das war es offenbar schon länger.«

Sie hob ergeben die Schultern und nickte. »Magnus, diese Kopie, die du mir gestern gegeben hast ...«

»Nicht jetzt. Denk nicht dran.«

»Hör mir zu. Es ist wichtig. Du bist da auf eine wirklich brisante Sache gestoßen.«

Er war verblüfft. »Im Ernst?«

»Hast du eine Ahnung, was diese Notiz bedeutete?«

»Nicht die geringste.«

»KO Stck. 1000 Bell zu 53 (2) 15.9.-12., Amb/Neur, Bingo.«

»Ja, irgendwas in der Art. Und?«

»Ich hab' auch ein Weilchen gebraucht, um das zu entschlüsseln, aber schließlich fiel der Groschen. Es heißt, Ambrosini macht Insidergeschäfte. Das ist verboten. Und wir können's vielleicht beweisen.«

»Wenn du es sagst ...«

»Der Zettel heißt folgendes: Kaufoption über eintausend Stück Bellock-Aktien zu dreiundfünfzig Mark pro Stück, Klammer auf Optionspreis zwei Mark pro Stück Klammer zu, Laufzeit 15.9. bis 15.12., Ambrosini Schrägstrich Neureuther. Bingo.«

»Ja, es war Amb/Neur, das mich stutzig gemacht hat. Ich hab' es ein paarmal in der Südhoff-Akte gesehen. Neureuther ist der Verkäufer von Südhoff, richtig? Aber ich weiß immer noch nicht, was dieser Zettel bedeutete.«

»Was weißt du über Aktienoptionen?«

»Ungefähr genauso viel wie über Kakaobohnen.«

Sie lächelte und fing an zu erklären. »Es ist eine Art Wette. Angenommen, ich glaube, der Kurs einer Aktie wird steigen. Aber du glaubst, er wird eher gleichbleiben oder sogar fallen. Wir kommen ins Geschäft. Ich kaufe von dir das Recht, von heute an für eine Laufzeit von drei Monaten eintausend Stück Bellock-Aktien zu einem Festpreis von dreiundfünfzig Mark das Stück kaufen zu können. An jedem Tag innerhalb dieser drei Monate, der mir gefällt. Dafür zahl' ich dir heute zwei Mark pro

Aktie. Zwei Mark ist der Preis für mein Optionsrecht. So lautet das Geschäft.«

»Was ist der Sinn?«

»Na ja, ich glaube, daß der Kurs am freien Aktienmarkt innerhalb dieser drei Monate steigen wird und zwar um mehr als zwei Mark das Stück. Das heißt, wenn ich meine Option ausübe, also die Aktien zum vereinbarten Festpreis von dir abnehme, kann ich sie mit Gewinn an der Börse weiterverkaufen. Du glaubst, der Kurs wird fallen. Das heißt, wenn ich komme und sage, heute ist der Tag, dann kannst du dir die Aktien zu einem billigeren Kurs an der Börse beschaffen, kriegst von mir aber den höheren Festpreis. Oder, wenn die Sache für mich so ins Auge geht, daß ich meine Option gar nicht erst ausübe, hast du jedenfalls die zwei Mark pro Aktie gewonnen. Es ist eine Wette. Der Unterschied ist nur, daß Ambrosini in diesem Fall *wußte*, daß die Bellock-Aktien steigen würden, denn er wußte von der anstehenden Sanierung. Damit ist es ein Insidergeschäft. Und das ist verboten.«

Magnus dachte eine Weile nach. »Al Capone haben sie wegen Steuerhinterziehung eingesperrt ...«

Sie grinste und nickte. »Es ist zumindest der Anfang, den wir brauchten.«

Magnus dachte weiter nach. »Und ich nehme an, Ambrosini kompensiert Neureuther für seinen todsicheren Verlust mit Schwarzgeld. Neureuther hat ein nettes, steuerfreies Sümmchen, und Ambrosini hat ... wieviel? Eine halbe Million gewaschen?«

»Du lernst schnell, he? Wir wissen natürlich nicht, wie hoch der Bellock-Kurs steigen wird, wenn die Sanierung publik wird, aber eine halbe Million halte ich für realistisch. Es ist wie mit den Immobilien. Geldwäsche ist seine eigentliche Absicht.«

Magnus kam ein ganz anderer Gedanke. »Und was bedeutet ›Bingo‹? Daß Peter Schmalenberg sich über die Höhe seiner satten Provision freut? Der Zettel war in seiner Handschrift, oder nicht?«

»Ja.«

»*Er* hat Ambrosini den Tip gegeben. *Er* ist sein Mann in der Firma.«

Sie nickte traurig. »Und nicht er allein. Ich hab's schon lange vermutet. Peter Schmalenberg ist Birgits Freund, Magnus. Ich hab' sie schon zweimal zusammen in der Stadt gesehen. Er ist der Dreckskerl, der sie verprügelt. Und er zwingt sie, Post zu kopieren und so weiter.«

Magnus traute seinen Ohren kaum. »Birgit ...?«

»Ja. Sie kann nichts dafür, weißt du. Sie ist so ahnungslos. Sie durchschaut die Dinge nicht. Und sie hat vor allem Angst. Sie war ihm einfach nicht gewachsen. Es muß die Hölle für sie gewesen sein. Sie hat deinen Vater wirklich vergöttert.«

Er fuhr sich über die Stirn. »Das ist das erste Mal, daß du ein freundliches Wort für sie hast.«

»Sie ist und bleibt eine Verräterin. Sie ist mir nicht sympathisch. Aber sie ist trotzdem ein armes Würstchen.«

Es war einen Moment still. Magnus fühlte sich von diesen neuen Erkenntnissen überrollt. »Verflucht, ich werde sie beide feuern. Und zwar auf der Stelle ...«

»Nein.« Sie nahm seine Hand und sah ihn ernst an. »Das darfst du nicht. Du mußt jetzt tun, was ich im Augenblick nicht tun kann. Such weiter. Laß sie zufrieden. Je sicherer sie sich fühlen, um so eher machen sie einen Fehler.«

»Aber sie sind mit schuld, daß dir das passiert ist. Sie ... ich meine ... sie ...«

»Du mußt versuchen, sachlich zu bleiben. Glaub mir, ich weiß, wie schwierig das ist, ich bin immer wieder daran gescheitert. Aber es ist das Wichtigste. Für dich ist es jetzt lebenswichtig, verstehst du.«

Er trat an das Fenster mit den müden, senfgelben Vorhängen und sah in den stürmischen Herbstmorgen hinaus. »Das kann ich nicht. Ich kann ihn nicht mehr gelassen anlächeln, nicht nach dieser Sache.«

»Was hat er von dir gewollt? Gestern abend?«

»Oh, ich hab' die *Pax Mafiosa* mit eigenen Augen gesehen. Haschimoto und Kalnikov waren da. Sie wollen meinen Namen für ein merkwürdiges Rubelgeschäft. Sie wollen irgendwelche Güter in Rußland mit Rubel bezahlen und ausführen, und dafür Luxusgüter und Drogen nach Rußland bringen, die sie sich mit harten Dollars bezahlen lassen. Ich soll bei der russischen Regierung die Ausfuhrlizenz beantragen.«

»Wofür?«

»Erdöl, Titan und irgendein Zeug. Rotes Quecksilber oder so was.«

Sie gab einen seltsamen Laut von sich, er wußte nicht, ob es ein Lachen oder ein Stöhnen war. Er fuhr zu ihr herum und stellte erschrocken fest, daß sie nicht mehr bleich im Gesicht war, sondern grau.

»Natalie ...«

»Du mußt meinen Chef anrufen, Magnus. Ihr müßt euch treffen.«

»Aber was ...«

»Ich geb' dir die Nummer. Schreib sie nicht auf, merk sie dir. Und nimm dein Handy.«

»Sag mal, was ist dieses rote Quecksilber?«

Sie verzog sarkastisch den Mund. »An dieser Frage scheiden sich die Geister. Jedes Jahr werden Millionen und Abermillionen Dollar weltweit in rotem Quecksilber umgesetzt. Aber Tatsache ist, es gibt kein rotes Quecksilber. Es ist ein Mythos. Ein Code, wenn du so willst.«

»Ein Code? Wofür?«

»Oh, alles mögliche. Uran. Plutonium. Spaltbares Material.«

Taco betrachtete sein letztes Gramm Kokain mit der vertrauten Mischung aus Gier, Abscheu und Panik. Alle drei würden verschwinden, sobald er es eingesogen hatte und es zu wirken begann, das wußte er genau. Aber er zögerte trotzdem noch. Er fürchtete sich davor, seine Notreserve aufzubrauchen und dann morgen mit leeren Händen dazustehen, eingesperrt, ausmanövriert, den ganzen Tag allein in dem finsteren, wirklich finsteren Jammertal der Depression, in das er unweigerlich stürzen würde, wenn die Wirkung verebbte.

Es war bedrückend still in Magnus' Wohnung. Der Lärm des Straßenverkehrs drang nur ganz schwach durch die Thermopanefenster. Es war so still, daß man das Ticken der Küchenuhr bis ins Bad hören konnte, und das gelegentliche Knarren, das das alte Parkett von sich gab, hallte wie Gewehrfeuer. Taco hielt sich die Ohren zu. Das Ticken der Uhr machte ihn wahnsinnig. Aber die Stille dröhnte in seinem Kopf weiter.

Er wünschte sehnlich, er wäre nicht allein. Er bemitleidete sich, weil alle weggegangen waren und ihn alleingelassen hatten. Eben war Lea gefahren. Sie hatte sein Attest mitgenommen, das Dr. Burkard ihm ausgestellt hatte, um es bei seinem Hauptfachprof abzugeben. Heute war Mittwoch. Der große Tag. Oder besser gesagt, es hätte der große Tag sein sollen. Der Tag der Premiere. Er war so zuversichtlich gewesen. Er wußte, das Stück war gut. Er *wußte*, es wäre ein Erfolg geworden. Und alle hätten gesagt, da, nun hört euch das an, man kann wirklich merken, daß er Hanna Finkensteins Sohn ist. Was für eine Begabung. Was für eine schöpferische Kraft. Aber er hatte seine Chance vertan. Er hatte die Generalprobe vermasselt. Genaugenommen hatte er alles vermasselt.

Er betrachtete sich in dem großen Spiegel, der die ganze Innenseite der Badezimmertür einnahm. Zum ersten Mal seit Monaten sah er sich wirklich an. Er war erschüttert. Seine Beine waren dünn wie Streichhölzer. Sein Oberkörper glich dem eines verhungernden Kindes, Rippen und Hüftknochen standen deutlich hervor, und die Haut spannte sich darüber. Und dann dieses Gesicht. Wie ein Totenschädel. Riesige, schwärzlich verfärbte Augenhöhlen, eingefallene Wangen, die Haut grau und unrein. Er hatte einmal gut ausgesehen. Das wußte er genau. Wildfremde Frauen hatten ihm auf der Straße zugelächelt, interessierte, manchmal richtiggehend lüsterne Blick zugeworfen. Jetzt sah er aus wie ein Zombie. Wirklich. Er sah aus, als habe der hübsche Junge von einst schon eine geraume Zeit in einem modrigen Grab gelegen, um dann wieder aufzustehen. Zur Strafe sah er sich noch einmal eingehend von Kopf bis Fuß an, und weil er das Gefühl hatte, daß das noch nicht reichte, stellte er sich auf Magnus' Waage. Fünfundfünfzig Kilo. Und er war ein Meter fünfundachtzig groß. Fünfundfünfzig Kilo. Fünfundfünfzig. Er hätte schwören können, daß es höchstens zwei Wochen her war, seit er sich zuletzt gewogen hatte. Aber das konnte nicht stimmen. Beim letzten Mal hatte er nämlich noch über sechzig Kilo auf die Waage gebracht. Na ja, in Kleidern und mit Schuhen. Fünfundfünfzig. Die Zahl tönte in seinem Kopf wie eine große Glocke, fast bekam er Kopfschmerzen davon. Als er von der Waage stieg, erhaschte er wieder seinen Anblick im Spiegel und erschrak aufs neue. Er fing an zu weinen. Er versuchte, sein Schluchzen zu unterdrücken, aber es klang trotzdem wie die Schmerzenslaute eines angefahrenen Hundes, unerträglich. Er kniff die Augen zu und sah diesen Hund genau vor sich, wie er entstellt, mit gebrochenem Rückgrat am Straßenrand lag und aus dem Maul blutete, er sah jede Einzelheit, seine zuckenden Pfoten und den Blutfaden, der aus seinem Ohr rann. Langsam, als sei es ein Ritual, sank Taco vor der Toilettenschüssel auf die Knie und spuckte bittere Galle. Dann rutschte er auf den Knien zum Waschbecken zurück. Auf dem Rand lag das Stanniolpäckchen mit seinem letzten Gramm. Seine Hände waren jetzt ruhig. Sie folgten einem Befehl, der aus unendlichen Tiefen zu kommen schien, aus einem Zentrum, das schon lange seiner Kontrolle entzogen war. Nicht zittern. Nichts verschütten. Bloß nicht. Gekonnt sog er das feine Pulver in die Nase, und ein paar Minuten später lag er trällernd in der Badewanne und lachte über die Schaumblasen, die er mit seinen Füßen erzeugte.

Es platschte, in der Badewanne herrschte ein gewaltiger Seegang, innerhalb kürzester Zeit stand das ganze Bad unter Wasser. Aber das machte ja weiter nichts. Das war schon in Ordnung.

Der Schock über seinen körperlichen Verfall war verdrängt. So gründlich, daß er wieder zu essen vergaß, nachdem er das Bad trockengewischt und sich angezogen hatte. Er ging geradewegs ins Wohnzimmer. Dort war es kalt, aber er kam nicht darauf, die Heizung anzustellen. Er setzte sich ans Klavier, spielte ein paar Tonleitern, um seine Finger geschmeidig zu machen, und erfreute sich dann mit einer furiosen, donnernden, absolut makellosen Version von Chatschaturjans *Toccata*. Als der beinah bombastische Schlußakkord verhallte, war es, als habe das alte Gemäuer des Hauses ehrfürchtig den Atem angehalten. Die Stille war nicht länger bedrückend. Im Gegenteil. Sie schien fast feierlich. Taco kicherte selig. Sogar ein altes Haus wie dieses ließ sich von Chatschaturjan blenden. Die *Toccata* war bei weitem nicht so schwierig, wie sie sich anhörte. Sie war genaugenommen die reinste Mogelpackung. Aber er liebte sie trotzdem. Nicht weil man ein unwissendes Publikum damit mühelos beeindrucken konnte. Musik war vielleicht die einzige Sache auf der Welt, bei der er wirklich strenge ethische Maßstäbe anlegte. Man durfte es sich unter keinen Umständen leichtmachen damit. Im Gegenteil. Nur wenn man es sich schwermachte, konnte man auch nur den kleinsten Schritt weiterkommen. Aber er liebte die Bilder, die die *Toccata* vor seinem geistigen Auge heraufbeschwor, die Spannung, die unerwarteten Wendungen der Musik bescherten ihm jedes Mal ein grandioses Kinoerlebnis in seinem Kopf.

Er spielte weiter, zwei Stunden lang, er hörte weder das Telefon noch die Türglocke. Er spielte aus dem Gedächtnis, Chopin, Strawinsky und Skrjabin, bis er sich ausgelaugt und euphorisch zugleich fühlte. Schließlich stand er auf, holte seine Jacke und nahm den zweiten Wohnungsschlüssel aus Magnus' Schreibtisch. Als er in der Diele an dem großen, antiken Spiegel vorbeikam, warf er sich nur einen flüchtigen Blick zu und schüttelte dann grinsend den Kopf. »Junge, Junge, wenn du so weitermachst, kannst du bald fliegen.«

Ohne einen einzigen Gedanken an die möglichen Folgen verließ er das Haus und ging Richtung U-Bahn. Er hatte nicht einmal aus dem Fenster gesehen, um festzustellen, ob sie immer noch auf ihn lauerten. Nicht, daß er sie vergessen hätte, aber es spielte irgendwie keine so große Rolle mehr. Und bitte, er hatte recht gehabt. Niemand behelligte ihn, niemand stürzte sich auf ihn, sie hatten scheinbar schon die Lust verloren und ließen ihn zufrieden.

Und das taten sie auch. Sie ließen ihn völlig zufrieden, bis er mit fünf Gramm Kokain aus dem Laden in der Wallstraße kam.

»Magnus, jetzt geh endlich«, drängte Natalie. Sie lächelte, aber der erste Unterton von Ungeduld hatte sich in ihre Stimme geschlichen.

»Ich will aber nicht«, gab er trotzig zurück.

Sie verlangte, daß er in die Firma fuhr, daß er so tat, als wäre nichts, daß er für Ambrosini und seine Freunde die Formulare ausfüllte und schnellstmöglich auf den Weg brachte, daß er ihren Chef anrief. Zu nichts von alldem hatte er die geringste Lust. Er wollte nicht von ihrer Seite weichen. Denn auch wenn sie seine Besorgnis als übertrieben abtat, wußte er doch ganz genau, daß sie hier nicht sicher war. Ambrosinis Leute hatten versucht, sie umzubringen. Was sollte sie daran hindern, es wieder zu tun? Es würde nicht lange dauern, bis sie herausbekamen, wo sie war. Und sie war völlig wehrlos, sie konnte sich kaum rühren. In ein, zwei Tagen, so hatte man ihr in Aussicht gestellt, würde sie auf Krücken laufen können. Der Knöchelbruch war nicht so schlimm. Aber ihr ganzes Becken sei übel mitgenommen, immerhin war das, was ihr passiert war, mit einem Sturz aus zehn Meter Höhe vergleichbar. Sie könne sich glücklich schätzen und so weiter und so fort.

»Sei vernünftig. Komm heute abend wieder, wenn du wirklich willst, aber jetzt geh und fahr in die Firma. Los. Ich würde gerne versuchen, ein bißchen zu schlafen.«

Er sah sie besorgt an. Er hatte den Verdacht, daß es ihr viel schlechter ging, als sie zugab. Zögernd erhob er sich aus dem schmuddelig weißen Plastikstuhl im Siebziger-Jahre-Design. »Also schön. Dann schlaf. Ich komme so bald ich kann wieder. Was soll ich dir mitbringen, hm?«

»Irgendwas zu essen. Fast Food. Chinesisch. Ganz gleich. Irgendwas Ungesundes.«

Er lachte leise, beugte sich über das Bett und küßte sie vorsichtig. »Versprochen.«

Als er sich aufrichtete, nahm er im Augenwinkel wahr, daß die Tür sich öffnete, und erschrak. Ein großer, athletischer Mann trat ein, der ein sehr finsteres Gesicht machte.

»Wer sind Sie? Was wollen Sie?« fragte Magnus angriffslustig.

»Mein Name ist Blum, ich will meine Schwester besuchen.«

Magnus machte einen Schritt auf ihn zu, aber Natalie hielt ihn lachend zurück. »Schon gut, Magnus. Damit hätte sich die Zahl meiner Brüder innerhalb eines Tages verdoppelt. Wirklich beglückend.« Sie regte sich, kniff für eine Sekunde die Augen zu und biß sich auf die Lippe. »Verflucht ... Magnus, der Anruf hat sich erledigt. Das ist Lars Vogler, mein Chef. Lars, das ist Magnus Wohlfahrt. Ihr müßt reden. Wieso und warum erklärt euch gegenseitig draußen, seid so gut. Verschwindet.«

Vogler warf Magnus einen kurzen, argwöhnischen Blick zu und trat dann zu ihr. Er war vermutlich um die Vierzig, aber sein blonder Bürstenhaarschnitt, seine langen Arme und Beine und seine legere Kleidung ließen ihn jungenhaft erscheinen. Er hob eine seiner großen Hände, als wolle er sie berühren, überlegte es sich anders und ließ sie wieder sinken.

»Du kannst hier nicht bleiben, Natalie.«

Sie verdrehte wütend die Augen. »Okay, ich kann hier nicht bleiben. Klasse. Du willst mich verlegen, ich soll in einem ruckelnden Krankenwagen an irgendeinen gottverlassenen Ort gebracht werden, wo ich niemanden außer dem Pflegepersonal zu sehen kriege. Schön. Und das hab' ich mir alles nur selbst zuzuschreiben, weil ich nicht getan hab', was du gesagt hast. Auch gut. Aber nicht jetzt! Hast du verstanden? Ich will eine Stunde Ruhe. Nur eine Stunde. Geht einen Kaffee trinken oder setzt euch solange in den Wagen und redet, ihr habt euch wirklich viel zu sagen. Aber jetzt verschwindet. Bitte.«

»Was hältst du davon, wenn du dich ein bißchen zusammenreißt?« fuhr er sie barsch an.

Magnus hätte ihn erwürgen können. Er fand es nicht besonders schwierig zu erkennen, daß der Schock ihr immer noch in den Knochen saß, daß sie Schmerzen hatte und furchtbar erschöpft war und daß sie mit den Tränen kämpfte. Aber er beherrschte sich meisterhaft, öffnete die Tür und machte eine einladende Geste. »Gehen wir?«

Vogler sah ihn düster an. »Meinetwegen.« Zu Natalie sagte er: »Zwei Kollegen sind hier auf dem Flur, zwei unten unter dem Fenster.«

Natalie nickte dankbar. Sie hörte auch, was er ihr nicht sagte. Daß sie keine Angst mehr zu haben brauche, daß es jetzt vorbei sei, daß die besten Leute sie beschützten, die sie hatten, daß sie sich auf ihn verlassen könne. Das alles hörte sie aus diesem einen Satz heraus, denn sie kannte ihn gut.

Auf dem Weg den Flur entlang sah Magnus niemanden, der wie ein Polizist aussah, aber zwei der Pfleger schienen ihm außergewöhnlich gut durchtrainiert, und sie hatten scheinbar nichts Besseres zu tun, als an der Tür zum Schwesternzimmer herumzulungern. Vogler ließ nicht erkennen, daß er sie wahrnahm.

Vor dem Portal traf sie der eisige Regen wie Nadelspitzen ins Gesicht.

»Zu Ihnen oder zu mir, Schätzchen?« fragte Vogler.

»Meiner steht gleich hier vorn.«

»Hm. In meinem hätten wir's auch nicht so gemütlich. Es ist doch 'ne feine Sache, mit einem goldenen Löffel im Mund geboren zu werden, was?«

Magnus sagte nichts, schloß die Beifahrertür auf, ging um seinen Wagen herum und stieg ein. Während Vogler die Tür zuzog, schaltete er die Standheizung ein und zündete sich eine Zigarette an. Die Scheiben begannen augenblicklich zu beschlagen. Magnus streckte die Hand nach dem Lüftungsschalter aus, aber Vogler hielt ihn zurück.

»Lassen Sie nur. Besser so. Wenn wir zusammen gesehen werden, sind Sie auch dran. Mein letzter Spitzel, den Ambrosini enttarnt hat, ist erstickt. Sie kommen nie drauf, woran.«

Magnus winkte ab. »Ersparen Sie mir Ihre Schauergeschichten. Außerdem bin ich nicht Ihr Spitzel.«

»Nennen Sie's, wie Sie wollen. Aber wenn ich Natalie richtig verstanden habe, wollen Sie auf der Gendarmenseite mitspielen, nicht bei den Räubern. Oder war das nur eine Masche? Der kürzeste Weg an ihre erlesene Wäsche?«

Magnus wandte den Kopf und sah ihn wortlos an.

Vogler erwiderte seinen Blick für ein paar Sekunden. Seine hellblauen Augen hatten etwas Stechendes, aber plötzlich lächelten sie, der harte Zug um seinen Mund verschwand.

»Jetzt kommen Sie mal wieder auf den Teppich, Romeo. Ich hab's nicht so gemeint. Jeder in der Abteilung weiß von ihrem Fimmel mit der Wäsche, wir schenken ihr Dessous zum Geburtstag. Bei unserer Art von Arbeit bleiben die wenigsten Geheimnisse verborgen, verstehen Sie. Ich wollte nur sehen, wie Sie reagieren.«

Magnus zog an seiner Zigarette. »Hat sie Ihnen von uns erzählt?«

»Nein. Aber ihr habt euch angesehen. War nicht schwer zu erraten.«

»Und was weiter?«

Vogler hob kurz die Schultern. »Nichts. Das ist allein ihre Sache.«

»Wie großmütig ...«

»Tja. Hören Sie. Niemand verlangt, daß Sie mich mögen. Aber Natalie hat schon recht, so, wie die Dinge jetzt liegen, haben wir alle bessere Chancen, wenn wir an einem Strang ziehen. Sie, ich und Ihr Bruder.«

»Was in aller Welt hat mein Bruder damit zu tun?«

Vogler verschränkte die Arme und lehnte sich mit einem genüßlichen Schnaufen in das weiche Lederpolster zurück. Dann wandte er den Kopf und sah ihn wieder an. »Es gibt da in der Wallstraße einen zwielichtigen kleinen Secondhand Laden, den die Kollegen von der Drogenfahndung seit längerem in Verdacht haben. Aber sie kommen nicht so richtig voran. Irgendwie ... tja, also, irgendwie stehen die Ermittlungen unter keinem guten Stern. Irgendwas geht immer schief. Belastungsmaterial verschwindet. Observierungen werden ohne ersichtlichen Grund fünf Minuten, bevor's spannend wird, abgebrochen. Immer wenn eine Razzia durchgeführt werden sollte, war der Laden wie ausgestorben. Durchsuchungen blieben ergebnislos. Können Sie mir folgen?«

»Und mein Bruder?« beharrte Magnus.

»Seit ein paar Tagen observieren *wir* dieses Haus. Und Ihr Bruder wurde mit fünf Gramm Kokain festgenommen, als er es vor ungefähr einer Stunde verließ.«

Magnus wandte den Kopf ab und sah aus dem Fenster. Dann zückte er sein Handy.

»Nur zu, rufen Sie Ihren Anwalt an, das ist Ihr gutes Recht. Aber vielleicht hören Sie mir erst mal zu.«

Magnus hielt das Telefon in der Hand und starrte darauf hinab. »Bitte.«

»Diese fünf Gramm könnten ihn in gehörige Schwierigkeiten bringen, aber es ist nicht Ihr Bruder, den wir wollen. Wir wollen Typen wie diesen Sakowsky, den Betreiber des Ladens, der immer noch das Maul hält, obwohl er fast jeden Knochen gebrochen hat. Und natürlich wollen wir Ambrosini. Ihn vor allem. Aber Ihr Bruder muß uns helfen.«

Magnus schüttelte den Kopf. »Halten Sie ihn da raus. Er kann Ihnen nicht helfen, glauben Sie mir. Ich dagegen vielleicht schon. Aber das tu' ich nur, wenn Sie ihn zufrieden lassen.«

Vogler seufzte tief. »Wir vergeuden nur Zeit, wenn wir feilschen. Wir brauchen Sie *und* Ihren Bruder. Wenn wir ein Netz um Ambrosini knüpfen wollen, muß es schnell passieren und auf allen Ebenen gleichzeitig. Wenn Ihr Bruder uns hilft, sorge ich dafür, daß die Sache unter den Tisch fällt.«

»Wo ist er jetzt?«

»In der Psychiatrie in Grafenberg. Nach seiner Festnahme hat er randaliert. Er hat einen Beamten verletzt. Ich hab' gesagt, sie sollen ihn erst mal in die Klinik bringen, schien, er brauchte dringend einen Arzt. Ihr Bruder, meine ich, nicht der Beamte.«

»Gott ...«

Vogler sah ihn kopfschüttelnd an. »Sie helfen ihm nicht, wenn Sie ihn immer nur decken. Er wird sich umbringen. Ich hab's oft genug gesehen. Wenn sie anfangen zu randalieren, dauert's nicht mehr lange, bis sie Wahnvorstellungen kriegen, und das halten sie in ihrem geschwächten Zustand einfach nicht aus. Die Ärzte sagen, sie sterben an Herz-Kreislauf-Versagen, aber ich sage Ihnen, wie's wirklich ist: Sie sterben vor Entsetzen. Irgendwann sehen sie irgend etwas, das so grauenvoll ist, daß ihnen einfach das Herz stehenbleibt. Und dann ...«

»Hören Sie auf.«

»Besser, wenn Sie den Dingen ins Auge sehen. Er braucht Hilfe.«

»Aber Sie wollen ihm nicht helfen, Sie wollen ihn benutzen.«

»Ich helfe ihm, wenn er mir hilft. Und ich helfe Ihnen, wenn Sie mir helfen. So ist das Leben.«

»Wieso sollte ich Ihre Hilfe brauchen?«

»Jetzt kommen wir zu Herffs.«

»Ich war's nicht.«

»Das wissen Sie doch gar nicht. Sie waren weggetreten, stimmt's? Und selbst, wenn nicht. Alles spricht dafür, daß Sie's waren, oder?«

»Woher ...«

»Natalie hat mir gestern eine Kopie zukommen lassen. Ich nehme an, Sie wissen, wovon ich rede. Auf der Rückseite hatte Sie eine Menge Fakten aufgeschrieben. Seien Sie ihr nicht böse, sie hat nur ihren Job gemacht. Und sie wollte Ihnen helfen. Also. Ich bin überzeugt, die Dinge liegen so, wie sie sie geschildert hat, aber die Beweise, die Ambrosini gegen Sie fabriziert hat, werden sich dadurch nicht in Luft auflösen. Nur wenn wir ihn kriegen, können wir sie entkräften. Ich sage nicht, andernfalls landen Sie im Knast, denn das würden Sie vermutlich nicht. Aber es würde auf jeden Fall ein Verfahren gegen Sie eröffnet, die Staatsanwaltschaft müßte es tun. Öffentliche Hauptverhandlung und so weiter. Vielleicht mit einem Freispruch am Ende, aber Ihr Name würde Schaden nehmen. Diese Sache mit dem Konto in Luxemburg würde Ihnen anhaften. Sie wissen, wie solche Dinge ablaufen. Das Gericht mag Sie freisprechen, aber deswegen wird die Presse das noch lange nicht tun.«

Magnus nickte. Er wußte, Vogler sagte die Wahrheit. »Was wollen Sie von mir?«

»Was will Ambrosini von Ihnen?«

Magnus erklärte es ihm.

Vogler lehnte den Kopf zurück und stieß zischend die Luft aus. »Ich sage Ihnen was. Ich möchte nicht in Ihrer Haut stekken.«

Magnus atmete tief durch. »Nein, ich fühle mich in letzter Zeit auch nur noch selten wohl darin. Also, was jetzt?«

Vogler dachte einen Moment nach. »Natalie hatte recht, Sie müssen diese Genehmigung bei der russischen Regierung beantragen. Damit gewinnen wir Zeit, und wir müssen sehen, wo das hinführt. In der Zwischenzeit kümmern wir uns um diese Sache mit den Insidergeschäften. Sehen Sie, das Merkwürdige an der handgeschriebenen Notiz war, daß die Namen beider Partner des Optionsgeschäftes darauf standen. Normalerweise kennen sich Käufer und Verkäufer einer Option so wenig wie Käufer und Verkäufer von Aktien. Der Computer der Warenterminbörse in Frankfurt führt Angebot und Nachfrage zusammen, anonym. Aber nehmen wir mal an, der Optionshandel in Bellock-Aktien war zum Erliegen gekommen, weil alle Welt wußte, die Firma steht kurz vor der Pleite. Dann mußte Ambrosini jemanden einweihen, der sich als Verkäufer zur Verfügung stellte, damit das Geschäft überhaupt zustande kommen konnte. Eine abgekartete Sache. Wenn wir das beweisen können, wäre der Tatbestand des Insiderhandels so gut wie erwiesen. Wir können wohl kaum hoffen, daß Ambrosini seine Insidergeschäfte auf seinen eigenen Namen gemacht hat, aber das wird überprüft. Die Börsenaufsicht wird alle Aktienkäufe und -verkäufe unter die Lupe nehmen, mit denen er zu tun hatte, und vielleicht ergibt sich was Brauchbares. Und gleichzeitig müssen wir nachweisen, wo Ambrosinis Geld herkommt. Und da kommt Ihr Bruder ins Spiel. Ich werde dafür sorgen, daß Sie ihn heute nachmittag abholen können, wenn Sie wollen.«

»Was soll er tun?«

»Das erkläre ich Ihnen, wenn Sie mich heute abend anrufen. Wir müssen uns jetzt trennen, es wird zu gefährlich. Werden Sie sich um Ihren Bruder kümmern?«

»Natürlich.«

»Gut. Also dann. Ich geb' Ihnen eine Nummer.«

»Natalie hat sie mir schon gegeben.« Er wiederholte die lange Funktelefonnummer.

Vogler nickte. »Gut. Passen Sie auf sich auf.« Er umfaßte den Türgriff.

»Wo bringen Sie sie hin?«

Vogler schüttelte den Kopf. »Das wollen Sie nicht wissen.«

»Doch.«

»Sie werden sie nicht wiedersehen, bis diese ganze Sache vorbei ist. Sicherer für Sie beide, das müssen Sie doch einsehen.«

»Hören Sie ...«

»Herr Wohlfahrt, sie wäre beinah draufgegangen, weil Sie beide zu leichtsinnig waren. Und ich bin ebenso schuld. Von jetzt an keine Risiken mehr.«

Magnus sah stumm auf die beschlagene Windschutzscheibe. Die nahe Zukunft wurde mit jeder Minute düsterer.

Vogler seufzte. »Also schön. Ich besorge ihr ein Telefon, und Sie können sie anrufen. Einverstanden?«

Magnus schnaubte verächtlich.

»Mann, Romeo, Sie hat's aber so richtig erwischt, was?«

Magnus sah ihn an. »Und? Wenn es so ist, wäre meinen Motiven sicher eher zu trauen als Ihren, Iago.«

»Wer ist das?«

»*Sie* haben damit angefangen, mit Shakespeare um sich zu werfen. Lesen Sie's nach.«

Vogler grinste. »Wer weiß, vielleicht tu' ich das. Rufen Sie mich an, ja?«

Er öffnete die Wagentür, ließ seinen Blick über den Parkplatz schweifen, stieg aus und ging ohne Eile zum Portal zurück.

Magnus fuhr nicht in die Firma, aber er rief dort an. Dawn meldete sich.

»Geben Sie mir Birgit, bitte.«

»Sofort. Übrigens, für den Fall, daß Sie wirklich immer noch an dieser seltsamen Idee festhalten: die Unterlagen von der Isle of Man sind gekommen. Sie haben uns vier sehr klangvolle Namen für unsere Briefkastenfirma zur Auswahl gestellt. Sie müssen nur einen aussuchen und ein paar Formulare unterschreiben, und schon haben Sie eine neue Firma.«

»So einfach geht das ...«

»Ja, witzig, nicht?«

»Unheimlich. Suchen Sie einen Namen aus, Dawn, ich unterschreibe morgen früh.«

»Hey!« Sie lachte.

»Was ist?«

»Sie haben Dawn zu mir gesagt. *Welcome to the human race, dear.*«

Ehe er antworten konnte, hatte sie ihn schon weiterverbunden. Er schüttelte lächelnd den Kopf, aber als er Birgits verschüchtertes Stimmchen hörte, rieselte ein eisiger Schauer über seinen Rücken.

»Hat Natalie sich inzwischen gemeldet?« fragte er mit einem leicht verärgerten Unterton.

»Noch nicht, Herr Wohlfahrt.«

»Na schön. War der Bote von Ambrosini schon da?«

»Herr Theissen wartet seit einer Stunde auf Sie.«

»Er soll die Sachen dalassen oder bei mir zu Hause vorbeibringen und in den Briefkasten werfen, ich komme heute nicht mehr rein.«

»Oh, aber ...«

»Tut mir leid, ich muß mich um ein paar dringende persönliche Angelegenheiten kümmern. Bis morgen.«

Er drückte die kleine Taste und schnitt ihren Protest somit einfach ab. Auf der Fahrt aus der Stadt heraus führte er noch zwei kurze Telefonate, und um halb zwölf bog er in die großzügige Auffahrt seines Elternhauses ein.

Anatol und Aljoscha fielen wie immer stürmisch über ihn her, als Rosa ihm öffnete. Sie trug keine ihrer blütenweißen, gestärkten Rüschenschürzen. Er war verwundert. Er hatte sie nie zuvor ohne Schürze gesehen. Sie wirkte eigentümlich nackt.

»Rosa, stimmt was nicht?«

»Doch. Alles in bester Ordnung«, brummte sie krötig. »Wir packen nur unser Zeug, das ist alles.«

»Ihr ... was?«

»Komm rein, Magnus, wir brauchen nicht die Auffahrt zu heizen. Und tritt dir die Schuhe ab, hörst du.«

Er verbiß sich ein Grinsen und tat, wie ihm geheißen. Ohne ein Wort wandte sie sich ab, und er folgte ihr in die große Küche mit dem alten, schwarzweißen Steinfliesenboden.

Fernando saß an dem ausladenden Holztisch und sortierte irgendwelchen Krimskrams in einem uralten Schuhkarton.

»Was ist hier los?«

Fernando hob langsam den Kopf und sah ihn an. »Wollte dich anrufen. Nicht zu Hause.«

»Nein, ich war viel unterwegs. Darum habe ich einen Anrufbeantworter, weißt du.«

Fernando winkte ab.

Magnus setzte sich ihm gegenüber. »Was ist passiert?«

Der Alte schüttelte den Kopf und seufzte tief.

Rosa stellte einen Becher Kaffee vor Magnus auf den Tisch. »Sie hat sich einen Liebhaber genommen, das ist passiert. Sie ist schamlos und falsch und ...«

»Entschuldige, Rosa, aber das geht nur sie allein etwas an. Es mag uns nicht gefallen, aber es ist ihre Sache.«

Rosa stemmte die Hände in die Seiten und nickte. »Stimmt. Aber wir müssen ja nicht zugucken. Wir sind alt. Dein Vater war sehr großzügig zu uns. Wir gehen nach Hause und kaufen uns ein Haus am Meer. Das wollten wir immer schon. Fernando kann den ganzen Tag zum Fischen gehen, das tut er gern, es ist schön still. Und ich kriege einen großen Buntfernseher mit einer Satellitenschüssel.«

Magnus konnte es ihnen nicht verdenken. Aber es war trotzdem ein Schock. »Schon bald?«

»In dreißig Jahren sammelt sich eine Menge Zeug an. Sobald

wir aussortiert haben, was mit soll. Du kennst Fernando, es wird noch ein paar Tage dauern. Aber wenn wir fertig sind, gehen wir.«

Magnus stand auf und schloß Rosa in die Arme. Das hatte er noch nie im Leben getan. Sie hatte immer Distanz gehalten, selbst als seine Mutter gestorben war, hatte sie nicht zugelassen, daß er Trost bei ihr suchte. Trotzdem umarmte er sie jetzt. Sie duftete schwach nach Zimt und Lavendel.

Mit ihrer rundlichen, seltsam rosigen Hand strich sie ihm kurz über den Kopf, ehe sie sich losmachte.

»Wir wären nicht gegangen, ohne uns von dir und deinem Bruder zu verabschieden, weißt du.«

Er lächelte. »Das wäre ja wohl auch noch schöner.«

»Wo ist der Junge?« fragte Fernando.

»Er wohnt im Moment bei mir.«

Fernando sah ihm in die Augen und nickte bedächtig. »Gut.«

»Ist Carla da?«

Er nickte.

»Allein?«

Nicken.

»Dann geh' ich jetzt und rede mit ihr.«

»Und was, glaubst du, soll das nützen?« fragte Rosa.

Er schüttelte den Kopf. »Absolut gar nichts.«

Sie hatte es sich im Morgenmantel auf einem filigranen Sofa vor dem Kamin im kleinen Wohnzimmer gemütlich gemacht und genoß leichte Kost auf der ganzen Linie: Sie knabberte hauchdünne Vollkornkekse, hörte Scarlatti und las einen Roman, auf dessen Umschlagbild eine vollbusige Schönheit im Rüschenkleid in die muskulösen Arme eines blauäugigen Draufgängers sank, der, so mutmaßte Magnus, ein Seeräuber war, das schwarze Schaf einer englischen oder französischen Adelsfamilie, der im Jamaika des achtzehnten Jahrhunderts reihenweise die schönen Töchter der Kolonialherren verführte. Er wußte, daß Carla wildromantische Kitschromane liebte, die todsicher alle ein Happy-End hatten. Sie hatte sich wegen dieser Vorliebe immer geniert, und manchmal hatte er sie früher damit aufgezogen. Aber in Wahrheit fand er es völlig in Ordnung. Es mußte schließlich jedem selbst überlassen bleiben, mit welchem Vehikel er der Wirklichkeit entrinnen wollte. Trotzdem verspürte er heute bei ihrem Anblick eine Welle von Zorn, und die Heftigkeit dieses Gefühls verblüffte ihn. Es war der Kontrast. Wie sie dalag, in ihrem sündhaft teuren Seidenmorgenmantel, die Nägel ihrer kleinen Füße sorgfältig lackiert, mit ihrem perfekten Make-up und der raffiniert aufgesteckten Frisur, und wie Natalie da in ihrem Krankenhausbett gelegen hatte, zerschunden, verletzt, einen Nachhall der Todesangst immer noch in den Augen.

Sie hörte seine Schritte, sah von ihrem Buch auf und lächelte. »Magnus! Wie schön. Ich hab' dich lange nicht gesehen.«

»Das stimmt nicht. Nur fünf Tage. Es kommt uns länger vor, weil so viel passiert ist.«

»Hast du irgend etwas von Taco gehört?«

Er nickte.

»Na, Gott sei Dank. Ich hab' mir schon gedacht, daß er bei dir ist. Er schmollt.«

»So würde ich das nicht unbedingt nennen.« Er war einen Moment versucht, ihr zu sagen, wo Taco war und unter welchen Umständen er dorthin gekommen war, denn im Grunde war er es leid, immer als einziger ein schlechtes Gewissen wegen Taco zu haben. Aber er brachte es nicht fertig.

Carla richtete sich auf. »Bist du gekommen, um mir Vorwürfe zu machen, Magnus? Ich dachte, wenigstens du könntest mich verstehen.«

»*Verstehen?* Nein. Wirklich nicht. Ich weiß, warum, aber von verstehen kann keine Rede sein. Aber das muß ich ja auch gar nicht. Es ist dein Leben. Wenn du unbedingt ein Kind von dem

Mann haben willst, der meinen Vater auf dem Gewissen hat, bitte.«

»Meine Güte, was redest du denn da ...«

»Carla, du kannst dich nicht ewig damit herausreden, du habest keine Ahnung davon, wie die Dinge in der bösen, rauhen Welt draußen sind. Nicht bei dieser Sache.«

Sie schüttelte den Kopf. »Ich muß mich nicht herausreden. Wie du schon sagtest, ich brauche mich nicht zu rechtfertigen. Machst du uns was zu trinken?«

Um diese Zeit? dachte er verwundert. Das sah ihr nicht ähnlich, und er vermutete, daß ihre Begegnung sie nervöser machte, als sie eingestehen würde. Er ging in den Wintergarten und holte ihr einen Cognac.

»Bitte.«

»Du nicht?«

Er schüttelte den Kopf und setzte sich ihr gegenüber in einen Sessel. »Ich wollte dir das eigentlich nicht sagen. Aber jetzt kann ich doch nicht anders: Ich hab' Angst um dich.«

Sie nahm einen Schluck aus ihrem Glas und lächelte wieder dieses besondere Lächeln, das sie wohl nur für ihn reserviert hatte. Gerührt, wissend, ein bißchen überheblich.

»Das ist sehr lieb von dir. Aber völlig unnötig.«

Er nickte, aber er war keineswegs überzeugt. »Wirst du hierbleiben, wenn Rosa und Fernando weggehen?«

»Nein. Wie schon gesagt, ich will das Haus verkaufen. Vorläufig ziehe ich in eine Suite im Steigenberger. Natürlich kann Taco den Flügel eurer Mutter haben. Und all seine anderen Sachen. Er kann sich holen, was er will. Das gilt selbstverständlich auch für dich.«

Magnus schüttelte den Kopf. »In diesem Haus ist schon lange nichts mehr, das ich will.« Erst als er es sagte, merkte er, wie es sich anhörte. »Entschuldige. Das war unglücklich formuliert.«

»Aber wahr«, stellte sie erstaunt fest, und als sie dieses Mal ihr überlegenes Lächeln zeigte, schien es ein klein wenig angestrengt. »Und nicht nur das, du bist wütend auf mich und in höherem Maß konsterniert, als ich merken soll.«

»Ja, vielleicht.«

»Magnus, du glaubst nicht im Ernst, Giaccomo habe irgend etwas mit dem Tod deines Vaters zu tun, oder?«

»Nein, ich glaube das nicht, ich bin sicher.«

Sie schüttelte fassungslos den Kopf. »Aber das ist völlig absurd. Er hat deinen Vater ... regelrecht verehrt.«

»Gleich wird mir übel.«

»Du schätzt ihn vollkommen falsch ein. Er ist einer der anständigsten Männer, die ich je kennengelernt habe. Er ist ...« Sie brach ab.

»Ja? Was ist er?« Er nahm ihren Schmöker vom Tisch und hielt ihr das schauderhafte, grelle Bild hin. »Etwa so wie dieser in seinem tiefsten Innern zweifellos edelmütige Herzensbrecher? Der dich auffängt, wenn du fällst, bei dem du dich sicher fühlst, so daß du deine kleinen, bunten Pillen nicht mehr brauchst, ja? Aber das ist er nicht. Er ist ein Mörder und Betrüger. Ein Erpresser, ein Menschenhändler und ...«

»Nur weiter, Magnus, das ist sehr erhellend«, sagte Ambrosini leise von der Tür.

Carla fuhr sichtlich zusammen und sah mit großen Augen von einem zum anderen.

Magnus wandte sich langsam um. Er war nicht besonders erschrocken. Höchstens darüber, daß Ambrosini offenbar einen Schlüssel zum Haus hatte, andernfalls hätte das Klingeln ihn vorwarnen müssen.

Er versuchte sein Glück mit einem mokanten Lächeln. »Der Horcher an der Wand und so weiter.«

»Hört zweifellos öfter Verleumdungen als die Wahrheit«, erwiderte Ambrosini und lächelte ebenfalls. Sein Lächeln war schwer zu deuten. Haifischlächeln, dachte Magnus, trifft es wohl noch am ehesten.

Er hob leicht die Schultern. »›Wahrheit‹ hat gute Chancen, mein persönliches Unwort des Jahres zu werden.«

»Das liegt daran, daß Sie im Grunde keine Prinzipien haben, an die Sie wirklich glauben.« Er kam langsam näher, beugte sich zu Carla herunter, fuhr ihr liebevoll mit dem Zeigefinger über die Stirn und küßte sie lächelnd. Er machte eine Szene aus dieser Begrüßung. Magnus verschränkte die Arme und beobachtete sie.

»Nein, es liegt eher daran, daß immer die Leute dieses Wort ins Feld führen, die mir am wenigsten dazu geeignet scheinen. Aber bei Gelegenheit müssen Sie mir unbedingt erklären, was Sie unter Prinzipien verstehen. Das würde mich wirklich brennend interessieren.«

Ambrosini richtete sich wieder auf. »Das wäre wohl sinnlos, Sie würden sie nicht verstehen. Sie sind ein zu moderner Mensch. Ich begleite Sie hinaus.«

Magnus nickte und sah zu Carla. *»Hier wendet sich der Gast mit Grausen.«*

Sie preßte wütend die Lippen zusammen und wandte den Blick ab.

Sie hatten die große Halle schon fast durchquert, als Ambrosini ihn am Handgelenk packte, ihm den Arm auf den Rücken drehte und ihn gegen die Wand schleuderte. »Sie sollten mein Wohlwollen nicht überstrapazieren.«

Magnus konnte sich nicht rühren. Er wandte den Kopf zur Seite, aber Ambrosini stand außerhalb seines Blickfeldes hinter ihm. So begegnete er ungewollt dem mißfälligen Blick seines Großvaters. Er lachte wider Willen.

Ambrosini packte ihn bei den Haaren und schmetterte mit einer fast beiläufigen Bewegung aus dem Handgelenk seinen Kopf gegen die Holztäfelung. »Das ist wirklich nicht komisch.«

»Nein, da haben Sie zweifellos recht.« Sein Kopf summte.

»Sie werden sie zufriedenlassen. Und wagen Sie es nicht noch einmal, zu einem vereinbarten Termin nicht zu erscheinen und meinen Assistenten stundenlang warten zu lassen. Ich bin es satt, daß Sie permanent versuchen, mir irgendwelche lächerlichen kleinen Stolpersteinchen in den Weg zu legen, das ist mir lästig. Ist das klar?«

»Ich werde meine Termine mit Ihrem Assistenten jedes Mal platzen lassen, wenn Sie einen Mordanschlag auf *meine* Assistentin verüben. Oder verüben lassen.«

Sein Kopf schlug wieder gegen die Wand. »Wenn Sie nicht bald Ihre Einstellung ändern, sind Sie vielleicht der nächste, wie würde Ihnen das gefallen?«

Magnus sagte nichts. Es würde ihm überhaupt nicht gefallen. Er fürchtete sich davor. So wie ihm diese Situation hier Angst einjagte. Sie war ihm völlig fremd, er fühlte sich überfordert. Leuten die Arme zu verdrehen und ihre Köpfe gegen Wände zu schleudern, gehörte nicht zu seiner Welt. Er hatte sich nicht einmal als Junge geprügelt. Damals war er zu schwach und kränklich für diese Art von Auseinandersetzungen gewesen, und er hatte seit jeher mehr auf Worte als auf Fäuste gesetzt. Aber das funktionierte natürlich nur so lange, wie alle sich an die Regeln hielten ...

Plötzlich hörte er den vertrauten Klang von Krallen und Pfoten auf Marmor und dann unmittelbar neben sich ein böses, zweistimmiges Knurren.

Ambrosini ließ seine Haare für einen Moment los und setzte ihm die Faust in die Nierengegend. »Antworten Sie.«

Die Hunde knurrten wieder, einer gab ein kurzes, warnendes Bellen von sich.

»Ich denke, Sie wären gut beraten, wenn Sie mich losließen, Ambrosini.«

Mit einem hinterhältigen Faustschlag in die Seite stieß er ihn weg.

»Wenn einer dieser Köter mir zu nahe kommt, werden sie eingeschläfert.«

»Das wird Ihnen in dem Moment aber verdammt wenig nützen.«

»Wollten Sie nicht gehen?«

Magnus ließ ihn stehen und öffnete die Haustür. »Anatol, Aljoscha. Kommt raus in den Garten.«

Schwanzwedelnd flankierten sie ihn auf dem Weg nach draußen. Doch Magnus brachte sie nicht um das Haus herum in den großen rückwärtigen Garten, sondern nur bis zum Küchenfenster. Fernando sah ihn, stand langsam auf, schlurfte herüber und öffnete

»Du mußt gut auf die Hunde aufpassen. Carlas neuer Freund scheint sie nicht besonders zu mögen. Und sie mögen ihn auch nicht.«

Fernando nickte.

Magnus zögerte und wählte seine Worte sorgsam. »Weißt du, er ist vielleicht kein so netter Kerl, wie es scheint. Ich meine, er könnte ...«

»Ich weiß, wer er ist«, sagte Fernando.

»Wie meinst du das?«

»Die Fotos.«

»Du hast die Fotos gesehen?« Er wußte, es war albern, aber trotzdem stieg ihm bei dem Gedanken die Schamesröte ins Gesicht.

Fernando schüttelte den Kopf. »Er hat sie mir nicht gezeigt. Konnte nicht. Aber erzählt. Irgendwem mußte er's erzählen, Magnus.«

»Ja. Natürlich mußte er das.« Er fand den Gedanken tröstlich, daß sein Vater doch jemanden gehabt hatte, dem er sich anvertrauen konnte.

Sie sahen sich an, und Fernando nickte, und seltsamerweise war damit wieder einmal alles Notwendige gesagt. Er wußte nicht nur von den Fotos, er wußte auch den Rest.

»Also, du wirst die Hunde von ihm fernhalten, oder?«

Nicken.

»Und bevor ihr weggeht, komme ich sie holen.«

»Vielleicht besser, du nimmst sie jetzt mit.«

Magnus schwankte. Er hatte die Hunde immer gern gehabt, und sie liebten ihn. Obwohl er schon lange nicht mehr hier wohnte und ein eher seltener Gast im Haus seines Vaters gewesen war, als sie zur Welt kamen, waren sie ihm genauso ergeben wie ihre Vorgänger. Und eben in der Halle war ihm aufgegangen, wie nützlich es sein konnte, zwei Rottweiler als Begleiter zu haben.

»Aber ich dachte, du bist todunglücklich, wenn du dich von ihnen trennen mußt.«

Fernando nickte mit einem traurigen Lächeln. »Wird in ein paar Tagen nicht leichter als heute.«

»Na ja, das ist natürlich wahr.« Er hockte sich zu den Hunden herunter und strich beiden über die Köpfe. »Sieht so aus, als solltet ihr bedauernswerten Kreaturen Stadthunde werden.«

Anatol stieß ihn um, sie fielen beide über ihn her und leckten ihm gründlich das Gesicht, ehe er sich befreien konnte.

Es dämmerte schon, als er nach Grafenberg fuhr. Dichter Feierabendverkehr verstopfte die Straßen, und er brauchte über eine halbe Stunde, bis er endlich zu dem großen Klinikkomplex kam und sich zum richtigen Gebäude durchgefragt hatte.

»Ihr bleibt im Wagen«, sagte er den Hunden. »Ein Kratzer auf dem Holz, und es gibt kein Abendessen, verstanden.«

Sie sahen ihn lammfromm an, so als wäre es nicht ihre Lieblingsbeschäftigung, die Innenausstattung zu demolieren, wenn man sie allein im Auto ließ.

»Ich hoffe, es dauert nicht so lange.«

Er war nicht sicher, was er sich vorgestellt hatte, aber er sah nirgendwo Panzerglas und hörte auch keine Schlösser rasseln. Es sah nicht einmal wie ein Krankenhaus aus. Er erklärte der

Dame in der Pförtnerloge sein Begehr, und nach wenigen Minuten kam ein junger Arzt in die Eingangshalle.

Er hatte ein freundliches, aber auf unbestimmte Weise melancholisches Gesicht, kurze braune Haare und eine dicke Hornbrille, die so schwer war, daß sie auf der Mitte seiner Nase saß, als hinge sie auf Halbmast. Er streckte Magnus die Hand entgegen und fuhr sich mit der anderen über Hals und Nacken. Er wirkte übernächtigt. »Krüger.«

»Wohlfahrt.«

»Ja, Sie kommen, um Ihren Bruder abzuholen, ich weiß. Ich hoffe nur, Sie wissen, was Sie tun.«

»Das hoffe ich auch.«

Krüger sah ihn scharf an. Aber er sagte nichts, bis er Magnus in sein Büro geführt hatte und sie sich an seinem Schreibtisch gegenübersaßen. Ein schäbiger Schreibtisch mit billigem, gelblichem Furnier, übersät mit unordentlichen Stapeln brauner Krankenakten. Der Blick aus dem Fenster entschädigte allerdings für die spartanische Einrichtung. Ein großzügiger Park voll alter Bäume. Im Frühling und im Sommer mußte es herrlich sein.

»Hat Ihr Bruder noch weitere Angehörige? Was ist mit Ihren Eltern?«

Magnus schüttelte den Kopf. »Tot, alle beide.«

»Vor ein paar Wochen war die Zeitung voll mit halbseitigen Todesanzeigen und Nachrufen auf jemanden, der Wohlfahrt hieß ...«

»Mein Vater, ja. Er ist ermordet worden.«

»Oh.« Er schwieg einen Moment, nachdenklich oder pikiert, Magnus wußte es nicht. Dann stützte er die Ellenbogen auf seinen Schreibtisch und das Kinn auf die verschränkten Hände. »Ich habe nur kurz mit Ihrem Bruder gesprochen. Aber ich hatte den Eindruck, er steht unter Schock. Jetzt ist mir klar, wieso.«

Magnus atmete tief durch. »Das war es nicht allein. Taco stand schon vorher im Konflikt mit dem Rest der Welt, aber jetzt ist nach und nach alles zu Bruch gegangen, woran er sich noch festgeklammert hat.«

»Keine Freundin?«

»Doch. Und sie steht zu ihm und sieht über vieles hinweg, aber ich glaube kaum, daß sie bereit wäre, sich als Rettungsanker zur Verfügung zu stellen. Das kann man wohl auch kaum verlangen.«

»Nein. Aber es ist trotzdem gut, daß sie noch da ist. Hören Sie, Herr Wohlfahrt. Ich bin sicher, das Wort ›Zwangseinweisung‹ jagt Ihnen einen Schrecken ein, aber Sie sollten es sich überlegen. Nach dem Vorfall von heute vormittag wäre es sicher nicht schwierig, eine zu erwirken. Ihr Bruder braucht dringend Hilfe.«

»Aber was sollte das nützen? Ich dachte immer, eine Therapie kann nur funktionieren, wenn der Betroffene sie auch wirklich selbst will.«

»Das ist wahr. Aber bevor wir über solche Schritte reden könnten, müßte er zuerst einmal entgiftet werden. Er ist in einem bedenklichen Zustand. Sein EKG ist eine Katastrophe. Sein Kreislauf ist instabil ...«

»Das ist meiner auch. Es ist Anämie.«

Krüger hob leicht die Schultern. »Um so größer ist die Gefahr für ihn. Um es mal auf den Punkt zu bringen: Er ist dabei, sich umzubringen. Nicht irgendwann mal in ferner Zukunft. Das kann jetzt ganz schnell gehen.«

Magnus fühlte sich zerrissen. Die Vorstellung, Taco einfach hier zurückzulassen, fand er grauenvoll, er würde sich wie ein Verräter fühlen, das wußte er jetzt schon. »Ich weiß nicht ... Lassen Sie mich mit ihm reden.«

Krüger schüttelte seufzend den Kopf. »Sie werden jetzt nicht viel aus ihm herauskriegen. Er steht unter Medikamenteneinfluß.«

»Das heißt, Sie haben ihn ruhiggestellt, ja?«

»Herr Wohlfahrt, was hier heute morgen ankam, hatte mehr

Ähnlichkeit mit einer reißenden Bestie als mit einem menschlichen Wesen. Ich sage das nicht, um Sie zu verletzen, aber schöne Worte bringen uns nicht weiter. Ich versichere Ihnen, Sie hätten Ihren Bruder nicht erkannt. Wir haben ihn ruhiggestellt, wie Sie es nennen, weil er eine akute Gefahr für sich und andere war. Anfälle dieser Art sind im fortgeschrittenen Stadium der Kokainsucht durchaus nichts Ungewöhnliches. Was wollen Sie tun, wenn es wieder passiert?«

»Keine Ahnung. Jetzt will ich ihn erst einmal sehen.«

»Gut.« Krüger nahm seinen Telefonhörer ab und drückte zwei Tasten. »Seien Sie so gut und bringen Sie Herrn Wohlfahrt her«, sagte er dann.

Magnus stand auf und trat ans Fenster. Es war dunkel geworden, die großen, kahlen Bäume nicht mehr zu erkennen. Er sah nur ein undeutliches Spiegelbild von sich selbst. Das gefiel ihm nicht, und er wandte sich wieder um.

Die Tür ging auf, und ein eher schmächtiger Pfleger mit einem blonden Pferdeschwanz und einem unbekümmerten Lächeln führte Taco herein. Er hatte eine Hand leicht auf seinen Ellenbogen gelegt. »Komm rein, Kumpel. Hier, setz dich.« Er brachte ihn zu einem Stuhl und drückte ihn sanft darauf nieder. Dann stellte er sich hinter ihn und legte ihm kurz die Hände auf die Schultern. »Nur keine Panik«, murmelte er. »Es ist alles in Ordnung, ehrlich.« Er sah zu Magnus, lächelte wieder und machte eine beschwichtigende Geste, als wolle er sagen, es ist nicht so schlimm, wie es aussieht.

Magnus gab sich einen Ruck und verließ seinen Platz am Fenster. »Ich wäre gern ein paar Minuten allein mit meinem Bruder.«

Krüger stand auf. »Natürlich.« Zusammen mit dem Pfleger ging er hinaus.

Magnus setzte sich Taco gegenüber und nahm nach kurzem Zögern eine seiner Hände, die zwischen seinen Knien baumelten.

Taco hob langsam den Kopf. Seine Pupillen schienen sich nur langsam auf das schwache Licht im Raum einzustellen, und sein Kopf wackelte ein klein wenig, so als zeige er die ersten Anzeichen von Parkinson.

So, das nennen sie hier also entgiften, dachte Magnus wütend. Aber er beherrschte sich und gab sich große Mühe, ruhig zu sprechen. Er wollte nicht, daß Taco spürte, wie erschrocken er war. »Ich hol' dich hier raus, Taco. Sofort.«

»Magnus ...«

»Ja.«

»Was ist denn los mit mir?« Er bemühte sich vergeblich, artikuliert zu sprechen, wie ein Betrunkener.

»Du stehst unter der Wirkung irgendwelcher Beruhigungsmittel. Kannst du dich erinnern, was heute morgen passiert ist?«

»Ja. Die Bullen haben mich geschnappt. Zivilbullen.«

»Warum bist du aus dem Haus gegangen?«

»Ich ... weiß nicht mehr.«

»Macht ja nichts. Und dann?«

»Dann bin ich ... ausgeklinkt. Total. Von ... einer Sekunde auf die andere. Unheimlich, ich sag's dir. Dann weiß ich nicht genau, was passiert ist. Jedenfalls war ich irgendwann hier und ... Bin ich in der Klapse, Magnus?«

Magnus grinste ihn an. »Wenn du es unbedingt so nennen willst, ja.«

»Oh, Scheiße ...«

»Wir brauchen keine Minute länger hier zu bleiben.«

»Aber das isses ... ist es doch, was du wolltest.«

»Ich wollte, daß du es willst.«

»Vielleicht will ich jetzt?«

»Wirklich?«

»Keine Ahnung. Ich frag' dich ...«

»Oh, Taco, woher soll ich das wissen?«

Taco hob seine freie Hand, vielleicht, um sich über die Stirn zu fahren, aber mitten in der Bewegung hielt er inne, als habe er vergessen, was er wollte. Langsam ließ er sie wieder sinken.

»Laß mich hier«, murmelte er undeutlich.

»Ist das wirklich dein Ernst?«

»Ich will nicht in deine Wohnung. Nicht allein sein. Kann nicht ...«

»Ist gut. Einverstanden. Bleib hier, wenn du willst, und morgen sehen wir weiter. Wenn du es dir anders überlegst, komme ich dich holen. Du brauchst nicht das Gefühl zu haben, du seist hier eingesperrt.«

Taco nickte abwesend, Magnus war keineswegs sicher, daß er ein Wort von dem aufnahm, was er sagte.

Er stand auf und ging zur Tür. Krüger hatte draußen auf dem Gang gewartet und trat auf ihn zu. »Und?«

»Er scheint selbst zu glauben, daß er heute nacht hierbleiben sollte. Also lasse ich ihn hier, wenn das möglich ist, ohne daß ich ihn einweisen lassen muß.«

»Natürlich, wenn es sein Wunsch ist.«

»Ich denke nicht, daß er im Augenblick in der Lage ist, das zu entscheiden. Morgen sehen wir weiter.«

Der junge blonde Pfleger kam pfeifend mit einem Tablett in Händen den Flur entlang, und Krüger sagte: »Ansgar, würden Sie Herrn Wohlfahrt zu seinem Zimmer zurückbringen?«

Er nickte willig. »Klar doch.« Das Tablett landete schwungvoll auf einer Fensterbank, und Ansgar steuerte auf quietschenden Turnschuhen auf sie zu. »Ist es wahr, daß er Musik studiert?«

Magnus nickte.

»Und sein Großvater war wirklich Magnus Finkenstein?«

»Das hat er gesagt?« Meine Güte, dachte Magnus, Taco muß tatsächlich völlig weggetreten gewesen sein. Normalerweise hütete er das Geheimnis, wer seine Mutter und sein Großvater gewesen waren, als hätten diese irgendein widerwärtiges Verbrechen begangen.

»Na ja, ich hab's mir zusammengereimt, als ich seinen Namen gelesen hab'. Wegen Hanna Finkenstein-Wohlfahrt. Da hab' ich ihn gefragt, und er hat ja gesagt. Aber ich konnt's irgendwie doch nicht so richtig glauben.«

»Stimmt aber.«

»Wow. Er ist nicht so panne, wie wir dachten, Doc.« Er winkte Magnus fröhlich zu und betrat Krügers Büro.

Der Arzt sah ihm lächelnd nach. »Kommen Sie, lassen Sie uns gehen. Einfacher für Sie beide, wenn Sie Ihren Bruder jetzt nicht noch mal sehen.« Zögernd ließ Magnus sich den Flur entlang zum Ausgang führen.

»Ansgar ist Zivildienstleistender«, erklärte Krüger. »Zum nächsten Semester bewirbt er sich um einen Platz an der Robert-Schumann-Hochschule. Er spielt Geige. Sehr begabt. Ich hoffe trotzdem, er fällt durch die Aufnahmeprüfung. Dann kann ich ihn vielleicht überreden, hier eine Ausbildung zum Pfleger zu machen. Er ist wirklich gut.«

Das brachte Magnus auf einen Gedanken. »Ich bin zwar nicht sicher, ob Taco morgen auch noch bleiben will, aber wenn, ich meine, wenn dieses Erlebnis ihn so schockiert hat, daß er ernsthaft eine Therapie erwägt, dann braucht er ein Klavier.«

»Daran soll's nicht scheitern. Glauben Sie mir, wir tun alles, was menschenmöglich ist. Lassen Sie uns in ein paar Tagen noch mal über Therapiemöglichkeiten reden. Vermutlich wollen Sie sich auch anderweitig informieren, Privatkliniken und so weiter. Tun Sie das in Ruhe, und dann sehen wir weiter.«

Magnus nickte. »Danke.« Er schüttelte Krüger die Hand und gab ihm seine Karte. »Wenn es irgendwelche Probleme geben sollte vor morgen abend, rufen Sie mich an?«

»Einverstanden.«

Nur mäßig beruhigt verließ Magnus die Klinik. Er rechnete mit dem Schlimmsten, was den Zustand seines Wagens anging, denn er war über eine halbe Stunde weg gewesen. Doch die Hunde hatten sich sehr zurückgehalten. Anatol saß nicht mehr auf der Decke auf der Rückbank, sondern hatte sich vorne auf den Ledersitzen ausgestreckt, aber das konnte man ihm kaum verdenken, denn hinten war es für beide zusammen ziemlich eng. Auch daß Aljoscha den Europa-Atlas weichgekaut hatte, fand er nicht weiter tragisch, er war ohnehin veraltet. Als er die Wagentür aufschloß, sprangen sie beide auf, und der Wagen schwankte.

»Rück mal ein Stück, bitte.«

Anatol kauerte sich auf dem Beifahrersitz zusammen, und Magnus stieg ein. Er stieß mit dem Fuß gegen einen kleinen Gegenstand, tastete danach und fand eine zerkaute Kassette. Das Band war fast ganz herausgezogen und sah aus wie ein hoffnungslos wirres Wollknäuel. Mendelssohn-B., *Lieder ohne Worte*, war so gerade noch auf dem Etikett zu lesen. Er seufzte. »Wer war das?«

Sie sahen ihn beide mit offenen Mäulern und heraushängenden Zungen an, und er hätte schwören können, daß sie grinsten.

Er stellte seinen Wagen ab und ging fast eine Stunde mit den Hunden am Rhein entlang. Nieselregen und Novemberkälte schienen ihnen nichts anhaben zu können. Sie tollten ausgelassen auf den nassen Wiesen herum und machten sich einen Spaß daraus, anderen Hundebesitzern und Passanten einen Mordsschreck einzujagen. Magnus wurde mehrfach mit deutlichen Worten aufgefordert, sie an die Leine zu nehmen.

Schließlich brachte er die Hunde nach Hause und machte sie mit den Räumlichkeiten vertraut.

Ihre Decken breitete er in einer Ecke seines Büros nahe der Heizung aus. »Ihr könnt erst mal hierbleiben, eine Dauerlösung überlegen wir uns später. Gefressen wird in der Küche, und zwar anständig, wenn's irgendwie geht.«

Schwanzwedelnd folgten sie ihm durch den Flur und fielen hungrig wie Wölfe über ihr Futter her, als Magnus ihre salatschüsselgroßen Näpfe auf den glücklicherweise pflegeleichten Granitboden stellte. Er sah ihnen eine Weile zu, aber auch davon bekam er keinen Appetit. Dieser Tag lag ihm wie ein Wackerstein im Magen. Er rief Lea an, erklärte ihr möglichst schonend, was passiert war, und lud sie für den nächsten Abend zum Essen ein. Nach einem kurzen Zögern sagte sie zu. Dann schenkte er sich ein Glas chilenischen Rotwein ein, legte die Füße hoch und wählte Voglers Handynummer.

»Hallo?«

»Wohlfahrt.«

»Ah. Sagen Sie mal, was fällt Ihnen eigentlich ein? *Der verkörperte Teufel, der das Böse um des Bösen willen tut, der schlaue, machiavellistische Rechner, der aus Freude an der Macht die Menschen manipuliert*. Das kann nicht Ihr Ernst sein.«

»Wie bitte?«

»Iago.«

»Oh ... Wo haben Sie das denn her?«

»Ich war in der Stadtbücherei und habe nachgelesen, wie Sie mir geraten haben.«

»Ich bin erstaunt, daß Sie für so etwas Zeit haben.«

»Tja, Sie werden's nicht glauben, aber offiziell habe ich Urlaub. Jetzt mal im Ernst, Mann. Was haben Sie gemeint, als Sie mich so genannt haben?«

Magnus mußte lächeln. »Jemanden, der andere manipuliert, indem er sie eifersüchtig zu machen versucht. Wie geht es Natalie?«

»Besser. Nach der Fahrt war sie ziemlich erledigt, aber sie ist selbst erleichtert, daß sie in Sicherheit ist. Haben Sie was zu schreiben? Ich hab' hier ihre Nummer.«

Magnus notierte sich die Nummer und zündete sich eine Zigarette an. »Danke. Hören Sie zu, ich hab' mit unserem Anwalt telefoniert. Sie haben geblufft. Wegen läppischer fünf Gramm können Sie meinem Bruder keine ernsthaften Schwierigkeiten machen. Das Verfahren würde eingestellt.«

»Das hab' ich ja nie bestritten. Trotzdem besser, wenn er mitspielt, dann wird es erst gar kein Verfahren geben.«

»Ich hab' ihn im Krankenhaus gelassen. Auf seinen Wunsch. Er ist nicht in der Verfassung, Ihnen zu helfen. Sagen Sie, was Sie von ihm wollen. Ich werd's tun.«

»Das können Sie nicht. Ich hatte die Absicht, Ihren Bruder mit ein paar markierten Geldscheinen zu seiner Quelle zu schicken. Mit etwas Glück hätten wir dieses Geld verfolgen und eine Verbindung zu Ambrosinis Organisation nachweisen können. Und ich wollte ihn fragen, ob er irgendeine Idee hat, wohin das Geld aus diesem Laden gebracht wird. Sehen Sie, Drogengeld wird meistens erst ein paarmal in größere Scheine gewechselt, ehe es auf irgendeinem Bankkonto landet. Bis vor ein paar Wochen war eine Spielhalle auf der Grabenstraße der erste Umschlagplatz. Aber die ist abgebrannt, der Besitzer spurlos verschwunden. Wir glauben, er wollte aussteigen. Vermutlich steht er jetzt mit einem Paar Betonschuhe auf dem Grund des Rheins oder so was. Jedenfalls haben wir noch keine neuen Kanäle entdeckt.«

»Ich werde ihn danach fragen. Aber aus ihrem Plan wird nichts. Suchen Sie sich einen anderen Verrückten, der Ambrosini Ihre gekennzeichneten Scheine unterjubelt ...«

»Unsichtbar gekennzeichnet, natürlich.«

»Trotzdem. Vielleicht ist das gar nicht nötig. Mir sind ein paar Ideen gekommen.«

»Lassen Sie hören.«

Sie stritten fast eine Stunde lang, aber schließlich gab Vogler nach und stellte in Aussicht, er werde zu Magnus' Beerdigung kommen.

13

Am nächsten Morgen erregte Magnus einiges Aufsehen, weil er mit zwei Rottweilern in seiner Firma erschien. Er versammelte seine verbliebenen acht Mitarbeiter in seinem Büro und verkündete, Natalie Blum habe einen schweren Unfall gehabt und werde eine unbestimmte Zeit im Krankenhaus liegen. Alle acht Gesichter spiegelten Schock und Fassungslosigkeit.

»Unfall?« fragte Dawn verständnislos. »Aber ... sie hat doch gar kein Auto.«

»Nein.« Er berichtete kurz von den Einzelheiten. Die acht Gesichter wirkten noch ein bißchen schockierter. Magnus versuchte, Birgit und Peter Schmalenberg unauffällig aus dem Augenwinkel zu beobachten, und kam zu dem Schluß, daß sie nicht vorgewarnt worden waren. Ihr Entsetzen war echt, intensiver als das der anderen, weil sie die Zusammenhänge ahnten, weil sie wußten, daß es kein Unfall gewesen war. Vielleicht fürchteten sie sich plötzlich. Vielleicht ging ihnen jetzt endlich auf, mit wem sie sich eingelassen hatten. Vielleicht hatten sie Angst, daß ihnen eines Tages das gleiche passieren könnte. Er hoffte, sie hatten Angst. Er hoffte, sie würden in der Hölle schmoren. Einer von beiden, da war er sicher, hatte seinen Vater vergiftet.

»Wir werden also versuchen müssen, ein paar Wochen ohne sie auszukommen.«

»In welchem Krankenhaus liegt sie? Kann man sie besuchen?« fragte Birgit.

Magnus fand es immer noch schwer zu glauben, daß diese

blasse, scheue Kreatur wirklich eine Intrigantin sein sollte, daß sie diese als kollegiale Anteilnahme getarnte Frage nur stellte, weil sie sich dachte, daß die Gegenseite über diese Information hocherfreut sein würde.

Er schüttelte den Kopf. »Ich fürchte, nein. Wie es scheint, liegt sie im Koma«, log er.

»Gott. Das ist furchtbar«, murmelte Dawn, und Magnus hatte ein schlechtes Gewissen, weil er die Gerechten ebenso wie die Ungerechten belog.

»Ich werde es Sie wissen lassen, wenn ich etwas Neues erfahre.«

Betreten schlichen sie zur Tür, und Magnus bat Dawn, mit den Unterlagen von der Isle of Man zu ihm zu kommen. Sie war in Windeseile zurück und brachte ihm einen Kaffee mit.

»Vielen Dank. Bitte, setzen Sie sich.«

Sie nahm auf Natalies Stuhl Platz und hielt genau wie sie ihre Mappe auf dem Schoß. »Unsere neue Firma heißt *Marigold Limited*.«

Er verdrehte die Augen. »Wie klangvoll.«

Sie grinste schwach. »Die anderen Namen waren noch schlimmer. Also, das funktioniert folgendermaßen: Auf der Isle of Man gibt es eine Reihe von Firmen, die die Gründung und Verwaltung von Off-Shore-Gesellschaften zum Gegenstand haben. An eine der namhafteren habe ich geschrieben. Sie haben unsere Marigold Ltd., eine Gesellschaft mit beschränkter Haftung, für uns gegründet, deren Inhaber und Geschäftsführer offiziell eine Mrs. Susan Gray ist, vermutlich eine Sachbearbeiterin bei der Anbieterfirma. Laut notarieller Urkunde, die ich hier vorliegen habe, werden aber alle Vermögenswerte, die die Marigold Ltd. jemals haben wird, auf Sie übertragen. Das heißt, die Firma läuft zwar nicht auf Ihren Namen, gehört de facto aber Ihnen. Okay?«

»Klingt ziemlich dubios.«

»Aber es ist das normale Procedere. Schließlich und endlich ist Verschleierung und ... Steuerersparnis der Sinn einer solchen

Briefkastenfirma.« Ihre Stimme klang neutral, aber sie sah ihn nicht an.

»Na schön. Zeigen Sie mir, wo ich unterschreiben soll.«

Sie stand auf, schlug ihre Mappe auf und wollte sie vor ihn legen. Dabei fiel ihr Blick auf die Formulare, die er vor sich ausgebreitet hatte. »Oh, russisch«, bemerkte sie.

»Sagen Sie nicht, das können Sie auch.«

»Doch, natürlich.«

Er sah überrascht auf. »Tatsächlich? Sonst noch was?«

Sie nickte. »Spanisch, arabisch, ein bißchen chinesisch.«

»Sie wollen mich auf den Arm nehmen.«

»Keineswegs. Ich sagte Ihnen doch, ich mache hier die Auslandskorrespondenz.«

»Ich dachte, in englisch«, antwortete er schwach.

Sie schüttelte ungeduldig den Kopf. »Das könnte Natalie ebensogut.«

»Sie beherrschen sechs Sprachen in vier verschiedenen Schriften und sitzen hier am Empfang?«

Sie lächelte. »Wenn Sie zum ersten Mal meine Gehaltsüberweisung unterschreiben, werden Sie verstehen, warum. Mein Vater ist Diplomat. Inzwischen Botschafter der Vereinigten Staaten in Südafrika. Ich bin in Saudi Arabien geboren. Na ja, ich kam ziemlich viel herum, und weil mein Vater fand, Sprachen seien wichtig, schickte er mich nicht auf amerikanische Schulen, wie seine Kollegen das taten, sondern immer auf staatliche Schulen unseres Gastlandes. Dafür hab' ich ihn gehaßt. Heute bin ich natürlich froh.«

Magnus war fasziniert. »Das heißt also, Sie könnten mir erklären, was in diesen Formularen steht?«

»Ich könnte. Aber ich weiß nicht, ob ich will.«

Er sah verwundert auf. »Wie darf ich das verstehen?«

Sie legte ihre Mappe ab, setzte sich wieder und schlug die Beine übereinander. »Ich arbeite gern hier, Herr Wohlfahrt. Es ist eine wunderbare Firma mit vielen interessanten Projekten. Ich komme mit Dingen und Menschen in Berührung, die ich sonst nie kennenlernen würde. Jeden Tag etwas anderes. Aber ich glaube, wenn ich weiter hier arbeiten will, muß ich hin und wieder die Augen ganz fest zumachen, damit ich gewisse Dinge nicht sehe. Und dazu gehört sicher alles, was Ambrosinis Laufbursche hier abgibt.«

Magnus nickte. Er antwortete nicht gleich. Er trank von seinem Kaffee, zog sein Zigarettenetui aus der Innentasche und hielt es ihr geöffnet hin. Sie griff ohne zu zögern zu.

»Danke.«

Er nahm ebenfalls eine und gab ihr Feuer.

»Ja. Ich kann Ihre Haltung gut verstehen. Man fällt heutzutage so leicht vor eine U-Bahn.«

Sie blinzelte erschrocken, aber er sah, daß sie Spekulationen in diese Richtung angestellt hatte.

»Das Schlimme ist, daß man nie weiß, wem man trauen kann.«

Sie sah ihm in die Augen und nickte. »Ja. Genau vor diesem Problem stehe ich auch.«

»Ich wünschte, Sie würden mir trauen, Dawn. Und mir helfen. Ich fürchte, alleine werde ich nicht sehr weit kommen.«

»Was müßte ich tun, um Ihnen zu helfen?«

Er erklärte es ihr. Er verließ sich blind auf sein Gefühl, weil er keine andere Wahl hatte, und setzte sie ins Bild. Er redete ziemlich lange, und ihre Augen wurden größer und größer, während sie zuhörte. Sie nahm sich abwesend eine zweite Zigarette aus dem offenen Etui, rauchte nervös, und als er zum Ende kam, nickte sie nachdenklich.

»Ja. Das werden wir wohl hinkriegen. Aber ich denke, wir sollten lieber vorsichtig sein. Besser, ich gehe, ehe irgendwer sich fragt, was wir hier so lange zu besprechen haben. Unterschreiben Sie mir die Sachen für die Isle of Man und legen Sie die russischen Formulare hinten in die Mappe. Ich mache mich sofort an die Arbeit.«

Magnus begann zu unterschreiben. »Niemand wird es verdächtig finden, wenn Sie einen Teil von Natalies Aufgaben übernehmen. Jeder weiß, daß Birgit nicht die Richtige dafür ist.«

Dawn nickte. »Was ... was haben sie im Krankenhaus gesagt? Wie schlecht geht es ihr wirklich?«

Er sagte ihr die Wahrheit.

Sie lächelte. »Ich hab' mir gleich gedacht, daß das mit dem Koma nicht stimmt. Sie sind ein schlechter Lügner.«

Er strich sich verlegen übers Kinn. »Das hat mir neulich schon mal jemand gesagt. Hoffentlich haben es nicht alle gemerkt.«

»Diejenigen, die es nicht merken durften, waren vermutlich zu sehr mit ihren eigenen Gedanken beschäftigt. Ich hoffe, sie kriegen Alpträume.«

Ihr Engagement machte ihm Mut, aber es verwunderte ihn ein wenig. »Mir war nicht bewußt, daß Sie und Natalie sich nahestehen.«

Sie stand auf und nahm ihre Mappe. »Tun wir auch nicht. Sie hatte leider nicht das geringste Interesse an der Art von Beziehung, die mir vorschwebte.«

»Oh ...« Auf einen Schlag verstand er alles, was er an Dawn bislang rätselhaft gefunden hatte. Zum Beispiel, warum sie ihm trotz ihrer Freundlichkeit auf so unbestimmte Weise unnahbar erschienen war. Zum Beispiel, warum er den Umgang mit ihr so unkompliziert fand, warum es so leicht war, offen zu ihr zu sein.

Sie runzelte die Stirn. »*Shocked, dear?*«

»Nein. Ich fürchte nur, in dem Fall muß ich Ihnen fairerweise noch etwas sagen.«

Sie lachte leise. »Über Natalie und Sie? Nein, das brauchen Sie nicht. Das weiß ich längst.« Sie drückte ihre Zigarette aus. »Machen Sie sich keine Gedanken. Ich bin ein großes Mädchen. Und ich leide nicht an gebrochenem Herzen.«

Er lächelte. »Dann bin ich beruhigt.«

Ambrosini selbst hatte ihn auf die Idee gebracht. Stolpersteine. Er hoffte, wenn er ihm nur genug in den Weg legte, würde er vielleicht tatsächlich auf die Nase fallen. Und zu diesem Zweck mußte er ein paar Dokumente fälschen. Das war heute ja wirklich keine besondere Kunst mehr. Alles, was er brauchte, war ein guter Scanner, und der stand neben Natalies Computer.

Doch am späten Nachmittag verließ er wie alle anderen die Firma, fuhr nach Grafenberg, ging mit den Hunden durch den weitläufigen Park der Klinik und sprach mit Dr. Krüger. Taco ging es erwartungsgemäß erbärmlich, aber er hatte eingewilligt, ein paar Tage zur Entgiftung zu bleiben.

Magnus sah Krüger skeptisch an. »Ist das wirklich wahr?«

Der Arzt nickte. »Ich schätze, er weiß selbst, daß es ums nackte Überleben geht. Wir haben heute morgen länger geredet. Und eins kann ich Ihnen sagen: Er will nicht sterben. Dazu hat er viel zu große Pläne. Und zuviel Wut im Bauch. Er ist nicht nur aggressiv, sondern richtig wütend, und ich denke, das ist ganz gut. Und seine Freundin war hier.« Er schüttelte mit leicht verklärtem Blick den Kopf. »Gott, was für eine Schönheit.«

»Ja. Und?«

»Sie scheint ziemlich großen Einfluß auf ihn zu haben. Und als sie weg war, hat er gesagt, er wollte es wenigstens für ein paar Tage versuchen. Jetzt hat er Angst. Das geht allen so. Aber ich schätze, er hat ganz gute Chancen. Er könnte es schaffen.«

»Soll ich zu ihm gehen?«

»Sie wollen meinen Rat?«

Magnus nickte.

»Dann lassen Sie's bleiben. Es sei denn, Sie legen Wert darauf, sich anzuhören, daß Sie an allem schuld sind, was mit ihm passiert ist.«

»Das glaubt er?« fragte Magnus erschüttert.

»Nein, aber das sagt er. Ich denke, Sie sollten sich das einfach ersparen. Sie helfen ihm mehr, wenn Sie dafür sorgen, daß er ein

Klavier bekommt, das seinen hohen Ansprüchen gerecht wird. Als er unseres hier gesehen hat, hat er nur abgewunken.«

»Ja, darin ist er ein Snob. Richten Sie ihm aus, heute nachmittag kommt der Bösendorfer.«

Er fuhr kurz zu Hause vorbei, fütterte die Hunde, duschte, zog sich um, telefonierte mit Natalie, und um halb sieben war er wieder in der Firma.

Dawn erwartete ihn schon und sah ihn mit einem kleinen, anerkennenden Lächeln an. »Hübsche Krawatte.«

»Danke.«

»Also? Was machen wir?«

Magnus schaltete Natalies Computer und den Scanner ein. Dann streckte er die Hand aus. »Seien Sie so gut, geben Sie mir die Formulare.«

Sie reichte ihm vier weiße DIN A4-Bögen, die er nacheinander einscannte und abspeicherte. Dann blätterte er auf dem Bildschirm zur ersten Seite zurück und betrachtete die kyrillischen Buchstaben. Für ihn waren es Hieroglyphen. Das einzige russische Wort, das er lesen konnte, war Prawda.

»Wir werden diese Anträge so abändern, daß wir die Exportgenehmigung auf keinen Fall bekommen. Ich denke nicht, daß Ambrosini mehr russisch kann als ich, aber das Erscheinungsbild sollte sich trotzdem so wenig wie möglich verändern. Er ist sehr mißtrauisch.«

Sie zeigte mit dem Finger auf einen Abschnitt auf der Mitte der ersten Seite. »Hier steht: Vor Auszahlung besagter vierhundert Milliarden Rubel werden wir als Sicherheit selbstverständlich eine Bürgschaft unserer Hausbank über fünfzig Millionen Dollar beibringen.«

»Können wir aus ›eine Bürgschaft‹ ›keine Bürgschaft‹ machen?«

Dawn grinste verschwörerisch. »Nichts leichter als das.«

Absatz für Absatz übersetzte sie ihm den Wortlaut der Formulare, und gemeinsam überlegten sie die Änderungen. Sie hielten sie so sparsam wie möglich. Hier strichen sie ein Wort, da fügten sie eines hinzu. Doch das Ergebnis war verblüffend. Für das ungeschulte Auge sah der Text kaum anders aus, aber als sie fertig waren, beantragten die Formulare eine Genehmigung zur Ausfuhr von Waffen und spaltbarem Material, die aus ehemaligen Sowjetbeständen entwendet worden seien und die mit einem ungesicherten Kredit über vierhundert Milliarden Rubel bezahlt werden sollten, den der wohl einschlägig bekannte Kalnikov mit einem offenbar korrupten Direktor der russischen Nationalbank ausgehandelt hatte, um die dreckigen Dollarmillionen seiner Mafiafreunde zu waschen und die russische Wirtschaft zu infiltrieren.

Dawn tippte mit klopfendem Herzen. »Magnus, Sie sind wahnsinnig. Das wird eine riesige Staubwolke aufwirbeln.«

»Ja, bestimmt. Aber wenn wir Glück haben, dauert es ein Weilchen, bis die Herren der ehrenwerten Gesellschaft herausfinden, was schiefgegangen ist.«

»Ja, hoffentlich.«

»Außerdem, was sonst bleibt mir übrig? Sie sehen ja, mein Name soll dafür herhalten.«

Sie nickte seufzend. »Und zur Abwicklung dieser Transaktionen sollten Sie die Firma auf der Isle of Man gründen?«

»Ich nehme es an. Fertig?«

Sie ließ die Hände sinken. »Ja. Ich drucke es aus und lese es noch mal durch. Dann können Sie unterschreiben.«

Während der Drucker surrte, ging Magnus zu Peter Schmalenbergs Büro und holte sich die Bellock-Akte.

»Was wollen Sie damit?« fragte Dawn neugierig.

Er lächelte geheimnisvoll. »Der arme Peter wird morgen früh eine sehr schlechte Nachricht kriegen. Das ganze Bellock-Geschäft platzt.«

»*Was?* Aber ... wie?«

Magnus nahm einen Brief der Firma Bellock aus der Akte und scannte ihn ein. Dann löschte er alles außer dem Briefkopf und den Unterschriften der beiden Vorstände.

»Warten Sie's ab.«

Pünktlich um Viertel vor acht kam er bei Lea an. Im Hausflur war es heute vergleichsweise still, nur aus einer Wohnung im Erdgeschoß erklang Musik, eine unbegleitete Sopranstimme sang das *Ave Verum*. Magnus blieb einen Moment stehen und hörte zu. Die Stimme war so rein und makellos, die getragenen Klänge von einer so schlichten Schönheit, daß ein seltsamer Schauer ihn überlief und ihm mit einem Mal die Tränen in die Augen schossen. Er gab sich einen Ruck und stieg die Treppe zu Leas Wohnung hinauf.

Sie trug einen schmalen, fast knöchellangen Rock und einen weiten Pullover, beides aus taubenblauer Wolle, und ihr Anblick verschlug ihm fast den Atem.

Sie lächelte ein bißchen unsicher. »Was ist los?«

Er nickte auf die Treppe zu. »Da, hör mal.«

Sie lauschte mit gerunzelter Stirn und hob dann kurz die Schultern. »Na ja. Ganz ordentlich. Wird auch Zeit. Seit Wochen tötet sie uns mit der Nummer den Nerv. Komm rein. Sag mal, müssen wir wirklich essen gehen?«

»Nein, natürlich nicht.« Er trat in die Diele und schloß die Tür.

»Ich hab' überhaupt keinen Hunger«, erklärte sie.

»Wie wär's mit Oper?«

»Was gibt es denn?«

»Keine Ahnung.«

Sie führte ihn in die Küche. An einer Pinnwand aus Kork über dem großen Küchentisch hing ein November-Spielplan der Deutschen Oper am Rhein. Sie fuhr mit dem Finger daran entlang.

»Ah, hier. *Der Vetter aus Dingsda.*«

»O nein.«

Sie sahen sich an und lachten plötzlich.

»Sag nicht, du magst keine Operetten.«

Er verzog das Gesicht. »Nein, nicht besonders. Und heute ganz sicher nicht.«

»Das trifft sich gut. Ich *verabscheue* Operetten. Ich glaube, ehe ich das täte, würde ich lieber für den Rest meiner Tage bei Werbespots bleiben. Also, was machen wir?«

»Was immer du möchtest.«

Sie dachte kurz nach. »Dann laß uns hierbleiben und in Ruhe reden. Ich kann dir einen Espresso kochen, ich hab' auch eine Flasche Rotwein.«

»Also, wozu ausgehen?«

Sie hob warnend einen Zeigefinger. »Erwarte nicht zuviel, er ist ein paar Klassen unter deiner Marke. Taco nennt ihn ›Pennerglück‹.«

»Schön, dann trinke ich Espresso.« Er setzte sich an ihren Küchentisch und sah zu, wie sie die verbeulte Blechkanne mit Wasser füllte und eine Kaffeedose aus dem Schrank nahm. Er bewunderte ihre fließenden, selbstsicheren Bewegungen.

»Machst du mal Musik?« sagte sie über die Schulter.

Er stand auf und sah sich um. Zwei Lautsprecher hingen oben in den Ecken der Fensterwand. Mit den Augen folgte er dem Verlauf der Kabel. Sie führten ins Wohnzimmer, wo die Stereoanlage mit zwei weiteren Boxen stand. Er ging ihre CDs durch und fand erstaunlich wenig Klassik, dafür viel englischen Rock aus den Siebzigern und Achtzigern. Er entschied sich für einen Kompromiß: *Pictures at an Exhibition* von Emerson, Lake and Palmer.

Als er zurück in die Küche kam, hatte Lea den Kopf zur Seite geneigt und sah ihn eindringlich an. Er konnte ihren Blick nicht genau deuten, aber Argwohn schien auf jeden Fall darin enthalten.

»Die haben wir gehört, als Taco zum ersten Mal hier war«, sagte sie.

»Ah ja?«

Sie stellte eine Espressotasse vor ihn, setzte sich ihm gegenüber und stützte die Ellenbogen auf den Tisch auf. »Als er gehört hat, daß wir heute abend verabredet sind, wurde er wütend. Er hat Angst, daß du mich ihm wegnehmen willst.«

»Wie bitte?«

Sie nickte. »Er sagt, du hättest einen enormen Verschleiß an Frauen. Und er scheint zu glauben, daß er dem Vergleich mit dir nicht standhalten könnte.«

Magnus verdrehte die Augen. »Wofür hält er dich? Einen Wanderpokal?«

Sie lächelte plötzlich befreit. »Das hab' ich ihn auch gefragt. Er ist ...« Sie machte eine wedelnde Handbewegung, als suche sie nach einem passenden Wort. »Ein bißchen fixiert auf sexuelle Dinge in letzter Zeit. Das kommt vom Kokain, hab' ich gelesen. Und seit er von dir und Carla weiß, hält er dich für ein Sexmonster.«

Magnus wußte nicht, ob er lachen oder verzweifelt sein sollte. »Er irrt sich«, sagte er trocken. »Und ich habe die CD ausgesucht, weil sie mir gefällt, nicht etwa, weil es eine Art Familientradition wäre, zu Keith Emersons Mussorgski-Variationen unsere Verführungskünste zu erproben. Bist du beruhigt?«

»Absolut.«

Sie entspannte sich tatsächlich von einer Sekunde zur nächsten, und sie redeten ungezwungen. Über die lausigen Berufsaussichten angehender Musiker, über ein paar neue Filme, die Magnus größtenteils nicht gesehen hatte, sie erzählte ihm von ihrer Familie, und irgendwann bestellten sie ein indonesisches Essen. Als das vertilgt war, versuchte er doch ein Glas ihres Rotweins, den er gar nicht einmal so indiskutabel fand, wie er befürchtet hatte, und sie gestattete ihm großmütig zu rauchen.

»Ich habe an der Schule das Gerücht in Umlauf gebracht, Taco liege mit einer sehr, sehr ansteckenden Gelbsucht im Krankenhaus«, eröffnete sie ihm schließlich.

»Gut. Niemand wird ihn besuchen wollen.«

»So ist es.« Sie schwieg einen Moment und fuhr dann zögernd fort: »Viele Freunde hat er sowieso nicht.«

»Hm, er war immer eher ein Einzelgänger. So wie ich.«

Sie schüttelte den Kopf. »Das ist es nicht allein. Er hat viele Leute verärgert. Natürlich hat es auch mit Neid zu tun. Du glaubst ja nicht, wieviel Mißgunst es manchmal unter Musikern gibt. Eitelkeit, Zukunftsangst, Narzißmus, das spielt alles eine Rolle. Und er ist oft arrogant. Weil er um jeden Preis vermeiden will, daß irgend jemand merkt, wie wenig er von sich überzeugt ist.«

»Aber dich konnte er damit offenbar nicht täuschen.«

»Nein. Na ja, zu mir ist er auch anders. Jedenfalls, dieses Stück, das er vertont hat, *Cyrano de Bergerac*, das ist furchtbar wichtig für ihn. Verstehst du, er braucht die Bestätigung. Die Anerkennung von außen. Ganz abgesehen davon, daß er sich damit einen Namen machen könnte, noch ehe er mit dem Studium fertig ist.«

»Glaubst du wirklich?« fragte Magnus verblüfft.

Sie nickte. »Du müßtest es hören. Es ist phantastisch. Wirklich, ich sage das nicht leichtfertig.«

Magnus war geneigt, ihrem Urteil zu trauen. »Tja. Ein guter Grund mehr, warum er sich fangen und mit diesem gräßlichen Zeug aufhören muß.«

Sie runzelte die Stirn. »Du nennst es gräßlich? Ich dachte, du stehst selbst drauf.«

»Früher, hin und wieder. Seit es mit Taco so schlimm geworden ist, habe ich den Spaß daran verloren. Dir hat er auch erzählt, es sei alles meine Schuld, ja?«

»Natürlich. Aber ich hab's nicht geglaubt.« Sie hob mit einem traurigen Lächeln die Schultern. »Er hat sich selbst dahin gebracht, wo er ist. Ich weiß es, weil ich zugesehen habe. Sei ihm nicht böse, Magnus. Man muß Geduld mit ihm haben, weißt du.«

»O ja. Ich weiß.«

»Hast du mit der Polizei gesprochen? Kriegt er Schwierigkeiten?«

»Ich bin nicht sicher. Sie wollten einen Kuhhandel mit ihm machen. Er sollte bei den Ermittlungen helfen, dafür wollten sie das Verfahren gegen ihn niederschlagen. Aber solange er in der Klinik ist, kann er das natürlich nicht.«

Sie horchte auf. »Was sollte er tun?«

Er erklärte es ihr.

Sie hob die Hände. »Nichts leichter als das. Ich werd's machen.«

»Wie stellst du dir das vor? Es ist viel zu gefährlich, und außerdem werden sie dir nichts verkaufen, weil sie dich nicht kennen.«

»Doch. Ich bin zweimal mit Taco in Sakowskys Laden gewesen. Er wollte zwar nie, daß ich mit der ganzen Geschichte in Berührung komme, aber mir war das egal, und es ergab sich eben so. Ich könnte mir vorstellen, daß sie mir was geben, wenn ich sage, daß es für Taco ist. Vorausgesetzt, sie erinnern sich an mich.«

Magnus sah sie an und mußte lächeln. »Daran habe ich nicht die geringsten Zweifel.«

14

In der Nacht hatte es immerzu geregnet, und gleichzeitig hatte es den ersten handfesten Frost gegeben. Die Straßen waren spiegelglatt, im Radio rieten sie, mit öffentlichen Verkehrsmitteln zur Arbeit zu fahren.

Der Oberarzt hatte Ansgar dazu verdonnert, dem Hausmeister zu helfen, die Zufahrt und die Gehwege zu streuen. Ansgar nahm es gelassen. Ihm war im Grunde gleich, was er tat. Noch knapp zwei Monate, dann war sein Zivildienst ohnehin um, und mit ein bißchen Glück würde er zum Sommersemester anfangen zu studieren. Vielleicht konnte er sein BAföG mit ein paar Nachtwachen ab und zu aufbessern. Dr. Krüger würde ihn bestimmt nehmen. Blieb abzuwarten, ob der Oberarzt nicht intervenierte. Wie heute morgen wieder mal unschwer erkennbar gewesen war, konnte der Oberarzt ihn nämlich nicht ausstehen. Ansgar hob grinsend die Schultern und stieß mit einem leisen Lachen eine gewaltige Dampfwolke aus. Ihm war es so oder so egal.

Der Hausmeister kam auf ihn zu und nahm ihm den schweren Plastiksack mit dem dunklen Granulat ab. »Das reicht, das reicht. Nützt sowieso nichts. Für so schwere Fälle brauchte man einfach Salz.«

»Warum nehmen wir kein Salz?«

»Weil's Gift fürs Grundwasser ist. Geh rein, Junge, du bist ja ganz verfroren. Danke für deine Hilfe.«

Ansgar hob die Hand zum Gruß, wandte sich ab und betrat die Klinik mit dem Vorsatz, sich erst mal einen heißen Tee zu besorgen. Es war wirklich kalt geworden, seine dünne Jeansjacke taugte nichts für dieses Wetter. Am Samstag würde er auf den Trödelmarkt am Aachener Platz gehen, beschloß er, und sich was Warmes zum Anziehen besorgen. Vielleicht einen Mantel, der fast bis auf den Boden reichte. Damit konnte er sich dann mitsamt seiner Geige in die Schadow-Arkaden stellen, eine leicht tragische Miene aufsetzen und mit größter Inbrunst Weihnachtslieder fiedeln. Das brachte immer was ein, das wußte er aus Erfahrung. Letztes Jahr hatte ihm eine junge Frau in einem Pelzmantel einen Hunderter in den Geigenkasten geworfen ...

Er trällerte vor sich hin auf dem Weg zur Küche.

»Entschuldigen Sie bitte ...«

Ansgar wandte sich um. »Ja?«

»Mein Name ist Finkenstein, ich würde gern meinen Neffen besuchen.«

Ansgar sah vor sich einen großen, dunkelhaarigen Mann um die Vierzig. Von den italienischen Schuhen bis zum Kaschmirschal sagte seine gesamte Erscheinung: GELD! Normalerweise hatte Ansgar keine großen Sympathien für Typen mit Geld, aber dieser Mann hier hatte so entwaffnende blaue Augen, daß man irgendwie gar nicht anders konnte, als hilfsbereit zu sein.

»Hey, warten Sie mal ... Sind Sie etwa Hanna Finkensteins Bruder?«

»Stimmt genau.« Er lächelte schwach. »Der Altersunterschied zwischen uns war recht groß, ich stamme aus der zweiten Ehe meines Vaters. Und ich kann leider nicht besonders gut Klavier spielen«, fügte er mit einem Augenzwinkern hinzu.

»Tja, also wissen Sie, eigentlich ist es im Moment wohl besser, wenn Taco keinen Besuch bekommt. Heute ist der dritte Tag, das ist oft der schlimmste. Er fühlt sich gräßlich und will wohl auch keinen sehen. Sie müßten auf jeden Fall zuerst mit Dr. Krüger sprechen, aber der hat im Moment Visite.«

Die blauen Augen waren bekümmert. »Verstehe. Gott, es ist furchtbar. Der arme Junge, ich kann ... überhaupt nicht begreifen, wie das je soweit kommen konnte mit ihm. So talentiert. Und er war so ein fröhliches Kind, wissen Sie.« Er schüttelte traurig den Kopf und atmete dann tief durch. »Tja. Ich will Sie nicht länger aufhalten. Eigentlich wollte ich ihm nur ein paar Noten bringen. Sein Flügel ist doch seit gestern hier, nicht wahr?«

»Ja, stimmt.«

»Hm. Ich habe ihm hier seine Partitur gebracht, ich dachte, vielleicht hilft es ihm ein bißchen, an seinem Stück zu arbeiten. Lenkt ihn ab, wissen Sie. Würden Sie sie ihm wohl geben?«

»Natürlich.«

Der Mann öffnete seine lederne Aktenmappe. Seine Hände bewegten sich langsam, er wirkte sehr niedergeschlagen.

Ansgar war hin und her gerissen. Mit dem Kummer der Angehörigen umzugehen, fand er viel schwieriger, als mit den Kranken selbst. Dieser hilflose Kummer setzte ihn immer unter Druck.

»Hören Sie, Herr Finkenstein, es ist doch immerhin ein Fortschritt, daß er jetzt hier ist. Machen Sie sich nicht solche Sorgen ...«

»Sie haben vermutlich recht.« Die blauen Augen lächelten dankbar. »Ich hätte ihn nur so gern für eine Minute gesehen, wissen Sie. Ihm Grüße seiner Stiefmutter ausgerichtet.«

Ansgar schüttelte unglücklich den Kopf. »Ich fürchte, Dr. Krüger wird dagegen sein.«

»Müssen wir ihn denn wirklich unbedingt fragen?«

Taco saß in einem tristen Saal mit Stuhlreihen, die vielleicht dreißig Zuschauern Platz boten. Ebenso verschrammt und stumpf wie der alte Parkettboden war das japanische Kleinklavier, das in eine Ecke geschoben worden war. Es stand mit der Klaviatur zur Wand, so als schäme es sich in Gegenwart des imposanten schwarzen Flügels, der seinen Platz eingenommen hatte und den Magnus ihm geschickt hatte, mutmaßte Taco, damit er ihn wie eine Kette mit einer Eisenkugel daran hier festhielt. Mit einem vielstimmigen Mißklang verschränkte er die Arme auf den Tasten und bettete seinen Kopf darauf. Er wünschte, Ansgar käme endlich.

Ein aufgeklappter Geigenkasten stand auf einem Stuhl neben dem Flügel. Auf dem Notenständer stand Beethovens Violinromanze Nr. 1 in G-Dur, das Herzstück von Ansgars Programm für die Aufnahmeprüfung an der Musikhochschule. Taco hatte ihm dringend abgeraten, mit einem so vielgespielten, ›abgenudelten‹ Stück anzutreten, das jeder Professor in einer Version von Yehudi Menuhin oder David Oistrach im Ohr hatte. Das sei etwa so, als bewerbe man sich für ein Literaturstipendium mit einer Neufassung der Bibel. Anmaßung, ein Sakrileg. Gönnerhaft hatte er sich gegeben, vom Olymp der Eingeweihten hatte er sich huldvoll ins schattige Tal der hoffnungsvollen, aber noch unerprobten Träumer herabgeneigt. Er hatte sein Mütchen an Ansgar gekühlt, es gab ihm das tröstliche Gefühl, wenigstens in einer Hinsicht überlegen zu sein. Ansgar hatte sich nicht wutentbrannt von ihm abgewandt, sondern tapfer seinen Standpunkt vertreten. Als Taco immer neue Argumente vorbrachte, hatte er kurzerhand seine Geige geholt und es ihm vorgespielt. Da sagte Taco eine Weile nichts mehr. Schließlich hatte Ansgar ihn gefragt, ob er ihm bei der Prüfungsvorbereitung helfen würde. Und das war der Grund, warum Taco noch hier war. Warum er die beiden fürchterlichsten Tage seines Lebens überstanden hatte und auch den dritten grimmig und mit untypischer Entschlossenheit in Angriff genommen hatte. Seine Gönnerhaftigkeit war verschwunden, aus seiner Überheblichkeit war etwas Konstruktives geworden. Mit seiner größeren Erfahrung war er Ansgar eine wirkliche Hilfe, und wenn alles gutging, wenn er nicht vorher den Verstand verlor oder sich die Kehle durchschnitt, dann wollte er Ansgar auch bei der Prüfung selbst begleiten.

Er richtete sich auf und nahm die Arme vom Klavier. Er wollte sich warmspielen, bis Ansgar kam. Aber er hob die Hände nicht. Sie lagen weiter untätig auf seinen Knien und zitterten leicht. Die Leere in seinem Innern war so überwältigend, daß er ohne Hilfe von außen nichts tun konnte. Diese Leere hatte ihn gänzlich ausgehöhlt, sie hallte dröhnend in seinem Kopf, und sie jagte ihm eine Todesangst ein.

Er atmete erleichtert auf, als er Schritte hörte. Er wandte sich mit dem Hocker um. »Mann, das wurde aber wirklich Zeit. Wo ...«

»Guten Morgen, Taco.«

Taco starrte ihm mit leicht geöffneten Lippen entgegen. Seine Kehle war mit einem Mal staubtrocken. »Giaccomo ...«

Ambrosini schlenderte mit einem Lächeln auf ihn zu und streifte den schäbigen Saal mit einem kurzen Blick. »Was denkt dein Bruder sich nur«, murmelte er mit einem mißfälligen Stirnrunzeln. »Du gehörst in eine vernünftige Privatklinik.« Er setzte sich auf einen Stuhl in der ersten Reihe, Taco genau gegenüber.

»Was willst du hier?« fragte Taco argwöhnisch.

Ambrosini öffnete seine Aktenmappe und zog einen Stapel eselsohriger Notenblätter heraus. »Hier, ich dachte mir, die würdest du vermissen.«

Taco verschränkte die Arme und würdigte die Blätter kaum eines Blickes. »Das ist eine alte Fassung. Die sollten schon vor Wochen zum Altpapier. Können wir nicht auf das Theater verzichten? Was willst du?«

»Aber, aber. So schlechte Laune?«

Tacos Mund zuckte. Er wußte wirklich nicht, wo er die Kraft hernehmen sollte, sich gegen das hier zu wehren. Er lauschte einen Augenblick dem Hallen der Leere in seinem Kopf.

»Carla sendet dir Grüße.«

»Geschenkt.«

»Taco, sie ist krank vor Sorge um dich.«

»Sie kann mich mal.« Er zog die Schultern hoch und wandte den Kopf ab. »Verschwinde. Geh weg. Bitte.«

»Mein Junge, du hast doch wirklich keinen Grund, dich vor mir zu fürchten, das mußt du doch wissen.«

»Sag, was du willst. Du willst doch irgendwas von mir. Das wolltest du von Anfang an.«

Ambrosini schlug die Beine übereinander und lehnte sich mit einem amüsierten Lächeln zurück. »Wie kommst du denn darauf?«

»Ich bin nicht blöd. Und Magnus ... denkt das auch.«

»So, so. Der weise Magnus.«

Taco warf ihm einen flackernden Blick zu und sah sofort wieder zur Seite. »Er hat mir gesagt, du erpreßt ihn.«

»Ach wirklich? Und hat er dir auch verraten, womit? Nein?« Er stützte die Hände auf die Knie und beugte sich ein wenig vor. »Willst du's hören, Taco? Oder hast du Angst? Fragst du dich, wie viele abscheuliche Geheimnisse dein Bruder noch hat?«

Er kam immer näher, und Taco merkte zu spät, daß er sich furchtsam zusammenkauerte. In puncto Rückgrat war er derzeit wirklich nicht in Höchstform.

»Mir ist egal, was es ist«, stammelte er. »Ehrlich. Mir ist so ziemlich alles egal. Sag endlich, was du willst, und dann hau ab.«

Ambrosini richtete sich wieder auf. »Na schön. Vielleicht wirst du denken, es sei ein unpassender Moment, aber ich würde gern mit dir über die Schulden reden, die du bei mir gemacht hast.«

Taco kicherte nervös. Das Zittern seiner Hände hatte sich verschlimmert. »Wende dich vertrauensvoll an meinen Anwalt. Er verwaltet mein nicht unbeträchtliches Vermögen.«

»Das wird nicht nötig sein.« Er zog ein paar zusammengeheftete Blätter aus seiner Aktentasche. »Du brauchst das hier nur zu unterschreiben, und wir sind quitt.« Er hielt ihm die Blätter hin.

Taco nahm sie nicht. »Was ist das?«

»Ein Vertrag. Du überschreibst mir eine kleine Firmenbeteiligung, die du besitzt.«

Taco schnaubte verächtlich. »Du spinnst doch. Warum sollte ich das tun? Was immer ich dir schulde, kann ich dir auch so bezahlen. Warum sollte ich dir irgendwas in die Hände spielen, womit du dann meinem Bruder schadest? Du kannst mich nicht zwingen.«

»Nein, da hast du völlig recht. Ich kann dich nicht zwingen. Höchstens überreden.« Er zog einen Kugelschreiber aus der Innentasche seines Jacketts und schraubte ihn auseinander. Statt einer Mine glitt ein schmales, längliches Stanniolpäckchen in seine Hand Er betrachtete es einen Augenblick mit geneigtem Kopf und sah Taco dann fragend an.

Taco spürte sein Gesicht und seine Hände eiskalt werden. Er umfaßte die Kante des Hockers, krallte sich fest, als wolle er seine Hände daran hindern, sich zu bewegen. Aber er wußte genau, daß er keine Chance hatte. Die Rechte löste sich wie aus eigener Kraft und streckte sich aus.

Doch Ambrosini war schneller. Wie ein Zauberkünstler ließ er das Päckchen in der Manteltasche verschwinden. »Erst wirst du unterschreiben.«

Taco konnte kaum atmen vor Gier. »Okay.«

Nacheinander klopfte Ambrosini seine Taschen ab, als suche er etwas, schließlich förderte er eine Mine zutage, steckte sie umständlich in den Kugelschreiber und schraubte ihn sorgsam zusammen.

Tacos Nägel bohrten sich in seine Handflächen. Als Ambrosini ihm seinen Stift reichte, riß er ihn ihm aus den Fingern, ebenso die Papiere. Hektisch blätterte er zur letzten Seite, balancierte die Blätter auf seinem Bein und unterschrieb auf der gestrichelten Linie, ohne auch nur ein Wort zu lesen.

»Die zweite Ausfertigung auch, wenn du so gut sein willst.«

Taco blätterte und unterschrieb noch einmal.

Ambrosini nahm ihm die Verträge und den Stift ab und steckte sie ein. »Danke.«

»Gib es mir. Gib her.«

»Natürlich.« Er griff mit der Linken in die Manteltasche, und plötzlich schnellte seine Rechte vor und packte Taco bei den Haaren. Er zog seinen Kopf mit einem Ruck näher. »Gebrauch deinen Verstand, hörst du. Warte wenigstens, bis ich aus dem Gebäude bin. Und wenn dein kleiner Freund, der Zivildienstleistende, auch nur das Geringste merkt, ist er tot. Hast du mich verstanden?«

»Ja. Gib her. Bitte, Giaccomo.«

Ansgar verfügte neben seiner Frohnatur über ein gesundes Selbstbewußtsein und eine radikale Gesinnung, die jede Autorität grundsätzlich in Frage stellte. Darum bereitete es ihm wenig Kopfzerbrechen, sich hier und da über Regeln und Vorschriften hinwegzusetzen. Trotzdem plagte ihn jetzt sein Gewissen, daß er diesen Besucher heimlich zu Taco gebracht hatte. Schön, der Kerl war sympathisch und ziemlich mitgenommen wegen seines Neffen. Aber irgendwie hatte die Sache einen seltsamen Beigeschmack. Da war zum Beispiel dieser schwache, kaum wahrnehmbare Akzent. Wieso hatte er einen Akzent, wenn er Hanna Finkensteins Bruder war? Möglicherweise war Finkenstein ein jüdischer Name, überlegte er, vielleicht war er nicht in Deutschland aufgewachsen. Vielleicht war seine Mutter keine Deutsche gewesen. Alles denkbar. Trotzdem, irgendwas war seltsam. Er konnte seinen Finger nicht darauf legen, denn der Kerl war wirklich freundlich gewesen. Er schien so erleichtert, als er ihn zum Musiksaal brachte, er hatte sich so herzlich bedankt und ihm einen zusammengefalteten Zehnmarkschein für die Kaffeekasse gegeben. Wäre ja gar nicht nötig gewesen, aber war doch irgendwie richtig nett. Ansgar lehnte den Wischmop an die Wand, steckte die Hand in die Hosentasche und zog den Schein hervor. Als er ihn auseinanderfaltete, hielt er erschrocken die Luft an. Das war kein Zehner, sondern ein Hunderter. Mit einem Schlag war er nicht nur beunruhigt, sondern schockiert. Er hatte sich bestechen lassen, ohne es auch nur zu merken.

Wutentbrannt machte er sich auf den Weg zum Musiksaal und sah gerade noch, wie Taco durch die gegenüberliegende Tür in der Herrentoilette verschwand.

Er folgte ihm eilig. »Hey, Taco, dein Onkel schon wieder weg?«

»Wer? Ach so ... Ja. Hör mal, ich muß mal ziemlich dringend, geh schon rüber, ich komm' gleich, ja?«

Ansgar nickte, aber er rührte sich nicht von der Stelle. Statt dessen machte er einen Schritt auf Taco zu und streckte ihm die Hand entgegen. »Gib es mir.«

»Was ...«

»Komm schon. Mach mir nichts vor, ich seh' es an deinem Gesicht. Aber du kannst es mir geben. Wenn du willst. Es ist deine Entscheidung. Jetzt bist du so weit gekommen, schmeiß es nicht einfach hin.«

»Ich hab' keine Ahnung, wovon du redest, aber ich will jetzt in Ruhe aufs Klo, kapiert?«

Ansgar ließ die Hand sinken, sah ihm noch einen Moment in die Augen und nickte dann traurig. »Wie du willst.« Er wandte sich ab.

Taco verschwand in der Zelle, und noch ehe er die Tür ganz geschlossen hatte, zog er das Stanniolröhrchen aus der Tasche. Mit einem Poltern flog die schmale Sperrholztür auf, traf ihn an der Schulter, er stolperte rückwärts gegen die Toilettenschüssel und verlor das Gleichgewicht. Ansgar packte ihn vorn am Pullover und rettete ihn vor dem Sturz. Taco ruderte verzweifelt mit den Armen, und Ansgar stahl ihm das Päckchen mit flinken Fingern aus der Hand.

»Nein! Gib es mir zurück!« Taco stützte sich mit dem Ellenbogen an der gekachelten Wand ab und machte einen Satz auf ihn zu.

Ansgar sprang zurück und wollte fliehen, aber er schaffte es nicht ganz. Taco fiel wie ein Berserker über ihn her, er brüllte unzusammenhängende Worte, Flüche und Verwünschungen und drosch auf ihn ein. Ansgar hatte die Faust fest um das Päckchen geballt und versuchte mit den Armen, die wütenden Schläge und Tritte abzuwehren. Doch an den Waschbecken brachte Taco ihn zu Fall. Ansgar rollte sich zu einem möglichst kleinen Ball zusammen, tastete nach dem Notfallpiepser in seinem Kittel und drückte den Knopf. Dann versuchte er, sich irgendwie in Geduld zu fassen.

Als sie endlich kamen, lag Taco quer über ihm, hatte beide Hände um einen seiner Unterarme gekrallt und die Zähne in seinen Handrücken geschlagen. Sie packten ihn und zerrten ihn hoch, und Taco legte den Kopf in den Nacken und heulte wie ein verwundetes Tier.

Der böse Brief der Firma Bellock schlug ein wie eine Granate. Und um den größtmöglichen Effekt zu erzielen, rief Magnus eine Versammlung seiner Mitarbeiter ein, vor der er Peter Schmalenberg gnadenlos abkanzelte.

»Wie es scheint, steht die Seriosität dieser Firma neuerdings in Frage.« Er schlug mit der flachen Hand auf das Papier, so daß es wie ein Gewehrschuß knallte. »Weniger als eine Woche vor Unterzeichnung der Verträge schreibt uns der Vorstand von Bellock, daß sie Informationen bekommen haben, die zu großen Zweifeln an der Vertrauenswürdigkeit der federführenden chilenischen Bank Anlaß geben. Hier, lesen Sie selbst, Herr Schmalenberg, statt mich anzustarren, als hätte sie der Blitz getroffen.«

»Aber ...«

»Man dankt uns für unsere Mühe und gibt uns den Laufpaß. Der Vorstand hat keine Hoffnung mehr, daß eine seriöse Sanierung der Gesellschaft noch erreichbar ist, und wird Anfang der Woche Vergleich anmelden, um einem Verfahren wegen Konkursverschleppung zu entgehen. Der Vergleich wird zweifellos mangels Masse in den Anschlußkonkurs gehen. Das heißt, wir werden nicht einen Pfennig von unserer Provision sehen.«

»Aber ...«

»Ganz zu schweigen davon, was dieser Imageverlust für uns bedeutet. Wenn das publik wird, dann können wir einpacken.«

»Aber ...«

»Herrgott noch mal, fällt Ihnen auch noch etwas anderes ein?«

Schmalenberg wurde immer kleiner auf seinem Stuhl. Die anderen sahen betreten auf ihre Füße oder die unberührten Brötchenhälften auf dem Tisch vor ihnen, nur nicht zu Magnus. Offenbar hatten sie ihm nicht zugetraut, daß er so vehement sein konnte und so knallhart, eine solche Szene vor Publikum zuzulassen. Magnus war selbst ein wenig verwundert, wie leicht ihm das fiel. Mehr als das. Er empfand Genugtuung. Er hatte den Verdacht, daß Taco nicht der einzige war, der sich unter dem Druck der Ereignisse nachteilig verändert hatte. Man hatte ihm wehgetan, und er wollte Rache. So einfach war das.

Das kurze Schweigen gab Schmalenberg Gelegenheit, seine Haltung zu korrigieren und seine Gedanken zu sammeln. »Herr Wohlfahrt, hier muß ein Mißverständnis vorliegen. Ich werde umgehend bei Bellock anrufen und die Sache aufklären ...«

»Das werden Sie ganz sicher nicht tun. Ich würde sagen, Sie haben genug Schaden angerichtet. Sehen Sie mal auf Seite zwei des Briefes, letzter Absatz. Wenn ich mich recht entsinne, steht dort, daß man sich bei Bellock des Eindrucks nicht erwehren kann, daß hier seit dem Tod meines Vaters ein Geschäftsgebaren an den Tag gelegt werde, das zu Sorge Anlaß gibt. Sie werden nicht bei Bellock anrufen. *Ich* werde es tun. Ich weiß durchaus, daß ich das Geschäft nicht mehr retten kann. Aber schlimmer als Sie es bereits gemacht haben, kann es auch nicht mehr werden. Vielleicht kann ich wenigstens unseren Ruf retten. Sie werden in der Sache gar nichts mehr tun. Ab sofort entziehe ich Ihnen sämtliche Vollmachten.«

»Aber ich verstehe das nicht. Die Banco de Santiago ist ein absolut über jeden Zweifel erhabenes Unternehmen, das derzeit versucht, auf dem europäischen Finanzmarkt ...«

»Ja, davon bin ich überzeugt. Sonst hätte mein Vater sie sicher nicht ausgewählt, nicht wahr? Aber das ist bedeutungslos. Entscheidend ist, daß Bellock kein Vertrauen zur Banco de Santiago hat. Und zu uns auch nicht. Und das verdanken wir ganz allein Ihrem Fingerspitzengefühl.«

Schmalenberg preßte wütend die Lippen zusammen und atmete tief durch. »Bin ich gefeuert?«

»Darüber reden wir unter vier Augen.« Er wandte sich an das Dreigestirn seiner Immobilienabteilung. »Ich möchte unseren Anteil am Südhoff-Projekt veräußern. Es bindet zuviel Kapital. Überprüfen Sie bitte die Verträge, ob es bezüglich eines Ausstiegs irgendwelche Haken und Ösen gibt, und erstellen Sie eine Liste möglicher Käufer.«

Sie nickten willig, und keiner wagte, die durchaus berechtigten Einwände gegen einen Verkauf vorzubringen. Magnus hatte ein schlechtes Gewissen. Ich bin ein Despot, dachte er.

Er handelte noch ein paar Kleinigkeiten ab, ehe er die Zusammenkunft für beendet erklärte und Schmalenberg mit einem knappen Nicken aufforderte, ihm in sein Büro zu folgen. Die Bellock-Akte nahm er an sich.

Er blieb hinter seinem Schreibtisch stehen und bot ihm keinen Platz an. »Tja. Jetzt haben Sie ein echtes Problem, nicht wahr?« fragte er nicht unfreundlich.

Schmalenberg schnipste nervös mit seinem Kugelschreiber. Er war sehr bleich. »Bitte, Herr Wohlfahrt, lassen Sie mich versuchen, die Sache in Ordnung zu bringen. Ich bin überzeugt, ich kann alles aufklären. Sie hingegen kennen die Leute bei Bellock doch gar nicht und ...«

»Sparen Sie sich die Mühe. Die Antwort ist nein. Das Geschäft ist nicht mehr zu retten. Jetzt geht es um Schadensbegrenzung.«

»Aber verstehen Sie doch ...«

»Was?«

Schmalenberg schluckte. Er ließ endlich von seinem Kugelschreiber ab, steckte ihn in die Jackettasche und verknotete stattdessen die Finger ineinander. Dann hob er den Kopf und sah Magnus an. »Es gibt Nebengeschäfte, die vom Erfolg der Bellock-Sanierung abhängen.«

Magnus runzelte die Stirn. »Nebengeschäfte?«

»Ja. Sie wissen schon ... Aktientransaktionen.«

»Ah ...« Magnus tat, als gehe ihm ein Licht auf. »Mit Bellock-Aktien?«

»Genau.«

»Aber ich dachte, so was sei verboten.«

Schmalenberg hob kläglich die Schultern. »Verboten schon. Aber nur auf dem Papier. Jeder macht es.«

»Sie meinen, es ist eine Art Kavaliersdelikt?«

Er schien Hoffnung zu schöpfen. »Richtig.«

»Und ... Wessen Kapital steckt hinter diesen Aktientransaktionen? Ich hoffe, nicht unseres?«

»Nein, nein. Nicht unseres. Bevorzugten Kunden habe ich einen kleinen Tip gegeben.«

»Sie haben *was* ...?« Magnus stieß wütend die Luft aus. »Mein Gott, was haben Sie da angerichtet, Mann? Wem? Welchen unserer bevorzugten Kunden haben Sie diesen todsicheren Tip gegeben? Wer wird mir als nächstes eröffnen, daß er genug von unserer Zusammenarbeit hat, he?«

»Herr Wohlfahrt ...«

Magnus donnerte seine Faust auf den Schreibtisch. »Wer? Los, sagen Sie's mir!«

»Ambrosini. Neureuther. Haschimoto. Brückmann ...« Er zählte noch ein paar Namen auf, die Magnus nur vage aus irgendwelchen Immobilienprojekten und anderen laufenden Sachen bekannt vorkamen. Als die traurige Litanei zu Ende war, ließ er ein paar Sekunden verstreichen.

Dann verschränkte er die Arme vor der Brust. »Ich glaube, ich möchte wirklich nicht mit Ihnen tauschen.«

Schmalenberg ließ den Kopf hängen. »Was ist nun? Feuern Sie mich, ja oder nein?«

Magnus dachte einen Moment nach. Natürlich sollte er es tun. Und er hatte wohl jedes Recht dazu. Aber er befürchtete, wenn er es tat, würde Schmalenberg für die Gegenseite vollkommen wertlos sein und als nächster einen dieser mysteriösen Unfälle erleiden. Und das wollte er sich nicht aufladen.

Er seufzte. »Nein. Bleiben Sie. Konzentrieren Sie sich in Zukunft auf den Börsenhandel. Machen Sie auf ehrliche Weise ein paar Millionen für uns, und wir vergessen dieses Desaster.«

Aber Schmalenberg war jenseits von Trost. Er nickte trübselig und ging.

Magnus wartete, bis die Tür sich hinter ihm geschlossen hatte. Dann öffnete er seine Schreibtischschublade und holte Natalies stimmaktiviertes Diktiergerät heraus. Er überprüfte die kleine Kassette. Etwa die Hälfte der ersten Seite war abgespult. Er ließ es zurücklaufen und drückte auf Wiedergabe. *»Ambrosini, Neureuther, Haschimoto ...«* zählte Schmalenbergs Stimme auf. Magnus lächelte grimmig, ließ das Band zurücklaufen und steckte es in die Tasche.

Nach einem kurzen Klopfen öffnete sich die Tür, und Dawn kam mit der Post herein. Sie setzte sich unaufgefordert ihm gegenüber und schlug die Beine übereinander. *»Boy oh boy«*, sagte sie grinsend. »Das hat Eindruck gemacht. Alle laufen mit leicht verklärten Mienen herum. Und der arme Peter Schmalenberg sieht aus, als hätte ihn ein Dämon heimgesucht. Birgit heult.«

Magnus hatte schon wieder Gewissensbisse. »Ich hoffe, er läßt es nicht an ihr aus.«

»Ach, das haben Sie auch schon mitgekriegt, ja?«

»Ich bin nicht blind.«

»Nein, das ist mir aufgefallen. Vielleicht sollten wir ihr einen anonymen Zettel mit der Adresse der Frauenberatung zustecken.«

»Ackerstraße. Hundertvierzehn, glaub' ich.«

»Magnus, Sie überraschen mich immer wieder.«

Er winkte lächelnd ab. »Ich hab' ihnen die Immobilie besorgt. Meine erste Tat als selbständiger Makler. Meine damalige Freundin war ziemlich aktiv in diesem Verein und wollte mir was Gutes tun.«

»Und Sie haben nicht für die gute Sache auf Ihre Provision verzichtet?«

»Doch, stellen Sie sich vor, hab' ich. Aber jede Frau, die sich entschloß, ihr Leben in die eigenen Hände zu nehmen und eine Wohnung suchte, kam zu mir. Die eine oder andere konnte mich sogar bezahlen. Manche sind heute erfolgreiche Geschäftsfrauen. Gute Kontakte.«

Dawn lächelte. »Sie sind wie Ihr Vater, wissen Sie.«

Magnus sah sie überrascht an. »Danke. Was gibt es sonst noch?«

»Gestern nachmittag hat Ambrosinis Laufbursche ... Gott, wie heißt diese Flasche gleich wieder?«

»Theissen.«

»Richtig. Er hat die Formulare abgeholt und in meinem Beisein eingehend studiert, um nachzusehen, ob Sie auch artig bei allen Kreuzchen unterschrieben haben. Er hat nichts gemerkt.«

Magnus bot ihr eine Zigarette an und nahm sich selbst ebenfalls eine. »Das heißt nicht viel.«

»Nein«, gab sie zu. »Werden Sie etwa nervös?«

»Ich bin die ganze Zeit nervös.«

Sein Handy surrte, und das machte ihn seit neuestem immer erst recht nervös. Er griff widerwillig danach. »Wohlfahrt.«

»Krüger.«

Magnus spürte seine Hände feucht werden. »Ist was passiert?«

»Ich bin noch nicht sicher«, antwortete der Arzt zögernd. »Aber ich denke, es wäre besser, Sie kommen her.«

Er erwartete Magnus in seinem Büro. Als er eintrat, stand er auf, kam ihm entgegen und schüttelte ihm die Hand.

»Kommen Sie, gehen wir zu ihm.« Unterwegs auf dem Flur sagte er Magnus, was er wußte. »Erinnern Sie sich an Ansgar?«

»Natürlich. Der geigende Zivi.«

»Richtig. Sie haben sich angefreundet. Aber heute früh gab es Streit, keiner von beiden will mir sagen, weshalb. Taco hatte wieder einen Anfall, doch wir konnten ihn ohne Chemiekeule beruhigen. Jetzt ist er völlig verstört. Ich denke, er hat ein schlechtes Gewissen, weil er Ansgar in die Hand gebissen hat ...«

»Wie bitte?«

Krüger hob mit einem ergebenen Lächeln die Schultern. »Kommt vor. Es war nicht so schlimm. Es hat ziemlich geblutet, aber alle Sehnen sind noch intakt. Doch da ist offensichtlich noch etwas anderes. Und alles, was ich aus ihm herausbekomme, ist Ihr Name.« Sie hielten vor einer geschlossenen Tür. »Bitte, versuchen Sie, mit ihm zu reden. Und machen Sie ihm keine Vorhaltungen. Das nützt nichts.«

Magnus schüttelte seufzend den Kopf. »Das hab' ich schon lange aufgegeben.«

Er drückte die Klinke herunter und trat ein. Es war ein Einzelzimmer, ein freundlicher Raum, kein Krankenbett, sondern völlig normale Möbel. Weiße Rauhfaser, ein paar billige Drucke, ein großes Fenster mit Blick auf den Park.

Taco lag vollständig bekleidet mitsamt Schuhen auf dem Bett auf der Seite, mit dem Gesicht zur Wand. »Magnus?«

»Ja.«

Er drehte sich nicht um. »Gott sei Dank. Hol mich hier raus. Es hat keinen Sinn. Ich schaff' es nicht.«

Magnus zog sich einen Stuhl ans Bett und setzte sich. »Was ist passiert, hm?«

»Giaccomo war hier.« Stockend schilderte er Magnus alles, was sich abgespielt hatte. »Und ich hab' keine Ahnung, was ich da unterschrieben habe«, schloß er hoffnungslos. »Wahrscheinlich hab' ich was Furchtbares angerichtet. Wie üblich. Und alles umsonst.«

Magnus dachte einen Moment nach. »Taco, würd's dir was ausmachen, mich anzusehen?«

Taco rührte sich einen Moment nicht, aber dann wälzte er sich auf den Rücken und wandte Magnus das Gesicht zu. Er ist nach wie vor bleich und mager, aber seine Augen sind klarer als seit vielen, vielen Wochen, dachte Magnus. Er lächelte. »Du siehst tatsächlich schon besser aus.«

»Ach Quatsch ...«

Magnus legte die Fingerspitzen zusammen und sah darauf hinab. »Bitte, Taco. Bleib hier. Versuch's noch ein paar Tage. Ich ... ich weiß nicht, ob ich die Dinge noch unter Kontrolle habe. Ich habe Ambrosini den Krieg erklärt. Noch weiß er's nicht, aber es wird nicht mehr lange dauern, bis er es herausfindet. Hier bist du halbwegs sicher, verstehst du.«

»Nein. Das verstehe ich absolut nicht. Er ist einmal reingekommen, er wird wieder reinkommen.«

»Ansgar wird ihn bestimmt nicht noch mal reinlassen.«

»Bestimmt nicht. Und mit mir reden wird er bestimmt auch nicht mehr. Ich kann hier nicht bleiben, Magnus. Bitte, bitte laß mich nicht hier hängen.«

»Nein. Davon ist keine Rede. Ich hab' dir gesagt, ich hol' dich raus, wenn du willst, und das hab' ich auch gemeint. Aber ich weiß nicht, wie ich dich draußen schützen soll. Vor ihm.«

Taco biß sich auf die Lippen. »Verflucht. Was hab' ich da nur unterschrieben?«

»Das werden wir schon rauskriegen. Robert Engels wird zwangsläufig davon erfahren, weil er dein Vermögen verwaltet. Er wird es uns wissen lassen. Das ist jetzt nicht so wichtig. Wenn mein Plan aufgeht, ist Ambrosini bald erledigt. Wenn nicht ... dann weiß ich nicht, was passiert. Hilf mir, Taco. Hilf mir dieses eine Mal und bleib hier. Bitte.«

Taco hörte die Eindringlichkeit dieser Bitte und schwieg einen Moment betroffen. »Was treibst du, Magnus? Was hast du vor?«

Er sagte ihm die Wahrheit über Natalie, erzählte von ihrem ›Unfall‹ und von Vogler. Er sagte ihm alles, nur nicht, daß er Lea mit hineingezogen hatte. Dafür schämte er sich zu sehr. »Jetzt gerät Ambrosini unter Druck. Und ich wette, das wird ihn nicht sympathischer machen.«

»Nein, todsicher nicht. Und Natalies Boß gehörte zu den Typen, die mich vor Sakowskys Laden geschnappt haben?«

»Ja. Aber wenn wir ihm Ambrosini ans Messer liefern, werden deine fünf Gramm unter den Teppich gekehrt.«

Taco blinzelte kurz. Wenn er doch nur eins, nur ein halbes dieser fünf Gramm jetzt haben könnte. Aber das sagte er nicht. Er hatte einen Pakt mit sich geschlossen, es nicht mehr laut auszusprechen, solange es ging. »Was kann ich tun, solange ich hier drin bin?«

»Du könntest mir beispielsweise erzählen, was in diesem Laden in der Altstadt so vorgeht. Ob du weißt, wo sie das Geld hinschaffen, ob dir mal etwas Seltsames aufgefallen ist und so weiter.«

»Nein, nichts. Ich hab' mich nie länger als nötig da aufgehalten. Sakowsky hatte zu vielen Leuten in der Altstadt Kontakt, aber Genaues weiß ich darüber nicht. Und die neuen Typen kenn' ich kaum.«

»Denk drüber nach, wenn du kannst. Es ist wichtig.«

»Verflucht, Magnus, ich versuch' verzweifelt, an was anderes zu denken, verstehst du.«

Magnus seufzte. »Ja. Entschuldige, du hast recht.«

Es klopfte, und Ansgar steckte den Kopf zur Tür herein. Er entdeckte Magnus, winkte kurz und wollte wieder verschwinden.

Aber Magnus rief ihn zurück. »Nein, bitte, kommen Sie rein.«

Als Taco seinen Besucher sah, drehte er sich stöhnend zur Wand. »Oh, Scheiße ...«

Ansgar schnitt eine Grimasse und grinste Magnus verstohlen an. Zu Taco sagte er: »Wegen mir brauchen wir kein Drama aus der Sache zu machen. Ich war's schuld, ich hab' versucht, es auszubügeln. Ende. Laß uns sagen, nichts davon ist wirklich passiert.«

Taco richtete sich auf. »Ist das dein Ernst?«

»Natürlich.«

»Was hast du Krüger gesagt?«

»Nichts. Ich bin ja nicht irre.«

Taco schloß für einen Moment erleichtert die Augen. »Gut für dich, Junge. Gut für dich.«

»Laß mich raten. Der Typ war nicht dein Onkel.«

Magnus und Taco wechselten einen Blick und lachten beide ohne viel Humor. »Richtig«, versicherte Taco mit Nachdruck. »Es ist weiß Gott schlimm genug, wie es ist, aber wenigstens mein Onkel ist er nicht.«

Ansgar seufzte. »Dacht' ich's mir.« Es schien einen Moment, als wolle er noch etwas fragen, aber dann wechselte er das Thema. »Tja, also, ich will ja nicht drängen, Taco, aber ich hab' jetzt frei, und wenn du Lust hast, könnten wir uns an den Beethoven machen.«

Taco antwortete nicht gleich. Er sah von Ansgar zu Magnus. Magnus erwiderte seinen Blick, unbewegt, wie er hoffte, und versuchte, mit seinem eigenen Willen den seines Bruders zu stärken.

»Komm, jetzt überleg nicht lang«, drängte Ansgar ungeduldig. Er wußte, wie fatal langes Überlegen in dieser Situation sein konnte.

»Na schön, meinetwegen.« Und zu Magnus sagte er warnend: »Das ist keine Grundsatzentscheidung.«

»Nein, ich weiß.«

Ansgar packte Taco mit der linken Hand am Ärmel. Auf dem Handrücken prangte ein dickes Mullpflaster. »Mach endlich ...«

Sein Eifer brachte ein fast unbeschwertes Lächeln auf Tacos Gesicht. An der Tür blieb er noch einmal kurz stehen.

»Sag mal, Magnus, hast du Lea gesehen?«

Magnus nickte und ließ ihn nicht aus den Augen.

Taco seufzte. »Ja, ich weiß, ich bin ein Idiot. Bitte entschuldige. Hör mal, mir ist was eingefallen. Vielleicht hab' ich doch mal was Seltsames in dem Laden gesehen.«

»Und zwar?«

»Einen Pizzaboten, der keine Pizza zu verkaufen hatte.«

Magnus verstand nicht gleich, was er meinte. »Und weiter?«

»Na ja, ich weiß nicht, aber seine Thermotasche war mit irgendwas prall gefüllt. Vielleicht war's Geld.«

»Weißt du zufällig noch, welche Pizzeria?«

Taco mußte nicht überlegen. »Del Monte. Wie das Castel.«

Vogler war entzückt. »Das wäre zu schön, um wahr zu sein. Diesen Laden haben wir seit längerem im Visier«, sagte er Magnus abends am Telefon. »Wenn die Freundin Ihres Bruders es wirklich schafft, die markierten Scheine unterzubringen, und das Geld landet auf einem Konto der Pizzeria del Monte, dann sind wir einen guten Schritt weiter.«

»Gehört die Pizzeria Ambrosini?« fragte Magnus hoffnungsvoll.

»Na ja, nicht unmittelbar. Es ist eine GmbH, und einer seiner Lakaien ist der Geschäftsführer.«

»Sieh an, sieh an. Wissen Sie übrigens, wo das Castel del Monte steht?«

»Nein. Ich bin doch ein Bildungsbanause, schon vergessen? Wo also?«

»In Apulien. Fünfzehn Kilometer südlich von Andria.«

»Müßte mir das was sagen?«

»Natalie hat gesagt, Ambrosini sei in Andria geboren.«

»Ah ja? Tja, das ist süß, aber davon haben wir nichts.«

Magnus seufzte. »Nein, das ist wahr.«

»Haben Sie schon gehört, wie die Bellock-Aktie heute an der Börse abgeschlossen hat?«

»Nein. Wie?«

»Mit einem Rekordtief von dreiundvierzig achtzig. Tendenz fallend. Es ist schon durchgesickert. Ihr Stolperstein verspricht ein Felsbrocken zu werden. Die Börsenaufsicht ist sehr interessiert. Wirklich, ich muß Ihnen gratulieren, das war ein genialer Einfall. Aber was tun Sie, wenn Ihr Peter Schmalenberg trotz anderslautender Order bei Bellock anruft und den Schwindel aufdeckt?«

»Ich habe an den Vorstand von Bellock geschrieben und vorsichtig dargelegt, daß ich fürchte, Schmalenberg habe meine Millionen veruntreut, und sie gebeten, nur noch unmittelbar mit mir zu verhandeln.«

Vogler lachte. »Sagen Sie mal, wollen Sie einen Job, Romeo?«

»Nein, wärmsten Dank. Wir müssen uns treffen. Ich habe ein Band für Sie.«

Vogler zögerte kurz. »Was ist drauf?«

»Ein Geständnis von Peter Schmalenberg über die Insidergeschäfte mit den Namen all derer, die er daran beteiligt hat.«

»Ha. Klasse. Gehen Sie früh schlafen?«

»Nein, in der Regel nicht, wieso?«

»Dann machen Sie einen späten Spaziergang mit Ihren Hunden. Gehen Sie gegen elf auf ein Bier ins *Beau Rivage*, gleich bei Ihnen um die Ecke. Kennen Sie das?«

»Natürlich.«

»Um Viertel nach treffen wir uns auf der Toilette.«

»In Ordnung.«

»Am Montag muß die Nummer mit den Geldscheinen steigen. Eigentlich wollte ich sie Ihnen mit der Post schicken, aber ich steck' sie Ihnen dann zu, okay. Alles weitere besprechen wir am Telefon. Sagen Sie kein Wort, wenn Sie mich treffen.«

»Ist gut.«

»Bis später, Romeo. Wow, ich kann's kaum erwarten. Ein Rendezvous mit Ihnen auf dem Pissoir, meine Güte.«

Magnus mußte lachen. »Sie sind wirklich das Letzte, Vogler.«

15

Für das Wochenende verordnete Magnus sich ein mörderisches Sportprogramm, weil das, so befand er, immer noch sehr viel besser war, als allein zu Hause zu sitzen und sich auszumalen, welche Katastrophen die kommenden Tage wohl bereithielten. Am Samstag vormittag spielte er zwei Stunden Squash, und danach war er eigentlich am Ende. Trotzdem ging er anschließend mit den Hunden ein langes Stück am Rhein spazieren, und den Rückweg liefen sie. Das Wetter war umgeschlagen. Es war milder geworden, und gelegentlich stahl sich ein Sonnenstrahl durch die Hochnebeldecke. Aber selbst das konnte seine düstere Stimmung nicht heben. Und es war auch nicht hilfreich, daß Natalie sich nie meldete, wenn er sie anzurufen versuchte. Er erreichte sie erst am Sonntag abend.

»Gott sei Dank«, sagte er erleichtert und ungehalten zugleich. »Ich fürchtete schon, du seist verschollen.«

»Keineswegs. Ich trainiere für den Krückenmarathon. Und wenn ich zwischendurch mal versucht habe, dich anzurufen, warst du nicht da.« Ihre Stimme war voller Vitalität und Zuversicht.

Magnus lehnte sich in seinem Sessel zurück, ließ die freie Hand über die Lehne baumeln und kraulte den ersten Hundekopf, den er zu fassen bekam. »Wie geht es dir? Du klingst besser.«

»Ja, ich fühl' mich so gut wie neu. Der Knöchel heilt problemlos. Und der Rest macht auch Fortschritte, hab' ich mir sagen lassen. Nur hierbehalten wollen sie mich noch.«

Er wußte immer noch nicht, wo ›hier‹ war. Nicht in der Stadt, hatte sie ausweichend auf seine Frage geantwortet, und er hatte es kein zweites Mal versucht. Vielleicht hatte Vogler ja recht, und es war sicherer für alle, wenn er es nicht wußte. Denn vermutlich wäre er der Versuchung irgendwann erlegen und zu ihr gefahren.

»Du fehlst mir«, gestand er.

»Das ist gut zu wissen.« Er hörte das Lächeln in ihrer Stimme. »Und du fehlst mir auch«, fügte sie dann hinzu. »Was gibt es Neues?«

»Nichts. Alles schwelt weiter vor sich hin.«

Sie seufzte. »So, du willst mir also auch nichts sagen.«

»Aber was ...«

»Hör mal, ich mag von der Hüfte abwärts vorübergehend funktionsunfähig sein ...«

»Wie bedauerlich.«

»Aber, wollte ich sagen, ehe ich unterbrochen wurde, mein Kopf funktioniert unverändert. Und selbst hier in der Einöde gibt es Zeitungen, weißt du. In der Zeitung von gestern steht, daß die Bellock-Aktie im Börsenhandel vom Freitag einen erdrutschartigen Kursverlust erlebt hat. Soll ich glauben, daß das ein Zufall ist?«

»Das hängt davon ab, wie du ›Zufall‹ definierst. Wenn du glaubst, daß sich hinter jedem Zufall eine Absicht verbirgt, dann ja.«

»Verflucht, Magnus, du bist unmöglich. Jetzt sag mir endlich, was los ist.«

Er lächelte über ihre Entrüstung. »Gute Nacht, Natalie. Träum schön.«

Er hatte das Handy gerade beiseite gelegt und griff nach seinem Zigarettenetui, als es wieder klingelte. Er ließ sie so lange zappeln, wie es dauerte, sich eine Zigarette anzuzünden, dann schaltete er ein.

»Nur, wenn wir das Thema wechseln«, sagte er bestimmt.

»Wie bitte?«

Magnus fuhr entsetzt zusammen. »Oh ... Ich habe mit jemand anderem gerechnet.«

»Mit einer Dame, scheint mir?« fragte Ambrosini mit seinem leisen, scheinbar so sympathischen Lachen.

»So ist es.« Und wenn er nun ihren Namen gesagt hätte? Wie konnte er so leichtsinnig sein?

»Magnus, Sie müssen mir einen Gefallen tun.«

Er sammelte sich. »Und zwar?«

»Es wird gemunkelt, die Bellock-Sanierung sei geplatzt.«

»Mit einem lauten Knall, ja.«

»Ich möchte Sie trotzdem bitten, Ihren Herrn Schmalenberg morgen früh zu beauftragen, an Bellock-Aktien zu kaufen, was er kriegen kann.«

»Stützkäufe?« fragte Magnus ungläubig. »Ich denke nicht, daß meine Firma derzeit die Reserven für solche Manöver hat.«

»Nein. Ich werde Sie auf anderem Weg kompensieren, seien Sie unbesorgt. Aber ich muß die Aktien aus den Büchern haben, ehe der Kurs ausgesetzt wird und Bellock in Konkurs geht. Verstehen Sie, es sind ja keine großen Summen ...«

»Nein, nur Peanuts«, warf Magnus mit einem ironischen Grinsen ein.

Ambrosini lachte wieder. »Genau. Aber wenn ich mit all meinen Bellock-Aktien baden gehe, dann stehen zwei meiner Firmen mit Gewinnen da, die selbst die kreativste Buchführung nicht erklären kann. Es wäre ... unangenehm. Kann ich davon ausgehen, daß ich trotz unserer Differenzen in den letzten Tagen noch auf ihre Kooperation rechnen darf?«

Magnus kam nicht umhin, ihn dafür zu bewundern, daß er mit einem so verbindlichen Tonfall eine so unmißverständliche Drohung aussprechen konnte. »Natürlich«, antwortete er resigniert. »Aber was tue ich, wenn die Börsenaufsicht davon Wind bekommt?«

»Das wird sie. Sie ist jetzt schon hellhörig. Aber darum kümmere ich mich. Ich habe gute Kontakte.«

Magnus schüttelte fassungslos den Kopf. Ambrosini gelang es immer wieder, ihn zu verblüffen. »Na schön.«

Ambrosini erklärte ihm die Einzelheiten und sagte, wie genau er vorgehen sollte. Dann verabschiedete er sich mit einer Leutseligkeit, als habe die bizarre Szene bei Magnus' Besuch in seinem Elternhaus vor wenigen Tagen niemals stattgefunden.

Magnus rief Vogler an und berichtete ihm von den neuesten Entwicklungen. Dann machte er es sich mit Oscar Wildes *Salomé* vor dem Kamin gemütlich, doch als er zwei Seiten gelesen hatte, stellte er fest, daß er nicht ein einziges Wort wirklich in sich aufgenommen hatte.

Am Montag morgen fuhr er auf gut Glück zur Anwaltskanzlei Engels. Er hatte schon am Freitag und am Wochenende versucht, den Familienanwalt zu erreichen, immer erfolglos.

Engels' Sekretärin machte ihm Hoffnung. »Ja, Herr Dr. Engels ist im Haus. Warten Sie einen Augenblick.« Sie nahm ihren Telefonhörer ab, und nach wenigen Augenblicken sagte sie: »Herr Wohlfahrt ist hier. Wie bitte? Welcher?«

»Magnus«, sagte Magnus.

»Magnus«, wiederholte sie, lauschte einen Moment und hielt dann die Hand über die Muschel. »Herr Dr. Engels bedauert, aber er hat um zehn einen Gerichtstermin, für den er noch etwas vorzubereiten hat.«

Magnus ließ nicht locker. »Sagen Sie ihm, es dauert nur zwei Minuten.«

Seine Hartnäckigkeit wurde belohnt. Die Sekretärin führte ihn zu dem großen Büro, das eine bemerkenswerte Ähnlichkeit mit dem seines Vaters hatte.

Engels blieb hinter seinem Schreibtisch sitzen, streifte ihn mit einem kurzen Blick und sah dann auf seine Armbanduhr. »Ich bin wirklich im Druck, Magnus. Was gibt es?«

Magnus setzte sich unaufgefordert ihm gegenüber. »Meinst

du nicht, du solltest mir wenigstens erklären, warum du dich verleugnen läßt, wenn ich dich anzurufen versuche? Warum du mich nicht sprechen willst?«

Das traf Engels unvorbereitet. Er sagte einen Moment gar nichts. Dann hob er das Kinn. »Ich bin überzeugt, du weißt, warum. Wozu also große Worte? Was immer du von mir willst, Magnus, ich kann dir nicht helfen. Ich vertrete weder die Mafia noch ihre Handlanger.«

Magnus hatte geahnt, welche Richtung dieses Gespräch nehmen würde, aber er brauchte ein paar Sekunden, um über diese verbale Ohrfeige hinwegzukommen. Engels nutzte das kurze Schweigen für eine weitere. »Und daß du dich nicht einmal schämst, deinen Bruder mit hineinzuziehen, das schockiert mich in gewisser Weise mehr als alles andere.«

Magnus nickte. »Ja, davon bin ich überzeugt. Kann ich dich etwas fragen?«

»Bitte. Aber faß dich kurz.«

»Wie kommt es, daß du mir so ohne weiteres zutraust, daß ich freiwillig für die Mafia arbeite? Du ... ich meine, du kennst mich mein ganzes Leben lang.«

»Richtig. Und darum weiß ich auch, daß deine Grundsätze nicht immer unbedingt so unumstößlich sind, wie allgemein angenommen wird.«

Magnus biß die Zähne zusammen. Er brachte keinen Ton heraus.

Engels ließ ihn nicht aus den Augen. »Weißt du, ich habe deinen Vater nie so erschüttert gesehen wie an dem Tag, als er mir von dir und Carla erzählte. Nicht einmal der Tod deiner Mutter hat ihn so getroffen. Aber ... an seinen Gefühlen für dich oder für sie hat es nie wirklich etwas geändert. Er hat immer noch fest an dich geglaubt. Man könnte wohl sagen, er war naiv in dieser Hinsicht Ich bin wirklich froh, daß er nicht erleben muß, was jetzt passiert.«

Magnus spürte einen heftigen Drang, aufzuspringen und zu

fliehen. Aber das konnte er nicht. Nicht ehe er erfahren hatte, wozu er hergekommen war.

»Tja.« Er hob mit vorgetäuschter Gelassenheit die Schultern. »Ich muß zugeben, aus deiner Perspektive betrachtet, paßt das alles wunderbar zusammen. Aber eins würde mich noch interessieren: Wie hast du davon erfahren? Von meinen neuen Geschäftspartnern, meine ich.«

Bei dem Wort verzog Engels angewidert den Mund. »Hier und da hörte ich deinen Namen in Zusammenhang mit Ambrosini. Und ich habe ihn auf der Beerdigung deines Vaters gesehen. Ich wollte es trotzdem nicht glauben. Aber am Freitag bekam ich per Boten ein Dokument zugestellt, das ein so eindeutiger Beweis ist, daß ich es glauben mußte.«

Magnus umklammerte die Armlehnen seines Sessels. »Was für ein Dokument?«

»Das weißt du wohl ganz genau. Geh, Magnus. Ich ... ich habe Mühe, höflich zu dir zu bleiben. Besser, du gehst.«

»Hör zu, ich weiß nicht, was für ein Dokument das war. Ich hatte gehofft, du würdest es mir sagen.« Er hielt kurz inne, um seinen Ärger unter Kontrolle zu bringen. »Ich werde erpreßt, Robert. Ich werde mit der Drohung erpreßt, daß meinem Bruder etwas zustößt, und ich werde mit gefälschten Beweisen erpreßt, die mich mit einem schauerlichen Verbrechen in Zusammenhang bringen. Ich kann es natürlich nicht ändern, wenn du beschließt, mir nicht zu glauben. Ich bitte dich lediglich, mir zu sagen, was es war, das Ambrosini von Taco wollte. Ist das zuviel verlangt? Du riskierst doch nichts dabei.«

Die Entschlossenheit des Anwalts geriet ins Wanken. Er betrachtete ihn forschend. Schließlich lehnte er sich zurück und verschränkte die Arme. »Also schön. Zu den Vermögenswerten, die dein Vater Taco hinterlassen hat, gehören ein paar kleine Unternehmensbeteiligungen. Unter anderem eine dreißigprozentige Beteiligung an einer Firma namens Safetrans GmbH.«

»Eine Spedition?« fragte Magnus verblüfft.

Engels schüttelte den Kopf. »Eine kleine Fabrik, die Transportbehälter herstellt.«

»Zum Transport welcher Güter?«

»Du weißt es schon, nicht wahr? Gefährliche Chemikalien und hochradioaktive Substanzen.«

Magnus stieß einen lang angehaltenen Atem aus. »Und diese dreißigprozentige Beteiligung hat Taco Ambrosini übertragen?«

»Nicht ihm persönlich. Einer gewissen L & G Holding. Aber ich denke, Ambrosini steckt hinter dieser Firma.«

»Wie kommst du darauf?« fragte Magnus neugierig.

»Weil der Kollege, der mir den Vertrag zusandte, ein Anwalt namens Nitsche ist.«

»Ambrosinis Syndikus?« Magnus erinnerte sich vage an ihn, er hatte ihn an dem Morgen gesehen, als sie nach Dresden geflogen waren.

Engels nickte knapp. »So ist es. Er ist ein gewiefter Vertragsrechtsspezialist. Darum fürchte ich, die Übertragung der Firmenanteile ist wasserdicht.«

Magnus nickte seufzend. »Tja. Laß uns hoffen, daß Taco etwas daraus lernt. Ich kann mir ohnehin nicht vorstellen, daß er die Firmenanteile hätte behalten wollen, wenn er gewußt hätte, was sich hinter dem Namen verbirgt.« Er stand auf. »Danke. Das war alles, was ich dich fragen wollte. Ich werde dich nicht länger aufhalten.«

»Magnus ...«

Er wandte sich noch einmal um. »Ja?«

Engels zögerte einen Moment, er schien seine Worte genau abzuwägen. »Vor etwa zwei Monaten kam ein anderer alter Freund zu mir und vertraute mir an, dein Vater ließe sich als saubere Front von der Mafia benutzen.« Er lächelte unsicher. »Ich habe natürlich kein Wort geglaubt ...«

»War dieser alte Freund zufällig Johannes Herffs?«

Engels riß die Augen auf. »Woher weißt du das?«

Magnus schüttelte den Kopf. »Egal.«

»Und ist es wahr, was er gesagt hat?«

»In gewisser Weise.«

»Aber warum ... warum in Gottes Namen ist dein Vater nicht zu mir gekommen, wenn er erpreßt wurde? Ich hätte ihm doch helfen können.«

Magnus legte die Hand auf die Klinke. »Vielleicht war ihm das Risiko zu hoch. Vielleicht hat er befürchtet, du würdest glauben, daß die Dinge so sind, wie sie auf den ersten Blick erscheinen.«

Er wartete keine Antwort ab.

Lea ließ die Vorlesung in Musikgeschichte sausen. Das war kein großes Opfer, denn heute sollte es um die *Opera buffa* gehen, hatte Professor Marburger angedroht, und *Opera buffa* war nicht gerade ihre Leidenschaft.

Magnus erwartete sie wie verabredet auf einem kleinen Parkplatz am Kennedydamm unweit der Hochschule.

Sie stieg ein und zog mit mehr Elan, als sie empfand, die Wagentür zu. »Hallo.«

»Morgen.« Er startete den Motor, wendete, und als er vom Parkplatz fuhr, reichte er ihr einen kleinen Umschlag aus Pergamentpapier. »Hier. Zwei Zweihundertmarkscheine. Die Seriennummern sind registriert. Zusätzlich sind sie gekennzeichnet. Auf den Blindenschriftpunkten befinden sich nadelstichgroße Markierungen, die nur unter dem Infrarotgerät sichtbar sind. Die Scheine sehen ziemlich glatt und ungebraucht aus. Sag ihnen, du hättest es gerade von deinem Sparbuch abgeholt.«

»Gut.«

Er warf ihr einen kurzen Seitenblick zu. »Du wirkst nicht nervös.«

»Bin ich auch nicht. Was kann schon schiefgehen?«

Er nickte. »Nicht viel. Du hast fünfzehn Minuten. Wenn du

nach einer Viertelstunde nicht wieder rauskommst, wird das Gebäude gestürmt.«

»Ach du lieber Himmel. Dann sollte ich mich wohl lieber beeilen.«

Sie sprachen nicht mehr, bis Magnus sie an der Kasernenstraße aussteigen ließ. »Ich warte hier.«

Sie nahm die Scheine aus dem Tütchen und knüllte sie in ihr sonst chronisch leeres Portemonnaie. »Hey, kein Grund, so blaß zu werden. Ich mach' das schon.«

Er nickte. Seine Kehle war trocken. Er beugte sich kurz zu ihr herüber und küßte sie auf die Wange. »Sei vorsichtig. Wenn du denkst, es wird brenzlig, verschwinde. Dann kriegen wir sie eben anders.«

Es kam ihm vor, als vergingen ein paar Zeitalter, aber in Wirklichkeit brauchte Lea nur elf Minuten, bis sie wieder zu ihm in den Wagen stieg. Es war völlig reibungslos gelaufen. Wie Magnus vorhergesagt hatte, hatte der neue Betreiber des Ladens sich auf Anhieb an sie erinnert, und er schöpfte keinen Verdacht, als sie ihm erklärte, Taco sei von seinem Bruder in eine Klinik eingewiesen worden und hätte sie gebeten ... angefleht, herzukommen und ihm einen kleinen Vorrat von seinem Gift zu beschaffen. Die sechs Stanniolpäckchen, die sie bekommen hatte, steckte sie in einen vorbereiteten Plastikbeutel, den Magnus Vogler später übergeben sollte.

Und während Lea und Magnus essen gingen, beobachteten Voglers Leute das Haus in der Wallstraße mit Argusaugen. Um die Mittagszeit kam schließlich der Pizzabote, der hier in den vergangenen Tagen schon öfter beobachtet worden war. Sie folgten ihm zur Pizzeria del Monte. Einer der Beamten ging in das kleine Restaurant und bestellte eine Calzone zum Mitnehmen. Während er wartete, sah er zu, wie zwei Männer an der Kasse Geldscheine wechselten. Der Pizzabote gab dem Oberkellner alle, die kleiner als Hunderter waren, und bekam große Scheine dafür zurück. Mit einer Calzone als Wegzehrung folgten die beiden Männer vom LKA dem Pizzaboten zur Bank. Derjenige, der nicht in der Pizzeria gewesen war, stellte sich hinter ihm in die kleine Schlange an der Kasse. Der Pizzabote zahlte sein Geld ein und verschwand, und der Polizeibeamte zückte seinen Dienstausweis und schob ihn durch den Schlitz im Panzerglas.

»Seien Sie so gut und sortieren Sie diese letzte Einzahlung noch nicht in Ihre Geldfächer. Lassen Sie sie separat liegen, und machen Sie Ihren Laden dicht. Ich hab' hier einen richterlichen Beschluß ...«

Man mochte über Lars Vogler sagen, er sei ungehobelt und habe den Charme eines Marschflugkörpers, aber er war unbestreitbar ein hervorragender Polizist, was nicht zuletzt daran lag, daß er geradezu besessen perfektionistisch war. Er hatte nichts dem Zufall überlassen. Polizeibehörden, Staatsanwaltschaft und der zuständige Richter zogen ausnahmsweise einmal alle an einem Strang. Um dreizehn Uhr sieben stand fest, daß das nachweislich aus dem Drogenhandel stammende Geld auf das Konto der Firma Immokauf GmbH & Co. KG eingezahlt worden war, angeblich als ›Miete und Nebenkosten November‹. Um dreizehn Uhr zwölf waren sämtliche Konten der Immokauf gesperrt. Um vierzehn Uhr dreiundzwanzig rückte die Staatsanwaltschaft im Büro der Immokauf an und beschlagnahmte tonnenweise Akten. Die Wirtschafts- und Finanzexperten der Staatsanwaltschaft standen vor einer gewaltigen Aufgabe. Es würde Wochen oder gar Monate dauern, das sichergestellte Material auszuwerten. Aber eines war schon vor dem Abend klar. Die Immokauf GmbH & Co. KG machte nicht gerne Gewinne. Statt dessen spendete sie sämtliche Überschüsse für wohltätige Zwecke. Oder genauer gesagt, für einen einzigen wohltätigen Zweck. Die Beamten der Staatsanwaltschaft trauten ihren Augen kaum, als sie die Quittungen sahen. Sie beliefen sich allein für das letzte Quartal auf hundertfünfzigtausend Mark. Und die Begünstigte dieser opulenten Spende war ausgerechnet die Anti-Drogen-Liga.

Magnus wußte von alldem noch nichts, als er am frühen Nachmittag in die Firma zurückkam. Dawn begrüßte ihn mit einem Verschwörerlächeln, Birgit mit der Nachricht, daß Herr von der Sieg mehrfach versucht habe, ihn zu erreichen.

»Wer ist das?« fragte er verwirrt, während er den Mantel auszog.

»Der Vorstandssprecher von Bellock.«

»Oh ... natürlich.« Magnus konnte sich gut vorstellen, daß man sich bei Bellock fragte, was in aller Welt in die Aktie gefahren sei. »Seien Sie so gut und verbinden Sie mich in fünf Minuten.«

Sie nickte mit ihrem scheuen Lächeln. Magnus betrat sein Büro, griff zum Telefon und wählte die Nummer von Peter Schmalenbergs Nebenstelle. »Und? Wie viele Aktien haben wir uns aufgeladen und zu welchem Kurs?«

Kleinlaut nannte Schmalenberg ihm die Summe der Kaufabrechnungen und den Durchschnittskurs. Magnus überschlug die Zahlen im Kopf und frohlockte. Vorausgesetzt, die Börsenaufsicht ließ wegen der besonderen Umstände Gnade vor Recht ergehen, und vorausgesetzt, die Bellock-Aktie entwickelte sich nach dem Bekanntwerden der Sanierung erwartungsgemäß, war seine Firma praktisch saniert. Trotzdem bemühte er sich um einen grimmigen Tonfall. »Das ist eine Katastrophe, Mann. Lassen Sie uns hoffen, daß Ambrosini zu seinem Wort steht und uns aus der Klemme hilft.«

»Das wird er ganz sicher«, beteuerte Schmalenberg.

Er hatte kaum aufgelegt, da surrte sein Telefon wieder, und Birgit verkündete, sie habe Herrn von der Sieg erreicht. Magnus besann sich im letzten Moment, brach das Gespräch nach der Begrüßung sofort wieder ab und rief über sein Handy zurück. Mit einer Mischung aus Lügen und Wahrheit erklärte er dem Vorstandssprecher des Baustoffkonzerns, was die Ursachen der immensen Kursschwankungen waren, und versicherte ihm, daß das Bankenkonsortium sich deshalb nicht aus dem Geschäft zurückziehen werde. Er konnte nur hoffen, daß seine diesbezügliche Hoffnung ihn nicht trog. Um auf Nummer Sicher zu gehen, bat er Dawn zu sich und schrieb mit ihrer Hilfe erklärende Briefe an die belgische und die chilenische Bank, die er sofort eigenhändig faxte und anschließend zerriß. Mehr konnte er nicht tun.

Der kurze Novembertag war längst zu Ende, als er nach Hause kam. Schon während er mit den Hunden spazierenging, war es stockfinster, und es war merklich kälter geworden. Magnus genoß es trotzdem, gemächlichen Schrittes unter den kahlen Bäumen entlangzugehen. Den Hunden war er zu langsam, sie liefen immer ein Stück voraus, wandten sich erwartungsvoll um, und wenn sie feststellten, daß er sein Schneckentempo beibehalten hatte, kamen sie zurück.

Als er die Wohnungstür aufschloß, drängten sie sich wie gewöhnlich an ihm vorbei und stürmten Richtung Küche. Es war ihm bislang nicht geglückt, ihnen beizubringen, an der Tür zu warten, bis er ein Tuch geholt hatte, um ihnen die Pfoten abzuwischen. Er rechnete täglich mit der Kündigung seiner Putzfrau.

Er schaltete die kleine Lampe über dem antiken Spiegel in der Diele ein und stellte fest, daß sie an der Wohnzimmertür haltgemacht hatten. Sie standen beide stockstill, mit gespitzten Ohren, und Anatol knurrte leise.

Magnus spürte, wie die Härchen auf seinen Armen und Beinen sich aufstellten. Geräuschlos trat er zu ihnen, legte jedem eine Hand auf den Kopf und sagte leise: »Los.«

Unter ohrenbetäubendem Gebell preschten sie vor, und kurz darauf hörte er einen dumpfen Aufprall, ein metallisches Scheppern und einen unterdrückten Fluch.

Er schaltete das Licht ein und konnte kaum glauben, was er sah.

»Anatol. Aljoscha. Aus.«

Sein scharfer Ton erschreckte die Hunde. Augenblicklich ließen sie von ihrem Opfer ab, traten mit eingezogenen Schwänzen ein paar Schritte zurück und sahen ihn unsicher an.

Magnus bedauerte, daß er sie verunsichert hatte, aber im Augenblick konnte er sich mit ihrem Gemütszustand nicht befassen. Mit wenigen Schritten war er bei seinem ungebetenen Gast angelangt.

»Natalie, um Himmels willen. Alles in Ordnung?«

Sie richtete sich auf die Ellenbogen auf, nahm seine dargebotene Hand und zog sich in eine sitzende Position. Magnus sah, wie ihr Gesicht sich verzerrte, und verwünschte seine Hunde. Sie hatten ihr wehgetan. So schlimm, daß sie weinte.

Er legte ihr hilflos die Hand auf die Schulter. »Es tut mir leid ...«

Als sie den Kopf hob, erkannte er seinen Irrtum. Natalie rang mit einem übermächtigen Gelächter. Sie versuchte, es zu unterdrücken, weil das Lachen zu den Dingen gehörte, die ihr immer noch Schmerzen verursachten, aber es wollte um jeden Preis heraus.

»Oh, verflucht, Magnus«, brachte sie schließlich mühsam hervor. »Wo hast du denn diese beiden Helden her?«

»Geerbt«, erwiderte er kurz angebunden. »Kannst du aufstehen?«

»Denk' schon.«

Er half ihr auf die Füße und stützte sie auf dem Weg zum nächsten Sessel. Seine Stimme war weit weniger behutsam als seine Hände. »Sag mal, was denkst du dir eigentlich dabei, in meine Wohnung einzubrechen? Du hast mir einen höllischen Schrecken eingejagt. Und ich wette, meine Hunde müssen zum Psychiater.«

Sie nickte schuldbewußt. »Es tut mir leid. Ich wußte nicht, wo ich sonst hin sollte. Du mußt unbedingt dieses Schloß auswechseln, Magnus. Es ist ein Witz.«

Er erholte sich langsam. Er betrachtete sie einen Moment, dann setzte er sich auf die Sessellehne, nahm ihre Hand und küßte sie auf den Mundwinkel. »Was tust du hier?«

»Ich hab's einfach nicht länger ausgehalten in diesem furchtbaren Krankenhaus. Ich habe so lange Krach geschlagen, bis sie mich auf eigene Verantwortung entließen. Eine der Schwestern hat mir ein Taxi gerufen. Hat fast hundert Mark gekostet bis hierher.« Sie unterbrach sich und streckte den Hunden die Hand entgegen. »Kommt her. Seid nicht traurig. Ihr habt es schon ganz richtig gemacht. Ja, kommt nur her.«

Sie kamen zögernd, mit einem schwachen Schwanzwedeln, als wüßten sie nicht so recht, ob sie schon aufhören durften, sich zu schämen. Aljoscha jaulte kurz, beschnupperte ihre Hand und leckte schüchtern darüber. Sie zog ihn liebevoll am Ohr.

»Sie sind wunderbar. Dein Vater hat mir von ihnen erzählt. Aber er hat sie nie mitgebracht.«

»Ich hingegen nehme sie jeden Tag mit in die Firma. Ich kann sie hier ja schlecht alleine lassen, und ihre Anwesenheit beruhigt mich.« Er brach ab und sah sie einen Moment an.

»Was ist?« fragte sie argwöhnisch. »Ist mein Lippenstift verschmiert?«

Er schüttelte den Kopf, hob eine Hand und fuhr damit durch ihre Haare, um sich zu vergewissern, daß sie sich so anfühlten, wie er sie in Erinnerung hatte. »Ich bin froh, daß du wieder da bist.«

»Ah ja? Ich hatte schon Zweifel ...«

Er küßte sie mit mehr Nachdruck, um ihre Zweifel zu zerstreuen. Dann verselbständigte sich die Sache, und sein Kuß wurde gierig. Sie verschränkte die Arme in seinem Nacken und rutschte tiefer in den Sessel, und er spürte, wie sie sich versteifte.

»Was ist denn?« fragte er leise, die Lippen immer noch auf ihren.

»Nichts. Gar nichts. Ich fürchte ... na ja, diese Dinge müssen noch ein paar Tage warten. Ich bin noch nicht wieder sehr beweglich.«

Er neigte den Kopf zur Seite und betrachtete sie nachdenklich. »Ich könnte mir dies oder jenes vorstellen, was wir trotzdem versuchen könnten.«

»Meine Güte, Magnus, kannst du auch mal an was anderes denken?«

»Zum Beispiel?«

»Essen?«

Er nickte, stand auf und brachte ihr ihre Krücken. Er streifte sie mit einem mißfälligen Blick, als er sie ihr reichte. »Etwas dezentere gab's nicht?«

Sie schwang sich gekonnt zur Küchentür. »Wieso? Was hast du gegen neongelb?«

Er verfrachtete sie auf einen Küchenstuhl, brachte ihr ein Bier, fütterte die Hunde und machte sich selbst einen Martini.

»Was möchtest du essen, hm? Ich koch' dir alles, was mein Gefrierschrank hergibt.«

Sie nahm einen tiefen Zug aus ihrem Glas und wischte sich genüßlich mit dem Handrücken den Schaum von den Lippen. »Mann, tut das gut. Ganz gleich, Magnus. Nach einer Woche Gesundheitsfraß bin ich anspruchslos. Fritten rot-weiß wär' klasse.«

Er schauderte. »Nur über meine Leiche.«

»Ha. Jetzt weiß ich, was deine Versprechungen wert sind ...«

Er begutachtete den Inhalt seines Kühlschranks, entschied sich für Filetspitzen in Apfel-Calvados-Sauce mit frischen

Spätzle und fing an zu kochen. Derweil beantwortete er ihre tausend Fragen und erzählte ihr alles, was seit ihrem ›Unfall‹ passiert war. Jetzt, da sie wieder da war, fand er, war es das beste, wenn sie Bescheid wußte.

Sie hörte ihm konzentriert zu, knabberte abwesend an den Oliven, die er ihr gegen den ärgsten Hunger hingestellt hatte, und sie machte ihm entgegen seinen Befürchtungen keine besorgten Vorhaltungen, als er zu seinen Manipulationen bei dem Bellock-Geschäft und den Antragsformularen für die russische Regierung kam. Im Gegenteil. Ihre Augen leuchteten auf.

»Magnus, du bist ein Genie.«

Mit konzentriert gerunzelter Stirn probierte er seine Sauce. Dann nickte er zögernd. »Ja. Was diese Filets angeht, muß ich dir recht geben.«

»Und deine Bescheidenheit. Also ehrlich, die fand ich vom ersten Moment an bestechend.«

Er warf ihr einen Lady-Killer-Blick zu und zündete sich eine Zigarette an. »Übrigens, zum Essen gibt es einen Chablis, kein Bier.«

»Was immer du sagst. Hauptsache Alkohol.«

Er nahm einen frischen Löffel, rührte einmal kurz damit und brachte ihr ein wenig Sauce zum Kosten. Sie schloß die Augen und sperrte den Mund auf.

»Hhmm.« Sie seufzte hingerissen. »Göttlich. Ich schätze, Genie kommt hin.«

Er stand schon wieder am Herd und lächelte zufrieden auf seine Filetspitzen hinab, als das Telefon zu surren begann. Magnus verdrehte unwillig die Augen, aber er zögerte nur einen Augenblick. Dann nahm er es von der Anrichte. »Ja?«

»Vogler.«

Magnus wandte sich Natalie zu und sah sie an. »Herr Vogler, so eine Überraschung.«

Sie machte mit beiden Händen heftige, abwehrende Bewegungen.

»Natalie ist aus dem Krankenhaus verschwunden«, eröffnete Vogler ihm unvermittelt. »Niemand weiß, wo sie ist.«

»Sie sitzt bei mir am Küchentisch und trinkt ein Bier.«

Natalie warf ihm einen haßerfüllten Blick zu.

»*Was?*« Vogler atmete tief durch, und schlagartig wich seine Erleichterung einem gewaltigen Zorn. »Geben Sie sie mir.«

»Nein, ich denke nicht.«

»Verflucht, ich will auf der Stelle mir ihr sprechen!«

»Daraus wird nichts.«

»Sagen Sie ihr, sie ist gefeuert!«

»Daraus wird auch nichts. Beruhigen Sie sich. Sie ist in Sicherheit.«

»Niemand in Ihrer Nähe ist im Augenblick in Sicherheit.«

»Wollen Sie mir nicht erzählen, wie es gelaufen ist?«

Vogler grummelte noch ein bißchen, aber schließlich siegten seine Zufriedenheit und sein berechtigter Stolz über die heutigen Ermittlungserfolge. Er berichtete ausführlich, und Magnus klemmte sich das Handy zwischen Ohr und Schulter und gab die Spätzle ins sprudelnde Wasser. Als Vogler zur Anti-Drogen-Liga kam, hakte er ein.

»Ambrosinis Frau hat irgendwas damit zu tun.«

Vogler hielt in seinem Redeschwall inne und atmete hörbar tief durch. »Sagen Sie das noch mal.«

»Als ich zum ersten Mal bei ihm war, hat sie gesagt, sie müsse zu einer Veranstaltung der Anti-Drogen-Liga. Das weiß ich genau.«

»Das ist zu gut, um wahr zu sein.«

»Denken Sie, Frau Ambrosini macht die wohltätige Front, während die Konten dieses Vereins für Ambrosinis Geldwäschetransaktionen genutzt werden?«

»Es spricht alles dafür, oder? Mann, wenn das wirklich stimmt, wenn dieser gemeinnützige Anti-Drogen-Zirkus wirklich ein Schwindel ist und Ambrosinis fette Gattin darin verwickelt, dann bin ich Ihnen echt was schuldig.«

»Tatsächlich? Dann lassen Sie meinen Bruder vom Haken.«

»Längst passiert.«

Magnus lächelte erleichtert. »Gut. Wenn ich noch einen Wunsch frei habe, dann sorgen Sie doch freundlicherweise dafür, daß die Börsenaufsicht großmütig darüber hinwegsieht, daß ich heute für zweieinhalb Millionen Bellock-Aktien und -Optionen gekauft hab.«

»Sie haben ... Bitte, was haben Sie getan?«

Magnus erklärte es ihm.

Vogler stöhnte. »Sie verlangen nicht gerade wenig, oder? Tja, also, ich werd' sehen, was sich machen läßt.«

»Danke. Und vergessen Sie nicht, daß es eine oder mehrere Personen bei der Börsenaufsicht gibt, die Ambrosini aus der Hand fressen.«

»Wie könnte ich das vergessen. Übrigens, kennen Sie einen Kerl namens Theissen?«

»Natürlich. Ambrosinis persönlicher Assistent.«

»Er scheint ein bißchen mehr zu sein als das. Er ist der Geschäftsführer der Immokauf. Sie wissen schon, die Firma, die wir heute hochgenommen haben. Er wird morgen früh festgenommen.«

Magnus dachte einen Augenblick nach. »Holen Sie ihn lieber jetzt gleich. Ehe Ambrosini ihn in die Finger kriegt. Theissen ist ein enormes Risiko für ihn.«

»Warum?«

»Weil er strohdumm ist. Ich könnte mir vorstellen, die Chancen stehen nicht schlecht, daß er redet. Wenn Sie ihn richtig anpacken. Und Ambrosini wird das wissen.«

Vogler seufzte ergeben. »Also gut. Ich kümmer' mich drum. Scheiße, ich hab' Urlaub. Urlaub! Das ist der Lacher der Woche.«

»Hören Sie schon auf zu jammern. Ich kann kaum glauben, daß Sie jetzt lieber irgendwo in der Sonne lägen.«

»Nein, nicht jetzt, wo die Wellen hier so hoch schlagen. Da fällt mir ein, es wird Zeit, daß Sie ein paar Sicherheitsmaßnahmen ergreifen. Am besten wär's, Sie verschwinden aus Ihrer Wohnung und gehen in irgendein kleines, verschwiegenes Hotel.«

»Ja, das klingt verlockend. Und welches kleine, verschwiegene Hotel würde wohl einen Mann, eine Frau und zwei Rottweiler aufnehmen? Außerdem, wer mich sucht, kann mich täglich von neun bis fünf in der Firma antreffen.«

»Da würde ich mich an Ihrer Stelle ein paar Tage nicht blicken lassen. Und ganz gleich, was sie tun, gehen sie nicht allein an verlassene Orte. Gehen Sie am besten keinen Schritt ohne Ihre Hunde.«

»Ich werd' dran denken.«

»Das ist kein Witz, Romeo. Wir kommen in die heiße Phase.«

Magnus befolgte seinen Rat. Am nächsten Morgen rief er in der Firma an und bat Dawn, sie möge die Lüge verbreiten, er habe die Grippe.

»Schön, ganz wie Sie wollen«, erwiderte sie. »Aber die Reihen hier lichten sich bedenklich. Vor zehn Minuten waren zwei nette, junge Männer von irgendeiner Sondereinheit der Polizei hier und haben Peter Schmalenberg vorläufig festgenommen. Wegen Verdachts auf unerlaubten Insiderhandel. Und Birgit ...«

»Heult«, beendete Magnus den Satz für sie. »Tja, nicht zu ändern, Dawn. Sie werden ihn schon wieder laufen lassen. Niemand ist in diesem Land bisher jemals wegen Insiderhandels verurteilt worden, hab' ich mir sagen lassen.«

»*Was?*« fragte sie ungläubig. »Bei uns zu Hause haben die Typen Glück, wenn sie mit zwei Jahren davonkommen.«

»Hm. Hier riskiert man mehr, wenn man ein Autoradio klaut. Halten Sie die Stellung. In ein paar Tagen bin ich wieder da.«

»Hoffentlich.«

Die Festnahmen seines Assistenten und seines Spions verärgerten Ambrosini, aber er machte sich keine ernstlichen Sorgen, denn beide fürchteten ihn weitaus mehr als alles, was ihnen von Seiten des Staates drohen konnte. Er war es durchaus gewöhnt, daß Leute wie dieser Vogler oder die Staatsanwaltschaft ihm ab und zu die Zähne zeigten. Doch das, was er für ein kurzes Gewitter gehalten hatte, entwickelte sich über die nächsten Tage zu einer handfesten Krise. Die Firma L & G Holding, über die er seinen Teil des Rubelgeschäftes abzuwickeln gedachte, wurde ebenfalls von der Staatsanwaltschaft durchsucht. Weitaus schlimmer, die Konten der Anti-Drogen-Liga wurden gesperrt, seine Frau bekam Besuch vom LKA. Die Pizzeria del Monte wurde geschlossen, das Lokal polizeilich versiegelt. Und es gelang ihm weder Kalnikov noch Haschimoto zu erreichen. Das stimmte ihn äußerst mißtrauisch, und sein Verdacht schien sich zu bestätigen, als er erfuhr, daß Kalnikovs Leute Haschimotos Statthalter Ojinaki erschossen hatten. Das beunruhigte ihn sehr. Die *Pax Mafiosa* durfte unter keinen Umständen wanken. Was er hingegen nicht erfuhr, war, daß Ivan Kalnikov in aller Stille festgenommen und auf Antrag der russischen Regierung nach Moskau ausgeliefert worden war. Und darum wußte er auch nicht, was diesen plötzlichen Erdrutsch ausgelöst hatte.

Magnus und Natalie verfolgten diese Entwicklungen eher sporadisch, denn sie fanden, sie hatten eigentlich genug getan. Auf ihr Drängen willigte er schließlich ein, Voglers Warnungen ernst zu nehmen und in Deckung zu gehen, bis der Sturm vorbei war. Sie führte ihm vor Augen, daß, was in ihrer Wohnung passiert war, jederzeit auch in seiner passieren könnte, und daß es vermutlich ratsam wäre, in dem Falle nicht zu Hause zu sein. Er gab ihr recht.

Sie fanden ein kleines, gediegenes Hotel in Zons, wo für Geld alles zu haben war, sogar eine Suite für zwei Menschen und zwei Rottweiler. Natalie kannte den pittoresken, mittelalterlichen Ort noch nicht, und weder der unablässige Nieselregen noch die Tatsache, daß das Gehen beschwerlich für sie war, konnten sie davon abhalten, die alten Gassen und die Feste zu erkunden. Sie aßen bei Kerzenlicht, tranken ihren Kaffee am Kamin und gingen früh schlafen.

Am nächsten Tag erfüllte Magnus ihr einen unausgesprochenen Wunsch und fuhr sie nach Oberhausen, um den Polizisten und die Hausfrau und Mutter zu besuchen. An der Klingel des bescheidenen Reihenhäuschens stand *Meyer*.

»Meyer? Gott, ist das wirklich wahr?« fragte er, während sie darauf warteten, daß ihnen jemand öffnete.

Natalie lachte. »Bleib ruhig bei Blum, wenn es dir besser gefällt.«

Wie wär's mit Wohlfahrt, fuhr es ihm durch den Kopf. Aber das sagte er nicht.

Die geriffelte Glastür schwang nach innen, und vor ihnen stand eine dickliche, sehr gepflegte Frau mit kurzen grauen Haaren in einem etwas altmodischen Strickkleid. Als sie Natalie sah, weiteten sich ihre blauen Augen erschrocken. »Natalie! Was ist passiert, Kind?« Sie wartete keine Antwort ab, sondern schlang behutsam die Arme um ihre Tochter und drückte sie vorsichtig an sich.

Natalie wechselte die rechte Krücke gekonnt in die linke Hand und legte ihrer Mutter den Arm um den Nacken. »Ist nicht so schlimm. Ehrlich. Geht's dir gut, Mama?«

Frau Meyer betrachtete sie immer noch besorgt, aber sie lächelte. »Ja. Gott, was hab' ich dich lange nicht gesehen. Komm rein. Wie wird dein Vater sich freuen ...« Etwas verspätet nahm sie Magnus zur Kenntnis, der auf der unteren der beiden kleinen Stufen stand. Sie streckte ihm die Hand entgegen. »Bitte entschuldigen Sie ...«

Magnus schüttelte die dargebotene Hand, stellte sich vor und reichte ihr den in warmen Rottönen gehaltenen Herbststrauß, den er trotz Natalies Beteuerungen, das sei nicht nötig, unterwegs besorgt hatte.

»Oh.« Sie lächelte eine Spur verlegen. »Wie aufmerksam. Bitte, kommen Sie rein, Herr Wohlfahrt.«

Natalies Vater saß am Küchentisch und las die Zeitung. Ein kräftiger, untersetzter Mann, seit wenigen Monaten in Rente, hatte Natalie ihm erzählt, aber Magnus konnte ihn sich ohne Mühe in einer Uniform vorstellen. Er begrüßte seine Tochter mit großer Herzlichkeit, aber nicht anders, als wäre sie gestern noch zum Kaffee hier gewesen, und Magnus mit unkomplizierter Freundlichkeit. Auch Natalies Bruder Klaus, der ewige Philosophiestudent, war zu Hause (statt an der Uni, wo er hingehörte, wie Herr Meyer ein bißchen brummelig anmerkte). Weder der Ring in der Nase noch die weißblond gefärbten Zottelhaare konnten darüber hinwegtäuschen, daß Klaus wenigstens so alt war wie Magnus. Er hatte die gleichen blauen Augen wie Natalie und ihre Mutter, die mal rebellisch, mal sanftmütig in die Welt blickten, und er als einziger versuchte mit ein paar geschickt eingestreuten Fragen herauszufinden, wer Magnus eigentlich war, während er mit flinken Fingern die Kartoffeln fürs Mittagessen schälte.

Sie folgten Frau Meyers Einladung und blieben zum Essen. Die Unterhaltung bei Tisch war angeregt, und Magnus beschränkte sich meistens aufs Zuhören. Sie sprachen von Natalies zweitem Bruder Peter und dessen Frau und Kindern, von Klaus' Freundin, die für ein Semester an die Sorbonne gehen wollte, von diesem und jenem, und Magnus stellte amüsiert fest, daß Natalies Tonfall im Gespräch mit ihrer Familie einen schwachen Kohlenpotteinschlag annahm, den er vorher nie gehört hatte. Niemand fragte Natalie nach ihrer Arbeit oder der Ursache für ihre Krücken. Ihr Vater legte ihr nur einmal kurz die Hand auf den Arm und sagte: »Du mußt endlich ein bißchen vorsichtiger werden.«

Über Schokoladenpudding und Kaffee kam die Unterhaltung schließlich ins Stocken, und Magnus erzählte beinah beiläufig, er habe Natalie kennengelernt, nachdem sein Vater unter ungeklärten Umständen ums Leben gekommen sei, und Natalie hörte verblüfft zu, wie er all die unausgesprochenen Fragen ihrer Familie beantwortete, ohne daß auch nur für einen Moment der Eindruck entstand, als befriedige er ihre Neugier oder wolle irgend etwas erklären.

Als sie schließlich wieder im Wagen saßen, wartete Natalie, bis sie auf der Autobahn waren, ehe sie angriffslustig fragte: »Und? Irgendwelche Kommentare?«

Er nickte, nahm für eine Sekunde die Augen von der regennassen Straße und sah sie an. »Ich beneide dich.«

»Oh ...« Sie schwieg ein paar Sekunden überrascht. Eine Spur beschämt vielleicht. Dann hob sie kurz die Schultern und sah ihn an. »Es war nicht perfekt, weißt du. Es gab nie genug Geld. Meine Mutter hatte oft Sorge, wie es bis zum Monatsende reichen sollte. Und zu Weihnachten hatte mein Vater immer Dienst und kam jedes Mal mit einer blutigen Nase nach Hause. Zu Weihnachten werden die Leute zu Bestien, hat er immer gesagt. Und wenn er so ramponiert nach Hause kam, weinte meine Mutter. So war Weihnachten.«

»Trotzdem. Ihr steht euch nah. Ihr redet. Ihr seid unbefangen miteinander. Zu Weihnachten war meine Mutter in der Regel beim *Oratorium* und mein Vater bei den Bedürftigen.«

»Bitte?«

»Er war im Lions-Club. Sie veranstalten an jedem Heiligen Abend ein Fest für Obdachlose. Und der eine oder andere von ihnen muß zwangsläufig zugegen sein. Weil mein Vater so schlecht nein sagen konnte, verhafteten sie ihn beinah jedes Jahr.«

»Und du und Taco?«

Er überlegte einen Augenblick. »Ich weiß es nicht mehr genau. Ich denke, bevor meine Mutter starb, war immer einer von beiden lange genug zu Hause, um uns zu bescheren. Reichlich. Und dann haben wir mit Rosa und Fernando gegessen. Oder so ähnlich.« Er nahm die Rechte vom Lenkrad und machte eine vage Geste. »Versteh mich nicht falsch, es war in Ordnung. Wir wurden nicht vernachlässigt. Meine Mutter war eben, wer sie war, Musik kam für sie an erster Stelle. Und das war ganz richtig so, vor allem, weil sie so früh gestorben ist. Aber manchmal ...«

»Manchmal hast du dir gewünscht, sie hätte trotzdem mehr Zeit für dich?«

»Nein.« Er schüttelte den Kopf. »Nein. Ich hab' mir gewünscht, mein Vater hätte mehr Zeit für mich. Für uns. Vor allem wegen Taco. Er ... na ja, er war so ein winziges, verlorenes Kerlchen. Ich denke manchmal, vielleicht wär' mit ihm alles ganz anders gekommen, wenn er irgendwen gehabt hätte, der für ihn da ist.«

»Du warst da, oder?«

»Ach, das darf man nicht überschätzen. Ich war noch ein Kind. Und ich hatte immer so viel mit mir selbst zu tun.« Er lächelte ein bißchen verschämt. »Ich mußte mich immerzu bedauern, weil ich so krank war. Dann zog Carla zu uns, und es wurde besser. Sie hat sich wirklich um ihn gekümmert ...« Er merkte, daß das Gespräch eine Richtung nahm, die er eigentlich lieber meiden wollte, und winkte ab. »Genug davon. Wohin möchtest du als nächstes, hm?«

»Ich denke, zuerst sollten wir die Hunde aus dem Hotel holen. Sonst setzen sie uns heute abend vor die Tür.«

»Ja, du hast vermutlich recht.«

Sie waren schon fast wieder in Dormagen, als das unvermeidliche Handy sich meldete. Magnus griff danach wie in einem Reflex. »Ja?«

»Krüger. Herr Wohlfahrt, es tut mir sehr leid, aber Ihr Bruder ist aus der Klinik verschwunden.«

Sie versuchten es zuerst bei Lea. Magnus fürchtete, sie sei nicht daheim, das sonst so lebhafte Haus lag geradezu unheimlich still. Doch sie öffnete fast augenblicklich nach dem Klingeln. Als sie ihn auf der Treppe sah, wandte sie sich enttäuscht ab und lehnte die Stirn an den Türrahmen. »Oh, Magnus. Wo kann er nur sein?«

Ein bißchen außer Atem hielt er vor ihr an. »Hat Krüger dich angerufen?«

Sie nickte. »Aber ich bin eben erst nach Hause gekommen. Wenn er es hier versucht hat, war ich nicht da. Und er hat doch seine Schlüssel verloren ...«

Natalie erschien auf dem Treppenabsatz, beide Krücken in der Linken, die Rechte aufs Geländer gestützt. Sie sah Magnus' Kopfschütteln, nahm wieder eine Krücke in jede Hand und kam auf sie zu. »Hat er einen Schlüssel zu deiner Wohnung, Magnus?«

»Weiß nicht. Kann sein.«

»Dann laß es uns da versuchen.«

Lea hatte den Kopf gesenkte. »Ich denke, ich fahr' zum Hauptbahnhof. Der Laden in der Wallstraße ist dicht. Wo könnte er sonst hingehen?«

Magnus fürchtete, daß Taco noch ein paar andere Anlaufstellen kannte, ehe er beim Hauptbahnhof auskam, aber er stimmte trotzdem zu. Es war vermutlich besser, wenn Lea das Gefühl hatte, daß sie irgend etwas tun konnte. Er sah zu Natalie. »Würdest du sie begleiten?«

Natalie warf einen kurzen Blick auf das verstörte Mädchen und nickte. »Einverstanden. Wenn wir was rauskriegen, ruf ich dich an. Wenn du ihn findest, ruf hier an.«

Er küßte sie hastig auf die Stirn. »Danke.«

Er fuhr zu seiner Wohnung, aber dort war Taco nicht. Magnus gab den Hunden etwas zu fressen, setzte sich ein paar Minuten an den Küchentisch, spielte nervös mit seinem

Schlüsselbund und dachte nach. Es war kurz nach vier. Die wenigen Clubs, die er kannte, wo Taco eventuell hingehen konnte, machten frühestens in fünf oder sechs Stunden auf. Was würde er in der Zwischenzeit tun? Er brauchte Geld. Natürlich. Hatte er eine Scheckkarte? Hatte Taco überhaupt ein Bankkonto?

Er rief in Engels' Kanzlei an, aber weder der Anwalt noch Taco waren dort, und unter Engels' Privatnummer meldete sich auch niemand. Ohne viel Hoffnung probierte er Carlas Nummer. Ein Anrufbeantworter setzte ihn davon in Kenntnis, daß sie bis auf weiteres im Steigenberger zu erreichen sei. Also versuchte er es dort.

»Magnus!« begrüßte sie ihn erfreut. »Bin ich froh, daß du dich meldest ...«

»Ist Taco bei dir?«

»Taco? Ich denke, er ist im Krankenhaus.«

Er biß sich auf die Unterlippe. »Da war er. Er hat sich davongemacht.«

»O nein ...«

»Ob er nach Hause gefahren sein könnte?«

»Aber das Haus ist leer. Rosa und Fernando sind für ein paar Tage in Portugal, um sich nach einem Haus umzusehen. Und Taco hat nicht einmal mehr einen Schlüssel.«

»Na schön. Ich werd' in der Stadt nach ihm suchen.«

»Laß mich wissen, wenn du etwas erfährst, ja?«

»Sicher.«

Magnus stand auf, ohne zu wissen, wo er anfangen sollte zu suchen. »Kommt«, sagte er zu den Hunden. »Je eher wir ihn finden, desto besser.«

Er heftete einen gelben Klebezettel an den Spiegel in der Diele. *Taco, wenn du herkommst, bitte ruf mich an.* Er schrieb die Nummer dazu und verließ die Wohnung.

Sein Parkplatz war wie üblich belegt gewesen, und er hatte den Wagen etwa hundert Meter weiter in einer stillen Sackgasse abgestellt. Inzwischen war das letzte trübe Tageslicht geschwunden, trotzdem kam ihm das Sträßchen ungewöhnlich finster vor. Er öffnete den Hunden die hintere Wagentür, und in dem Moment, als er sie zuschlug, ging ihm auf, daß die Straßenlaterne, unter der er geparkt hatte, kaputt war. Er hätte schwören können, daß sie noch funktioniert hatte, als er kam. Augenblicklich schrillte eine Alarmglocke in seinem Kopf. Er legte die Hand um den Türgriff, um die Hunde wieder herauszulassen, aber es war schon zu spät. Er erkannte zwei unförmige Schatten vor sich, und scheinbar aus dem Nichts schwebte ihm eine Chloroformkompresse entgegen. Er riß instinktiv den Kopf zur Seite, aber er entkam ihr nicht. Dieses Mal ging es so schnell, daß ihm nicht einmal Zeit blieb, Angst oder Wut zu empfinden. Für einen Augenblick hörte er noch das frenetische Gebell seiner Hunde, dann war da nichts mehr.

Er war nicht desorientiert. Er wußte sofort, was passiert war, und sein Gefühl sagte ihm, es seien nur ein paar Sekunden vergangen. Aber das konnte nicht sein, denn er war an einem völlig anderen Ort. Wo genau, war nicht festzustellen, denn er konnte fast nichts sehen. Und ihm war hundeelend. Hätte er nicht gewußt, daß es eine Nachwirkung des Chloroforms war, hätte er geglaubt, sein Blutdruck sei in bedenkliche Tiefen abgesunken.

»Verdammt ... wo bin ich?« murmelte er. Es klang schlaftrunken.

»Im Haus Ihres Vaters, Magnus.«

Diese Stimme hatte für gewöhnlich eine äußerst stimulierende Wirkung auf seinen Adrenalinhaushalt, aber der Schreck löste dieses Mal nur eine Art Wabern in seinen Armen und Beinen aus. Er bewegte die Hände, die links und rechts neben seinem Kopf lagen. Seine Finger kamen ihm ein bißchen taub vor, aber er tippte auf Veloursteppich. Demnach lag er wohl zu Ambrosinis Füßen am Boden. Keine erhebende Vorstellung, aber es gab absolut nichts, was er dagegen tun konnte. Allein die Vorstellung, den Kopf zu heben, war schon lächerlich.

Er schloß die Augen und öffnete sie blinzelnd wieder. Jetzt konnte er wenigstens Formen erkennen. Er befand sich offenbar in Tacos Zimmer, und Ambrosini hatte es sich in dem Schaukelstuhl bequem gemacht, in dem Magnus früher immer gesessen hatte, wenn er seinem kleinen Bruder eine Gutenachtgeschichte vorlas.

»Wo ist Taco?«

»Er liegt auf dem Bett und schläft.«

Magnus war erleichtert, und er fühlte sich versucht, es seinem Bruder gleichzutun. Mühsam riß er sich zusammen, stützte die Hände auf und richtete sich halb auf. Aber er fiel sofort wieder zur Seite, rang einen Augenblick mit einer fast übermächtigen Welle von Übelkeit und blieb dann reglos liegen.

»Wie kommt er hierher?«

»Oh, ich habe ihn mit einer kleinen Notlüge aus seiner Klinik gelockt, weil ich wußte, Sie würden in Windeseile aus Ihrem Versteck hervorkriechen, wenn Sie davon hören.«

»Und was soll das hier werden?« Es sollte angriffslustig klingen, aber daraus wurde nichts. Seine Stimme war dünn und brüchig, erbärmlich.

»Das Ende einer wunderbaren Freundschaft, könnte man wohl sagen. Hier trennen sich unsere Wege, Magnus. Ich sehe mich leider genötigt, für eine Weile außer Landes zu gehen, und ich bezweifle, daß wir uns wiedersehen.«

Magnus hatte Mühe, ihm zuzuhören. Sein Zustand verschlimmerte sich mit jeder Sekunde, es war jetzt, als sacke der Boden durch, als versinke er in dem weichen Teppichboden wie in einem Sumpf. »Was ... was ist das für ein Giftzeug?«

»Nein, kein Gift, seien Sie beruhigt. Meinen Mitarbeitern ist lediglich ein kleiner Irrtum unterlaufen. Sie haben Ihnen ein blutdrucksenkendes Mittel gespritzt statt eines Beta-Sympathomimetikums. Ihrem Bruder ebenfalls. Sie wissen ja, solche Verwechslungen kommen gelegentlich vor. Aber Sie kommen schon wieder auf die Beine. Sie sind unverwüstlich, würden Sie nicht auch sagen? Sie waren einer meiner wenigen Fehler, Magnus. Ich habe Sie kolossal unterschätzt. Erst als ich heute morgen die Zeitung gelesen habe, ist mir aufgegangen, wem ich es verdanke, daß meine Organisation vor meinen Augen in sich zusammenfällt.«

»Zeitung ...?«

»Ja, ja. Das *Handelsblatt* berichtete von einer Pressekonferenz, die die Banco de Santiago und die Firma Bellock gestern abend gegeben haben. Wegen der enormen Kursschwankungen der letzten Woche und weil befürchtet wurde, daß ein schwunghafter Insiderhandel mit Bellock-Aktien stattgefunden habe, wolle man allen weiteren Spekulationen vorbeugen und gab daher einige Tage eher als geplant die anstehende Sanierung der Finanzen des Konzerns bekannt. Sie können mir glauben, ich war sehr überrascht. Dann ging mir endlich auf, daß Sie mich hereingelegt haben. Und daß auch Sie es sein müssen, der hinter den Schwierigkeiten steckt, die meine Partner plötzlich hatten.« Er lachte leise. »Als Sportsmann muß ich Ihnen gratulieren. Ich hätte mir nie träumen lassen, was für weitreichende Konsequenzen der Tod Ihres Vaters für mich haben würde. Seine absolute Aufrichtigkeit war seine größte Schwäche. Sie sind im Gegensatz zu ihm ein Spieler. Sie sind gerissen. Und das habe ich nicht erkannt.«

Magnus verstand nicht alles, was Ambrosini sagte, weil das Summen in seinen Ohren immer lauter wurde, es klang, als befände sich ein großer Trafo mitten in seinem Kopf. Doch die letzten Bemerkungen drangen zu ihm durch, und sein plötzlicher Zorn drängte das Summen für einen Moment zurück. »Sie hätten ihn eben nicht umbringen sollen.«

»Aber das habe ich ja gar nicht getan, Magnus.« Ambrosini

verschränkte die Finger ineinander und lehnte sich vor. »Warum hätte ich ihn umbringen sollen? Ich brauchte ihn doch. Nein, jemand anderes hat ihn ermordet. Und Sie wissen auch, wer, nicht wahr?«

»Nein ...«

»Doch, ich denke schon.«

»Nein. Das ... kann nicht sein. Sie hat ihn ...«

»Geliebt? Ja, in gewisser Weise hat sie ihn aus Liebe getötet. Das war leichter, als ihn noch einmal zu betrügen, zu riskieren, ihn noch einmal so zu verletzen. Sie wissen, wie Carla ist, wie tief sie sich in ihre Phantasiewelt zurückgezogen hat. Er ist so krank, hat sie sich gesagt. Er konnte ohnehin nicht mehr lange leben, aber für sie lief die Uhr ab. Sie wird sich zugeredet haben, bis es ihr gar kein so großes Unrecht mehr erschien. Und vielleicht hat sie es gar nicht richtig wahrgenommen, daß sie Tacos Tabletten nahm und in das Röhrchen im Handschuhfach umfüllte. Vielleicht war sie in ihren Gedanken mit etwas völlig anderem beschäftigt, während ihre Hände es taten. Aber ihr Selbsterhaltungsinstikt funktioniert einwandfrei. Sie besaß genug Geistesgegenwart, das Tablettenröhrchen im Krankenhaus aus seinem Jackett zu nehmen, ehe irgendwer anfing, danach zu suchen.«

Magnus konnte nicht reagieren. Er fühlte nichts mehr außer dem kalten Schweiß auf seiner Haut. Sein Blutdruck war noch einmal abgesackt, und sein Körper sandte sehr nachdrückliche Warnsignale. Die Folge war eine instinktive, panikartige Todesangst. Er spürte sie nicht zum ersten Mal, und sein Verstand hätte ihm sagen sollen, daß es ja doch immer falscher Alarm war, aber die Angst war zu übermächtig. Sie spülte über alle anderen Gedanken und Empfindungen hinweg wie eine gewaltige Brandungswelle.

Magnus sah nicht, daß Ambrosini sich erhob. Er hörte ihn auch nicht näherkommen. Er fühlte nur plötzlich seine Präsenz neben sich und hörte ihn wie aus weiter Ferne: »Es scheint, wir haben uns alles gesagt. Darum werde ich mich jetzt verabschieden. Fahren Sie zur Hölle, Magnus.«

Ein ungehemmter Tritt gegen die Schläfe erlöste Magnus von der grauenvollen Übelkeit ebenso wie der Todesangst.

Er spürte Feuchtigkeit. Etwas Warmes, Nasses fuhr im durchs Gesicht. Unwillig schlug er die Augen auf, und sein ganzes verschwommenes Blickfeld war ausgefüllt von einem massigen, braunschwarzen Hundekopf.

»Anatol. Hör auf damit. Das ist eklig«, murmelte er, und seine Augen fielen wieder zu.

Aber Anatol schleckte erbarmungslos weiter. Magnus hob die Hand, um seine Schnauze wegzuschieben, und sofort war das Wabern in Kopf und Gliedern wieder da. Und er hatte höllische Kopfschmerzen. Er wünschte, die Hunde hätten ihn schlafen lassen. Das war das Beste, was man tun konnte, einfach schlafen, bis die Achterbahnfahrt ein Ende nahm. Doch jetzt, da er wach war, bestand darauf wenig Hoffnung, denn er lag furchtbar unbequem, ihm war eigentümlich heiß, und die Hunde liefen in unmittelbarer Nähe nervös umher.

Er redete sich ein bißchen ins Gewissen und richtete sich auf einen Ellenbogen auf. Es ging schlecht, aber es ging. »Was ist denn? Wie kommt ihr überhaupt hierher?« Sollte es möglich sein, daß Ambrosini ihm höflicherweise seinen Wagen vor die Tür gestellt hatte? Es mußte so sein, schloß er, denn ein kritischer Blick in ihre Augen sagte ihm, daß seine Hunde ebenso groggy waren wie er selbst, daß sie ganz offenbar auch an den Nachwirkungen irgendeiner Chemiekeule litten. Und in derselben Sekunde, als er sich fragte, wie es eigentlich kam, daß er sie so gut sehen konnte, stellte er auch fest, daß das einfallende Licht unruhig flackerte.

»Gott verflucht ... das Haus brennt. Das verdammte Haus brennt, und ich kann nicht aufstehen ...«

Seine Stimme klang, als wäre er betrunken. Er riß sich zusammen, versuchte, die Schwäche und den Schwindel irgendwie zu ignorieren und aufzustehen. Aber es war aussichtslos. Er hatte keinerlei Gleichgewichtssinn.

»Komm her, Aljoscha. Hab keine Angst, wir werden gleich von hier verschwinden, aber du mußt mir helfen.« Er legte ihm den rechten Arm um den Hals. »Bring mich zu Taco.«

Er war alles in allem froh, daß er sich nicht dabei beobachten konnte, wie er an den Hals seines Hundes geklammert durch den Raum robbte. Als er am Ziel war, schwitzte er schon wieder. Es war, als habe er einen Marathon hinter sich.

Taco lag reglos auf dem Rücken. Im dämmrigen Feuerschein wirkte sein Gesicht wächsern. Magnus tastete angstvoll nach dem Handgelenk seines Bruders und fand einen sehr langsamen Puls. Er rüttelte an seinem Arm. »Taco, wach auf.« Nichts. Er rüttelte entschlossener. »Taco, es brennt. Wach doch bitte auf!« Kein Blinzeln, keine Regung, nicht der Hauch einer Reaktion. Er schläft nicht, ging Magnus auf, er ist bewußtlos.

Er ließ die Hand sinken, saß mit dem Rücken an Tacos Bett gelehnt und versuchte, logisch zu denken. Der Feuerschein, der durchs Fenster leuchtete, kam aus dem großen Wohnzimmer darunter. Wenn das Feuer dort ausgebrochen war, bestand Hoffnung, daß die Treppe und die Halle noch frei waren. Aber wie in aller Welt sollten sie dorthin kommen? Würde irgendein Nachbar das Feuer bemerken und die Feuerwehr rufen? Sicher nicht. Sie waren alle zu weit weg. Die nächsten würden es frühestens sehen, wenn der Dachstuhl brannte. Und das würde zu spät sein. Warum nimmst du nicht das Telefon, Magnus? Er tastete mit der Linken über seine Brust. Er trug immer noch seinen Mantel. Er griff in die Innentasche, aber sie war leer. Er fluchte und hangelte sich zu dem kleinen Tisch neben dem Bett hinüber. Ein Telefon stand darauf. Er umschloß den Hörer mit klammen Fingern, hob ab und hielt ihn ans Ohr. Nichts. Die Leitung war tot. Damit hätte er vermutlich rechnen müssen. Ambrosini überließ nichts dem Zufall.

Der Hörer glitt aus seiner Hand, und er lehnte müde die Stirn gegen die Bettkante. Blind tastete er nach der Hand seines Bruders.

»Ich weiß nicht, was ich machen soll, Taco.«

Die Hunde spürten seine Resignation, und als wollten sie sie kopieren, legten sie sich ganz nahe bei ihm auf den Boden und betteten die Köpfe auf die Vorderpfoten.

Unten explodierte das Wohnzimmerfenster, und auf einen Schlag schien das Feuer sehr viel näher zu kommen. Magnus hörte es prasseln und tosen. Und er spürte, daß die Temperatur im Raum mit jeder Minute stieg. Die Wohnzimmerdecke wird einstürzen, ging ihm auf. Und wir werden mitten in die Flammen stürzen. *Das ist der zweite Tod, der Feuerpfuhl*, dachte er mit einem trotzigen, letzten Aufflackern von Ironie. *Und die, deren Namen nicht verzeichnet stehen im Buch des Lebens, werden in den Pfuhl aus Feuer stürzen ...*

Wenigstens Taco würde nichts davon spüren, wenn sie in den Pfuhl aus Feuer fielen. Und es würde sicher schnell gehen. Vielleicht würde es gar nicht so grauenvoll, wie er glaubte. Und vielleicht, vielleicht war er so müde, so krank und so entsetzt über das, was Ambrosini ihm eröffnet hatte, daß die Vorstellung, all das werde bald ein Ende nehmen, nicht ohne Reiz war. Aber es war so unfair, so unsagbar gemein, daß dies hier passieren mußte, nachdem Taco den enormen Kraftakt unternommen hatte, sich vom Kokain zu befreien. Von seinem Gift ...

Magnus zog scharf die Luft ein. Er hob den Kopf, und seine linke Hand glitt in die Manteltasche. Der Plastikbeutel war noch da. Die Ereignisse hatten sich so überstürzt, daß er einfach nicht dazu gekommen war, ihn Vogler zu geben. Er trug immer noch das Kokain bei sich, das Lea mit den markierten Geldscheinen erstanden hatte.

Die Fensterfront des Wintergartens zerbarst mit einem Getöse, als sei das Ende der Welt tatsächlich gekommen. Das Feuer rückte näher auf die Eingangshalle zu.

In fieberhafter Eile zog Magnus den kleinen Beutel hervor, schüttelte die Stanniolpäckchen heraus und riß eines auf. Er hatte keine Ahnung, ob es funktionieren würde. Aber es war ihre letzte Chance. Er streute das Pulver auf seinen Handrücken und sog es mit geschlossenen Augen tief ein. »Ich hoffe, die Schicksalsmächte werden großmütig darüber hinwegsehen, daß ich gegen das Betäubungsmittelgesetz verstoße«, murmelte er, und schon nach wenigen Augenblicken spürte er es kommen.

Kopfschmerz, Schwindel und Übelkeit verebbten und verschwanden dann ganz. An ihrer Stelle braute sich eine gebündelte Energie in seinem Innern zusammen und verteilte sich, so schien es, über seine Blutbahn. Er kam ohne Mühe auf die Füße.

Er packte seinen Bruder bei den Armen, zog den leblosen Körper hoch und balancierte das Gewicht über seinen Schultern aus. Es ging. Kein Problem. Taco wog ja so gut wie nichts mehr. Ein bißchen schwankend durchquerte er den Raum, aber er hatte keine Zweifel, daß er es bis unten schaffen konnte. *Wenn die Treppe nicht brannte.*

»Anatol, Aljoscha. Kommt schon, nichts wie raus hier.«

Sie kamen bereitwillig auf die Füße. Magnus wartete, bis sie bei ihm an der Tür waren. Dann öffnete er sie.

Eine enorme Hitzewelle schlug ihm entgegen, und beißender Qualm füllte seine Lungen und trieb ihm Tränen in die Augen. Die Hunde wichen jaulend zurück.

»Kommt. Los, ihr Hasenfüße, bewegt euch.«

Ihre Ergebenheit war größer als ihre Furcht, und sie folgten ihm mit eingezogenen Schwänzen auf den Korridor hinaus.

Das hölzerne Geländer und der Teppichbelag der Treppe brannten. Ebenso, stellte Magnus ein wenig erschüttert fest, die beiden Bilder. Noch während er unschlüssig am Treppenabsatz stand, stürzte Großvater Konstantin Wohlfahrt polternd und funkenstiebend von der Wand.

Magnus biß sich auf die Lippen, um nicht schadenfroh zu grinsen. »Wie wär's, wenn du weitergehst«, murmelte er dann. »Du magst dich unsterblich fühlen, aber du bist es vermutlich nicht.«

Er ließ Taco ein wenig unsanft zu Boden gleiten, stürmte ins nächste Badezimmer und drehte das Wasser am Waschbecken auf. Dann raffte er Handtücher aus dem Regal und hielt sie unter den Strahl, bis sie tropfnaß waren. Damit eilte er zur Treppe zurück, hängte sich ein Handtuch über den Kopf, lud sich seinen Bruder wieder auf, bedeckte auch seinen Kopf und bewaffnete sich mit einem weiteren Handtuch, mit dem er auf die Flammen einschlug, die ihm auf seinem Abstieg den Weg abschneiden wollten.

Er konnte sich nicht mehr nach den Hunden umdrehen. Er mußte hoffen, daß sie ihm folgten. Das brennende Geländer kippte ohne Vorwarnung zur Seite, glücklicherweise nach außen. Es stürzte auf den Marmorfußboden der Halle.

Magnus hatte die Treppe überwunden. Hier unten war der Qualm so dicht, daß er die Hand kaum mehr vor Augen sehen konnte. Jeder Atemzug schmerzte bis tief in die Lungen hinab, und er konnte nicht mehr aufhören zu husten. Er krümmte sich vor Atemnot, und Taco entglitt ihm, fiel zwischen den brennenden Trümmern des Treppengeländers auf den Boden und hustete ebenfalls.

Magnus tastete blind nach seinem Handgelenk und zerrte ihn kriechend durch die Eingangshalle zur Tür. Die Flammen schlugen jetzt aus allen angrenzenden Türrahmen, und in dem Augenblick, da Magnus die Haustür aufzog, stürzte die Decke des großen Wohnzimmers ein. Die neue Luftströmung erzeugte eine Art Druckwelle, und Magnus spürte etwas wie sanfte, aber bestimmte Hände im Rücken, die ihn mitsamt seiner Last über die Schwelle ins Freie drückten.

Keuchend lief er vielleicht noch zwanzig Schritte, ehe er auf den Rasen fiel und hustete und atmete und dankbar mit den Händen durch das nasse Gras strich.

Die Hunde waren ihm gefolgt. Sie standen dicht zusammengedrängt zwei Schritte entfernt und sahen reglos – fasziniert, hätte man glauben können – auf das Inferno.

Magnus drehte sich auf den Rücken, ließ den eiskalten Regen auf sein rußverschmiertes Gesicht fallen und sah zum hell erleuchteten Nachthimmel auf. Dann richtete er sich auf, rutschte zu seinem Bruder hinüber und bettete Tacos Kopf in seinen Schoß.

»Ich glaube, ich werde dir lieber nicht erzählen, daß dein Gift uns das Leben gerettet hat. Du würdest vermutlich wieder mal völlig falsche Schlüsse ziehen.«

Zwanzig Jahre hat Hendrik Simons nichts von seinem Vater in Südafrika gehört, da steht eines Tages dessen Anwalt aus Pretoria vor ihm. Van Relger berichtet, daß Simons senior in ernsten Schwierigkeiten steckt: Der Geschäftsmann Terheugen, der zur deutschen Neonazi-Szene gehört, hat unbemerkt große Summen in die Goldminengesellschaft der Simons investiert. Durch eine Heirat mit Hendriks Halbschwester Lisa will er noch mehr Anteile unter seine Kontrolle bringen. Van Relger fordert Hendrik auf, seine Kenntnisse als Börsenmakler zu nutzen und Terheugen aufzuhalten – vergeblich. Erst als der Anwalt unter mysteriösen Umständen ums Leben kommt, begreift Hendrik, daß es Terheugen um mehr geht als um Geld. Der junge Makler setzt alles auf eine Karte – und beginnt ein Spiel, das zur tödlichen Falle für ihn werden kann ...

ISBN 3-404-14985-8

»Heiliger Florian, verschone mein Haus, zünde lieber das Dach meines Nachbarn an.« Nach diesem Prinzip entsorgt die Wohlstandsgesellschaft ihren Müll in der dritten Welt, und keiner will Genaueres wissen. Da bildet auch Mark Malecki keine Ausnahme, denn er hat genug eigene Probleme als alleinerziehender Vater. Doch als seine Freundin Sarah ihn bittet, ihr bei der Aufklärung eines Versicherungsbetrugs zu helfen, führen seine Ermittlungen ihn zu einem Müllschieberring – einer Organisation, die mit illegaler Abfallbeseitigung Millionen verdient und auch skrupellos jeden »entsorgt«, der die Geschäfte gefährdet. Als ein Mord geschieht, wollen Mark und Sarah den Müllschiebern das Handwerk legen. Sie erkennen zu spät, daß Giftmüll nicht nur ein Handelsgut, sondern auch eine gefährliche Waffe sein kann ...

ISBN 3-404-14986-6